Karl-Heinz Tuschel:
Balance am Rande des Todes

Science Fiction
herausgegeben von Wilko Müller jr.

Edition SOLAR-X 2019

Karl-Heinz Tuschel

Balance am Rande des Todes

Science Fiction Roman

Impressum
2001 by Karl-Heinz Tuschel
2. überarbeitete Auflage
© Edition SOLAR-X, Zossen 2019
Printed in Germany
Titelbild: © Tom Hesche

ISBN 978-3-945713-69-3
Preis: 12,00 Euro

Sonntagabend

Es war alles wie immer.

Eine Stunde vor Schluss der Stallwache sagte Sergeant William Fletcher, der Wachhabende an diesem Sonntagnachmittag, zu Earl Conelly, dem diensthabenden Operator: »Ich mach noch mal einen kleinen Ritt auf dem Ziegenbock.« Und Earl Conelly antwortete wie immer, wenn sie zusammen Sonntagsdienst hatten: »Wetten, der Ziegenbock gewinnt!«

Dieser Ziegenbock war ein überdimensionierter Joystick in Form einer Pilotenkanzel, in der der Spieler hockte, um mit Händen, Füßen, Kopfbewegungen und akustischen Kommandos gegen den Computer zu kämpfen. Der Bock hatte seine Geschichte. Vor Jahren, noch vor der Neuausrüstung, hatten ein paar gelangweilte Ingenieure und Operatoren das Spielzeug gebastelt, es wurde zuerst außerhalb der Zentrale, in einem der Gerätebunker, aufgestellt. Das aber gefährdete die Disziplin. Gerade an den öden Wochenenden durfte nämlich keiner die Zentrale verlassen, um auf dem Ziegenbock zu spielen, weder das militärische noch das zivile Personal. Eben deshalb gingen die Leute doch hin, erst einige, dann fast alle. Bestrafungen erreichten nur, dass Mitarbeiter verärgert wurden und – soweit sie gute Fachleute waren – in die Industrie abwanderten. Als das Computerzentrum vor anderthalb Jahren die Steuerung aller Raumwaffen der US-Raketenabwehr übernahm und deshalb neu ausgerüstet wurde, kam ein kluger Stabsoffizier auf den Einfall, den Bock zum Trainingsgerät zu erklären, und das lieferte endlich einen Vorwand, ihn in der Zentrale aufzustellen, die nun, nach der Umrüstung, auch Platz genug hatte für das Gerät: ein Sitz, ein Steuerknüppel, Pedale, ein Terminal, das Ganze zu drei Vierteln mit einer durchsichtigen Plastikhaube abgeschirmt. Für das Spielprogramm reichte eins der untersten Glieder der Computerhierarchie.

Der Einfall des stellvertretenden Technik-Chefs, Colonel Ernestino, erwies sich zunächst als weise: es wurde bei weitem nicht mehr so viel gespielt wie vorher, als es verboten war. Nur an den Wochenenden half der Bock manchem über die Langeweile mit dem Elefanten. Der Name dieses größeren Tiers meinte das Computersystem im Ganzen, der Größe wegen, aber auch, weil es nie etwas vergaß, insbesondere Eingabefehler nicht, was manchmal direkt rachsüchtig wirkte. Dem Elefanten nun war es gewiss egal, ob es wochentags war oder Wochenende. Eigentlich brauchte er die Menschen überhaupt nicht. Er empfing alle Messwerte aus allen Teilen der USA, aus dem Meer und aus dem Weltraum, und er konnte alles bewegen, richten, entsichern und gegebenenfalls starten oder abfeuern, was es in den Space Forces an Raketen, Flugzeugen, Raumschiffen, Killersatelliten, Kampfplattformen, Laserkanonen und Teilchenstrahlern gab. Purer Konservatismus hatte ein paar hochrangigen Offizieren noch das Recht und die Möglichkeit zum Eingreifen vorbehalten. Inoffiziell wurde bereits darüber gesprochen, dass das bei der nächsten Umrüstung abgeschafft würde, denn Tests hatten ergeben, dass der Elefant vorgegebene Lagen schneller und richtiger beurteilte als die Menschen. Aber die meisten glaubten nicht daran, dass Generale eine Waffenentwicklung hinnehmen würden, die sie zu Verwaltungsbeamten degradierte. Die winzige Untereinheit des Elefanten, die den Ziegenbock bediente, sozusagen eine Falte seines linken Ohrs oder der Zeh vorn rechts außen, war so programmiert, dass menschliche Spieler sie bezwingen konnten. Freilich gelang der Sieg des Raumschiffkommandanten auf dem Bock über die angreifende feindliche Raumarmada nur selten, und Sergeant Fletcher war er noch nie gelungen, was ihn jedoch nicht daran hinderte, es immer wieder zu versuchen. Er war ein unverbesserlicher Optimist und hatte, wie er manchmal sagte, bis zur Pensionierung noch genug Zeit, das Siegen zu lernen.

»Soll ich dir ein Zusatzprogramm zurechtfummeln, damit du auch mal gewinnst?«, fragte Conelly – nicht ernsthaft freilich, denn er fragte das öfter, und der Sergeant hatte bisher jedes Mal abgelehnt.

»Kommt gar nicht in Frage«, sagte der denn auch, »ich muss doch irgendwann mal dahin kommen«, er schlug sich mit der flachen Hand auf den Oberschenkel, »dass ich schneller ziehe als der Elefant!«

Earl Conelly sah lächelnd, wie sein Partner sich abstrampelte, hörte auch seine Kommandos, wandte sich dann aber seinem Terminal zu. Wenn es auch wenig Arbeit gab an den Wochenenden, etwas musste der diensthabende Operator doch tun: in festgelegten

Abständen den Ruhezustand des Systems überprüfen, gerade weil es sich nicht um wirkliche Ruhe handelte, sondern um eine stark gedämpfte Aktivität, eine Rekonstruktionsphase, eine Art Schlaf also; denn der Computer hatte eine quasibiologische Struktur, deren Möglichkeiten noch längst nicht ausgeforscht waren. Außerdem stand es nun mal in der Vorschrift, es gehörte zum Dienst, man wurde dafür bezahlt, also tat man's auch, und zwar gewissenhaft. Eine andere Haltung als strenge Gewissenhaftigkeit war nicht möglich in einer Position, von der aus Megatonnen Sprengstoff dirigiert wurden, genug, um die Menschheit umzubringen. Mochte die Wachmannschaft das zeitweise vergessen oder auch ganz – ein Operator durfte das nicht.

Conelly wusste, dass sein Gesicht grämlich aussah bei solcherlei Gedanken, er war fast in allem das Gegenteil des Sergeanten, vielleicht verstanden sie sich deshalb so gut, dass sie immer miteinander Dienst taten, wenn es sich einrichten ließ. Fletcher war breit und bullig, Conelly hager. Fletcher trug meist ein freundliches Grinsen im Gesicht, Conelly lächelte, wenn überhaupt, ironisch. Der Sergeant hatte nicht die geringste Ahnung, wie ein Computer funktionierte, Conelly dagegen war fast überqualifiziert, mit einem beinahe persönlichen Verhältnis zum Elefanten; Fletcher verheiratet, Conelly geschieden, lange schon. Sie hatten ihm den Spitznamen Mormone gegeben, weil er Junggeselle war und weil er von den meisten um die damit verbundene Freizügigkeit beneidet wurde. Das war unberechtigt, wie Spitznamen meist, hier sogar doppelt: Erstens lebte Conelly wirklich allein, keine Frau hatte es länger als drei Wochen mit dem ewigen Bastler ausgehalten, bis auf seine erste, die es immerhin auf drei Jahre gebracht hatte. Und zweitens bewiesen die Namensgeber nur, dass sie von der mormonischen Kirche nicht mehr kannten als die Institution der versiegelten Frauen aus dem neunzehnten Jahrhundert, und das, obwohl man im Staate Utah stationiert war, der Heimat dieser Religion.

Der Mormone starrte auf sein Terminal. Wie immer hasteten Linien und Kurven über den Schirm, er kannte sie alle wie Familienmitglieder und erkannte sie auch, wenn sie nur flüchtig vorbeihuschten, einige waren heute sehr ausgebeult, das gefiel ihm nicht, der Elefant zeigte mehr Aktivität, als ihm im Halbschlaf zustand. Conelly hörte den Sergeant fluchen, der schimpfte immer, wenn er spielte, sah den Feind wohl körperlich vor sich, belegte ihn mit allen Vokabeln, die ein altgedienter Soldat für den militärischen Gegner bereit hielt, und das waren nicht wenige, sie reichten jedes Mal für den ganzen Kampf, und nun schnaufte der Sergeant – jetzt hatte er verloren. Aber das nahm der Operator nur nebenbei auf, die Kurven des Elefanten störten ihn immer mehr, nun traten ganz fremde Rhythmen auf, Displays blinkerten, deren Leuchten völlig unangebracht war, und dann flammten an allen Pulten die roten Lampen auf: Alarm! Das hatte noch gefehlt, kurz vor Feierabend. Irgendein vorprogrammierter Alarm mit neuartigen Einlagen, die sich die Grübler vom Kontrolldienst ausgedacht hatten, Stunden würde das wieder kosten!

»Rot-Alarm«, sagte er ziemlich geschäftsmäßig. »Geh mal schon das Tor aufkurbeln, sie werden gleich angebraust kommen.«

Selbstverständlich musste der Sergeant nirgends eine Kurbel oder eine Welle bewegen, das waren aus Urzeiten übernommene Redensarten. Aber jetzt wäre es ihm wirklich lieber gewesen, er hätte es mit einem handgreiflichen Mechanismus zu tun, denn nachdem er die erforderlichen Knöpfe in der notwendigen Reihenfolge gedrückt hatte, bewegte sich gar nichts. »Ladehemmung!«, schimpfte der Sergeant.

»Havarieschalter!«, erwiderte Conelly gelangweilt. So ein Quatsch, dachte er, was das nun sollte! Aber es regte ihn nicht auf, er hatte beim Militär schon manches Sinnlose erlebt. Er kontrollierte flüchtig die Inputs und fand nichts, was einen echten Alarm ausgelöst haben könnte.

Inzwischen rüttelte der Sergeant vergeblich an der Tür zum Nebengelass, wo sich der Havarieschalter befand. Die Tür öffnete sich nicht. Das war neu, bisher hatte er nicht mal gewusst, dass diese Schiebetür überhaupt verschließbar war. Er hob die Arme in einer Geste der Ratlosigkeit, so als wollte er sagen: ich habe alles getan, was ich konnte, und setzte sich friedlich in die Mitte der Zentrale.

»Die werden ganz schön dumm aus der Wäsche gucken, wenn sie nicht reinkommen!«, sagte er. Der Operator war nun nicht mehr ganz so sorglos. Diese Tür ...

Der Havarieschalter nämlich gab dem Kommandierenden die Möglichkeit, notfalls den Elefanten abzuschalten, von der Stromversorgung zu trennen. Und er war in einem besonderen Raum untergebracht, damit wiederum der Computer das verhindern konnte, wenn er auf autonomen Betrieb geschaltet war, also vom Eingreifen der Menschen unabhängig. Aber das war eigentlich noch Zukunftsmusik, bisher hatten sie sich an die Autonomieschaltung noch nicht herangewagt, nicht einmal übungsweise. Und wenn sie es jetzt üben würden, dann gewiss nicht mit der Stallwache, sondern bei voller Besetzung. Also keine Übung?

»Ruf mal den Chief an!«, bat er den Sergeanten. Der sah beunruhigt auf. Das war nicht üblich, in keiner Vorschrift stand das.

»Mach schon!«, drängelte der Operator.

Der Sergeant nahm den Hörer ab, horchte, schaltete dann, aber der Bildschirm flammte nicht auf, wie sich das für Videotelefon gehört hätte. Ein bisschen blass sah er jetzt aus, als er meldete: »Die Leitung ist tot!«

Aber der Operator schien sich gar nicht mehr für diese Mitteilung zu interessieren. Er starrte auf sein Pult, ohne sich zu regen.

»He, die Leitung ist tot!«, wiederholte der Sergeant mit Nachdruck. Dann aber sah auch er, dass sich da etwas geändert hatte: die roten Lichter waren erloschen, es leuchteten jetzt grüne. Und was das bedeutete, wusste sogar er, wenn auch nur theoretisch, denn nicht einmal übungsweise war das bisher aufgetreten – der Computer, der Elefant, hatte das Regiment übernommen, war jetzt unabhängig von jeder menschlichen Beeinflussung, gab sich selbst und den gesamten Space Forces die Kommandos, eine Phase, die nur der General einschalten durfte, aber der war ja nicht da, also hatte der Elefant selbst ... ja, was hatte er? Die Macht ergriffen?

* * *

»Wirf mal ein kritisches Auge auf mich!«, bat Rena Detlefson ihren Mann, den berühmtesten General der Vereinigten Staaten von Amerika, der noch in Hemdsärmeln vor dem Spiegel des Ankleidezimmers stand und die Uniformkrawatte band, während sie sich schon im Hologramm von allen Seiten betrachtet hatte. Wenn Sinclair Detlefson seine Frau ansah, war er stolz auf sein Glück und auf sich selbst. Er liebte sie seit mehr als zwanzig Jahren ohne Einschränkung und Unterbrechung. Sie war nicht auffallend schön, man konnte sie durchaus übersehen, wenn man zufällig an ihr vorbeiging, aber eine Viertelstunde in ihrer Gegenwart hatte noch jeden verzaubert, auch Schüchterne fanden ein Gespräch, und selbst die Frauen schwatzten gern mit ihr. Rena war aber auch die stets vergnügt-energische Mutter zweier gut geratener Kinder. Und vor allem war sie sein einziger Vertrauter im Kampf um den militärischen Aufstieg. Ihrem Urteil und ihrer Tatkraft verdankte er es ebenso sehr wie seinem Talent, dass er als der jüngste General vor drei Jahren Chef der Space Forces geworden war. Und außerdem verdankte er es selbstverständlich ihren und seinen Dollars und denen ihres Vaters.

So bereiteten sie sich auf die Party, die der Gouverneur heute Abend gab, nicht nur mit aller Gründlichkeit vor, sondern auch mit Vergnügen. Dabei war nicht die Party an sich wichtig und auch nicht der Gouverneur des Staates Utah, der sie gab, sondern die Gästeliste, genauer, die Auswahl derjenigen Gäste, die zu den »upper ten« gerechnet werden mussten, den oberen Zehntausend, und unter diesen wiederum drei, vier Personen. Und genau so wichtig war es, dass vier, fünf andere diesmal nicht dabei waren, aus den unterschiedlichsten Gründen, auch aus zufälligen. Das eben machte diese Partys als Kampffeld interessant, dass ihre Zusammensetzung wechselte; oder vielmehr, es machte fünf, sechs Minuten eines sonst langweiligen Abends interessant, aber die erforderten Anwesenheit und Aufmerksamkeit den ganzen Abend über. Das jedoch fiel dem General nicht schwer, er spielte mit Vergnügen die jungenhafte Fröhlichkeit, derentwegen man seine Gesellschaft schätzte.

»Nun?«, fragte Rena, die sich mit Genuss hatte betrachten lassen.

»Ja!«, sagte der General, und es gelang ihm, in diesem einen Wort seine ganze Bewunderung auszudrücken. Ihr Kleid, in Schnitt und Dessin einfach, brachte ihre Figur zur Geltung, und der Diamant an ihrer Halskette betonte, wie kostbar diese Einfachheit war. Sie trug ihn zum ersten Mal, es war wichtig, bei jeder Party etwas Neues vorzuführen, aber nur Snobs kamen jedes Mal in neuer Kleidung.

»Hast du eigentlich schon mal die Gemme von deiner Großmutter getragen?«, fragte der General nachdenklich.

»Nein, das weißt du doch«, antwortete sie verwundert, »du weißt doch, dass meine Mutter ...«

Der General nickte. Er kannte die Geschichte, die an dieser Gemme hing, in allen Einzelheiten. Die Großmutter hatte sie mitsamt ihrem beträchtlichen Vermögen nicht der Tochter vermacht, also Renas Mutter, weil diese mit dem windigen Spekulanten Elliot Karpatis davongelaufen war, Renas Vater. Sie vererbte sie vielmehr der Enkelin, die sich allerdings so gut mit ihrem Vater verstand, dass sie das Vermögen in seine – letztlich erfolgreichen – Geschäfte steckte. Rena hatte ihrer Mutter versprochen, die Gemme nie zu tragen, aber die Mutter war tot und das Versprechen alt, und der General wusste, dass es Rena nicht mehr drückte.

»Die Gemme also.« Rena überlegte. »Ach, ich weiß, ich soll die Hathaway auf mich ziehen!«

»Ja, Charlie Kingcate will mit mir reden, möglichst unbemerkt«, bestätigte der General, »und ich will auch ein paar Leute sprechen, aber das kann sie dann sehen.«

Die Party des Gouverneurs ereignete sich in einem Penthouse im Stadtzentrum, das für solche Zwecke eingerichtet und ausgestaltet worden war: eine endlose Flucht mittelgroßer Räume, so angeordnet, dass man von keinem Punkt aus alles überblicken konnte, wenigstens nicht als Gast. Getränke und kaltes Buffett gab es in jedem zweiten Raum, hier und da Kaffee und Tee, auch ein Rauchsalon fehlte nicht. Man hatte Swimming Pool und Fitnessraum zur Verfügung, Sauna, Spieltische, Gästezimmer, Personal dazu von vertrauenswürdigen Firmen, zum Teil sicherlich auch von der »Firma«.

Der General und Rena, mit militärischer Pünktlichkeit aus dem durchgehenden Lift tretend, wurden mit den üblichen Redensarten begrüßt, nicht ohne Herzlichkeit, denn man mochte einander, jeder profitierte vom anderen, auch der Gouverneur hatte bei den diversen Rüstungsbauten einige Grundstücke nicht eben mit Verlust abgestoßen, die er kurz zuvor erworben hatte.

Wenn dieses gute Verhältnis auch nicht mit allen bestand – die Mehrheit der Anwesenden mochte das Paar, besonders die Damen blickten gleich etwas lebhafter, als sie den General eintreten sahen. Nur eine alte, dürre, mit Schmuck behängte Dame drängte sich sofort an Rena, wie erwartet hatte sie die Gemme erspäht. Rena nickte ihrem Gatten zu, der schlenderte davon in eins der Nebenzimmer, dann in das nächste, bis er den Gesuchten fand: Charlie Kingcate, Vorstandsmitglied der UC, der United Cybernetics, die den Elefanten gebaut hatte und von der auch Rena ein nicht eben kleines Aktienpaket besaß. Sie wählten am Buffett dies und das und wickelten einen Dialog ab, der sich für unberufene Ohren nicht von den üblichen Gesprächen unterschied. »Es wird eine große Jagd geben«, erklärte Charlie, »freilich nicht auf Elefanten. Ich bin nicht der einzige, der Sie gern dabeihätte.«

»Ich wäre nicht abgeneigt«, antwortete der General, »bin es eigentlich nie. Aber ich müsste schon Genaueres wissen – wann, wo, mit wem ...«

»Versteht sich«, stimmte Kingcate zu, »wir sollten uns Mittwoch oder Donnerstag treffen und die Einzelheiten verabreden. Mit den anderen komme ich dann schon klar.«

Selbstverständlich wussten die beiden Herren, wie oft und wieviel in Ämtern und auf Gesellschaften mitgeschnitten wurde – so oft, dass die Zahl der Decodierer meist nicht reichte, das Material schnell aufzuarbeiten, noch dazu bei einem so unbedeutenden Gespräch, das frühestens in vierzehn Tagen entschlüsselt auf die entsprechenden Schreibtische käme. Und dann durfte es sogar in der Zeitung stehen.

Die beiden Herren nippten zum Abschluss an einem Birden und trennten sich.

›Nicht auf Elefanten?‹, dachte der General. Selbstverständlich kannte Charlie als Hersteller den Spitznamen seines einzigartigen Militärcomputers. Um den ging's also nicht? Er war gespannt, wozu Charlie und seine Hintermänner ihn haben wollten. Nun, was von C.K. kam, würde sich wohl lohnen. Der General war nicht unzufrieden und sah sich gut gelaunt nach seiner Frau um, er fand sie immer noch in Gesellschaft der Skandaltante, nun jedoch auf der hell erleuchteten Terrasse. Beide Damen spielten ihre Rollen mit einem gewissen ironischen Abstand. Die Hathaway wusste, dass Rena die skandalöse Gemme angelegt hatte, damit sie das sehen und verbreiten konnte, jeder, der ihr begegnete und auffiel, durfte auf ihre Schwatzhaftigkeit rechnen, das war ihre Rolle im gut funktionierenden gesellschaftlichen Mechanismus, dafür wurde sie eingeladen. Weitergehende Ziele ihrer Klienten interessierten sie nicht. Und Rena wiederum wusste, dass die Hathaway den eigentlichen Grund für diese Begegnung nicht ahnte. Und so unterhielten sich beide glänzend.

Der General trat näher und wollte mit einer Bemerkung über das Lichtermeer zu ihren Füßen das Gespräch unterbrechen, als das Summen eines Hubschraubers ihm die Arbeit abnahm. Alle sahen nach oben. Sobald die Markierung erkennbar war, wusste der General, dass es ihm galt, und eine Minute später sprang einer seiner Adjutanten aus der Maschine und näherte sich mit suchenden Blicken. Der General hob den Arm, der Offizier trat zu ihm und reichte ihm eine Videotafel.

Die Umstehenden konnten weder hören noch sehen, was übermittelt wurde, aber sie hatten das unerhörte Erlebnis zu beobachten, wie das Gesicht des immer fröhlichen Generals für eine verlorene Sekunde ernst wurde. Dann gab er die Tafel zurück, lächelte wie vorher und sagte zu Rena: »Entschuldige mich bitte, Liebling, etwas Dienstliches!«

* * *

Nach dem ersten Schreck über den Grün-Alarm hatte sich Earl Conelly schnell gefasst. Inzwischen war ihm klar geworden, dass es sich nicht um eine Übung handeln konnte. Wenn wirklich der Grün-Alarm hätte geprobt werden sollen, dann wäre das nicht abgegangen ohne verschiedene Vorbereitungen, über die man wenigstens gerüchteweise etwas gehört hätte. Also gab es nur zwei Möglichkeiten: Computerfehler oder ... Über das Oder brauchte man nicht nachzudenken. Im Ernstfall würde der Übergang von Rot zu Grün bedeuten, dass der menschliche Faktor handlungsunfähig geworden war. Dann also gäbe es den General und das Kommando und die Außenwelt schon nicht mehr. Sollte Wirklichkeit geworden sein, was zu denken man sich verboten hatte in vielen einsamen Stunden? Eine Katastrophe, die zu verhindern man lebte und abarbeitete, was einem vorgegeben war und was man sich selbst doch nie vorhalten konnte ohne den leisen Zweifel, ob eben diese Tätigkeit das zu Verhindernde nicht gerade herbei riefe?

Wie fast jeder kannte er Bilder solchen Weltuntergangs, nicht wirkliche, erlebte, sondern Filmbilder oder höchstens Dokumentaraufnahmen der japanischen Städte und späterer Tests, abgeschwächte Bilder also, und die waren schon schrecklich genug: eine verwüstete Welt, bis zum Rand des Blickfeldes zerstört und, wie man wusste, auch hinter dem Horizont, endlos, in sich selbst zurücklaufend, wenn der Erdball umrundet war; Ruinenfelder, Berge von Schutt, verdorrte Reste von Bäumen – und Strahlen, die man nicht sah, von denen man nur wusste. Oder das Gegenteil: intakte Stadtlandschaft, aber ohne jedes Leben, sogar ohne Hund und Katze und Maus; leere, offene Kaufhäuser voller Waren, die niemand mehr brauchte – und hier beinahe noch schrecklicher der Gedanke an die unsichtbaren Strahlen, die das bewirkt hatten.

Aber die Verschiedenheit der Bilder hatte auch wieder etwas, das die aufkommende Panik dämpfte, sei es, weil der Mensch im tiefsten nicht fähig ist, seine vollständige Vernichtung als Art zu glauben, auch wenn der Verstand diese Möglichkeit durchaus kennt; sei es auch, weil eine Welt, die noch Unterschiede zeigt, der sinnlichen Vorstellung von vollständiger Zerstörung widerspricht. Überlegung macht den Menschen aus – wenn er überlegt, lebt er noch. Überlegen wir also: So ein Grün-Alarm würde nicht lange dauern. Der Computer würde die Waffen zünden und steuern, danach war seine Arbeit getan. Wenn er dann noch existierte, würde er sich abschalten. Er schaltete sich aber nicht ab, und je länger der Grün-Alarm dauerte, umso sicherer wurde der Operator, dass es sich nur um einen Fehler des Elefanten handeln konnte. Einen Augenblick lang – nun schon fast beruhigt – dachte er Spöttisches. Doch ein Fehler war nur um Weniges besser als der schlimmste Fall, denn dieser konnte aus jenem eskalieren. Aber das behielt Earl Conelly für sich, als er dem Sergeanten nun seine Ansicht über die Lage auseinandersetzte.

»Wie geht das denn nun weiter?«, fragte der Sergeant misstrauisch. »Besteht Gefahr?«

»Gefahr besteht immer«, wich Conelly aus, »und wenn man nicht genau weiß, wie es weiter geht, was macht man da? Na, was sagt der Sergeant?«

Bill Fletcher grinste. »Man guckt in die Dienstvorschrift! Und da steht was von Checkliste!«

»Dienstvorschrift! Dienstvorschrift!«, echote eine kreischende Stimme. »Achtung, der General!«

Jetzt grinste Conelly. »Wenn vom Militär die Rede ist, wird Otto sofort munter!« Und nach hinten rief er: »Otto, halt die Klappe!«

»Otto ist lieb! Otto hält die Klappe!«, tönte es zurück, und dann spektakelte der Papagei ebenso laut, aber unartikuliert weiter.

Wie der Vogel zu seinem deutschen Namen gekommen war und wo er überhaupt herstammte, wusste von denen, die hier in der Zentrale Dienst taten, keiner mehr. Man konnte nur in den Unterlagen finden, dass bei Einrichtung der Zentrale in ihrer ursprünglichen Form vor sieben Jahren auf Anraten der Militärpsychologen einige Grünpflanzen und ein lebendes Tier, eben dieser Otto, angeschafft worden waren. Auch wer ihn sprechen gelehrt hatte, war nicht bekannt, die zehn oder elf kurzen Sätze, die er sehr verständlich sprach, hatten alle mit dem Dienst zu tun; Versuche, dem Vogel neue Sätze oder Wörter beizubringen, waren gescheitert. Aber seine Fütterung stand nach wie vor auf dem Dienstplan, die Mittel dafür blieben im Etat, und als vor Jahren die psychologische Mode wechselte und in der Ausstattung wieder strenge Sachlichkeit betont wurde, verschwanden zwar die Grünpflanzen, aber das Maskottchen wurde von der Mannschaft erfolgreich verteidigt.

»Otto weiß Bescheid, er ist ja auch am längsten hier«, sagte der Operator und reichte dem Sergeanten die Checkliste. Sie sah aus wie eine Schreibmappe. Der Sergeant klappte sie auf und hatte fünfzig Fragefelder vor sich und einen Stift, für den es auf jedem Feld drei Löcher gab: positiv, negativ und null – letzteres bedeutete, dass der Elefant auf die Frage nicht reagierte.

»Ich tippe Datum und Uhrzeit ein«, sagte der Sergeant und fragte dann: »Hat denn das überhaupt Sinn? Er hat doch schon das Regime übernommen?«

»Sag du nur an und drücke meine Antworten – irgendwas wird uns die Checkliste schon sagen. Sie ist ja selbst ein Computer.«

»Gut«, sagte der Sergeant, »also – Gelb-Alarm?«

»Positiv.«

»Blau-Alarm?«
»Positiv.«
»Rot-Alarm?«
»Positiv.«
»Grün-Alarm?«
»Positiv.«
»Mannschaft alarmiert?«
Der Operator tippte die Frage ein. »Null«, sagte er verwundert.
»Außenring alarmiert?«
»Wieder null.«
»Also nicht?«, fragte der Sergeant unnötigerweise dazwischen.
»Er sagt es uns nicht«, erklärte Conelly.
»Ach so ja. Weiter. Innenring alarmiert?«
»Wieder null, verdammt noch mal, warte mal – ich sehe doch die Displays vom Innenring leuchten. Moment, vielleicht so.« Seine Finger huschten über die Tastatur.
»Was tippst du ein?«, wollte der Sergeant wissen.
»Frage, warum die Displays leuchten. Aha, da kommt er – weil der Innenring alarmiert ist. Na also. Drücke positiv.«
»Positiv«, wiederholte der Sergeant. »Führungsoffizier benachrichtigt?«
»Null.«
Und so ging es weiter – alle folgenden Fragen beantwortete der Elefant nicht mehr.
»Was sagt die Checkliste?«, fragte Conelly. Im Grunde genommen war ihm klar, was der kleine Computer über den großen sagen würde, aber er war mit seinen Gedanken weitergekommen, und das war vielleicht der eigentliche Effekt des Checkens. Der Sergeant drückte die Resultat-Taste und sagte: »Nicht in Betrieb nehmen! Ist doch Quatsch, er ist doch schon in Betrieb. War wohl mehr so'ne Art Beschäftigungstheorie, was? Leute müssen immer was zu tun haben?«
Earl Conelly ging nicht darauf ein, er hatte sich entschlossen. »Wenn der kleine Computer Unsinn sagt, fragen wir den großen.«
»Dialog-Schaltung? Die ist doch verboten, die darf doch nur der General ...«

»Wie das eben bei der Army so ist«, erklärte Conelly grinsend. »Das Mögliche ist verboten, aber das Unmögliche wird verlangt.«

»Wenn du da rangehst, nehmen sie dir hinterher die Wirbelsäule raus!«, warnte der Sergeant. »Und zwar Wirbel für Wirbel.« Und dann, seiner eigenen Warnung entgegenwirkend, fragte er: »Wie willst du denn da reinkommen? Das ist doch ein geheimer Code!«

»Glaubst du, dass sich hier irgendetwas geheim halten lässt?«

Der Sergeant brummte Unverständliches.

Die folgende halbe Stunde arbeitete Conelly ohne Unterbrechung. Ganze Konzerte ohne Ton spielte er auf der Tastatur des Elefanten. Der Sergeant hing seinen Gedanken nach. Mit dem Computer reden! Wie ging denn das? Wie sprach man den Elefanten überhaupt an? Mit dem Dienstgrad? Welchen Dienstgrad hatte ein Computer? Wenn er mehr zu sagen hatte als ein Drei-Sterne-General?

Der Sergeant war sich bewusst, dass er Blödsinn zusammendachte. Aber immer noch besser, als sich auszumalen, wie es draußen aussehen mochte. Konnte. Eventuell. Aber hoffentlich nicht wirklich.

»Sie sind der Operator Earl Conelly«, sagte der Elefant, »ich erkenne Sie am Anschlag. Bestätigen Sie?« Beide saßen wie erstarrt. Zum ersten Mal hörten sie die Stimme des Computersystems. Selbst der Operator hatte nur gewusst, dass so etwas wie eine Kunststimme installiert war, dem Sergeant war das völlig neu. Er starrte Conelly mit aufgerissenen Augen an. »Bestätigen Sie?«, fragte der Elefant.

»Ich bestätige«, antwortete Earl Conelly und bemühte sich, seine Stimme nicht allzu sehr schwanken zu lassen.

»Stimmerkennung positiv«, erklärte der Elefant. »Unternehmen Sie nichts, warten Sie weitere Befehle ab.« Das Summen erlosch, die Computerstimme hatte sich abgeschaltet. Auf den Displays des Elefanten jedoch spielten die Lichter.

»Kannst du da ...«, begann der Sergeant, hörte dann aber auf und versuchte, die Frage anders zu formulieren: »Das Geflacker da, sagt dir das irgendwas?«

»Na ja«, antwortete der Operator zögernd, »es sieht so aus, als ob draußen noch nichts Schlimmes passiert wäre. Wenn die Systeme gestartet wären, wären die Displays erloschen. Glaube ich.«

»Weißt du, was ich glaube?«, fragte der Sergeant. »Ich glaube, ich rufe jetzt mal meine Frau an. Sie soll die Kinder unter den Arm klemmen und sich aus dem Staub machen.«

Überrascht blickte Earl Conelly auf. Der öffentliche Anschluss – vielleicht funktionierte der wirklich noch, er gehörte ja nicht unmittelbar zur Leitstruktur! Auf so was konnte auch nur der praktische Sergeant kommen.

»Gute Idee!«, stimmte er zu.

Sergeant Fletcher ging in die Ecke der Zentrale, wo etwas versteckt der Apparat stand, ein einfaches, altmodisches Telefon ohne Videoschirm und Tonverstärker, ohne Ohrmuscheln und Klangregulierung, einfach ein Hörer und eine Wähltastatur. Der Sergeant nahm den Hörer ab, wählte und – oh Wunder – sprach: »Hallo, Bess, hör mir zu, frag nicht lange, sondern tu, was ich dir sage. Setz sofort die Kinder ins Auto und fahr zu deiner Schwester nach Salt Lake City. Wenn ich kann, rufe ich dich dort an. Frag nicht, packe auch nichts ein, kaufe dort, was du brauchst, nur fahr sofort los, im nächsten Moment, hörst du?« Der Sergeant schüttelte den Hörer, hielt ihn wieder an das Ohr.

»Jetzt ist die Leitung auch tot«, sagte er.

* * *

Noch strahlte der Boden etwas von der Hitze des Tages aus, aber die Nacht würde kalt werden wie fast alle Nächte in der Wüste. Colonel Ernestino trieb über sein Sprechfunkgerät fluchend die alarmierten Truppenteile und Dienststellen an. Lichter näherten sich, dann leuchteten Scheinwerfer auf und holten die kleine Kuppel mit dem Einstieg zur Zentrale aus der Finsternis.

»Den Platz vor der Kuppel gleichmäßig ausleuchten!«, befahl der Colonel, und irgendjemand anderes kommandierte die Scheinwerfer hin und her, keinen Augenblick zu früh, denn von oben senkten sich drei Hubschrauber ins Licht, Mannschaften sprangen ab und entluden Gegenstände, darunter einen dicken Ballen, der sich sogleich zu einer Traglufthalle aufblies.

»Als erstes das Kommandogerät!«, befahl der Oberst. »Ein Kanal zum Pentagon, einer zum Horchposten Innenring. Die dreißig Empfänger für die automatischen Außenringkennungen auf ein Terminal. Alles andere später.«

Er wollte mit der Einrichtung der Ersatzzentrale wenigstens begonnen haben, bevor der General auftauchte. Und das würde nicht mehr lange dauern. Colonel Ernestino hatte einen ehrlichen Respekt vor dem General, und zugleich lag ihm sehr an dessen Meinung – nicht etwa wegen der Aufstiegschancen, die sich aus einem erfolgreichen Einsatz mit Sicherheit ergaben, er wollte gar nicht aufsteigen, er wollte nicht die Stufe seiner Inkompetenz erreichen. Er hatte als ständige Warnung den Chief vor Augen und vor der Nase, dessen geplagter Stellvertreter er war und dessen mangelnde Kompetenz jeder kannte, ausgenommen der Chief selbst. Ein Glück, dass der gerade in Urlaub war, sonst würde er hier jetzt schon herumwimmeln und das Treiben verrückt machen – dieser Chef Technik, der sich nach alter Navy-Sitte Chief nennen ließ, obwohl er noch nie ein Schiff gefahren hatte, weder auf dem Meer noch im Weltraum. Als der Colonel vor anderthalb Stunden von der Ablösung, die die Zentrale versperrt gefunden hatte, benachrichtigt worden war, hatte er sofort die Funkkennungen kontrolliert und bei allen Waffensystemen der Space Forces, die von hier aus gesteuert wurden, Gelb-Alarm gefunden. Zuerst war ihm der Schreck in die Glieder gefahren, aber gleich danach war ihm klar geworden, dass weder ein Übungsalarm vorlag, davon hätte er als diensthabender Chief wissen müssen, noch Angriffshandlungen einer feindlichen Macht, denn dann wäre es nicht bei Bereitschaft geblieben. Also Computerfehler. Das war auch nicht ungefährlich, denn wenn der Fehler sich fortpflanzte, wie Fehler das manchmal tun, konnte der Elefant durchaus noch anfangen, mit dem Rüssel um sich zu schlagen, und dann: Welt ade. Aber der Colonel war Soldat. Je mehr er seine Erregung in Handlung umsetzen konnte, um so ruhiger wurde er, und schließlich verspürte er – bei allem Sinn für die Gefahr der Situation, versteht sich – doch fast Freude an dieser Bewährungsprobe. Er war in seinem Element. Ihm war sofort klar, was alles nicht möglich war: Eindringen in die Zentrale unter Einsatz von Gewalt verbot sich von selbst. Der Elefant würde zu seinem missverstandenen Schutz die Waffen des Innenrings abfeuern, die Zentrale und gewiss auch Space Town, die Wohnsiedlung der hier stationierten Truppen, würden im »kleinen« Inferno niedrig kalibrierter Atomwaffen untergehen. Den gleichen Effekt konnte eventuell eine Abschaltung der gesteuerten Waffensysteme haben. Und die dritte Gefahrenquelle waren die beiden da drinnen, wenn die anfingen, verrückt zu spielen ... Aber es waren ja disziplinierte Leute, der Sergeant war ein erfahrener Soldat, und der Operator, den sie Mormone nannten, war ein fähiger Kopf. Aber ... aber mit Neigung zum Basteln. Hoffentlich unterdrückte er die.

Drei Meldungen kamen: das Kommandogerät war provisorisch angeschlossen, wie er es befohlen hatte. Das war freilich erst der Anfang, aber wenigstens war man nicht mehr ganz taub und blind, man erfuhr nun, wenn sich irgendwo etwas veränderte, und das war wichtig, auch wenn man zunächst noch nicht darauf reagieren konnte. Das Pentagon blieb dem General überlassen. Wenn der auch als Soldat selbständiges Handeln meist respektierte – Minister schätzen so etwas nie. Da musste die Rangfolge eingehalten werden. Wahrscheinlich musste das auch so sein.

Die zweite Meldung teilte die Einrichtung eines improvisierten Flugtowers mit. Die dritte kündigte den Hubschrauber des Generals an.

Als der Colonel dem General gegenüberstand und militärisch Meldung erstattete über das Vorkommnis und die eingeleiteten Maßnahmen, musste er trotz des Ernstes der Lage darüber lächeln, welch blendenden Eindruck der General selbst hier, nachts auf einem provisorischen Flugplatz, in seiner Ausgehuniform machte – blendend, aber nicht geschniegelt. Ob er extra eine für Partys hatte? Der Gedanke verschwand so schnell, wie er gekommen war.

»Machen Sie weiter«, sagte der General. »Sie leiten den Aufbau der provisorischen Zentrale, bis sie einsatzfähig ist, dann geben Sie ab, suchen Sie sich einen kompetenten Mann für den weiteren Ausbau, ich denke, wir werden sie ein paar Tage brauchen. Und lassen Sie mir gleich einen persönlichen Kanal einrichten, in meinem Zelt. Jetzt werde ich wohl mit dem Minister sprechen müssen.«

Der Colonel konstatierte mit Zufriedenheit, dass sich die Einschätzung des Generals mit seiner eigenen deckte, es enthob ihn der Aufgabe, den Vorgesetzten zu überzeugen. Eigentlich war es erstaunlich, wie der General, der von Technik keine Ahnung hatte, na, jedenfalls nicht halb so viel wie er als zuständiger Offizier, trotzdem das Gefühl für richtige Trends und Zeiträume hatte.

Jetzt begann die Arbeit den Colonel zu überfluten. Immer mehr alarmierte Einheiten und Spezialisten meldeten sich, aber natürlich nicht in der Reihenfolge, wie man sie brauchte, sondern nach dem Maß des Abstands, in dem sie erreicht worden waren, und der Transportmittel, die ihnen zur Verfügung gestanden hatten. Er musste eine ganze Menge Männer herumstehen und warten lassen, und so etwas ist nie gut für die Disziplin und Ruhe und Zielstrebigkeit der Arbeit. Der Colonel atmete deshalb auf, als die im Augenblick wichtigsten Leute eintrafen: die Pioniere, die sofort Zeltlager und Infrastruktur einzurichten begannen.

Gleich darauf kam eine Spezialeinheit mit einem Dutzend Gefechtscomputern, die Einsatzbereitschaft in einer halben Stunde versprachen. Der Colonel ordnete an, dass ein Gerät in zehn Minuten mit der Arbeit beginnen sollte, um alle Vorgänge zu dokumentieren. Dann ging er in die Traglufthalle, weil der Posten, der den Zustand der Waffensysteme überwachen sollte, vor dem Eingang stand, der General hatte ihn wohl hinausgeschickt, während er mit dem Pentagon sprach. Die Anwesenheit des Colonels genehmigte der General mit einem Kopfnicken. Die dreißig Empfänger, deren Signale auf dem einem Terminal vereint waren, zeigten nichts Neues: Überall Gelb, also Bereitschaft, die unterste Alarmstufe. Zum Glück gab es wenigstens diese einseitige Verbindung, die ursprünglich nur als zusätzliche Sicherheitsmaßnahme gedacht gewesen war und von vielen für überflüssig gehalten wurde: jedes Teilsystem sandte automatisch eine Funkkennung aus, an der seine Funktionsfähigkeit und sein Alarmzustand ablesbar waren. Alle anderen Verbindungen, vor allem auch die Befehle, liefen über den Elefanten.

Bei allen automatischen Systemen war also eine Einflussnahme von hier aus unmöglich, man konnte höchstens die Verbindung mit dem Elefanten zerstören, aber keineswegs im Handumdrehen, dazu war sie viel zu gut geschützt. Nur mit den Systemen, die nicht voll automatisiert waren, weil sie ihrerseits wieder von Menschen besetzte und geführte Unterzentralen darstellten, war ein zweiseitiger Kontakt möglich, und zwar über das öffentliche Telefonnetz.

Der Colonel hatte schon alles vorbereitet, um auf diesem Wege eine zweiseitige Verbindung zu stabilisieren, und wartete nur noch auf den General. Denn der musste die Kommandeure anrufen, seine Stimme kannten sie alle, und seine Befehle würden sie ernst nehmen, auch wenn sie den Computeranweisungen zuwiderliefen. Ein öffentlicher Anschluss war hier schon installiert, eben meldete sich ein weiterer alarmierter Mitarbeiter, und der Colonel, der sah, dass der General zum Ende kam, beauftragte den Ankömmling mit der Herstellung der Verbindungen.

Da begann auf dem Terminal, wo die dreißig Kanäle angezeigt wurden, ein Signal zu flackern. Die Zentrale für die Exosphären-Patrouillen war zum Blau-Alarm übergegangen – sie starteten ihre Vögel!

Der Colonel hatte die wichtigsten Telefonanschlüsse selbstverständlich im Kopf. Sofort wählte er die öffentliche Nummer dieser Zentrale. Keine unkontrollierte Bewegung, nicht einmal ein Stirnrunzeln, verriet dem Mitarbeiter, der in Erwartung weiterer Befehle noch neben ihm stand, etwas von der Erregung, die den Colonel gepackt hatte. Wenn die da starteten, würde die russische Raumüberwachung das sofort bemerken und reagieren. Darauf würde wieder der Elefant ...

»Hallo! Hier Colonel Ernestino. Rufen Sie Major Jones an den Apparat. Major, Sie haben selbständig von Gelb auf Blau geschaltet. Nehmen Sie das auf der Stelle zurück. Kein Start! Über dieses Telefon wird in den nächsten Minuten eine stabile Verbindung zu Ihnen hergestellt, bis dahin unterlassen Sie jede Erhöhung des Alarmzustandes, auch wenn sie über den normalen Kommando-Kanal gefordert wird. Ihre Fragen können Sie dann stellen! Ende!«

Plötzlich stand der General neben ihm. »Jones, wie?«, fragte er. Der Colonel nickte. »Ja, Jones.«

»Der nächste wird uns dann schon nicht mehr glauben, dass es seine Vorgesetzten sind, die ihn anrufen. Wenn diese Verbindungen über das öffentliche Netz stehen, bauen Sie mit deren Hilfe sofort ein zweiseitiges Video-Funk-Netz auf. Manche müssen ihren General sehen, wenn sie solchen unvorhergesehenen Befehlen glauben sollen.«

Der Colonel überlegte, ob er nach dem Ergebnis des Gesprächs mit dem Minister fragen sollte, was ihm eigentlich nicht zustand, aber der General kam seiner Frage zuvor.

»Der Minister wird den Präsidenten verständigen. Sonst ist ihm nichts Vernünftiges eingefallen.«

* * *

Bess Fletcher steuerte den Wagen durch die mondhelle Wüste. Die beiden Kinder hinter ihr waren wieder eingeschlafen. Der elfjährige Ian hatte nur genickt, als sie die Kinder geweckt und ihnen erklärt hatte, sie würden nach Salt Lake City zu ihrer Tante fahren. Die neunjährige Winnie hatte gefragt: »Und Daddy?« Worauf Ian gesagt hatte: »Daddy ist Soldat.«

Es gab keine Familie in Space Town, in der solche Situationen wie diese nicht Dutzende Male vorbesprochen und durchdacht worden waren. Man hatte einen hohen Standard in dieser Stadt und dieser Zentrale, aber man zahlte einen Preis dafür: das ständige Bewusstsein der Gefahr. In manchen Familien von Leuten des technischen Personals sollten ja Unruhe und Nervosität den Ton angeben; aber die Familie eines Soldaten musste jedenfalls ihr Schicksal annehmen, sozusagen von der Großmutter bis zum Baby, anders konnte man nicht leben.

Zwei Nachbarinnen fuhren hinter ihr her. Sie hatte sie benachrichtigt, genauso, wie diese sie benachrichtigt hätten im umgekehrten Fall. Und sie war auch bereit gewesen, die wenigen Minuten zu warten, die die eine länger brauchte, um ihr Baby zu versorgen. Gerade wenn es um Minuten geht, ist Hektik das schlimmste. Sie waren aber wohl nicht die einzigen: in ungewöhnlich vielen Häusern und Wohnungen brannte das Licht. Die ausgesperrte Ablösung hatte auch ihre Familien benachrichtigt, Bess wusste es von ihrer Freundin, die sie angerufen hatte. Im Laufe der Nacht würde es wahrscheinlich zu einer Fluchtlawine kommen, und Panik ließ sich dann nicht ausschließen. Ein Glück, dass sie die ersten waren. Die linke Nachbarin, die mit dem Baby, fand nur leere Treibstoffkanister in der Garage, die Frau schimpfte auf ihren Mann, was Bess im Stillen missbilligte, denn schließlich, wozu hatten Soldaten eine Frau, wenn die sich zu Haus um nichts kümmerte. Aber die Sache hatte auch wieder ihr Gutes: so mussten sie an der Tankstelle bei Salt Springs halten und tanken, und wenn es einen Menschen in die der Gegend gab, der immer alles wusste, dann war es Benny, der Tankstellenbesitzer.

Die Tankstelle war hell erleuchtet, das sahen sie von weitem. Benny empfing sie grinsend, er wartete schon an der Zapfsäule. »Habt's eilig, wie?«, fragte er in einem Ton, der eine Antwort überflüssig machte.

»Woher wissen Sie?«, fragte Bess. »Und vor allem, was?«

»Man hat seine Verbindungen«, begann Benny zu schwadronieren, während er für die Nachbarin zwei Kanister füllte, »das braucht man fürs Geschäft, ohne dem wäre man doch in dieser öden Gegend aufgeschmissen, wer kommt denn hier schon vorbei außer euch Sternkriegern, stellt euch mal vor, ich wüsste nichts, da könntet ihr jetzt klingeln und hupen, bis die ganze Lawine hier ist, wenn ich nämlich mal schlafe ...«

»Jaja«, sagte Bess ungeduldig, »wir kennen dich doch, ein Geschäft weckt dich selbst aus der Narkose, und wenn es fünfzig Meilen entfernt ist. Machen wir ein Geschäft: mich hat mein Mann angerufen, aus der Zentrale, ich soll die Kinder wegbringen. Das ist das, was ich weiß. Und was weißt du?«

»Aus der Zentrale?«, fragte Benny ungläubig. »Dann leben die ja noch.«

»Das will ich hoffen!«, sagte Bess energisch. »Höre ich jetzt was von dir?«

»Mehr weißt du nicht? Naja, ich weiß auch nicht viel mehr. Mein Schwager in Silver Point hat mich angerufen, ob hier bei uns was los ist, dort haben sie das ganze Helikoptergeschwader alarmiert, dann hab ich ein paar Leute bei euch angerufen, die Ablösung ist nicht reingekommen in euren Computerstall, und Larry in Kurkot hat mir erzählt, vor den Raketen dort haben sie ein Zelt mit einer Funkstation errichtet, mehr weiß ich nicht, denn seitdem kommt man nirgends mehr durch.«

»Danke«, sagte Bess mechanisch. Bennys erste Bemerkung hatte etwas in ihr ausgelöst, eine unklare Befürchtung, und sie fragte sich nun, ob sie richtig gehandelt hatte. Das wichtigste war zweifellos, die Kinder in Sicherheit zu bringen, daran war nicht zu tippen, das war oft genug durchdacht und verabredet ein für alle Mal. Aber was dann? Konnte es nicht sein, dass ihr Mann sie hier dringend brauchte, während sie vielleicht in Salt Lake City saß? Freilich, wenn wirklich etwas Schlimmes passierte, wenn Billy nicht wieder rauskam aus dem Stall, dann musste den Kindern wenigstens die Mutter erhalten bleiben. Ihre Schwester würde ihnen keine so gute Mutter sein können. Nach deren eigener Meinung übrigens, denn man hatte auch das mehrfach besprochen. Aber war das wirklich die Meinung der Schwester gewesen oder nur eine gutgemeinte Floskel? Nun, all diese Erwägungen waren nichts wert, so lange man nicht etwas mehr wusste.

»Fahrt ihr weiter«, sagte sie zu den zwei Nachbarinnen. »Ich bleibe noch einen Moment hier, ich will hören, was die nächsten wissen.« Sie ließ sich von den Einwendungen der beiden nicht umstimmen und sagte nur: »Wenn es der Big Bang wäre, wär's schon passiert. Ich komme mit dem nächsten Schub.« Auf den würde sie nicht lange warten müssen, sie sah schon die Scheinwerfer der Wagen, vielleicht noch zwei Meilen entfernt.

Während sie beobachtete, wie die Lichter scheinbar langsam auf sie zu gekrochen kamen, spürte sie zum ersten Mal seit Bills Anruf so ein Gefühl, als ob ihr eine fremde Hand an die Kehle griffe: Angst. Bisher hatte sie zu sorgen gehabt, musste sich bemühen, um die Kinder, die Nachbarn. Jetzt merkte sie, wie die Tatkraft sie verließ und mit ihr die Sicherheit. Mühsam bewahrte sie Fassung, als die kleine Kolonne an der Tankstelle hielt. Im letzten Wagen fand sie eine befreundete Familie. Sie tauschten Informationen aus, aber wenn man von Gerüchten absah, wusste keiner mehr als der andere, Quelle waren immer Leute vom Schichtwechsel.

»Wo habt ihr denn Opa?«, fragte Bess, weil ihr plötzlich auffiel, dass die Familie nicht vollzählig war. Die Frau druckste herum. »Opa bleibt zu Hause«, sagte sie schließlich. »Wir haben geredet wie reisende Bibelverkäufer, er glaubt nicht an den Krieg, geht nur, hat er gesagt, das ist schon richtig so, aber ein paar müssen auch hierbleiben und Ordnung halten. Ich glaube, er hat einfach keine Lust, noch viel herumzureisen.«

»Ja, kann sein«, sagte Bess, »gut, ich fahre hinter euch her, mache das Schlusslicht. Ihr fahrt doch zu Schwiegermutter?« Bess kannte die Eltern des Mannes, sie wohnten ein paar Häuser entfernt von ihrer Schwester – dadurch hatten sich die Familien überhaupt kennengelernt, ohne allerdings sehr engen Kontakt zu halten. Die Kinder schliefen noch. Während Bess den Rücklichtern der Bekannten nachfuhr, gingen ihr allerlei Gedanken durch den Kopf. Freilich, sie alle hatten das Risiko ihrer Männer und dieser Stadt gekannt, hatte es in Kauf genommen, da sie es für angemessen bezahlt hielten, und außerdem, was hieß schließlich Risiko – wenn es wirklich zum atomaren Krieg kam, war es egal, wo man saß, in dieser Stadt oder in Miami oder im Grand Canyon, nirgendwo würde man weiterleben können, soviel verstand selbst die Frau eines Sergeanten von diesen Dingen. Wenn es aber nicht dazu kam, und bisher deutete nichts darauf hin, denn war man im Grunde um den Elefantenstall herum sicherer als anderswo. Oder? Zweifel bewegte sie. Freilich, man war nicht in die Einzelheiten eingeweiht, man wusste nicht, was alles in den Stall hineingebaut worden war, bei der Neuausrüstung war von Sicherungen die Rede gewesen, die gegebenenfalls den Elefanten samt Stall zur Selbstvernichtung befähigen sollten, und diesem General traute sie durchaus zu, dass er und seine Kumpels von der UC dem Staat allen möglichen zusätzlichen und überflüssigen Quark angedreht hatten, wenn er nur schön teuer war. Dieser Mann entsprach einfach nicht ihren Vorstellungen von einem großen militärischen Führer. Wenn er ihr als Verkäufer in einem Reisebüro begegnet wäre, hätte sie ihn vielleicht sympathisch gefunden, aber so ... Nein, Unsinn, so durfte sie nicht denken. Wenn es kritisch wurde, musste jeder tun, was ihm oblag, anders ginge alles drüber und drunter, aber das war es gerade: was oblag ihr? Wo lag ihre Pflicht? Bei den Kindern? Oder beim Mann? Die Kinder waren bei der Schwester versorgt, und vielleicht würde die gar keine so schlechte Mutter sein, wenn es darauf ankäme ... Es fuhr ihr wie ein Stich durchs Herz, als sie dem Gedanken hinterherhorchte und seine Konsequenzen deutlicher hervortraten. Aber dann dachte sie an Billy, wenn er aus dem Stall zurückkäme, vielleicht morgen früh, vielleicht erst viel später, halb verhungert und erschöpft, und niemand da, der ihn versorgte – sie kannte ihn doch, dieses große Kind!

Bess blinkte ein paar Mal mit der Lichthupe. Die vor ihr hielten an. Sie stieg aus und ging zu dem Wagen.

»Könnt ihr meine Kinder mitnehmen und bei meiner Schwester abgeben? Ich glaube, ich muss mich um Billy kümmern, wenn er da wieder rauskommt!«

* * *

Der General hatte einen Posten vor sein Zelt gestellt und befohlen, dass in den nächsten zehn Minuten keiner sich weiter als auf zehn Schritte nähern sollte. Dann schaltete er das Videotelefon ein und rief Frau und Schwiegervater zu einer Konferenzschaltung. »Code siebzehn Strich drei«, sagte er, als die beiden sich gemeldet hatten, und alle stellten auf ihren Chiffriergeräten diesen Privatcode ein. Niemand konnte nun das Gespräch abhören, er hätte denn den Code und dazu die private Tageseinstellung der Codierbasis gekannt.

»Was ist denn los, General?«, fragte Elliot Karpatis. »Und wieso brauchst du dazu mich? Ich habe keine Zeit, ich will morgen mit Sonja in die Mountains!«

Rena lächelte ihren Vater an. »Auch, wenn es um ein Milliardengeschäft geht?«

»Woher weißt du das?«

»Ich kenne doch den General, bin schließlich mit ihm verheiratet.«

»Schon gut, schon gut, ich ergebe mich!«, sagte der alte Mann und hob die Arme.

»Wir haben eine glänzende Gelegenheit, das kleine Paket in unserm Safe ein wenig zu vergrößern«, verkündete Sinclair Detlefson, der auch in der Familie mit General angeredet wurde, übrigens schon, als an diesen Dienstgrad noch gar nicht zu denken war.

»Die UC-Aktien«, sagte der alte Karpatis, plötzlich sehr interessiert, aber mehr feststellend als fragend.

»Wir haben hier eine kleine Havarie, die Sache dauert vielleicht drei bis vier Tage, hat aber weitreichende Konsequenzen, sie wird bis zum Präsidenten gehen, wahrscheinlich sogar bis in die internationale Politik. Spätestens morgen Vormittag kriegt die Presse davon Wind, bis dahin müsst ihr also unsere Aktien vorsichtig verkaufen. Wenn sie dann ganz unten sind, kauft ihr ebenso vorsichtig zurück; nur dann ein paar mehr.«

»Und du bist sicher, dass es dann wieder aufwärts geht mit der UC?«, fragte Elliot Karpatis.

»Selbstverständlich. Da dieser Computer nicht absolut fehlerfrei arbeitet, muss man ihn verbessern, und wenn die Fehler entsprechend groß sind, muss ein neuer her – der, der für die Ablösung in sechs Jahren schon konzipiert ist, nur eben schneller. Das kann niemand anders als die UC.«

»Und wenn der Fehler doch nicht so groß ist?«

»Wie groß der Fehler ist, entscheiden meine Fachleute. Und die entscheiden nichts, was nicht mit mir abgesprochen ist.«

Der Senior war noch nicht zufrieden. »Und wenn unabhängige Gutachten gefordert werden?«

»Unabhängige können bei Projektierung und Neueinführung hinzugezogen werden, zur Beurteilung des laufenden Betriebs nicht, das verbietet die Geheimhaltung. Es sei denn, der Präsident weist es an. Aber der wird andere Sorgen haben.«

»Und wenn nicht?«

»Senior, was ist denn mit dir los? Du warst doch früher ein kühner Spieler! Jetzt so vorsichtig, so besorgt? Ist das, weil man im Alter konservativ wird?«

»Unsinn, ich war immer konservativ!«

»Nimm's Vater nicht übel«, mischte sich Rena ein, »wirklich, du bist auch für meinen Geschmack ein bisschen zu sicher. Du weißt doch eigentlich gar nicht, was mit eurem Elefanten los ist? Wenn es nun nicht vier, sondern vierzehn Tage dauert, dann können wir nur noch von deinem Generalssold leben, mein Lieber. Nämlich, dass wir es waren, die die Aktien zuerst auf den Markt geworfen haben, werden dann die Spatzen von den Dächern pfeifen.«

»Ja, und dann gibt's eine parlamentarische Untersuchung«, sagte Elliot Karpatis, »und wir werden an der ganzen Geschichte schuld sein und infolgedessen die Kosten tragen.«

Der General begriff, dass er sich auf eine intensive Diskussion einlassen musste, die anderen nahmen seine Idee nicht so begeistert auf, dass es nur noch um die Präzisierung des Vorhabens und des Gesamtumfangs der Aktion gehen konnte. Aber diese Umstellung fiel ihm nicht schwer, sie war vielleicht sogar nützlich, denn in alle

Richtungen hatte er seinen Einfall ja auch noch nicht zu Ende denken können.

»Wenn es wirklich vierzehn Tage dauert«, begann er lächelnd, »kommt die Untersuchung mit ihren Konsequenzen auf jeden Fall, egal, ob wir jetzt unsere kleine Operation durchführen oder nicht. Aber in einem Punkte habt ihr Recht: Wir sollten die Sache auf alle möglichen Folgen hin abklopfen und für jede Wendung eine Strategie in der Tasche haben, bevor wir loslegen. Dann müssen wir ständig in Kontakt bleiben, du, Senior, musst deine Finanzlaufburschen in Trab haben, Rena bleibt unsere Vermittlung, wir operieren nur über sie, für Vater und Gatten ist es gleichermaßen unverdächtig, wenn ständig Kontakt aufgenommen wird. So, und jetzt zu den Entwicklungsmöglichkeiten. Die Frist von drei bis vier Tagen entnehme ich der Art, wie unsere Techniker sich darauf vorbereiten. Schneller wird es kaum gehen, und wenn, kann ich bremsen. Sollte es aber viel länger dauern und die UC in die Binsen gehen, ist es erst recht nützlich, wenn wir die Aktien vorher verkauft haben – denn dann kriegen wir keinen Cent mehr dafür. Aber das ist kaum möglich, denn der Laden rüstet ja nicht nur uns mit Elektronik aus, sondern auch andere Teile der Streitkräfte. Ich denke, ein Risiko gibt's immer, aber in diesem Falle ist es verschwindend klein.«

»Wann, wird man sehen wie es weiter geht?«, fragte der Senior.

»Ich denke, am Dienstag wissen wir mehr. Vorher beginnen wir sowieso nicht mit dem Aufkauf.«

»Du hast vorhin gesagt, das kann bis in die internationale Politik gehen. Was verstehst du darunter?«, fragte Rena.

»Das ist so: wenn wir die Sache nicht noch heute Nacht in den Griff kriegen, was ich nach Lage der Dinge für ausgeschlossen halte, dann besteht die Gefahr, dass die Geschichte eskaliert. Ich meine, es kann sein, dass der Elefant irgendwelche Raketen oder Strahler startet. Dann müssen die Russen reagieren. Um das zu verhindern, muss unser Präsident eine Art Stillhalteabkommen mit dem russischen abschließen, über den heißen Draht. Wenn das nun funktioniert – und es muss funktionieren – werden sich überall Politiker finden, die sagen: es geht ja, also lasst uns die Raumwaffen abschaffen! Dann werden wir alle Puppen tanzen lassen, damit sie nicht durchkommen.«

»Wenn aber doch?«, fragte Rena. »Ich weiß, es ist naiv, aber fast würde ich mir's wünschen.«

»Dann würde die UC überflüssig«, sagte der General trocken, »denn dann würde sich Konkurrenz finden, die sich die Aufträge der anderen Teilstreitkräfte unter den Nagel reißt. Aber auch dann wäre es gut, wenn wir die Aktien verkauft haben. Doch das ist graue Theorie. Also – können wir jetzt zum Geschäft kommen?«

* * *

»Ich habe mal Bestandsaufnahme gemacht«, sagte der Sergeant, »wir haben die Fünftage-Rationen von vierzehn Mann, also können wir fünfunddreißig Tage auskommen. Wasser reicht noch länger. Ob wir lieber gleich strecken? Was meinst du, wie lange müssen wir hier drinbleiben?«

»Keine Ahnung«, sagte Conelly und gähnte ungeniert. »Ach, so lange dauert es nicht«, setzte er dann hinzu. »Ich bin müde, gehen wir schlafen, vor morgen früh passiert sowieso nichts.«

»Wenn du müde bist, einverstanden«, sagte der Sergeant streng, »dann übernehme ich die erste Wache, bis vier, dann du bis acht, Ordnung muss sein. Wenn der Elefant irgendwas gucken lässt, soll ich dich dann wecken?«

»Klar, mach das«, sagte Conelly friedfertig, stand von seinem Sitz am Terminal auf und legte sich ohne weitere Umstände auf eine der drei Pritschen, die im Hintergrund der Zentrale standen. »Gute Nacht!«

»Gute Nacht«, brummte der Sergeant widerwillig, und von hinten rief der Papagei: »Oller Penner! Schlaf nicht im Dienst, oller Penner!«

Der Sergeant lächelte und wollte Otto nachahmen, aber er wurde von der schon einmal gehörten vierten Stimme, der des Elefanten, unterbrochen.

»Wer spricht da?«, fragte der Computer. »Operator Conelly, melden Sie sich! Wer hat soeben gesprochen?«

Earl Conelly war fast ein wenig ärgerlich. Wohl eine Stunde lang hatte er versucht, auf irgendeine Weise mit dem Computer Kontakt aufzunehmen, ohne Ergebnis, und jetzt gelang das dem Papagei auf Anhieb! Aber dieser Ärger war dumm, der Operator rief sich zur Ordnung, er war dabei, den Elefanten zu vermenschlichen. Viel interessanter war der Umstand, dass der Computer den Vogel offenbar gehört hatte.

»Los, hoch mit dem Hintern, der Elefant hat gerufen!«, schimpfte der Sergeant, weil Earl Conelly immer noch nicht aufstand und der Elefant seine Aufforderung zum zweiten Mal wiederholte.

Jetzt erhob sich der Operator, er hatte gezögert, weil eine Überlegung ihn aufgehalten hatte: Sollte er akustisch antworten oder über die Tastatur? Der Elefant hatte vielleicht mit seiner Stimme auch seine akustischen Sensoren in Gang gesetzt. Das konnte bedeuten, dass der Elefant nun auch hörte, was er, Conelly, mit dem Sergeanten besprach. Aber verstand der Computer auch alles? Die Texteingabe war an gewisse Regeln und Zeichen gebunden, die sich nicht prinzipiell von den Kontaktsprachen anderer Computer unterschieden. Die akustische Sprache war dagegen bedeutend reicher an Ausdrucksmöglichkeiten und Inhalten und daher auch reicher an möglichen Missverständnissen. Sollte diese ganze Kalamität von einen Missverständnis herrühren? Aber als es losging, waren die akustischen Sensoren noch nicht eingeschaltet, das konnte es nicht sein. Oder doch? Ja wirklich, das konnte doch niemand kontrollieren ... Egal, er würde erst einmal akustischen Kontakt aufnehmen, man würde ja sehen ...

»Hier bin ich. Es spricht Operator Earl Conelly.«

Er ging an sein Terminal. Sofort erschien dort die Schrift: KONTAKT ÜBER TEXTEINGABE!

Earl Conelly tippte ein: Die fragliche Stimme gehört Otto. Otto ist kein Bediener, sondern ein Tier. Ein Tier ist ein niederes Lebewesen. Otto ahmt menschliche Stimmen nach, verarbeitet aber den Text nicht.

WAS IST EIN TIER? fragte die Schrift auf dem Schirm.

Der Operator zögerte. Der genaue Umfang des Wissens, über das der Elefant verfügte, war auch ihm nicht bekannt. Der Begriff Tier kam offensichtlich nicht darin vor. Wie sollte er ihn erklären? Am besten über allgemeine Begriffe, von denen er annehmen durfte, dass der Computer sie kannte.

Er schrieb: EIN TIER IST EINE BIOLOGISCHE EINHEIT MIT EINER SEHR NIEDRIGEN STUFE DER DATENVERARBEITUNG, AUF DER EINIGE FESTE UND ERLERNTE PROGRAMME OHNE RATIONALE AKTIVITÄT DAS ÜBERLEBEN SICHERN.

Der Elefant nahm offenbar die Erklärung an.

»Oller Penner! Schlaf nicht im Dienst, oller Penner!« Die Stimme klang genauso wie vorhin, nur kam sie aus den Lautsprechern des Computersystems. Earl blickte zu Otto – der hielt den Kopf schief, sagte aber nichts. Auf dem Schirm erschien Schrift: WARUM ANTWORTET OTTO NICHT?

Diesmal bereitete die Antwort dem Operator keine Schwierigkeiten: OTTO KANN TEXT NICHT VERARBEITEN. ER SPRICHT NUR AUF GRUND INNERER ZUSTÄNDE UND ÄUSSERER ANLÄSSE, DEREN ZUSAMMENWIRKEN NICHT GENAU BEKANNT IST.

Der Elefant schien beruhigt zu sein, der Bildschirm erlosch. Der Operator wunderte sich nur, dass eine ganze Reihe von Displays leuchteten oder flackerten und damit eine ungewöhnliche Aktivität im Bereich innerer Informationsverarbeitung anzeigten. Was an dem letzten Satz beschäftigte den Computer so sehr? Earl Conelly kam aber nicht dazu, darüber nachzudenken, denn jetzt musste der Sergeant alles loswerden, was sich angestaut hatte, als er in den letzten Minuten stiller Zuschauer sein musste.

»Was ein Tier ist, fragt er! Gibt's denn sowas? Ich hab das immer nicht geglaubt, was über Computer gesagt wird, dass das nur fleißige Idioten sein sollen, aber jetzt glaub ich's! Dann ist es ja kein Wunder, wenn es solche Pannen gibt! Konntet ihr dem nicht ein bisschen mehr beibringen? Und überhaupt – warum ist der Elefant nicht gegen solche Pannen gesichert? Was hat der für Geld gekostet! Ich meine, wenn ich ein Auto kaufe, erwarte ich doch auch, dass es nicht plötzlich von allein gegen den Baum fährt!«

Noch einer, dem man die einfachsten Dinge erklären musste! Und Conelly war jetzt so müde! »Der Elefant«, sagte er schleppend, »ist gegen alles gesichert, was einem Computer zustoßen kann – soweit es bekannt war. Diese Panne jetzt ist noch nicht vorgekommen. Wenn wir irgendwann die Ursachen herauskriegen, wird der nächste dann auch dagegen gesichert sein.«

Weiterdenken konnte der Sergeant. »Dann kann man also nie sicher sein, dass er nicht plötzlich irgendeinen Unsinn anstellt, auch in Zukunft nicht?«

»Vollständig nie.«

»Und so einer unbedarften Maschine vertraut ihr die Entscheidung über Krieg und Frieden an?«

»Sie macht tausendmal weniger Fehler als ein Mensch. Sie kann nicht ärgerlich werden, sie kann nicht verrückt werden, sie kann nicht mal mit dem linken Fuß zuerst aufstehen, weil sie keinen hat. Willst du lieber die ganze Schweinerei einem Menschen anvertrauen?«

Die einzig logische Schlussfolgerung aus diesem Dialog behagte dem Sergeant nicht. Er ahnte sie wohl, man konnte eigentlich nur noch fragen, ob das Ganze überhaupt Sinn hatte oder ob man es nicht besser abschaffte, aber diese Frage ging ihm gegen die Berufsehre und klang auch ein bisschen zu sehr nach pazifistischer Propaganda. Deshalb lenkte er ab und sagte: »Das mit der Sicherheit begreife ich trotzdem nicht. Soviel ich weiß, ist das absolut sichere Auto zum Beispiel doch möglich, nur zu aufwendig für die Massenproduktion. Aber hier, wo es um die Sicherheit des ganzen Landes geht ... eigentlich der ganzen Welt ...?«

»Es gibt keine absolute Sicherheit«, sagte der Operator gelassen. Über die Müdigkeit war er nun hinweg, und warum sollte er dem Sergeanten nicht einiges klarmachen – wer konnte wissen, was sie noch gemeinsam zu bestehen hatten! Nur, hoffentlich fiel ihm ein zugkräftiger Vergleich an, denn mit Formeln durfte er dem Sergeanten wohl nicht kommen. »Je komplizierter ein Apparat ist, umso mehr Fehlerquellen hat er, ist dir das klar? Ob du mit Pfeil und Bogen etwas triffst, hängt nur von deiner Geschicklichkeit ab. Ob du mit einer Rakete triffst, hängt so gut wie gar nicht von deiner Geschicklichkeit ab, aber von tausend anderen Dingen.« Nein, das war er wohl nicht, der treffende Vergleich, denn der Sergeant überlegte nicht lange und widersprach: »Aber die Raketen treffen!«

»Vielleicht so herum«, entgegnete Earl Conelly. »Wie viele Leute brauchst du, um einen Mann rund um die Uhr zuverlässig zu überwachen? Ich meine mindestens.«

»Mindestens zwei«, antwortete der Sergeant etwas verwundert. »Weil ja der Mensch ja auch mal schlafen muss.«

»Und wenn einer von den beiden einschläft?«

»Dann hat er keine Berufsehre im Leib.«

»Nun nimm mal an, es handelt sich nicht um Menschen, sondern um Grundbausteine des Computers, die haben bekanntlich keine Berufsehre. Wie viele brauchen wir also jetzt schon, um ein Bauelement zu überwachen, also zu sichern, dass es immer zuverlässig funktioniert?« Er rechnete es gleich selbst vor. »Zwei, und für jedes davon wieder zwei, sind zusammen sechs. Mal ganz primitiv gesprochen, brauchen wir also für den Computer zur Sicherung einen zweiten, der sechsmal so groß ist. Unserer ist aber schon der größte.«

Der Operator sah, dass er den Sergeanten zu schwerer Denkarbeit veranlasst hatte, und beinahe wunderte er sich etwas, dass der Partner seinem Gedankengang ohne viele Einwände gefolgt war. Hatte er ihn unterschätzt? Offenbar, denn jetzt brachte die Schwerarbeit des Sergeanten einen neuen Einwand hervor.

»Kann man das Problem nicht anders lösen?«, fragte er.

Der Operator legte sich wieder hin, plötzlich war er so todmüde wie vorhin. »Hat man doch«, sagte er und machte mit dem Arm eine ungefähre Geste in Richtung auf die Armaturen des Elefanten.

»Und wie?«, wollte der Sergeant wissen.

»Quasibiologisch«, murmelte der Operator.

Mit diesem Begriff konnte der Sergeant wenig anfangen. Er drehte sich zu Conelly um und wollte eben weiter fragen, da sah er, dass der Operator eingeschlafen war.

* * *

Der Anruf des Präsidenten kam ziemlich genau zu dem Zeitpunkt, an dem der General ihn erwartet hatte. Zuerst meldete sich der Beamte, der die Übertragung absicherte, und fragte ihm ein Loch in den Bauch, was der General geduldig ertrug – erstens musste der Mann schließlich unter besonderen Bedingungen seine Verantwortung wahrnehmen, und zweitens wusste der General zu gut, dass gerade Leute in solchen Positionen den Ruf produzierten, den man bei den Chefs des Weißen Hauses hatte. Und außerdem hatte er selbst bei den wiederholten Tests Zeit, noch einmal alles zu überdenken, was er sich bereitgelegt hatte, auch Taktisches, zum Beispiel, bei welchen Fragen des Präsidenten die Antwort wie aus der Pistole geschossen kommen musste und bei welchen Fragen nachdenkliches Zögern angeraten war.

Der Präsident befand sich in der Mitte seiner zweiten Amtsperiode, an einem Punkt, wo Präsidenten in der Regel öfter darüber nachdenken, mit welchem Ruf sie in die Geschichte eingehen. Er hatte zu lavieren zwischen den Lobbies der Rüstungsgruppen und der immer noch starken Gruppe der Abrüster, die man nicht einfach hatte abwählen können wie den Amtsvorgänger des Präsidenten mit seinen Disarmament Deal, der sich heute noch wunderte, dass ihn nicht das Schicksal mancher Vorgänger getroffen hatte, zum Beispiel Kennedys. Nun, man war inzwischen etwas kulturvoller geworden in den Südweststaaten und griff nicht mehr gleich zum Colt, wenn einem etwas nicht passte. Aber obwohl dieser Präsident aus anderem Holz war, was schon die Existenz des Elefanten bewies – auch er würde in solcher Situation eine Politik des Möglichen machen müssen. Und was war möglich? Besser zu fragen: was war unmöglich?

Unmöglich war vor allem, die Sache geheim zu halten oder unterhalb der offiziellen Schwelle zu belassen. Jederzeit konnte der ausgeflippte Elefant oder wie vorhin ein überschnappender Kommandeur ein Waffensystem starten, und dann mussten die Russen reagieren. Ein Stillhalteabkommen für drei oder vier Tage oder eine Woche war nötig. Der General wusste, dass es vorläufige, sehr allgemein gehaltene Absprachen in dieser Richtung gab, es war auch die Notwendigkeit der Inspektion vor Ort einbegriffen, sehr unangenehm, aber unumgänglich. Dieser Weg war dem Präsidenten im Grunde vorgezeichnet. Jetzt kam es darauf an, dass er, General Detlefson, eine kleine, aber möglichst spektakuläre Idee dazu beisteuerte, an die alle Eingeweihten sich jederzeit erinnern würden, eine Idee, bei der schwerlich etwas schiefgehen konnte ... Wer würde diesen Inspektionen auf beiden Seiten angehören?

Gewiss die Stellvertretenden Chefs der Generalstäbe. Elektronikfachleute. Geheimdienstler, na gewiss, wenn es auch gar nichts zu spionieren gab, ohne die ging es ja nicht, man war einfach verpflichtet dazu, schon, weil man annehmen musste, dass der Gegner auch ... Nein, das führte zu nichts. Publizisten? Ach, Unsinn, wenn, dann schon lieber weltbekannte Dichter, nein, auch Unsinn, die würden die ganze blöde Geschichte noch heroisieren, Moment mal, Publizisten, hatte nicht die ... Ein ungläubiges Staunen huschte über das Gesicht des Generals, dann ein fast faunisches Schmunzeln, da war die Idee, herrlich, großartig, das war es, was er gesucht hatte! Schon hatte er seine Gesichtszüge wieder unter Kontrolle, der Beamte hatte zum Glück nicht hergesehen, es würde morgen nicht geflüstert werden, der General grinst sich eins. Je länger er aber über seine Idee nachdachte, umso besser gefiel sie ihm. Ein bescheidener, kleiner Vorschlag, der dann in der Presse endlos breitgetreten werden würde, gerühmt und kritisiert, alles andere zudeckend.

Einen einzigen Haken hatte die Sache; ob auch der Präsident der Russen ...

Der Präsident.

»General Detlefson!«

»Sir, Mr. Präsident!«

Der General erstattete Bericht über die Lage. Er sprach nur zwei Minuten, Drumherumreden lag ihm nicht, und außerdem saßen der Minister und der Militärberater neben dem Präsidenten, die hatten ihn schon informiert und mit Varianten vollgestopft. Er gab offen zu, dass eine präzise Einschätzung der Sachlage und des erforderlichen Zeitraums für die Korrektur gegenwärtig noch nicht möglich sei. Dabei spürte er, dass er diese Offenheit weiterführen musste, dass sie ihn zur Unterbreitung seines Vorschlags führen würde. Er fügte also als konkretes Beispiel den Vorfall mit diesem Major Jones hinzu, der in Washington noch nicht bekannt sein konnte, und meldete abschließend, dass die Ersatzzentrale einsatzbereit sei.

Auch der Präsident machte nicht viele Worte.

»Wen würden Sie von Ihrem Team für die Inspektion empfehlen?«

Der General empfahl den zur Zeit in Urlaub befindlichen, aber bereits alarmierten Chef Technik, und beglückwünschte sich im

Stillen sogleich zu dieser Blitzidee – dort bei den Russen würde der Kerl keinen Schaden anrichten, außer dass die natürlich merkten, wie wenig er von der Sache verstand.

»Ihren Chef Technik?«, fragte der Präsident stirnrunzelnd. Der Berater beugte sich zu ihm und flüsterte etwas. »Gut«, sagte der Präsident. »Sie halten mich auf dem Laufenden. Bei der kleinsten Veränderung in der Lage wünsche ich informiert zu werden.«

»Selbstverständlich, Mr. Präsident!« Der General ließ die Antwort im Ton so ausschwingen, dass das geübte Ohr des Präsidenten hören musste: hier war noch nicht alles gesagt.

»Haben Sie noch Fragen?«

Jetzt war die Sekunde da. Das Risiko war groß. Um wirkungsvoll zu sein, musste er den Minister und den Berater ausmanövrieren. Zuerst musste er mit dem Präsidenten unter vier Augen sprechen. Das war eine sehr ungewöhnliche Bitte, aber sein Vorschlag würde sie rechtfertigen – hinterher, und falls er abgelehnt würde, nur für den Präsidenten. Er durfte nicht abgelehnt werden, und über die Forderung nach einem isolierten Gespräch mussten sie dort hinterher gemeinsam lachen können, das würde die Brüskierung aufheben ...

»Ich habe eine ungewöhnliche Bitte«, sagte der General, »Sir, Mr. Präsident, ich möchte mit Ihnen unter vier Augen sprechen.«

Der Präsident sah ihn erstaunt an, die beiden Beisitzer waren sichtlich peinlich berührt.

»Sie haben noch nie um etwas gebeten«, sagte der Präsident, »und ich kann mich auch nicht erinnern, dass Sie je leeres Stroh gedroschen hätten. Unter den gegebenen Umständen – ich bin einverstanden.«

Der Minister und der Berater standen auf und verließen den Raum, man sah ihnen ihre Verärgerung an.

»Ich höre«, sagte der Präsident etwas steif. Auch ihm war die entstandene Situation unangenehm. Er war nicht zimperlich, dann wäre er nie Präsident geworden, aber irgendetwas würde er hinterher den beiden anderen sagen müssen. Wenn das Anliegen des Generals die Ausnahme rechtfertigte, würde es Folgen haben, und die wären dann nicht mehr geheim zu halten. Und ein Anliegen ohne öffentliche Folgen, ein rein persönliches also, würde dieser Mann nicht in dieser Form vorbringen. Demnach würde es wohl etwas sein, das er, der Präsident, entscheiden sollte, ohne seinen Ratgebern gerecht werden zu müssen. Wenn er es abschlug, war die Sache damit aus der Welt – außer für die beiden Hinausgeschickten. Aber für die würde ihm schon eine Ausrede einfallen. Andererseits, wenn das Anliegen dieses Detlefson nicht sein Vorgehen rechtfertigte, dann ... dann würde das über kurz oder lang Folgen für den General selbst haben, und das täte wieder ihm, dem Präsidenten, leid, er mochte ihn und wusste auch, dass er einen kompetenteren Mann für diesen Posten kaum finden würde.

»Ich entnehme Ihrer Frage nach einem Teilnehmer aus unserem Kommando«, sagte der General, »dass wir mit den Russen eine Generalstabsinspektion austauschen. Ich könnte mir vorstellen, dass es die Öffentlichkeit sehr beruhigen würde, wenn Ihre Tochter und der Sohn des russischen Präsidenten den Inspektionen angehören würden. Ihre Tochter ist Publizistin, hat bekanntlich in Ost-Europa einen guten Namen und spricht fließend Russisch. Der Sohn des dortigen Präsidenten ist zwar noch jung, aber schon bekannt als Computerexperte.«

Der Präsident war betroffen und gerührt; betroffen, weil er sofort sah, dass er diesem Vorschlag nicht würde ausweichen können, und weil er seine Tochter in eine Gefahr bringen musste, die er selbst zwar nicht für sehr groß hielt, aber wer wusste in diesem Falle schon, was noch kommen würde? Und etwas gerührt war er, weil dieser Vollblutmilitär am gegenüberliegenden Bildschirm so viel Takt aufgebracht hatte. Oder war es Taktik? Ach egal, in dieser Höhe der Staatshierarchie gab es überhaupt nichts ohne Taktik. Jedenfalls war er dem General dankbar, für den Vorschlag sowohl als auch für sein Vorgehen. Nun musste er ihn nur noch bei den beiden Mitarbeitern entschuldigen, damit bei denen nichts hängen blieb.

Der General hatte den Gedankengang des Präsidenten auf dessen Gesicht fast eindeutig verfolgen können. Jetzt musste er ihm irgendetwas in die Hand geben, das dieser bei seinen beiden Leuten verwenden konnte. Ihm hatte etwas vorgeschwebt, das ihn selbst verniedlichte, das die anderen über ihn lachen ließ, aber jetzt, wo er sah, dass der Präsident seinen Vorschlag angenommen hatte, war er plötzlich so abgespannt, dass ihm nichts Passendes einfiel. Und im Grunde war ja auch alles gesagt – Tragweite und Folgen überblickte der Präsident sicherlich besser als er.

Der rief denn auch seine beiden Mitarbeiter zurück. »Der General«, sagte er, als sie Platz genommen hatten, »hat mich auf einen Vorschlag gebracht, den wir den Russen unterbreiten werden. Er wollte ursprünglich wohl mich schonen, aber mehr noch hat er Sie davor verschont, zu diesem Vorschlag Stellung zu nehmen. Jetzt dürfen Sie ihn gut finden, ich habe mich bereits dafür entschieden. Danke, General Detlefson!«

Dies war nun Dank und Verabschiedung zugleich, auch wohl Rechtfertigung des Generals vor seinen beiden Vorgesetzten, aber eine Rechtfertigung nur dem Wort nach. In Wirklichkeit mussten die beiden über diesen sarkastischen Humor ihres Präsidenten noch mehr erbost sein als vorher. Auf die würde er, der General, wohl nicht mehr zählen dürfen, wenn es hart auf hart ginge. Andererseits, seine Urheberschaft an diesem Gedanken war nun nicht mehr zu verschweigen, und das wog am Ende alles auf.

* * *

»General, ein Flash ist gestartet!«

»Verdammt – jetzt muss er!« Der General hatte nicht gedacht, dass er die ständige Verbindung mit dem Präsidenten so schnell würde nutzen müssen. Er hatte den Eindruck gehabt, dass der Präsident entschlossen war, seinen russischen Kollegen anzurufen, aber er hatte nicht den Eindruck gehabt, dass es ihm damit übermäßig eilig gewesen wäre. Vielleicht wollte er noch die genaue Zusammensetzung der Inspektion diskutieren, vielleicht hatte er die stille Hoffnung, dass sich in der nächsten Viertelstunde noch alles klären würde, ohne dass große weltumspannende Aktivitäten nötig würden – was auch immer sich der Präsident gedacht hatte, jetzt musste er unverzüglich auf den heißen Draht, wie diese längst nicht mehr drahtgebundene Verbindung zwischen den Staatsoberhäuptern genannt wurde. Denn der Start eines Flash konnte unberechenbare Folgen haben; wenn er nicht den Beginn von kriegerischen Handlungen darstellte, so konnte er doch der erste Schritt dazu werden.

Der Flash war ein automatisches, raketengetriebenes Stratosphärenflugzeug, das mit schwachen Laserkanonen bestückt war, dazu bestimmt, feindliche Interkontinentalraketen beim Wiedereintritt in die dichteren Schichten der Atmosphäre zu zerstören. Der von einer supraleitfähigen Spule gespeiste Laserblitz war zwar zu schwach, eine Rakete auf ihrem normalen Flug zu zerstören, aber wenn sie ein paar Sekunden lang aerodynamisch auf über sechstausend Grad aufgeheizt war, reichte die Energie des Laserstrahls dafür aus.

Der Flash, vom Elefanten gestartet, würde kein Ziel finden und wieder landen. Aber er würde bei dieser Operation unzweifelhaft von der Gegenseite geortet werden, und hier begannen die Unwägbarkeiten. Das heißt, eigentlich doch schon vorher. Man wusste ja nicht, warum der Elefant den Flash gestartet hatte. Wenn nun wirklich ein Angriff vorlag? Der General glaubte das so wenig wie sein Colonel, aber was nützt Glauben in solcher Lage! Wenn wirklich – dann saßen sie in einer bösen Falle, denn alle von Menschen kommandierten Unterzentralen waren inzwischen angewiesen worden, keinesfalls den Gelb-Alarm zu überschreiten, und das hieß: das Land war wehrlos.

Andererseits, wenn die Russen das sahen, welche Schlüsse würden sie ziehen? Welche Schlüsse würde dann er, der General, ziehen, wenn er bei den Russen säße? Eine nicht angekündigte Übung? Dann müsste ein Ziel für den Flash simuliert werden. Eine Provokation? Möglich, aber unwahrscheinlich, die politische Lage war nicht danach. Auch er würde am ehesten auf Fehler im Computer tippen. Und daraus würde er folgern, dass die andere Seite im Augenblick schutzlos wäre. Eine lockende Chance ... Der General schüttelte sich. Obwohl er selbst in öffentlichen Äußerungen gelegentlich etwas hemdsärmelige Aggressivität zur Schau stellte, wusste er im Grunde genommen zu genau, dass ein Raumkrieg, gleich wer ihn angestiftet haben mochte, auf die Großmächte übergreifen und beide Seiten sowie den Rest der Welt vernichten würde. Damals, als sich nach dem Zusammenbruch des Ostblocks die erste Abrüstungswelle verlaufen hatte, wurden unter dem Vorwand, man müsse sich vor den sogenannten Schurkenstaaten schützen, die alten Pläne der SDI in veränderter Form wieder aufgenommen und ausgeführt. Seither jedoch hatte sich die Welt einigermaßen stabilisiert, die neuen Herrscher regierten nach den üblichen Spielregeln des Westens, und die Space Forces und ihr russisches Gegenstück waren eigentlich überholt. Aber der General wusste von seinem Gegenspieler nur, wie er hieß. Man müsste sich persönlich kennen, dachte der General. Alle diese Überlegungen, so neu nicht, hatten ihn nur ein paar Sekunden beschäftigt.

»Die Air Force ist in Bereitschaft«, sagte der Colonel, »sollen sie den Flash abschießen, bevor er in die Stratosphäre kommt?« ›Wenn du das für richtig halten würdest, hättest du es längst angeordnet, dachte der General. Nein, nein, noch wollen wir der Konkurrenz nicht das Vergnügen gönnen, uns beispringen zu dürfen; es könnte der Sprung eines Tigers werden, denn augenblicklich sind wir ein Lamm, ein Neugeborenes, blind und taub.‹ Er rief den Präsidenten an, bekam aber nur den Militärberater an den Apparat, der Präsident, hörte er, spreche bereits mit den Russen. Der General erstattete Meldung, der Berater versicherte, er würde dem Präsidenten diese Information sofort schriftlich vorlegen, und bat um Benachrichtigung, wenn die Lage sich ändern sollte.

Dies wäre auf dem besten Wege – oder richtiger, auf dem am wenigsten schlechten. Das im Augenblick wichtigste war getan. Der General konnte dem Gefühl, das er bisher unterdrückt hatte, nun mal eben die Zügel schießen lassen. Es war ein neues Gefühl für ihn, er entdeckte es erst jetzt: Wut auf den Elefanten. Bisher war der Computer (oder diese Hierarchie von Computern) für ihn eine Sache gewesen, Wut aber war ein Gefühl gegen Menschen oder allenfalls gegen Umstände, er hatte sich nie dazu erniedrigt, irgendetwas gegen die Wand zu schmeißen, um eine Wut auf einen Menschen abzureagieren. Was war los? War der Elefant zu einem Gegenspieler avanciert? Wenn das so war – und wenn die Wut nutzbringend angelegt werden sollte – musste er ihn auch als Gegenspieler annehmen. Dann aber musste er lernen, seine Züge zu durchschauen, erst einmal rückblickend, später im Voraus. Was also mochte den Elefanten bewogen haben, einen Flash zu starten, einen, nicht eine Gruppe oder alle? Einen unmittelbar militärischen Sinn hatte die Aktion nicht. War es eine Probe? Oder ein Signal an die Menschen?

Umgekehrt: Was hatte auf den Elefanten eingewirkt? Zuletzt? Nicht der Gegner, sondern sie selbst. Mit dem Befehl an die Unterzentralen, den Gelb-Alarm nicht zu überschreiten, hatten sie die Handlungsfähigkeit des Elefanten eingeschränkt.

»Geoffrey?«

»General?« Der Colonel wusste, wenn der General seine Leute mit dem Vornamen anredete, war er gerade aus gründlichen Überlegungen aufgetaucht, und dann liebte er es auch nicht, mit dem dienstlichen Sir angeredet zu werden, sondern mit seinem Rang, der zugleich sein privater Spitzname war.

»Prüfen Sie, ob bei den Unterzentralen irgendwelche Weisungen des Elefanten angekommen sind, die nicht befolgt wurden, und veranlassen Sie, dass uns alle derartigen Informationsströme mitgeteilt werden!«

Während der General weiter den Flug des Flash verfolgte, der im Übrigen ereignislos verlief und schließlich mit seiner Landung endete, entdeckte er den Zwiespalt seiner Ziele oder, wenn man wollte, Pflichten: Als Militär musste es ihm darum gehen, den anomalen Zustand des Elefanten möglichst sofort zu beenden, denn niemand konnte ahnen, wie er sich weiter entwickeln würde, ob er nicht nach diesem ergebnislosen Versuch zu härteren Mitteln greifen würde, die dann auch der Gegner nicht unerwidert lassen konnte. Als Finanzier dagegen musste er die den Zustand zwei, drei Tage aufrechterhalten, bis die geplanten Operationen abgeschlossen oder wenigstens in einer günstigen Phase waren.

Allerdings gab es Korrespondenzen zwischen beiden Pflichten: die Fähigkeit, diesen Zustand zu beenden, auch wenn man sie nicht sofort anwandte, konnte den Finanzunternehmungen nur förderlich sein, weil man dann den genauen Zeitpunkt der Beendigung selbst bestimmen durfte. Andererseits entsprach auch die genauere Auslotung dieser Anomalität den militärischen Pflichten – man brauchte schließlich Erfahrungen für die Konstruktion der nächsten Elefanten-Generation. Und eine so starke Quelle von Erfahrungen konnte nicht einmal durch Übungen und Probealarme gewonnen werden, die je nach Vorgabe immer nur einen Teil der Anlage erfassten – damit nämlich der Kern nie in seiner Wachsamkeit unterbrochen wurde, nicht für eine Sekunde. Welch ungeheuren Gewinn versprachen die Erkenntnisse aus diesem Vorgang – sowohl technisch als auch finanziell!

»Sir!«

Des Colonels Stimme klang besorgt. Der General trat neben ihn und blickte auf den Bildschirm. Zackenlinien in verschiedenen Farben zeichneten sich ab, die Spitzen der Zacken lagen auf einer ansteigenden Linie. Es war klar – das waren die vom Elefanten befohlenen Aktivitäten, die nicht befolgt worden waren.

»Der Präsident verhandelt schon«, sagte der General. Er hörte, wie der Colonel neben ihm aufatmete. »Was denken Sie – wird der Elefant Automatics starten?«

Der Colonel wies statt einer Antwort auf einen anderen Bildschirm. Dort war alles ruhig. »Die Funkkennung der Automatics«, erklärte er.

›Wenn der Elefant ein Mensch wäre, würde er Automatics starten, nachdem seine Befehle von den Unterzentralen negiert werden‹, dachte der General. Noch war nicht klar, ob er das tun würde, und ein bisschen bangte dem General davor. Er spürte ganz tief im Innern ein eigenartiges Zittern, mehr eine Vibration, nicht körperlich, nichts, was mit Mut oder Feigheit zu tun hatte, eher reine Erregung, Bereitschaft der geweckten Kräfte. Die nächsten Zacken erschienen, die Kurve wanderte langsam von rechts nach links, täuschte er sich? Nein, die Zacken stiegen nicht mehr an, sie blieben in gleicher Höhe, und jetzt – jetzt wurden sie kleiner, langsam zwar, aber unverkennbar. Nein, der Elefant war kein Mensch. Der Elefant war eine ungeheuer zuverlässige Konstruktion, und in diesem Augenblick war der General überzeugt, dass der Fehler, der die jetzige Lage hervorgerufen hatte, seine Quelle ebenfalls in dieser Zuverlässigkeit hatte. Das klang zwar paradox, und vielleicht war es nur Wunschdenken, aber möglich war es trotzdem. Und wenn es wahr wäre, würde es kein besseres Argument für die Modernisierung geben.

Etwa so: Jeder Mensch anstelle des Computersystems hätte versagt und einen Krieg hervorgerufen ... Die Zacken verschwanden, der zweite Schirm blieb ruhig. Der Elefant hatte die Beschränkung seiner Verfügungsgewalt hingenommen. Jetzt konnte man beginnen, eine Lösung des Problems zu konzipieren.

Montagmorgen

»Vera, aufstehen!«
Obwohl die Worte geflüstert waren, alarmierten sie Vera. Denn es waren englische Worte, und wenn sie sonst auch perfekt Englisch sprach und sogar dachte – die ersten und die letzten Minuten des Tages gehörten dem Russischen, ihrer Muttersprache.
Eben wollte sie protestieren, als sie die Klingel hörte. Fast noch Nacht – das konnte nicht ihr gelten, von ihr konnte um diese Zeit niemand etwas wollen. Ihre Professorenkollegen waren viel zu höflich, mitten in der Nacht jemand zu belästigen, und ihre Studenten würden das erst recht nicht wagen. Also galt es wieder einmal ihrem Ken, der schon in die Hosen gesprungen war: Kensington Berringer, Wirtschaftswissenschaftler und einer der Sprecher der halblegalen New Solidarity Party der USA. Nun, sie würden ihn nicht kriegen, dafür war gesorgt. Es sei denn, die Partei riete ihm, dass er sich durch Absitzen der Haft legalisierte. Jedenfalls war wohl ihre gute Zeit erst mal zu Ende. Vera schloss die Augen und fluchte im Stillen auf Russisch, um nicht losheulen zu müssen. Es würde vorbeigehen. Es würde ja vorbeigehen, und dann ...
Ken umarmte sie, flüsterte: »Du hörst von mir!« und verschwand. Wieder klingelte es, diesmal schon energischer. Drei Minuten brauchte Ken, um außer Reichweite zu sein. Wie sie ihn nur aufgestöbert hatten? Nun ja, ganz unbemerkt hatte ihr Verhältnis nicht bleiben können, und die modernen Bild- und Tonanalysen ...
Vera warf sich einen Morgenrock über und schlich zur Tür. Zwei Zivilisten sah sie durch den Spion. Gesichter und Haltung drückten aus: sie waren gewohnt, vor Türen zu stehen, und sie waren ebenso gewohnt, sich Einlass zu verschaffen.
Als der Größere von beiden erneut zum Klingelknopf griff, öffnete Vera, ließ aber wie üblich die Kette vorgelegt.

Der größere, der auch im Folgenden das Gespräch bestritt, gab sich außerordentlich höflich, bat um Entschuldigung und zeigte ihr seinen FBI-Ausweis, nicht kurz und demonstrativ, sondern lange und geduldig, bis sie sich von der Echtheit überzeugt hatte.

»Dürfen wir hineinkommen?«, fragte er dann. »Es lässt sich nicht durch den Türspalt sagen, was unser Anliegen ist.«

Vera öffnete und ließ die beiden ein.

Im Wohnzimmer nahmen sie auf ihre Einladung hin Platz. Der Sprecher begann: »Entschuldigen Sie, ich muss Sie fragen – Sie sind Vera Sokolowa, Professor für Politologie an der Harvard University, russische Staatsbürgerin?«

Vera bestätigte verwundert – das klang ja, als ob der Besuch doch ihr galt und nicht Ken. Was aber sollten die von ihr wollen?

»Wir haben den Auftrag, Sie zum Flugplatz zu begleiten, wo eine Chartermaschine für Sie bereitsteht. Nein, nein, bitte protestieren Sie nicht, wir ...« Er biss sich auf die Lippen, einen Augenblick lang wirkte er irgendwie hilflos. Dann hatte er sich offenbar entschlossen, die Flucht nach vorn anzutreten.

»Ich sage Ihnen ganz offen: Mehr weiß ich auch nicht. Wir stellen uns hier vielleicht etwas unbeholfen an, wir sind keine Diplomaten, wir bemühen uns, höflich zu sein, wir sind darin nicht sehr geübt, bei unserer sonstigen Kundschaft ist das nicht gefragt, aber ... Aber wir werden sie unter allen Umständen dorthin bringen.«

Vera war irritiert. Noch bevor sie die Zumutung zurückweisen – oder akzeptieren – konnte, sagte der Kleinere: »Vielleicht hilft Ihnen das, Sie möchten hier anrufen!« Er gab ihr einen Zettel mit einer Telefonnummer, es war eine Nummer der Botschaft, wie sie gleich sah, aber eine, die sie noch nie gewählt hatte.

»Ja, bitte?«, meldete sich eine Stimme, die ihr bekannt vorkam. Vera sagte ihren Namen und wartete. Der Partner nannte seinen Namen nicht, aber an der Art, wie er sie mit Vor- und Vatersnamen anredete, erkannte Vera den Botschafter. Und der war auch über ihre gegenwärtige Lage im Klaren.

»Lassen Sie sich bitte zum Flugplatz fahren und fliegen Sie. Es ist ein Notfall, eine zeitweilige Gruppe des Generalstabs unserer Streitkräfte wurde gebildet und ist hierher unterwegs, Sie sind ihr als Berater zugeteilt. Melden Sie sich bitte am Ziel Ihrer Reise bei Generaloberst Teljagin. Sie verstehen, dass ich nicht ausführlicher werden kann? Gut. Fliegen Sie? Gut. Ich wünsche Ihnen Erfolg.«

Später, als sie im Auto saß, fragte sie sich, ob das wirklich die Stimme des Botschafters gewesen war, ob nicht jemand sie nachgeahmt hatte, um sie irrezuführen, aber das war wohl die Restmüdigkeit, die sie unsicher machte. Sie gähnte und schüttelte den Kopf, und dann liefen die Gedanken zusammenhängend. Was machte eine Gruppe des Generalstabs hier? Ihres Wissens hatte es das noch nicht gegeben, und es war auch nirgends vorgesehen, wenigstens kannte sie kein Dokument, in dem ... oder doch? Es hatte Gerüchte gegeben beim Abschluss der letzten Sicherheitsvereinbarung, Gerüchte über Zusatzprotokolle mit praktischen Maßnahmen für den Fall, dass irgendetwas Militärisches irgendwo außer Kontrolle geriet. Das konnte ja interessant werden. Gefährlich ja, das auch, aber vor allem interessant. Gefahren zu bestehen, darin war sie geübt, jede der antirussischen Wellen, die von Zeit zu Zeit über das Land schwappten, hatte persönliche Gefahr für sie bedeutet, sie hatte gelernt, sich zu wehren, einige Male hatten ihre Studenten einen Wachdienst für sie organisiert – aber an einem politisch originären Ereignis wie anscheinend diesem hatte sie noch nie teilhaben können. Ihre Gedanken arbeiteten nun schon gleichmäßig und mit kräftigem Zug wie ein guter Motor, sie stieg aus dem Wagen und in das Flugzeug ein, ohne viel zu beachten, nur nach dem Start, als sie Höhe gewannen, bemerkte sie den hellen Schein des Morgens am Osthorizont, der sich aber später wieder verlor. Sie flogen also nach Westen. Utah?

Der nächtliche Flugplatz, auf dem sie in einen Helikopter umstieg, war ein Militärobjekt, nicht mit Ortsnamen gekennzeichnet, und dann landete der Hubschrauber in einem ziemlich wüsten Gelände, in dem eine halbwegs ausgeleuchtete Zeltstadt stand. Hier aber wurde sie mit heimatlichen Lauten empfangen. Ein sehr junger Mann mit den Rangabzeichen eines russischen Leutnants holte sie ab und erklärte, er würde sie zu ihrem Zelt führen, und in einer halben Stunde würde Generaloberst Teljagin sie um ein Gespräch bitten. Der junge Mann war ihr ungeheuer sympathisch, hauptsächlich wohl, weil er ihr nach diesen Aufregungen als der erste Repräsentant der Heimat gegenübertrat. Aber das war nicht alles – er wirkte in Haltung und Gesicht so ernst und klug, dass es sie rührte. Jungs in dem Alter hatten doch lustig zu sein und übermütig und auch ein bisschen dumm. Der hier – ja, das war wohl ein junges Genie, deshalb auch seine Delegierung, und junge Genies haben für gewöhnlich ein mehr oder weniger großes Defizit an normaler, dem Alter entsprechender Umgänglichkeit. Und was ging sie das an?

Als der Junge sich verabschiedete, hatte sie den deutlichen Eindruck, dass ihre Sympathie nicht einseitig war, und sie fragte: »Holen Sie mich in einer halben Stunde wieder ab?«

»Gern!«, sagte der Leutnant und strahlte und war plötzlich ein ganz normaler, netter Junge.

Fünf Minuten gab sie sich, das Zelt zu besichtigen. Mit militärischen Maßstäben gemessen, war es komfortabel: Duschkabine, Zeltheizung, Mikrowelle, Videotelefon. Eine Tabelle mit Rufnummern, lokal und öffentlich. Sollte sie mal zu Hause nach dem Rechten sehen – oder vielmehr nach ihrem Linken? Hundert zu eins, dass die Verbindungen überwacht wurden. Andererseits konnte ihr niemand das Recht nehmen, sich davon zu überzeugen, dass sie das Badewasser abgedreht hatte. Sie wählte also ihre Nummer und setzte das Codewort für ihre Videokontrolle hinzu. Auf dem Schirm erschien ihre Wohnung, zuerst das Arbeitszimmer, Schwenk, das Schlafzimmer – na sowas, da lag Ken im Bett, seelenruhig, als ob nichts geschehen wäre, jetzt merkte er, dass die Kontrolle eingeschaltet war. Er winkte und sagte: »Ich hab dich gerade noch abfahren sehen!«

Vera schaltete das Mikro ein und antwortete: »Alles in Ordnung, ich melde mich, sobald ich kann!« Dann brach sie schnell die Verbindung ab.

Gleich darauf fiel ihr ein, dass das nicht gerade geschickt war. Sie hätte noch ein paar Belanglosigkeiten sagen sollen, privat, unauffällig. Aber sie war zu verblüfft gewesen. Offenbar hatte Ken an irgendwelchen Anzeichen erkannt, dass der Besuch gar nicht ihm galt. Dann hatte er sich vielleicht nur im Nebenzimmer versteckt und das Wichtigste mitbekommen. Erst jetzt wurde ihr so richtig bewusst, dass diese seltsame Geschichte, in die sie hier geraten war, auch innenpolitisch eine ungeheure Bedeutung haben würde. Da hatte sie aber für eine Politologin bemerkenswert langsam geschaltet. Sie musste so bald wie möglich mit Ken sprechen, ihn informieren, wenn sie Genaueres wusste. Was hatte er gesagt, eben, am Video? Sieben Worte hatte der Satz gehabt. Also würde sie ihn unter der siebenten Deckadresse erreichen. Die eventuelle Überwachung würde sie ausspielen müssen. Zum Glück waren sie beide darauf vorbereitet, meist genügte eine Andeutung, und der andere tat, was notwendig war.

Plötzlich fühlte sie sich unsagbar müde. Sie wusste, dass der Grund dafür nicht nur der fehlende Schlaf war. Was sie an Ken so bewunderte, war seine Fähigkeit, in halber Illegalität zu leben, ohne die Freude am Dasein und am Zusammensein zu verlieren, und sie bewunderte es, weil sie selbst das nicht konnte. Nun, sie hatte ja auch hier einen legalen Status, halb und halb wohl sogar einen diplomatischen, und gegen die müde Verzagtheit half bestimmt eine heiße und kalte Dusche.

Sie war eben fertig mit Anziehen, als der Leutnant klingelte und auf ihren Zuruf hin eintrat. Er hatte wirklich geklingelt, ein Seilzug von draußen hatte ein Glöckchen bewegt, das Vera vorher gar nicht gesehen hatte – inmitten all der Technik etwas rührend Herkömmliches. Der Generaloberst, ein kleiner, zartgliedriger Mann mit einem Gelehrtengesicht, empfing Vera mit einem Lächeln, das zu flüchtig war, um die Sorgen zu verdecken.

»Ich freue mich, dass Sie da sind«, sagte er, »und ich bin überzeugt, dass Sie ausgiebig zu tun bekommen. Wir können alle Informationsquellen dieses Landes benutzen, müssen das allerdings über das Informationszentrum der Space Forces anfordern, die Nummer steht in ihrem Rufverzeichnis. Ich brauche Ihr Urteil über politische Zusammenhänge in diesem Land. Was hier los ist, weiß im Augenblick niemand, nur so viel ist bekannt, die Computerzentrale ist außer Kontrolle geraten. Die Inspektionsgruppen der beidseitigen Generalstäbe zur Überwachung wurden ausgetauscht, damit jede der beiden Seiten sicher sein kann, dass die andere etwaige unbeabsichtigte Aktivitäten nicht als Angriff auffasst. Fürs erste habe ich nur zwei Fragen an Sie. Nummer eins: Wie werden die politischen Kräfte und Gruppierungen dieses Landes sich zum zeitweiligen Aussetzen der Konfrontation verhalten? Und zweitens: Welche Aspekte sehen Sie im Zusammenhang mit der Tatsache, dass der amerikanische Präsident seiner Inspektionsgruppe seine Tochter und unser Präsident unserer Gruppe seinen Sohn beigegeben haben – hier, Leutnant Markow. Der im Übrigen ein hervorragender Computerfachmann ist.«

Vera sah sich überrascht nach dem Leutnant um. In dessen Gesicht regte sich nichts, und in diesem Augenblick tat er ihr leid. Aber Mitleid war gewiss das, was der junge Mann jetzt am wenigsten brauchte.

* * *

Gegen Morgen war Earl Conelly seine Wache zu langweilig geworden. Anfangs hatte ihn die Tatsache, dass nichts geschah, beruhigt. Er hatte sich vorgestellt, dass draußen nun schon alles Nötige in die Wege geleitet wurde, hatte im Geiste Hubschrauber kommen und landen und Zelte aus dem Boden wachsen und überhaupt an den verschiedensten Stellen des Landes hektische Betriebsamkeit ausbrechen sehen – und dabei hatte ihm das je länger je mehr den Eindruck der Hilflosigkeit gemacht. Aber eine so potente Organisation konnte doch nicht hilflos sein, da gab es Fachleute aller Graduierungen, da gab es die Konstrukteure des Elefanten ... Und dann begriff er, dass es seine eigene Hilflosigkeit war, die er in seine Vorstellungen von dem, was sich draußen abspielte, projizierte. Er, Conelly, hilflos? Das wollen wir doch mal sehen!

Aber sogleich nahm er sich zurück und warnte sich vor zu großem Eifer. Er hatte schon genügend Vorschriften übertreten. Er war zwar kein Anhänger übertriebener Disziplin, und solange er niemand damit schadete oder nicht unangenehm auffiel, machte ihm eine kleine Überschreitung seiner Grenzen sogar Spaß. Jetzt aber waren die draußen am Werk, und sie würden damit rechnen, dass sie hier drin sich still verhielten, nichts taten, was ihnen nicht vorgeschrieben war. Er wusste zwar nicht, was die da draußen vorhatten und was sie überhaupt tun konnten, aber falls gleichzeitig draußen und drinnen gehandelt wurde, konnte sich das im Computer zu ganz und gar unbeabsichtigten Wirkungen verflechten. Andererseits spürte er, dass Stillhalten die halbwegs überwundene Angst wieder herbeirufen konnte. Und wie mochte es da erst dem Sergeanten gehen, der wenig darin geübt war, sich ausschließlich mit dem Kopf zu beschäftigen, und der bei seiner schwerfälligen Art zu denken und zu fühlen die erste und schlimmste Panik noch vor sich hatte?

Earl erhob sich und ging erst mal Otto füttern. Leise redete er auf den Vogel ein, um ihn zu beruhigen. Er wollte nicht, dass der Elefant sich wieder einschaltete, und er wollte ebenso wenig den Sergeanten wecken, der würde ihn noch den ganzen Tag beschäftigen – oder richtiger: Er selbst würde ihn beschäftigen müssen. Jetzt war er froh, ungestört nachdenken zu können. Denn die Unruhe war geblieben. Ihm war inzwischen klar, dass weder seine technischen Kenntnisse noch sein Bastlergeschick ausreichen, Antworten auf die entstehenden Fragen zu finden, schon gar nicht auf die sogenannten dummen Fragen, die manchmal die klügsten sind. Er würde also nicht handeln – diese Überlegung von vorhin hielt er immer noch für richtig. Aber er musste sie ja auch dem Sergeanten plausibel machen, denn der war nicht von der Sorte, die bei irgendetwas lange untätig zusehen konnte. Er hatte ihm also manches zu erklären, vieles, auch Dinge vielleicht, die er selbst nicht wusste; mindestens gefragt werden würde in dieser Richtung. Dabei war dem Sergeanten das meiste völlig fremd, das ihm, Earl Conelly, schon im Blut lag; folglich konnte jedes zweite Wort zu einem Missverständnis führen. Er brauchte Umschreibungen, nicht in den Bildern, in denen er selbst dachte, physikalischen oder chemischen Analogien, sondern in solchen, die ihm erlebbar waren. Und er musste dabei alles vermeiden, das Handlungen provozierte. Wenn man sich wenigstens mit ihm streiten könnte! Also streiten um Meinungen.

Aber dazu waren sie zu verschieden in Wissen, Funktion, Temperament.

Der Vogel schwieg, der Elefant ließ trotzdem ein paar Lichter spielen, offenbar hatte er registriert, dass die Nachtruhe beendet war. Es juckte Earl in den Fingern, die Tastatur in Bewegung zu setzen. Aber auch, wenn er sich das nicht selbst verboten hätte, wüsste er nicht, was er mit welchem Ziel eingeben sollte. Doch irgendwas musste er jetzt tun, Körper und Hände bewegen, und darum bereitete er das Frühstück vor. Auch das erforderte Geschick und Erfindungsgabe, denn die Zentrale war ja kein Drugstore. Und dabei fiel selbstverständlich etwas herunter, und das weckte den Sergeanten. Ganz nebenbei und fast zufällig registrierte Earl, dass der Computer die Geräusche und dann die Stimme des Sergeanten mit etwas lebhafterem Blinken seiner Lämpchen begleitete. ›Er hört alles!‹, dachte Earl. Und: ›Was versteht er davon?‹ Es war keine ängstliche Frage, es interessierte ihn, obwohl die Antwort ihm in der gegenwärtigen Situation kaum hätte helfen können. Aber gewiss würde sich jede gefundene Antwort, ja selbst jede genau formulierte Frage in den nächsten Stunden und Tagen auszahlen.

Der Sergeant sagte nicht viel, er war überhaupt anders als sonst. Es ging etwas vor in ihm, und als er sich nach dem Frühstück hinsetzte, seine Pistole aus dem Halfter nahm, irgendwo her ein Bündel Reinigungszeug holte, ein Tuch ausbreitete und die Waffe zu zerlegen begann, wurde Earl ein wenig bange. Hoffentlich drehte der Sergeant nicht durch! Eben wollte er von sich aus die Rede auf den Elefanten bringen, als der Sergeant mit seinen Gedanken wohl an einem Punkt gekommen war, wo er eine Frage formulieren konnte.

»Was war das gestern Abend mit der Biologie? Ich habe immer gedacht, Elefant sei ein dummer Spitzname, aber nun ist er wirklich eine Art Tier?«

»Nein, überhaupt nicht«, antwortete der Operator. »Nur manche Vorgänge laufen bei ihm ähnlich ab wie in einem Tiergehirn.«

»Zum Beispiel?«

Earl sah, dass der Elefant seine Tätigkeit plötzlich intensiviert hatte, und jetzt wurde ihm bewusst, dass er in der folgenden Unterhaltung zwei Herren zu dienen hatte: Er musste nicht nur an die Auffassungsgabe des Sergeanten denken, die ihm wenigstens einigermaßen ermessbar schien, sondern auch an die des Elefanten, und von der wusste er gar nichts, außer dass der Computer augenscheinlich daran interessiert war, mehr über sich selbst zu erfahren. Interesse war eine in der Struktur angelegte Funktion, deren Stärke von der Bedeutung des Gegenstands abhängig war, aber dass der Computer für sich selbst einen Gegenstand darstellen, also die Anfänge eines Selbstbewusstseins entwickeln konnte, war dem Operator neu. War das angelegt? Oder war das eine Funktion, die sich aus dem Grad der Kompliziertheit selbstorganisiert hatte? Er wusste, es gab theoretische Erwägungen darüber, aber im Allgemeinen wurde die Grenze, an der das auftreten könnte, weit höher angenommen, sozusagen bei einem Grad der Komplexität, der noch lange nicht erreicht war ... Jedenfalls musste er dem Elefanten verständlich reden.

»Zum Beispiel?«, wiederholte der Sergeant und blickte dabei prüfend durch den Lauf der Pistole, den er inzwischen gereinigt hatte.

»Entschuldige, ich war ganz woanders«, sagte der Operator. »Also zum Beispiel die Architektur. Bei den herkömmlichen Rechnern ist das Gedächtnis in bestimmten Bauteilen vorhanden, den Speichern. Im tierischen Gehirn ist das Gedächtnis eine Funktion aller Teile, an jedem einzelnen Gedächtnisinhalt ist das gesamte Gehirn beteiligt, dadurch werden Detailfehler schon während des Erinnerungsvorgangs korrigiert, und das Ganze ist stabiler, und die Erinnerung ...«

»Kannst du zwischendurch mal Luft holen?«

Der Operator holte tief und hörbar Luft.

»Also ich bin mitgekommen bis zu dem Punkt, dass die Computer Speicher haben, das Gehirn aber nicht. Na gut, mancher kann sich nichts merken, aber trotzdem ...?«

»Nein«, sagte der Operator, ein langsameres Tempo einschlagend, »beim alten Computer gibt es besondere Speicher, relativ selbständige Teile, die zu- und ausgeschaltet werden können oder manchmal direkt von außen gesteckt. Beim höheren Tier und beim Menschen ist das Gehirn selbst der Speicher, und zwar das ganze Gehirn.«

»Also der Elefant merkt sich alles, naja, deshalb heißt er ja auch Elefant. Das ist doch nichts Neues.«

Earl Conelly hob die Arme.

»Du hast es nicht einfach mit mir, was?«, fragte der Sergeant in geheucheltem Mitleid.

Der Operator setzte noch einmal an. »Du wolltest ein Beispiel dafür, was quasibiologisch ist, und ich wollte es dir erklären.«

»Schon gut, mach weiter.«

»Ein anderes Beispiel.« Diesmal wollte Earl aber etwas ganz Einfaches, auf Anhieb Verständliches benutzen, um langatmigen Erklärungen vorzubeugen. »Wie beim Tier schaltet auch beim Elefanten das Gehirn nie ganz ab.«

»Der schaltet nicht ab?«, fragte der Sergeant verständnislos. »Ihr sprecht doch aber dauernd von Ein- und Ausschalten, und da nebenan ist ein Schalter, und ...« Er wurde plötzlich misstrauisch. »Willst du mich verladen?«

»Das Ein- und Ausschalten bezieht sich immer auf Teilvorgänge«, erklärte der Operator ungerührt. »Er muss ja immer da sein, wenigstens mit einem Rest seiner Kapazität, denn es kann ja jeden Moment etwas passieren. Wenn wir sagen, er ist ausgeschaltet, meinen wir hauptsächlich den Kontakt mit uns. Wenn er je wirklich ganz und gar aufhören würde zu arbeiten, wäre er – naja eben, beim Tier würden wir sagen: tot. Das ist noch eine Analogie mit dem Gehirn.«

»Na schön, und was macht er die ganze Zeit, wenn er ausgeschaltet ist?«

Den Operator traf diese Frage wie ein Schreck. Er hatte sie sich schon öfter einmal selbst gestellt, und andere, Klügere, hatten sie sich gestellt, und es war eine Ungewissheit geblieben: Die verbrauchte elektrische Leistung lag immer etwas höher als konzipiert, und man hatte sich schließlich darauf geeinigt, dass Turbulenzen in der Austauscherbrühe die Ursache waren, obwohl das nicht zu beweisen war. Sollte hier die Ursache für den seltsamen gegenwärtigen Zustand des Systems liegen?

Der Sergeant schob mit einem Ruck das Magazin in die Waffe und legte sie vor sich hin auf das Pult. Mit Daumen und Zeigefinger richtete er sie exakt aus wie ein Schreibtischmensch sein Lineal. Dann sagte er missbilligend: »Erst redest du wie ein Wasserfall, und dann gar nicht mehr. Ihr wisst wohl gar nicht, was der Elefant in den Ruhepausen so treibt.«

»Doch, einiges wissen wir schon. Zum Beispiel, dass er träumt.«
»Er macht was?«
»Du hörst richtig, er träumt.«

Der Sergeant berührte mit dem Finger den Lauf der Pistole und drehte sie um sich selbst. »Eine Kanone, die träumt«, sagte er und hörte mit dem Drehen auf, »und wenn der Lauf gerade auf meinen Bauch zeigt, träumt sie vielleicht, dass sie losgeht, und dann ... Ich will mal lieber die Pistole wegstecken. Im Futteral träumt sie vielleicht bessere Träume. Von Waffenöl und frischen Patronen.«

Earl Conelly kicherte nervös. Sarkasmus war bei seinem Freund immer ein Zeichen für aufsteigenden Zorn.

»Wenn du träumst, du schießt auf deine Schwiegermutter«, fragte er, »kannst du dann im gleichen Moment auf sie schießen?«

Der Sergeant tippte sich an die Stirn.

»Aha!«, sagte der Operator. »Und warum nicht?«

Der Sergeant sah ihn an, als wüsste er nicht, ob er an seinem eigenen Verstand zweifeln sollte oder an dem des Operators. Dann aber schien ihm aufzugehen, dass es sich um ein didaktisches Beispiel handelte, und er begann nachzudenken, und je länger je mehr, machte ihm das Spaß.

»Erstens würde ich sie überhaupt nicht erschießen, es sei denn, sie käme mit dem Colt in der Faust auf mich zu. Haha, wenn ich mir das vorstelle. Zweitens geht das schon deshalb nicht, weil ich schlafe, ich muss ja erst aufstehen, mich anziehen, ins Auto steigen oder in den Helikopter. Antwort richtig, Herr Lehrer?«

Earl Conelly nickte nur und sagte nichts, weil er eben vergeblich versuchte, dem ersten Teil der Antwort hinterher zu lauschen. Es war ihm vorgekommen, als stecke darin ein Gedanke, aber als der Sergeant weitergeredet hatte, wer dieser flüchtige Eindruck wieder entschwunden.

»Und was hat das nun mit dem Elefanten zu tun?«, bohrte der Sergeant.

Earl Conelly sah die Lichter des Elefanten spielen und war plötzlich so gereizt, dass er am liebsten mit den Fingernägeln an den Wänden gekratzt hätte.

»Mensch, ich bin doch genau so hilflos wie du!«, sagte er ärgerlich. Und er wunderte sich, dass seine Gereiztheit mit diesem Ausbruch weggeblasen war. Und er wunderte sich zugleich über den sonderbaren Gedanken, heute müsse der Tag der verpassten Gelegenheiten sein. Vorhin hatte er vergeblich einem Satz des Sergeanten nachgelauscht, und jetzt ging es ihm so mit seinem eigenen Satz. Er hatte das deutliche Gefühl, einen Fehler gemacht zu haben, aber er kam nicht darauf, worin der bestehen sollte.

* * *

Der General hatte sich gefragt, ob es nicht doch noch zu früh sei, das Videointerview für die Bürger von Space Town zu geben, um das der Bürgermeister gebeten hatte. Es war jetzt Morgen, in New York also Vormittag, die Börse würde dort gerade öffnen, so dass Karpatis mit seinen Operationen beginnen konnte, er brauchte wenigstens eine Stunde. Wenn er hier jetzt sprach, mussten die in New York nicht unbedingt sofort davon erfahren, die Sendung wurde nicht ausgestrahlt, sondern ging als Konferenzschaltung über das öffentliche Netz, hier in Space Town war das möglich. Andererseits, irgendwer von der Presse würde das mitbekommen, die Brüder riechen ja so etwas förmlich, wenn nicht hier, dann in Salt Lake City oder anderswo; zum Beispiel von einem, der schon in der Nacht geflüchtet war. Aber Utah war nicht Kalifornien, und Space Town war nicht Silikon Valley, bis die Nachricht New York und dann Wall Street erreichte, würde es wohl mindestens eine Stunde dauern. Und wenn er das Interview nicht gäbe, würden die Leute von sich aus Staub aufwirbeln – also stimmte er zu. Er bat den Bürgermeister, sich bereitzuhalten, damit er im Anschluss an die Befragung die notwendigen Regelungen verkünden konnte. Und wenn es Fragen gäbe, sei er auch weiterhin für den Bürgermeister stets erreichbar.

Fünf Minuten bis zum Beginn des Interviews – diese Zeit ließ sich noch nutzen. Zuerst rief er Rena an, die sich in ihrer Wohnung in Salt Lake City aufhielt und – wie abgesprochen – ständigen Kontakt mit ihrem Vater hielt. Rena freute sich, konnte aber noch nichts berichten, Elliot Karpatis hatte an der New Yorker Börse eben erst mit der großen Aktion begonnen. Sie hätte gern mit ihrem Mann geplaudert, aber sie begriff, dass er dazu weder Zeit noch Muße hatte, und verabschiedete sich mit einem strahlenden Blick.

Noch drei Minuten – der General holte sich die Lagemeldungen auf den Bildschirm. Die Funkkennungen zeigten unveränderte Passivität an. Die Meldungen von der Navy und der Air Force, die der General mit heimlichem Zähneknirschen um Hilfe bei der Überwachung russischer Aktivitäten gebeten hatte, waren ebenfalls negativ. Darüber hätte er sich freuen sollen, aber es verdross ihn, und das wiederum beunruhigte ihn. Er grübelte, was da nicht ganz zusammenpasste, bis er begriff, dass es gar nicht diese Meldungen waren, sondern die Person des Bürgermeisters, die ihm die Laune verdarb. Nicht etwa, dass er Angst vor den Fragen gehabt hätte. Öffentliches Auftreten war eine seiner Stärken, sie konnten ihn nachts aus dem Schlaf holen und einer Meute hungriger Reporter zum Fraß vorwerfen, er würde auch das mit Glanz überstehen. Aber der Bürgermeister gehörte zu den wenigen Menschen, die seinen Einfallsreichtum dämpften. Freunde belebten ihn, Feinde regten ihn an, aber solche servilen Dummköpfe wie der Bürgermeister und übrigens auch der Chief, den er auf so angenehme Weise losgeworden war, deprimierten ihn. Zum Glück paarte sich Dummheit meist mit Stolz und Servilität mit Gerissenheit, so dass er nur selten auf diese Weise behindert wurde. Wie aber jetzt damit fertig werden? Er musste sich vorstellen, dass er jemand anderem antwortete, irgendjemand in dieser Stadt, nur wem? Moment, wer war da jetzt eingeschlossen? Der Mormone – nein, das war ein zu grüblerischer Typ. Sergeant Fletcher? Ja, das war eine geeignete Zielperson, repräsentativ für das militärische Personal. Aber nein, sein Zielpublikum waren ja die Frauen. Vielleicht die Frau des Sergeanten, wie hieß sie doch? Bess Fletcher? Nein, die konnte ihn nicht leiden, so etwas wusste der General selbstverständlich, er hätte dazu nicht einmal die Berichte der Schnüffler gebraucht. Wenn er jemand zum zweiten Mal traf, wusste er, wie der zu ihm stand, er sah es dem Betreffenden nicht einmal am Gesicht an, er fühlte es auf eine Weise, die er selbst nicht erklären konnte, und die Erfahrung hatte gezeigt, dass dieses Gespür immer zuverlässig war. Bess Fletcher also mochte ihn nicht – aber ja, das war doch die gesuchte Person! Wenn er das Gefühl hatte, seine Antworten würden Bess überzeugen, waren sie gewiss hinreichend wirksam auf alle Frauen. Übrigens war überzeugen nicht das richtige Wort, um Überzeugung ging es nicht, er musste sie dazu bewegen, Space Town für einige Zeit zu verlassen – nicht hektisch oder gar in Panik, sondern in aller Ruhe, aber bis Mittag.

Auf dem Bildschirm erschien, rechts oben in der Ecke, der Bürgermeister und fragte, ob er bereit sei. Lächelnd nickte der General und drehte dann an einem Abstimmknopf, bis das dumm grinsende Gesicht so unscharf geworden war, dass man es nicht mehr erkennen konnte.

Die Stimme des Bürgermeisters begrüßte die Bürger von Space Town und formulierte dann die erste Frage.

»General, wie fühlen Sie sich?«

Idiotische Frage! Aber – was würde sie bedeuten, wenn Bess Fletcher sie gestellt hätte? Was würde sie erwarten als Antwort? Es sei nicht wichtig, wie er sich fühle? Nein, das würde sie als Getue empfinden.

»Ich bin bis zum Hals angefüllt mit einer energischen Unruhe«, sagte er.

»Sagen Sie unseren Bürgern, was Sie beunruhigt?«

Natürlich, du Schleimer, dazu sitze ich ja hier, dachte der General. Es hatte nichts genutzt, das Bild wegzuschalten, die Stimme hinterließ den gleichen Eindruck wie sonst das Gesicht – vielleicht auch bei den Bürgern? Wohl nicht bei der Mehrzahl, denn die wählte ihn ja immer wieder, aber wohl bei denen, auf die es ankam, etwa wie Bess Fletcher. Ein wenig Distanz wäre nicht verkehrt.

»Gewiss, dazu bin ich ja hier«, wiederholte er seinen Gedanken. »Wie sich inzwischen schon herumgesprochen hat, gab es im Computerzentrum eine Panne. Die Wochenendwache konnte nicht heraus, die Ablösung kann nicht hinein. Warum, wissen wir noch nicht, aber wir werden es feststellen ...« Er sprach lächelnd, gleichsam in gut gelauntem Ton, der alles an Bedrohlichem, was der Wortlaut seiner Erklärung brachte, abschwächte. Er sagte zwar nicht alles, was er wusste, aber er verschwieg nichts Wesentliches, erwähnte den Austausch von Generalstabsgruppen mit den Russen und die Einrichtung einer Ersatzzentrale. Er klassifizierte die Gefahren: der Ausbruch eines Krieges war nach den getroffenen Maßnahmen bereits verhindert, es blieb noch die Möglichkeit, dass der Elefant sich selbst vernichtete, wenn man einzudringen versuchte, und in diesem Fall könne man die Stadt nicht für sicher gegen alle Eventualitäten halten. Und während er das alles locker erläuterte, sah er diese Bess leibhaft vor sich, wie er sie in Erinnerung hatte von wenigen offiziellen Begegnungen, sah, wo sie den Kopf schüttelte oder nickte, führte seine Rede entsprechend – und trotz alledem machte er das nur nebenbei, nur mit höchstens einem Zehntel seines Denkvermögens, und die anderen neun Zehntel beschäftigten sich mit Blitzideen, die ihm immer bei solchen Gelegenheiten kamen, er war wohl auch so eine Art Elefant, und um den Elefanten drehten sich jetzt seine Einfälle. »Damit Sie mich richtig verstehen«, sagte er, »die Gefahr, dass der Stadt etwas geschieht, ist gering, trotzdem werden Ihre Männer und Söhne ruhiger arbeiten, wenn sie Sie weit fort wissen, ruhiger und zuverlässiger, und gerade darauf kommt es im Augenblick an.« Und er dachte: Zuverlässigkeit. Das haben wir von den Konstrukteuren des Elefanten gefordert, und das haben sie auch gebracht. Wenn er nun nicht versagt hat, versagt im landläufigen Sinn, wenn der Fehler auf zu großer Zuverlässigkeit beruht? Er fragte sich nicht, wie das möglich sein sollte, das war Sache der Spezialisten. »Sie, liebe Mütter und Gattinnen unserer Kameraden, sind Soldatenfrauen und haben das nötige Selbstbewusstsein ...« Selbstbewusstsein? Wenn der Elefant nun so etwas entwickelt haben sollte, eine Spur davon, einen Anfang, aber doch zu groß für seine Aufgabe ... Auch bei Menschen verfälscht zu großes Selbstbewusstsein die Denkergebnisse ... »Mich beunruhigt eigentlich am meisten die Gefahr, dass die Sorge um Sie unseren Mitarbeitern Kopf und Hände lähmt.« Wenn man den Elefanten lähmen könnte ... Er ist doch ein biologischer Typ, also müsste er doch ... Die Austauscherbrühe! Wo liegen die Zapfstellen? Notiert für später. »... muss ich Sie deshalb bitten, für ein paar Tage zu Freunden oder Verwandten auf Besuch zu fahren. Unser Bürgermeister wird Ihnen anschließend den Evakuierungsplan bekanntgeben. Setzen Sie das Mittagessen nicht mehr auf, drehen Sie gleich Strom und Wasser ab und verschließen Sie Ihre Häuser gut! Danke.«

›Überzeugt, Bess Fletcher?‹, fragte er sich und antwortete auch gleich: ›Nicht ganz.‹

* * *

Bess Fletcher erwachte und wunderte sich, dass sie so gut geschlafen hatte. Nach ihrer Rückkehr in der Nacht hatte sie sich auf die Couch gelegt, um ein bisschen zu ruhen, und war beim Grübeln eingeschlafen. Wie immer in aufregenden Situationen, dachte sie, und gleich darauf musste sie lächeln – so viele Abenteuer hatte sie wahrhaftig nicht erlebt in diesem ruhigen Städtchen. Nicht einmal die Männer waren besonderen Gefahren ausgesetzt wie etwa bei der Navy und der Air Force, sie liefen nicht aus und starteten nicht, sondern kamen regelmäßig nach Hause wie Büroangestellte. Nur die allgemeine Gefahr gab es, die über allen hing, aber die betraf im Grunde alle Menschen der Erde, und darum glaubte niemand mehr so recht daran. Manchmal, wenn sie irgendwo weit weg zu Besuch gewesen war, hatte sie Leute getroffen, die die Stirn runzelten, wenn sie erzählte, woher sie kam. Aber es war wohl doch so, dass diese gefürchteten Weltraumwaffen den Frieden erhalten hatten und weiter erhielten. Und irgendwann würde man wohl auch sie abrüsten.

Es war sehr ruhig draußen, fiel ihr jetzt auf. Trotzdem erinnerte sie sich nun, dass ein Geräusch sie geweckt hatte. Sie stand auf, strich Bluse und Hose glatt und trat ans Fenster. Die Straße lag wie ausgestorben im Sonnenschein. Viele waren wohl schon abgereist. Ob sie die Stadt evakuieren würden? Wie stand die Sache überhaupt? Es war Zeit, sich zu erkundigen. Obwohl sich noch nichts geändert hatte. Wenn Bill herausgekommen wäre, hätte er als erstes angerufen. In Salt Lake City. Und dann hier. Sie wollte wählen, da sah sie die grüne Leuchtdiode glimmen. Eine allgemeine Durchsage! Sie schaltete das Video an und erlebte noch den Schluss von der Ansprache des Generals. Dann kam der Bürgermeister, und Bess dachte: Du schwatze mal, so lange du willst, ich bleibe hier! Aber sie unterließ es nun zu telefonieren, es war ja ohnehin klar, dass noch alles beim Alten war.

Aber was war das für ein Geräusch gewesen, das sie geweckt hatte? Kein sehr lautes, glaubte sie, dann hätte sie es noch deutlicher im Ohr. Es musste aber von der Art gewesen sein, die einen Menschen alarmiert. Hier drin war nichts umgefallen oder geplatzt. In der Küche? Sie ging hinüber – nein, auch hier sah sie nichts. Aus dem Fenster blickte sie auf die Haustür der Nachbarn, die nachts mit ihr abgefahren waren – und die stand einen Spalt offen! Die Hausglocke nebenan, dieses altmodische Ding-Dong, hatte sie gehört!

Bess Fletcher war ein ruhiger, besonnener Mensch. Wenn aber ein heiliger Zorn sie packte, wurde sie unaufhaltsam wie eine Planierraupe, und selbst Mann und Kinder gingen ihr aus dem Weg. Das geschah zum Glück selten, weil es nicht viel gab, was sie erzürnen konnte. Es musste schon eine Schuftigkeit sein, und sie musste ihre Familie betreffen oder mindestens berühren; eine Gemeinheit wie diese: in ein Haus einzubrechen, das die Bewohner im allgemeinen Interesse zeitweilig verlassen mussten.

Angst hatte sie nicht, als sie nun das Nudelholz aus der Lade nahm. Die Nachbarn waren keine reichen Leute, und man lebte hier nicht in der Großstadt, wo die Gangster mit Maschinenpistolen herumliefen. Irgendein verlottertes Subjekt ... Schon war sie auf der Straße und ging mit festem, schnellem Schritt zum Nachbarhaus. Zäune gab es in dieser Straße nicht, sie waren schließlich alle Soldaten, nur einen mit Platten ausgelegten Weg durch den Zierrasen, dann zog sie die Haustür auf und horchte. Küche, Wohnraum oder die Schlafräume oben? Zum ersten Mal seit ihrer Entdeckung überlegte sie. Am ehesten wollte wohl einer den Kühlschrank plündern oder die Speisekammer. Sonst gab es ihres Wissens hier nichts, was sich gelohnt hätte. Aber das musste der Bandit ja nicht wissen. Eben wollte sie die Küchentür aufreißen, als sie oben ein Geräusch hörte.

Fast lautlos flog sie die Treppe hinauf und riss die Tür zum Schlafzimmer auf. Ein mageres Bürschchen um die vierzehn hatte die Nachttischschubladen aufgerissen und war eben dabei, im Wäscheschrank herumzustöbern, das aber wiederum noch halbwegs ordentlich, ohne Zerstörungswut. Die Schubladen waren nicht ausgekippt, die Wäsche nicht herausgezerrt, und das Kerlchen zog sich so ängstlich in die Fensterecke zurück, dass Bess ihr Nudelholz auf die Betten warf und mit bloßen Händen auf den Eindringling zuging. Dadurch aber war sie wohl für den Jungen weniger fürchterlich geworden, oder er fühlte sich in die Enge getrieben, jedenfalls sprang er nun auf sie zu und versuchte, sie umzuwerfen, es gelang ihm nicht, dann biss er in ihre Hand, die nach ihm griff, nicht sehr stark, aber doch schmerzhaft, so dass sie nun ernstlich wütend wurde, ihn mit geübter Bewegung über's Knie legte und ihm den Hintern versohlte, worauf der so Behandelte denn auch heulte wie ein kleiner Junge.

Die Wut war schnell verraucht, und Bess, im Grunde gutmütig, empfand schon so etwas wie Mitleid, sie sah ihn jetzt als Kind, das er ja halb noch war, und mit dem Mitleid stellte sich auch Interesse an seinen Motiven ein. Er war ja wirklich kein Bandit, alles was er tat, machte er halb, aber es war wohl noch zu früh, Gutmütigkeit auch zu zeigen.

»Aufräumen!«, befahl sie streng.

»Ja, ja!«, sagte der Knabe eifrig und stellte die Ordnung wieder her, schnell und geschickt.

»Noch irgendwo?«, fragte Bess.

Der Junge schüttelte den Kopf.

In diesem Augenblick hörte Bess draußen Bremsen quietschen, eine Autotür dumpf zuschlagen, dann Schritte, eine männliche Stimme fragte: »Etwas nicht in Ordnung?«

Bess kannte die Stimme – es war einer der Streifenpolizisten vom zuständigen Revier. Nur einen Augenblick lang zögerte sie, dann ging sie zum Treppenpodest und zeigte sich.

»Ich bin's«, sagte sie, »ich sehe bloß mal nach, ob alles in Ordnung ist!«

Der Polizist grüßte und ging wieder. Sie hörte das Auto abfahren. Warum sie das getan hatte, warum sie also den kleinen Einbrecher nicht der Polizei übergeben hatte, wusste sie selbst nicht genau zu sagen. Einerseits war sie ein pflichtbewusster Mensch. Man konnte nicht zwei Jahrzehnte mit Billy verheiratet sein, ohne dass Pflichten einen entscheidenden Platz im Leben einnahmen. Andererseits hatte irgendetwas an diesem Jungen ihre Mütterlichkeit angesprochen. Zudem war sie neugierig: was wollte der hier? Was für einer war das? In ihrer Stadt gab es so gut wie keine Asozialität, keine Arbeitslosigkeit, keine Gewaltverbrechen, wenn man von seltenen Schlägereien Betrunkener absah. Die Space Forces – sowohl Militär- als auch Wissenschaftsbetrieb – gaben der Stadt überdurchschnittliche Stabilität der sozialen Verhältnisse. Warum also wirkte der Junge so verlassen?

Und außerdem – Bess gestand es sich ein – spürte sie eine prickelnde Lust, einmal das geistige Korsett der pflichtbewussten Haus- und Soldatenfrau abzustreifen und einem inneren Impuls zu folgen, selbst auf die Gefahr hin, dass das ihre gewohnte Ordnung verletzte – oder vielleicht gerade deshalb.

»Wie heißt du?«, fragte sie den Jungen, der neben dem Fenster auf dem Fußboden saß, gegen die Wand gelehnt, mit einem Gesichtsausdruck, als wage er es nicht, sich auf den Hocker vor der Frisiertoilette oder auf das Bett zu setzen. Bess war sich nicht schlüssig, ob dieser Ausdruck echt wer oder gespielt.

Der Junge antwortete nicht.

Bess traute sich schon zu, diesen Halbwüchsigen zum Sprechen zu bringen. Sie musste es wohl auch, denn sonst wäre ihr Vorstoß gegen Pflicht und Sitte ganz sinnlos geworden. Aber sie konnte damit rechnen, dass sie nichts als Lügen zu hören bekommen würde.

»Irgendeinen Namen musst du wir schon sagen«, erklärte sie in ziemlich gleichmütigem Ton, »ich muss doch wissen, wie ich dich anreden soll.«

»Manfred«, sagte der Junge mit Widerwillen. Merkwürdigerweise war Bess augenblicklich überzeugt, dass das sein richtiger Name war.

»Ich bin die Nachbarin«, sagte Bess, »willst du mit mir frühstücken?«

Manfred sah sie misstrauisch an, nickte aber dann.

Beim Frühstück langte der Junge kräftig zu, und je länger er aß und trank, umso mehr fielen Spannung und Ängstlichkeit von ihm ab, er wurde zusehends jünger, kindlicher. Es schmeckte ihm, und Bess machte es Vergnügen zu sehen, wie es ihm schmeckte. Seine Art zu essen verriet bei aller altersbedingten Lässigkeit, dass er aus einer kultivierten Familie stammen musste – gewisse Handhabungen waren ihm zumindest nicht fremd.

Schließlich war er wohl satt, lehnte sich zurück und seufzte. Dann wurde sein Blick wieder starr.

»Warum machen Sie das alles?«, fragte er misstrauisch.

»Du heißt also Manfred«, sagte Bess. »Nun, Manfred, ich mache das, weil ich nicht glaube, dass du dafür geschaffen bist, einzubrechen und ins Gefängnis zu kommen und dann wieder heraus und wieder einzubrechen und wieder ins Gefängnis und so weiter bis an dein Lebensende.« Sie lehnte sich zurück und wartete auf. eine Entgegnung – für den Anfang ganz gut, dachte sie.

»Ich heiße wirklich Manfred«, sagte der Junge.
Bess wartete.
»Nach einem deutschen Physiker im vorigen Jahrhundert«, stieß der Junge fast böse hervor.
Plötzlich hatte Bess das Gefühl, diesen Manfred irgendwo her zu kennen. Physiker? Sie kam nicht drauf. Aber sie konnte ja fragen.
»Dein Vater ist Physiker?«
»Meine Mutter.« Er schien sich entschlossen zu haben, seine Schweigsamkeit aufzugeben. »Und ich auch«, fuhr er fort. »Und übrigens stehle ich nicht und plündere nicht, ich wollte nur mein Eigentum wiederholen.«
»Dein Eigentum?«
»Ja, Ihr lieber Nachbar hat sich erst von mir ein Buch geborgt, dann hat er es nicht wiedergegeben und immer Ausreden gehabt, und jetzt ist seine Familie evakuiert und er kommt nicht aus dem Dienst nach Hause. Und gerade jetzt brauch ich es. Das Werk eines älteren Mathematikers. Sie kennen ihn nicht.«
»Warum gerade jetzt?«
»Vielleicht bringt es mich darauf, was mit dem Elefanten los ist. Irgendwann musste ja mal was passieren.«
Dieses ungeheuerlich anmutende Selbstbewusstsein brachte Bess darauf, woher sie den Jungen kannte. Ja, tatsächlich, sie kannte ihn, hatte ihn nur nicht erkannt: ein hochbegabter, mit mehreren Preisen ausgezeichneter Schüler, der jetzt schon extern an der Universität studierte. Nein, der war kein Einbrecher.
Jetzt war sie froh, den Polizisten weggeschickt zu haben. Nun aber fragte sie nicht mehr systematisch, um zu einem Ergebnis zu kommen, jetzt war sie nur noch neugierig.
»Wie hast du denn das Magnetschloss aufgekriegt, das ist doch der letzte Schrei.«
Manfred winkte lässig ab, eine altklug wirkende Geste, aber doch wohl vom Ergebnis gerechtfertigt. »Der größte Bluff, diese Magnetschlösser.« Er zog aus dem Revers seiner Jacke zwei Stecknadeln mit bunten Köpfen und legte sie auf den Tisch.
»Hiermit«, sagte er. »Die sind magnetisiert.«
»Und das kann jeder?«, staunte Bess.

»Das nun auch wieder nicht«, sagte der Junge und grinste.

»Ich weiß jetzt, wer du bist – Manfred Commins, nicht? Du bist mir doch nicht böse, dass ich dich ... hm, chm.«

»Wenn Sie mir nicht böse sind, dass ich Sie gebissen habe?«

Der Friedensvertrag war unterzeichnet.

»Sag mal – das ist jetzt aber bloß Neugier – warum hast du denn das Buch im Schlafzimmer gesucht?«

»Im Arbeitszimmer konnte er es nicht gut ins Regal stellen, weil ich ein paar Mal da war und immer gedroht habe wiederzukommen, also dachte ich, er hat es irgendwo versteckt. Hinter der Wäsche zum Beispiel. Meine Mutter ...« Er wurde rot.

»Schon gut, behalt lieber für dich, was deine Mutter hinter der Wäsche hat. Wovon handelt das Buch, was hat das mit dem Elefanten zu tun, wenn es schon hundert Jahre alt ist oder mehr?«

»Es handelt von vierdimensionalen Körpern. Wissen Sie, manchmal gibt es für neue technische Probleme in der Mathematik uralte und beinahe vergessene Methoden, mit denen man sie berechnen kann. Ein Würfel, hier ein Zuckerwürfel, hat acht Ecken, zwölf Kanten und sechs Flächen. Eulerscher Polyedersatz – Ecken plus Flächen gleich Kanten plus zwei. Der vierdimensionale Würfel hat sechzehn Ecken, zweiunddreißig Kanten, vierundzwanzig Flächen und acht dreidimensionale Seitenkörper. Verstehen Sie, er ist unheimlich viel komplizierter. Er verhält sich zum dreidimensionalen Würfel so wie der Elefant zum normalen Computer. Der Elefant hat mindestens eine Dimension mehr, sozusagen.«

»Und damit viel mehr Ecken und Kanten, willst du sagen?«

»Ja«, sagte der Junge und fragte plötzlich: »Fahren Sie heute noch?«

Bess brauchte einen Moment, um die Wendung zu begreifen.

»Ich bin schon wieder da«, antwortete sie.

»Mich schicken sie weg, zur Tante«, sagte Manfred verdrossen. »Deshalb wollte ich ja das Buch holen – na, vielleicht finde ich's dort in der Bibliothek. Oder ich bitte Onkel, dass er's mir faxt.« Er stand auf. »Vielen Dank für alles«, sagte er wohlerzogen, und dann wieder jungenhaft: »Sie bleiben hier? Kann ich nicht bei Ihnen bleiben? Na klar, ich weiß ja, das geht nicht, aber – aber wieso waren Sie denn schon weg? Haben Sie schon eher was gewusst?«

Bess sah keinen Grund, die Sache für sich zu behalten.

»Mein Mann ist drinnen, im Elefant«, erklärte sie. »Er hat mich in der Nacht angerufen und gesagt, ich soll mit den Kindern wegfahren. Dann war die Verbindung abgebrochen. Ich habe die Kinder weggebracht, aber wenn mein Mann rauskommt, will ich hier sein.«

»Das ist ja interessant«, sagte Manfred aufgeregt und setzte sich wieder hin. »Er hat angerufen. Sie hatten da drin also schon gemerkt, dass etwas nicht in Ordnung ist, und da konnte er noch hin-austelefonieren. Der Computer hat so viele Ecken, dass er die entferntesten nicht ständig im Auge hat. Das Telefon. Er hat es erst bemerkt, als Ihr Mann telefonierte.«

»Ich denke, so'n Computer macht alles in Bruchteilen von Sekunden?«, wunderte sich Bess.

»Ja, wenn – wenn er es macht, das ist der springende Punkt.«

»Und was folgt daraus?«, fragte Bess begierig.

»Daraus?«, fragte der Junge verwundert zurück. »Daraus folgt noch gar nichts. Aber wenn man ein Dutzend solcher Einzelheiten hätte, könnte man vielleicht ...«

Manfred führte den Satz nicht zu Ende. Trotzdem hatte Bess nicht das Gefühl, sie hätte irgendeine kindliche Altklugheit vor sich. Im Gegenteil, wenn sie weitere Einzelheiten gewusst hätte, würde sie sie ihm jetzt sagen. Aber sie wusste ja nichts.

»Du musst nun sehen, dass du deine Abfahrt nicht verpasst«, riet sie. »Ich freue mich wirklich, dass ich dich getroffen habe. Später, wenn alles wieder in Ordnung ist, musst du mir die Geschichte unbedingt mal erklären. Versprochen?«

»Versprochen«, sagte der Junge würdevoll und schüttelte Bess die Hand.

* * *

Vera Sokolowa hatte Leutnant Markow gebeten, ihr das hiesige Problem von der wissenschaftlichen Seite her zu erläutern. Dabei lernte sie nach dem jungen Mann und Offizier nun den Spezialisten kennen, und der erwarb ihre uneingeschränkte Hochachtung. Sie war erfahren genug zu wissen, dass außerordentlich umfassende und tiefe Kenntnisse erforderlich sind, wenn man ein schwieriges

Problem einem Laien so verständlich erläutern will, wie er das tat. Sie scheute sich nicht, ihm das zu sagen.

Leutnant Markows Gesicht wurde finster, als er das Lob hörte. Und doch hatte Vera den Eindruck, dass es ihn freute. Sie sah ihn fragend an. »Halten Sie selbst sich nicht für einen sehr guten Fachmann?«

Er sah sie einen Augenblick lang scharf an, dann aber lächelte er jungenhaft und fast übermütig.

»Es soll Zeiten gegeben haben«, sagte er, »da wurden den Kindern hoher Persönlichkeiten alle Wege geebnet. Jeunesse doree, Sie verstehen. Heute muss ein Kerl wie ich das Zehnfache leisten wie ein anderer, damit er dieselbe gute Note kriegt.«

»Und was wäre Ihnen lieber – früher oder jetzt?«

»Das eine ist angenehm, aber schädlich, das andere unangenehm, aber nützlich. Ich weiß nicht. Ich muss mich mit dem abfinden, was ich bin, und das Beste daraus machen.«

Vera hatte das Gefühl, es wäre herrlich, mit diesem Knaben irgendwo ein Pferd zu stehlen. Aber solche Tiere gab es hier wohl nicht. So musste sie sich mit dem Vorschlag begnügen: »Gehen wir ein bisschen spazieren?«

»Wollte ich selbst vorschlagen – ich muss Ihnen das Camp zeigen und die hiesigen Sitten erklären. Ziehen Sie nicht zu viel an, es ist schon sehr warm.«

Vera zögerte einen Augenblick, dann zog sie einfach die Kostümjacke aus und legte sich eine fast durchsichtige Stola um, wie sie gerade Mode waren. »Gut so, Wladimir Viktorowitsch?«

»Sagen Sie Wolodja«, bat der Leutnant, »ich habe sonst niemand hier, der das sagt. Ach ja, und die Stola steht Ihnen gut.«

Sie traten hinaus ins Freie, die Luft hatte sich noch einen Hauch von der Frische des Morgens bewahrt, aber bald würde die Sonne auch den leichten Wind soweit erhitzt haben, dass er keine Kühlung mehr brachte. Vera hängte sich bei dem Leutnant ein und sagte: »Vorwärts, Wolodja, führen Sie mich!«

Wolodja, stolz mit der schönen Frau am Arm, spazierte durch das Camp und bedauerte fast, dass kaum Menschen zu sehen waren, nur hier und da, vor dem Zelt des Generals zum Beispiel, ein Posten, der in irgendeinem Magazin blätterte. Er zeigte ihr die wichtigsten Einrichtungen, soweit sie sie noch nicht kannte, darunter auch die Traglufthalle, in der das technische Herz des Camps schlug, den Hubschrauberlandeplatz, sodann die sich kaum über den Boden wölbende Kuppel des Zentrums, des Elefanten, deren Zugang von hier aus verdeckt war, und schließlich den Fuhrpark.

»Wir sind hier nicht direkt eingesperrt«, erläuterte er, »aber es wird nicht mit großer Freude registriert, wenn wir das Camp verlassen. Und da wir höfliche Leute sind, tun wir das also nicht. Bei Ihnen ist das etwas anderes, ich habe das schon geklärt, bei Ihnen wird eine Ausnahme gemacht, da Sie als Dame in diesem Militärbetrieb nicht vollständig versorgt werden können. Wenn Sie etwas einkaufen müssen, können Sie sich hier einen Jeep geben lassen und nach Space Town fahren, immer die Betonstraße entlang.«

»Dort gibt es sicherlich auch eine normale Post?«, fragte Vera.

Der Leutnant grinste unverschämt. »Die gibt es hier auch«, sagte er, »Zelt achtzehn. Aber in beiden Fällen würde ich Ihnen raten, nur Privates zu besprechen. Ich könnte mir nämlich absolut nicht vorstellen, dass die Gespräche nicht mitgeschnitten werden, noch dazu in solcher Situation.«

»Ich dachte auch nur an Ansichtspostkarten«, sagte Vera und ärgerte sich gleich darauf über den abweisenden Ton, in den sie geraten war. »Kommen Sie, wir sehen uns die Wüste an. Wenn man eine Weile ruhig hineinblickt, erfasst man eine Landschaft besser als aus der Bewegung.«

Am Zaun, der mehr eine Ziereinfassung des Camps zu sein schien als ein wirklicher Schutz, stand eine Bank. Sie setzten sich.

Es gelang Vera nicht, sich auf das Erlebnis der Wüste zu konzentrieren. Dafür fiel ihr ein, dass sie eigentlich nicht wusste, was sie nach diesem Spaziergang machen sollte, und dass sie überhaupt zu wenig wusste, zu verschwommene Vorstellungen davon hatte, was da auf sie zukam.

»Was werden die Amerikaner machen?«, fragte sie.

»Ich glaube, das wissen sie selbst noch nicht.«

»Ich meine auch mehr: Was könnten sie denn tun? Zwischen welchen Varianten könnten sie wählen? Es gibt doch immer mehrere Möglichkeiten. Und im Fächer dieser Möglichkeiten spielt sich dann die Politik ab.«

»Sicher gibt's mehrere Möglichkeiten«, erwiderte der Leutnant, »wir kennen freilich nur die allgemeine Architektur des Computersystems und der Space Forces überhaupt, und über die jetzige Situation wissen wir nur, dass zwei Mann drin sind und der Computer weder Mensch noch Information hinein- oder herauslässt. Das einfachste wäre, ihn auszuhungern.«

»Die Leute drin?«

»Nein, den Computer. Das ist Fachjargon. Es handelt sich um einen quasibiologischen Computer des Austauschertyps, das heißt, die Zellen werden ständig durch zwei Ströme von Ionenaustauschern aufgefrischt, ähnlich, wie das Gehirn mit Blut versorgt wird. Die Anlage verfügt natürlich über eine Reserve an Austauscherbrühen, erst wenn die erschöpft ist, verliert der Elefant die Arbeitsfähigkeit. Aber das würde vielleicht vierzehn Tage oder drei Wochen dauern, das werden sie nicht wollen.«

Vera überlegte. »Also begeht der Computer Selbstmord, wenn er sich völlig abschließt?«

Der Leutnant blickte sie überrascht an. »Tatsächlich. Und das würde bedeuten, er hat wenig Information über seinen inneren Bau. Sehr interessant. Es gibt da nämlich theoretisch zwei Typen, mit und ohne Inneninformation.«

»Und was ist für Sie daran interessant?«

»Die Sache ist die«, sagte der Leutnant langsam, offensichtlich auf der Suche nach einfachen Worten. »Information über den inneren Bau würde einen außerordentlich hohen Anteil der Arbeitskapazität binden, sie müsste wenigstens doppelt so hoch sein wie die äußere Inanspruchnahme. Wenn sie wegfällt, können wir die Kapazität ungefähr abschätzen aus den Aufgaben. Eine wichtige Information.«

»Schön, aber in unserer Frage hilft uns das nicht weiter. Ich glaube auch nicht, dass sie eine lange Zeit warten wollen, es würde politisch gefährlich.«

Jetzt wunderte sich der Leutnant. »Politisch?«

»Na klar, es hat doch etwas ungeheuer Verführerisches, wenn das Ding drei Wochen außer Betrieb ist, und die internationale Lage bleibt trotzdem stabil.«

»Das leuchtet ein. Ja, das ist eben Ihr Gebiet. Also weiter, was könnten sie noch tun? Sie könnten versuchen, zum exakt gleichen Zeitpunkt alle gesteuerten Systeme vom Computer zu trennen. Dabei ginge es um Millisekunden – er darf keine Zeit haben, auch nur ein System noch zu starten.«

»Müssten sie da nicht in dieser Gegend buddeln? Nach Kabeln oder so?«

Der Leutnant lachte leise. »Das wenigste geht über Kabel, das meiste über Funk, einiges über Laseroptik. Deshalb muss man die Verbindung an den Objekten trennen. Am besten absprengen, das würde Gleichzeitigkeit und Schnelligkeit des Vorgangs möglich machen.«

»Sie scheinen ja ganze Szenarien zu kennen. Haben wir zu Haus auch solche Computerzentralen?«

»Vom prinzipiellen Bau her ja, wenn auch nicht in dieser Riesenkapazität.«

»Und was dann, wenn der Computer isoliert ist? Wie geht es dann weiter?«

»Alles weiß ich auch nicht«, gestand der Leutnant lachend. »Bei militärischen Objekten dieser Art ist es üblich, sie mit einer Selbstvernichtungsanlage zu sichern. Die müssten sie also dann irgendwie ausschalten, aber darüber haben wir natürlich keinerlei Informationen.« Er runzelte die Stirn. »Von vielen Einzelheiten, die wir nicht kennen, hängt auch ab, ob es noch mehr Varianten gibt. Ob zum Beispiel eine Verständigung mit den Eingeschlossenen hergestellt werden kann, die ein abgestimmtes Vorgehen möglich machen würde.«

Vera bedachte, was sie gehört hatte. Vieles verstand sie nur unvollkommen, aber nichts davon drängte zu Fragen, die sofort beantwortet werden mussten. Sie sah auch vorläufig noch nicht, auf welche Weise sie hier nützlich werden konnte.

»Wenn Sie mal ganz vorsichtig schätzen, eigentlich nur vermuten – wie lange wird die Geschichte hier dauern?«

»Ich rechne drei bis vier Tage«, antwortete der Leutnant, ohne lange zu überlegen, »allerdings ...«

»Allerdings?«

»Wenn sie die Variante der Abtrennung wählen, könnte das heute noch passieren, und dann sind wir hier eigentlich überflüssig und können nach Hause fahren. Aber das ist vielleicht zu optimistisch. Wie lange sie dann brauchen, den Elefanten wieder auf Vordermann zu bringen oder einen neuen zu installieren, das ist eine andere Geschichte.«

Vera schlug sich mit der Hand vor den Kopf.

»Aha-Erlebnis?«, fragte der Leutnant.

»Ja, mit Ihrer Hilfe. Ich habe mich die ganze Zeit gefragt, was ich eigentlich hier soll. Ich werde mich mal um die Probleme der Rüstungsindustrie kümmern. Wer hat denn das hier alles gebaut?«

»Da müssen Sie unseren Wirtschaftsmann fragen, der weiß das bestimmt. Soll ich Sie zu ihm bringen?«

* * *

Colonel Ernestino hatte drei Terminals vor sich stehen. Auf den linken Bildschirm blickte er nur hin und wieder, um dann zufrieden zu nicken. Dort standen scheinbar unveränderlich dreißig Kennungen von den Objekten des Außenrings – nun nicht mehr die Signale, die diese Objekte automatisch abstrahlten, sondern Funkmeldungen der Einsatzgruppen, die dort die Absprengung der Verbindungen zum Elefanten vorbereiteten. Der Colonel hatte sich für diese in Maßen zerstörerische, aber dafür sicherste Variante entschieden. Und solange die Marken auf dem Bildschirm unverändert standen, lief dort alles wie vorgesehen.

Das war durchaus nicht selbstverständlich. Es handelte sich schließlich nicht um dreißig Mal den gleichen Vorgang. Jedes Objekt war auf andere Weise mit dem Elefanten verbunden, bei jedem Objekt musste entschieden werden, wo der sicherste Ansatzpunkt für die Sprengung war, der sicherste vor allem in Bezug auf die Wirkung, aber dann auch im Hinblick auf mögliche Schäden. An den meisten Stellen wusste er kompetente Leute, an einigen Punkten hatte er gelinde Sorgen, zum Beispiel bei der Truppe an der Richtfunkstation in den Mountains, über die der Signalverkehr mit dem geostationären Satelliten lief, welcher wiederum die Killersatelliten kontrollierte. In diesem Fall hatte er sich anfangs mehrmals mit konkreten Anweisungen eingemischt und sich geärgert, dass der Captain dort nicht einmal dagegen protestiert hatte, also wohl noch froh war darüber, dass ihm die Entscheidung in Details abgenommen wurde. Bei den Boden-Raum-Raketen wiederum hatte er Fehler korrigieren müssen, und in diesem Fall hatte ihn auch der Protest des Leitenden nicht gefreut.

Die anderen beiden Bildschirme freilich bescherten ihm eine höchst diffizile Arbeit und dazu die größte Verantwortung, die in diesem Augenblick überhaupt jemand zu tragen hatte. Es handelte sich um die Abschaltung des Innenrings.

Dieser Innenring war das Selbstvernichtungssystem des Elefanten: Drei Gruppen kleiner Nuklearraketen. Gesteuert wurden sie aus Sicherheitsgründen nicht über Funk, sondern über unterirdische Kabelleitungen, die zehn Kilometer bis zu einem Verteiler – ebenfalls unterirdisch – liefen und sich dort gabelten. Wenn man den Innenring abtrennen wollte, musste man diesen Verteiler zerstören. Im Gegensatz zu den Informationskanälen des Außenrings waren diese aber so sensibilisiert, dass man sich ihnen nicht nähern konnte, ohne Alarm auszulösen und damit gerade das heraufzubeschwören, was man verhindern wollte: die Selbstzerstörung.

Eine solche Situation war nicht gänzlich unvorhergesehen. Bei der Konzipierung und Konstruktion des ganzen Systems war man mit Hilfe von Planspielen schon vorher darauf gestoßen, wie auch auf viele andere Problemlagen, und damit auf die uralte Frage jeglicher Art von Sicherung: Wo ist die Grenze zwischen Funktionssicherheit und Sensibilität? Hätte man den Informationskanal unsensibel gehalten, wäre jedem Sabotageversuch eine glänzende Gelegenheit gelassen worden, den ganzen Elefanten mit einem Schlag zu vernichten. Man hatte also die Sensibilisierung so angelegt, dass sie möglichst auf jeden technischen Eindringversuch reagierte und auf jede denkbare natürliche Störung nicht. Wartung war selbstverständlich möglich – aber nach Abschaltung des Außenrings durch den Elefanten selbst. Im Augenblick war man also das Opfer der eigenen Sicherungen.

Zu der unterirdischen Verteilerstation führte ein Schacht, und der war ebenfalls vielfach gesichert. Auch ein Unterminieren der

Station war nicht möglich, der ganze Grund und Boden im Umkreis von mehreren hundert Metern steckte voll von Rezeptoren. Der günstigste Punkt, die Leitung zu sprengen, lag am Rande der Reichweite dieser Sensoren in Richtung Elefant, dort, wo das Kabel aus dem Sicherungsbereich des Verteilers heraustrat und die Selbstsicherung begann, aber nicht gleich mit voller Stärke: militärisch gesprochen, an der Nahtstelle. Dort war in den letzten Stunden über dem Kabelrohr ein Loch ausgehoben worden.

Woher aber wissen, wie der Elefant reagierte? Das Sicherheitssystem der Kabelleitung konnte man nicht abhören, dann wäre je die ganze Arbeit nicht nötig gewesen, denn was man abhören kann, kann man auch abschalten, wenn es sich nicht um Funk handelt. Man konnte die Reaktion nur an ihrem Endpunkt ablesen: an den Raketen. Die standen in unterirdischen Silos und konnten innerhalb von drei Minuten abgefeuert werden. Am Anfang dieser drei Minuten stand die Öffnung der Verschlussluken der Startschächte. Und eben die konnte man von außen beobachten.

Demzufolge zeigte der eine Bildschirm die Arbeiten in der ausgehobenen Grube, der andere einen Verschlussdeckel, Dutzende von Kilometern entfernt. Colonel Ernestino war der Regler zwischen Mess- und Stellglied.

»Also noch mal: vorsichtig wie die Archäologen, die einen Saurierknochen entstauben. Und auf Zuruf sofort zurück. Alles klar? Los!«

Zwei Mann begannen – wirklich wie Archäologen mit einer kleinen Schaufel und einem Pinsel – in der Mitte des Lochs, Sand abzutragen. Das Problem bestand jetzt darin: um die Leitung ganz sicher zu zerstören, musste man mit der Sprengung nahe heran, sonst dämpfte der Sand die Sprengkraft zu sehr, und die Leitung konnte einen letzten, verderblichen Zündimpuls des Elefanten an den Innenring durchlassen.

Schon drei Minuten arbeiteten die Staubwischer, wie der Colonel sie nannte, in der Grube, und er sah, dass ihre Bewegungen nach und nach die gebotene Behutsamkeit verloren. »Langsam, langsam«, mahnte er. Er hatte die Mahnung kaum ausgesprochen, als er auf dem anderen Bildschirm sah, wie der Verschlussdeckel der Raketenstellung sich hob.

»Aufhören, zurück!«, befahl er, und als die Männer in der Grube zögerten, schickte er ein »Sofort!« hinterher, gegen seine Gewohnheit, denn sonst gab er Befehle nur einmal. Jetzt aber war er bis zum äußersten erregt, tadelte sich jedoch dafür, dass diese Aufregung nach außen gedrungen war.

Eine kleine Zeitspanne lang blieb der Verschlussdeckel offen, zehn Sekunden, eine halbe Minute – kein Raketenkopf erschien. Und dann schloss sich der Deckel wieder.

Er war bis an die Grenze des möglichen Risikos gegangen. Was nun? Noch einmal nachdenken – ließ sich die Sprengladung hinreichend vergrößern, dass die sofortige Zerstörung des Kabels garantiert war? Zehn Tonnen, hatte der Pionierchef gesagt. Das erforderte schwere Technik zum Antransport, die würden die Rezeptoren orten. Und wenn man den Sprengstoff von Soldaten in kleinen Portionen herantragen ließ? Einer trägt fünfundzwanzig Kilogramm, mal angenommen. Vierhundert Portionen zu fünfundzwanzig Kilogramm. Auf jeden reagiert das System wie eben, man muss also jedes Mal warten, bis der Deckel wieder zu ist. Wie lange? Fünf Minuten. Ergibt zweitausend Minuten. Dreiunddreißig Stunden, Zwischenfälle nicht gerechnet. Zu lange. Keine Lösung.

Wir versuchen es noch mal, beschloss der Colonel. Vielleicht gewöhnt er sich dran und wird langsamer. Oder die Grenze für die Reaktion wird herabgesetzt.

Auf seinen Befehl kletterten die Staubwischer erneut in den Trichter und nahmen ihre Arbeit wieder auf. Der Colonel drückte die Zeit auf seinem Handgelenkrechner. Noch einmal bis zur Risikogrenze, und dann nochmal, und dann werden wir sehen.

Eigentlich ein ungenügend gesicherter Vorgang, dachte der Colonel, was, wenn ich sie zurückrufe, weil der Deckel sich öffnet, und mein Ruf erreicht sie nicht, wegen irgendeiner Störung? Wahrscheinlich wird man das ganze Sicherungssystem ändern müssen. In komischer Verzweiflung erinnerte sich der Colonel daran, dass eben dieser Teil des Systems seinerzeit die hartnäckigsten und kontroversesten Diskussionen ausgelöst hatte. Nun alles von vorn – ob es da nicht besser wäre, das ganze System überhaupt abzuschaffen? Aber bevor er sich wegen dieses unziemlichen Gedankens zur Ordnung rufen konnte, begann der Verschlussdeckel fern von hier erneut, sich zu öffnen, er musste die Staubwischer zurückrufen und stoppte die Zeit. Es kam ihm vor, als sei sie jetzt kürzer gewesen, er hatte zwar vorhin nicht gestoppt, aber er konnte den diensthabenden Gefechtscomputer die Zeiten vergleichen lassen, er gab den Auftrag dazu akustisch, und der Computer antwortete ebenso: die zweite Zeit war um fünfzehn Sekunden kürzer. Also: die Sensibilität des Elefanten verringerte sich nicht, sondern erhöhte sich. Noch einen dritten Versuch? Ja, noch einen dritten Versuch zur Bestätigung.

Während die Männer nach Schließung des Deckels, den sie ja nicht sehen konnten, noch einmal in die Grube zurückkehrten – der Colonel konnte sich durchaus denken, was in ihren Köpfen vor sich ging – während die Sekundenziffern auf der Stoppuhr sprangen, als existiere die Zeit nur für ihre Anzeigegymnastik, während Dutzende von Leuten an hochtechnisierten Geräten die Verbindung überwachten, kam dem Colonel ein Gedanke, auf dessen Schluss er fast wie ein Cowboy auf seinem Pferd vorwärts galoppierte: Sie nahmen mehr Staub weg, und der Elefant reagierte früher, aber nicht stärker, und das war normal ... normal ... normal ... Der Elefant hatte eine unnormale, extreme Situation geschaffen und reagierte nun innerhalb dieser Situation normal und gemäßigt.

In diesem Gedankengang gefangen, kontrollierte der Colonel die Zeit, sie lag wiederum kürzer, und befahl den Abbruch des Versuchs. Freilich musste er weiterhin kontrollieren, ob beim Zuschütten der Grube nichts geschah, was die Sensoren anregte, aber das tat er nebenbei, und es geschah auch nichts. Stattdessen schwebte ihm ein Gedanke im Kopf, wie einem manchmal ein Wort auf der Zunge schwebt, und er bekam den Gedanken nicht zu fassen. Er hing aber mit dem Widerspruch im Verhalten des Elefanten zusammen. Dann also mal ganz von vorn – was wissen wir über das Verhalten des Elefanten seit dem Schichtwechsel überhaupt?

Erstens, er hat die Stallwache nicht hinaus- und die neue Schicht nicht hineingelassen.

Zweitens, er hat alle Verbindungen außerhalb der Kampfkommunikation stillgelegt; das jedoch nicht mit einem Schlag, wie der Anruf des Sergeanten bei seiner Frau bewies, den man zum Glück inzwischen kannte – wenigstens zu diesem Zeitpunkt hatten die beiden da drinnen noch gelebt, und der Normalität wegen war zu hoffen, dass sie das auch jetzt noch taten.

Drittens, er hat nach außen hin den Minimalalarm geschaltet und es bis jetzt dabei belassen.

Viertens, er entnahm dem Netz keine Energie mehr, sondern benutzte offensichtlich das integrierte Notstromaggregat.

Fünftens, das war jetzt klar: er reagierte auf Inputs, aber unterkritisch.

Wenn man nun noch sein inneres Alarmniveau kennen würde! Es mochte gelb sein, klar, dass dann die beiden da drin nichts unternahmen, um es nicht zu erhöhen. Rot war unwahrscheinlich, rot war ein sehr aktives Niveau, wenn so lange nichts geschah, schaltete der Elefant von selbst herunter, das war erprobt. Oder das noch nicht erprobte, noch unübersehbare Grün? Aber warum?

Gut, die Frage warum ist in diesem Stadium blöd. Er hat eben aus Gründen, die noch nicht ersichtlich sind, den abnormen Zustand herbeigeführt und hält ihn aufrecht – bei voller Arbeitsfähigkeit, wie sich zeigt. Müssten dann nicht auch diese Gründe weiter existieren? Oder ist dieser Zustand mehr oder weniger grundlos, also zufällig, eingetreten, und ist jetzt der Grund für seine Aufrechterhaltung, trägt er also seine Ursache in sich selbst?

Bei Gelb wäre das nicht denkbar. Aber bei Grün? Darüber sollte das Konstrukteurteam sich den Kopf zerbrechen.

Der Colonel bemerkte, dass seine Gedanken wieder zerflatterten. Eins schien festzustehen: Seit dem Übergang in diesen Zustand, der sich wohl doch auf einen kurzen Zeitraum beschränkte – der Übergang, versteht sich – also seither hat der Elefant keine Steigerung der Aktivität gezeigt. Normal, normal, normal ... Diese sonderbare Normalität! Und da war auch der Gedanke, der sich vorhin nicht fassen ließ: Normalität, das bedeutete das Ausbleiben von Überreaktionen, und das war nun schon seit neun, nein zehn Stunden stabil. Sollte es da nicht vertretbar sein, wenn man den Außenring komplett abschaltete, den Innenring aber beließ? Die internationale Gefährdung wäre damit aus der Welt. Gewissheit gab es freilich nicht, dass die Stabilität stärker sein würde als der Schock des Handlungsverlustes.

Andererseits, die Auslösung des Innenringes war gebunden an einen direkten Angriff auf den Elefanten. Höchstens, dass er den Verlust des Außenrings als Angriff wertete. Das wäre dann eine Überreaktion, und gegen die schien er ja stabil zu sein.

Nun, es war seine Sache, das vorzuschlagen. Das zu entscheiden, war seine Sache nicht, und wieder einmal war er froh darüber, dass ihn kein Ehrgeiz über seinen Verantwortungsbereich hinauskatapultierte.

* * *

Operator Earl Connelly und Sergeant William Fletcher hatten eine äußerst intensive Beschäftigung gefunden. Der Sergeant kniffte Papiertauben, und der Operator versuchte, durch Kniffe in Schwanz und Flügel ihrem Flug besondere Eleganz zu verleihen. Immer wenn eine fertig war, wurde sie dreimal geworfen, und von den gemessenen Flugzeiten wurde der Durchschnitt notiert. Die vierte Taube hielt bisher den Rekord, bis zur siebenten war keine auf eine höhere Zeit gekommen. Nach der ersten Serie von zehn Tauben hatten sie eine zweite in Aussicht genommen, bei der es nicht um die längste Flugzeit, sondern um die geradeste Flugstrecke gehen sollte. Der Sergeant war mit Begeisterung dabei, er hatte auch die Idee aufgebracht, als ihm eingefallen war zu erzählen, er sei in seiner Jugend Straßenmeister im Taubenkniffen gewesen. Earl hatte daraus eine zeitvertreibende Betätigung für jetzt entwickelt, in erster Linie aus Sorge um den Seelenzustand des Sergeanten. Aber nun machte es auch ihm Spaß, er legte seinen ganzen Bastlersinn hinein. Trotzdem behielt er sein Terminal im Auge.

Mitten in der Bewegung zum Wurf hielt Earl inne.

»Moment mal«, sagte er und ging an sein Pult.

Der Sergeant sah von seiner Faltarbeit auf.

»Was habt ihr denn nun wieder, ihr beide?«, fragte er.

»Ich habe Sorgen«, sagte Earl, »und was der Elefant hat, weiß ich nicht, darum eben. Hier!« Er zeigte mit der Hand auf einen Teil der Anzeigetafeln, auf dem jetzt Lichter spielten, die aber, so meinte der Sergeant sich zu erinnern, bisher dunkel geblieben waren, ausgenommen vielleicht ganz zu Anfang.

»Und was bedeutet das?«

»Ich weiß nicht.«

»Warum bist du dann unruhig?«

Earl zögerte. »Etwas weiß ich schon – der Elefant macht den Innenring scharf.« Er seufzte auf, noch ehe der Sergeant mit seinen Gedanken bis zu den möglichen Folgen vordringen konnte, und fuhr schnell fort: »Und jetzt nimmt er es wieder zurück.«

»Lass ihn, komm her!«, forderte Bill Fletcher seinen Partner auf.

»Mach mal schon weiter«, bat der Operator und blieb sitzen.

»Vielleicht hat's ihn gestört, dass wir hier immerzu ›Start‹ und ›Landung‹ gebrüllt haben!«, provozierte der Sergeant lachend.

»Ach, Unsinn«, sagte Earl, aber nicht sehr laut, denn er musste vor sich selbst zugeben, dass hier und jetzt jegliche Art von Unsinn bedeutungsvoll sein konnte. Und sitzen blieb er vor allem, weil er beobachten wollte, wie die Aktivität des Elefanten abklang und wie sie – bei einer möglichen Wiederholung – entstehen würde. Er wünschte sich eine solche Wiederholung durchaus nicht, denn am Ende dieses Prozesses würde ja ihrer beider Vernichtung stehen. Der Sergeant schien das vergessen zu haben, oder er vertraute dem Computer wieder so sehr, dass er diese Möglichkeit ausschloss. Denn immerhin hatte sich der Elefant ja bisher manierlich verhalten. Aber ...

Aber jetzt begann wieder etwas auf dem Feld der Armaturen, das dem Innenring zugeordnet war. Eine Zeile von sieben Leuchtdioden unter dem Feld zeigte den jeweiligen Grad der Aktivität des Elefanten an, er war leicht festzustellen, aber die Frage, worauf sich diese Aktivität bezog, war schon schwerer zu beantworten. Earl Connelly rief sich die Struktur des Innenrings ins Gedächtnis, aber das nützte ihm nichts, er konnte Signal und Struktur nicht einander zuordnen. Während dessen schwoll die Aktivität weiter an, steigerte sich bis zur fünften der sieben Dioden. Die letzte würde Abschussbereitschaft bedeuten, aber auf der fünften schien der Elefant zu verharren. Der Operator skizzierte die Anordnung der Lichter auf dem Armaturenfeld.

Und dann ging die Aktivität wieder zurück. Earl Conelly atmete auf.

»Gefahr im Anzug?«, fragte der Sergeant.

»Lass mich mal!«, bat Earl und tippte. Auf seinem Terminal erschien das Blockschaltbild des Innenrings. Nach einigen zusätzlichen Auskünften, die der Elefant merkwürdigerweise ohne Zögern gab, wusste Earl, was die Konstellation der Leuchtanzeigen bedeutete: die Öffnung der Verschlussdeckel bei jenen Raketen, die auf sie zielten, die im Falle feindlicher Bedrohung der Zentrale alles vernichten sollten.

In diesem Augenblick unternahm Colonel Ernestino draußen seinen dritten Anlauf, und die Aktivität schwoll wieder an. Mit plötzlich aufsteigender kalter Angst beobachtete Earl Conelly, wie wieder die fünfte Diode aufleuchtete, dann die sechste.

Er wusste nicht, woher dieses entsetzliche Gefühl kam, Poes Geschichte mit der sich senkenden Decke der Zelle kam ihm in den Sinn, ja, so ein Gefühl musste das gewesen sein, das Gefühl des unaufhaltsam herankriechenden Todes oder so ähnlich, merkwürdig, die Suche nach einem Vergleich nahm etwas davon weg, er konnte wenigstens verhindern, dass ihm die Zähne klapperten. Vielleicht trug dazu auch der Umstand bei, dass die letzte, die siebente Diode immer noch nicht aufleuchtete – und nun erlosch die sechste, die fünfte ...

»Was ist denn los mit dir«, fragte der Sergeant, »du hast ja Schweiß auf der Stirn!«

»Da draußen spielen welche am Innenring herum«, flüsterte der Operator.

»Na großartig«, rief der Sergeant, »sie versuchen, uns auszubuddeln! Wird aber auch Zeit!«

Inzwischen war die Aktivität erloschen, und verblüfft stellte der Operator fest, dass auch seine Angst verschwunden war. Na klar, der Sergeant hatte ja recht! Warum hatte er selbst das nicht sofort genau so gesehen und erkannt? Natürlich versuchten sie draußen irgendetwas – und natürlich machten sie das so vorsichtig, dass nichts passierte!

»Ganz ruhig bleiben!«, mahnte der Sergeant. Earl Connelly grinste ihn an. »Danke, schon vorbei.«

Und dann erklärte er ihm, was vor sich gegangen war. Jetzt wurde der Sergeant blass.

»Der Chief ist in Urlaub, und auf den Colonel ist Verlass«, tröstete der Operator ihn. »Machen wir mit unseren Tauben weiter?«

Aber der Sergeant winkte ab. »Ja, wenn man so eine hinauswerfen könnte wie zu Hause aus dem Fenster: Hallo, wir sind hier!«, sagte er.

* * *

Mittags in Washington, abends also in Moskau, trafen sich per Bildschirm die beiden Präsidenten zum zweiten Mal in dieser Angelegenheit. Diesmal hatte der Russe um das Gespräch ersucht.

»Wie Sie wissen«, sagte er »haben unsere beiderseitigen Militärs vereinbart, dass ab zwölf Uhr Ihrer Zeit auf unserer Seite alle automatischen Reaktionen abgeschaltet werden, und zwar unter Kontrolle Ihrer Generalstabsgruppe, weil Ihre Seite zu diesem Zeitpunkt die Absprengung der Untersysteme operativ vorbereitet. Sie und ich hatten zugestimmt. Jetzt erhalte ich die Nachricht, dass die vereinbarten Maßnahmen auf den Abend verschoben sind.«

»Richtig«, sagte der Amerikaner. Er war etwas irritiert, er wusste nicht, worauf der andere hinauswollte. Kleinliches Herumnörgeln traute er ihm eigentlich nicht zu, ebenso wenig eine überflüssige Rückfrage, die nur das Vertrauen gestört hätte, das sich bei der Zusammenarbeit der Militärorgane inzwischen herausgebildet hatte – ihnen etwa die Berechtigung zu solchen Regulierungen zu nehmen, würde ja bedeuten, ihnen das Misstrauen auszudrücken. Es wäre aber auch nicht angegangen, auf die Feststellung des Russen mit unziemlicher Neugier zu reagieren. Also blieb er zunächst einsilbig.

»Unsere Seite«, fuhr der Russe fort, »bittet um Ihr Einverständnis, dass wir trotzdem wie geplant ab zwölf Uhr Ihrer Zeit unsere Systeme deaktivieren.« Er hob leicht die Hand, als wolle er sofortigen Protesten entgegenwirken, und sagte weiter: »Militärisch gesehen macht das keinen Unterschied, da Ihre Seite derzeit ohnehin nicht zu koordiniertem Vorgehen in der Lage ist. Da es sich um eine Frage eher politischen Charakters handelt, wollte ich sie mit Ihnen abstimmen.«

Der Präsident der USA sah seine beiden Beisitzer an, den Sicherheitsberater und den Chef des Pentagons. Beide bemühten sich, die Zitrone, in die sie eben gebissen hatten, für eine Orange zu halten. Der Präsident lächelte. Selbstverständlich war dies eine politische Offensive der Russen, geschickt angesetzt und ganz offen vorgetragen, und dazu noch rücksichtsvoll – denn das Gespräch schloss wie alle derartigen zweiseitigen Beratungen die Öffentlichkeit zunächst aus. Auf die Dauer jedoch würde jede Stunde mehr, in der die beiden Systeme von Weltraumwaffen einander nicht bedrohten, international wie auch im eigenen Land die Kräfte stärken, die eine Abrüstung im Raum forderten. Diese Kräfte waren nicht vereinzelte Intellektuelle und politische Schwärmer, sie reichten bis in die Regierungspartei, bis in die Lobby und sogar bis in die Gruppierungen des großen Kapitals. Dass sie bisher nichts durchgesetzt hatten, lag mehr an der Eigengesetzlichkeit dieser Rüstung, die unendlich verwickelt war und schon bei den einfachsten Definitionen von Waffensystemen einen Konsens nahezu unmöglich machte. Im Grunde war die Lage so: Wenn irgendein Zauberer alle diese Systeme auf einen Schlag verschwinden lassen würde, hätte sich an der internationalen Lage nicht das mindeste geändert, außer dass sie ein wenig sicherer geworden wäre. Im Grunde war es hohe Zeit, diesen Unsinn verschwinden zu lassen, und eigentlich hatte er, der Präsident, allen Grund, den Russen um seine Lage und um seinen Vorschlag zu beneiden. Seine Militärs freilich dachten nicht so weit, er wusste es, ihre Interessen waren stärker als die seinen mit der Rüstungsindustrie verknüpft, und solche Bindungen engten politischen Weitblick häufig ein. Wenn er also den Vorschlag annahm, würde er nicht mit ihrem Verständnis rechnen dürfen. Wenn er ihn ablehnte, würden sie ihm freilich auch keine stichhaltige Begründung dafür liefern können. Seine Zustimmung aber würde ein winziger Schritt vorwärts sein auf dem Wege, den er bis zum Schluss seiner zweiten Amtsperiode einzuschlagen gedachte. Hier also konnte er etwas in Gang setzen, des vielleicht einmal den Anfang für eine weltweite positive Entwicklung darstellen würde, auch wenn es jetzt die Börse verärgerte.

»Ich sehe keinen Grund, dem nicht zuzustimmen«, sagte der Präsident.

Der Pentagonchef sah die Perspektive etwas anders als der Präsident, aber so gewitzt, den Inhalt dieser Sätze und vor allem der Denkpausen zwischen ihnen zu verstehen, war er durchaus, und er wusste auch, was er jetzt riskieren konnte und sogar musste.

Er beugte sich leicht zum Präsidenten hin und sagte: »Bis zur Wiederherstellung der Lage.«

Der Russe gegenüber sah und hörte es, und er sah den amerikanischen Präsidenten noch einmal lächeln, und er lächelte selbst und bestätigte: »Bis zur Wiederherstellung der Lage.«

Nun hätte er sich eigentlich bedanken und abbrechen müssen, aber plötzlich gingen sie mit ihm durch, er konnte sich nicht zurückhalten, wie Diplomatie und Weisheit es geboten hätten, und fuhr fort: »Warum eigentlich nicht für immer?«

* * *

Bisher war das Börsengeschäft nicht so ganz zur Zufriedenheit des Generals gelaufen. Zwar hatte die Neuigkeit die Börse erreicht, und als Folge davon waren die Kurse der UC leicht gefallen – aber obwohl Elliot Karpatis immer mehr Aktien angeboten hatte, blieben die Kurse stabil, was bedeutete, dass jemand die Aktien aufkaufte. Karpatis hatte dem General auf dem verabredeten Weg über seine Tochter die Mitteilung zukommen lassen, er solle etwas Spektakuläres unternehmen, sonst verkehre sich das Vorhaben ins Gegenteil. Daraufhin hatte der General eine Pressekonferenz angesetzt, die Presseleute, das wusste er, würden von sich aus die peinlichsten Fragen stellen, und er würde schon geeignete Antworten finden.

Es kam ihm also gerade recht, dass die Bereinigung der Lage durch Absprengung der Waffensysteme zunächst einmal, wie ihm Ernestino mitgeteilt hatte, nicht stattfinden konnte. Das Geschäft brauchte Zeit, sich richtig zu entwickeln. Auch die Absprache der Präsidenten, von deren Ergebnis er unterrichtet worden war, kam ihm zupass, sie erhöhte als weltpolitischer Vorgang die Bedeutung der Angelegenheit – auch Leute, die technisch und waffentechnisch nicht das geringste verstanden, mussten eine Gänsehaut kriegen, wenn sie von dem immer noch so genannten roten Telefon hörten.

Er selbst würde gegenüber der Presse schön sachlich bleiben können – das Hochspielen und Ausschmücken konnte er getrost den Journalisten überlassen. Das einzige, worüber er länger nachdachte, waren verschiedene Anknüpfungspunkte, wie er die eine Frage, auf die es ihm ankam, provozieren konnte, falls sie wider sein Erwarten nicht gestellt wurde. Er dachte sich sechs, sieben solche Anknüpfungen in Antworten auf Standardfragen aus. Wie wär's, wenn er die Reporter ein bisschen das Gruseln lehrte? Er beschloss, das dem Augenblick zu überlassen.

Die letzte Frage, in der er sich entscheiden musste: Sollte er Colonel Ernestino mit vor die Presse nehmen? Der Colonel war ein ernst zu nehmender und auch ernst genommener Fachmann, Fragen zur technischen Seite der Sache würde es gewiss geben, und er, der General, würde sie nicht schlüssig beantworten können, was die Presse selbstverständlich merken und vermerken würde. War der Colonel dabei, würde man es dem Vorgesetzten als guten Arbeitsstil anrechnen, dass er den Unterstellten antworten ließ. Andererseits war der Colonel kein Mann, dem man bestimmte Grenzen vorgeben konnte, und vor allem keiner, dem man auch nur andeutungsweise zumuten durfte, im Interesse der Sache zu schwindeln. Aber er musste ihn ja nicht alle entsprechenden Fragen wirklich beantworten lassen. Er, der General, würde die Sache in der Hand behalten und nötigenfalls mit dem Hinweis auf Geheimhaltung widrige Fragen abblocken. Und den Colonel würde er verpflichten, ehrlich und sachlich zu antworten, aber nur auf die jeweilige Frage, ohne auf Zusammenhänge einzugehen. Ja, so würde es laufen. Ein kleines Risiko blieb, aber ohne das hätte ihm die Konferenz keinen Spaß gemacht.

Die Frage nach der Gefahr eines Krieges gehörte zu den ersten. »Die Gefahr wird im Laufe dieses Tages behoben«, sagte der General. »Oder sagen wir so: politisch ist sie schon behoben, durch Absprache zwischen den Russen und uns sowie dadurch, dass wir Generalstabsgruppen ausgetauscht heben. Technisch wird sie wahrscheinlich am Abend behoben, indem die Waffensysteme abgesprengt werden. Für uns hier wird sie freilich etwas länger bestehen, weil das zentrale Computersystem unter dieser Butterdose dort drüben eine autonome Selbstzerstörung hat, an die wir nicht ohne weiteres herankommen.«

Natürlich wollten die Reporter wissen, was geschehen würde, wenn diese Selbstzerstörung in Kraft träte.

»Dann«, sagte der General mit leichtem Grinsen, »werden ein halbes Dutzend kleinkalibrige Kernraketen hier, wo wir jetzt sitzen, einen Krater in die Landschaft bohren. Im Augenblick ist das freilich nicht zu befürchten, denn wenn wir nichts tun, tut der Computer auch nichts, aber heute Abend, wenn wir sprengen, sind Sie vielleicht zu Hause in Ihren Redaktionen besser aufgehoben.«

»Und Sie bleiben hier?«, fragte ein vorwitziger junger Journalist. Die Runde, zumeist erfahrene Fachpresseleute, lachte im Voraus über die Abfuhr, die den Fragesteller erwartete.

Der General lächelte denn auch so höflich, dass der Spott hindurchschimmerte, und fragte: »Was würden Sie vorschlagen, wo soll ich hingehen?« Der Saal klatschte Beifall.

Es folgten eine Reihe technischer Fragen, die meist Colonel Ernestino knapp und sachlich beantwortete. Eine Art Langeweile entstand, aus der nun bald die aggressiveren Fragen kommen würden.

»Wird diese Geschichte Auswirkungen auf die internationale Lage haben, und welche?«, wollte ein grauhaariger Korrespondent wissen, den der General flüchtig aus New York kannte. »Ich bin kein Politiker«, wehrte der General ab. Hier war eine Gelegenheit für eine kleine Provokation in die von ihm gewünschte Richtung. Sollte er sie nutzen? Besser noch nicht, erst wenn die Angriffe sich dem Ende näherten.

Ob man mit den Russen hier sprechen könne? Da müsse man sie fragen, meinte der General und winkte seinem Adjutanten, der das Zelt verließ und nach zwei, drei weiteren Fragen mit Generaloberst Teljagin und Leutnant Markow wiederkam. Der General stellte die Russen vor, zögerte nach dem Namen des Leutnants ein wenig und sagte dann: »Sie kriegen's ja doch raus, deshalb sage ich's Ihnen lieber gleich: Leutnant Markow ist nicht nur ein hochrangiger Spezialist auf dem Computer, sondern außerdem noch der Sohn des russischen Präsidenten.«

Ein Raunen ging durch den Saal, und dann fragte einer: »Ist deshalb unser Königskind nach Moskau geflogen?« Der Sagenbegriff war der Spitzname der Präsidententochter in Kollegenkreisen.

»Es war ein Vorschlag Ihres Präsidenten«, antwortete der Generaloberst, bevor Sinclair Detlefson das Wort nehmen konnte. Es folgten eine Reihe von Fragen an die russischen Offiziere, und das machte allen Spaß, weil die beiden das Englisch so beherrschten, dass ihre Antworten nicht zu langweiligen Statements gerieten und trotzdem der fremdartige Akzent sympathisch interessant wirkte.

Wieder an den General gerichtet, fragte der Grauhaarige: »Werden Sie denn nach dieser Pleite von dem Prinzip der zentralisierten Computersteuerung abgehen?«

»Im Gegenteil!«, sagte der General entschieden. »Wir werden die Mängel korrigieren und dieses Computersystem gegebenenfalls durch ein besseres ersetzen!« Die Fragen näherten sich den Punkt, auf den es dem General ankam.

»Hieß es nicht seinerzeit, dieser Computer ist der beste, der sich denken lässt?«

»Ja, so hieß es seinerzeit. Inzwischen sind aber einige Jährchen vergangen. Er ist sogar noch heute der beste, der existiert, aber nun sind schon bessere denkbar – vor allem, wenn wir das gegenwärtige Verhalten richtig analysieren.«

»Sie schließen demnach aus, dass es sich einfach um einen Fehler des Computers handelt?«

»Nein, durchaus nicht.«

»General Detlefson, Sie haben nicht vielleicht diesen Fehler selbst produziert, damit die United Cybernetics einen neuen Großauftrag bekommen?«

Da war sie, die erwartete und eigentlich gewünschte Wendung. Trotzdem machte sie den General wütend – was seiner Absicht nicht zuwiderlief, denn wenn er wütend war, gelang ihm seriöse Freundlichkeit am besten.

»Wenn jemand einen Fehler gemacht hat, wird er zur Rechenschaft gezogen«, sagte der General in freimütigem Ton. »Und wenn es ein Fehler der Herstellung ist, trifft die UC das gleiche Schicksal.« Der Beifall belohnte ihn – wenngleich er schon stärkeren erhalten hatte. Aber hier kam es erst einmal darauf an, dass die Börsenkurse der UC fielen.

Montagnachmittag

Sergeant Fletcher fuhr aus dem Mittagsschlaf hoch, blickte verdutzt in das Kunstlicht der Zentrale und lachte dann schallend. Earl Conelly, der nicht geschlafen, sondern vor sich hin geträumt hatte, sah ihn erstaunt an.

»Stell dir vor«, sagte der Sergeant, noch lachend, »ich habe geträumt, du bist mit dem Colt in der Faust auf mich zugekommen, aber dann warst du meine Schwiegermutter, und ich habe das furchtbar lustig gefunden, obwohl ich keinen Augenblick gezweifelt habe, dass ich gleich tot sein würde, aber weil das so komisch war, bin ich auf sie zu gegangen, und dann war da kein Colt mehr, sondern eine von ihren schlimmen Pizzas, und das fand ich nun gar nicht mehr ulkig, aber Bess sagte, nun tu ihr doch den Gefallen und iss das Zeug, und dann habe ich gesagt, lieber wache ich auf! Ob der Elefant auch sowas träumt?«

»Von deiner Schwiegermutter und ihren Pizzas?«, fragte Earl Conelly etwas verwirrt. »Das glaube ich kaum.«

»Unsinn«, sagte der Sergeant. Und nach einer ganzen Weile fragte er: »Was sind eigentlich Träume?«

Earl merkte, dass es dem Sergeanten nicht mehr um seinen persönlichen Traum ging. »Weshalb?«, fragte er.

»Warum antwortest du mit einer Gegenfrage, wenn ich schon mal was von dir wissen will?«

»Weil ich nicht genug darüber weiß«, antwortete Operator ruhig. »Und was ich weiß, habe ich dir, glaube ich, schon gesagt.«

»Dann sag's nochmal, vielleicht verstehe ich's jetzt.«

Wie sag ich's meinem Kinde? »Vielleicht so. Alles, was du jemals in deinem Leben gesehen, gehört, gerochen, geschmeckt und getastet hast, vom ersten Schrei nach der Geburt an, außerdem alles, was du gedacht, gefühlt, gelesen hast, jede Erinnerung, also wirklich alles, ist in deinem Kopf gespeichert. Dein Kopf ist eine riesige Lagerhalle voll von Gütern, die kein Mensch abfordert. Nur von Zeit zu Zeit wird eine Kleinigkeit daraus geholt, eine, die gleich vorn an der Tür abgelegt ist. Und ununterbrochen kommen weitere hinzu. Deshalb muss das alles von Zeit zu Zeit umgelagert werden, was gar nicht benutzt wurde, kommt in die äußerste Ecke, da kommst du dann auch nicht mehr ran. Die anderen, gelegentlich gebrauchten Erinnerungen kommen in die Nähe der Tür. Auch die Neuzugänge werden entsprechend sortiert, wenn sie erst ein paar Tage gelagert haben. Diese Arbeit der Umlagerung ist eine Funktion des Traums. Eine von vielen. Es ist klar, dass dabei immer Dinge nebeneinander auf die Schubkarre kommen, die gar nichts miteinander zu tun haben. Zufrieden?«

»Interessant, aber ...«, sagte der Sergeant, starrte an die Decke und ließ den Satz unvollendet in der Luft hängen. Nach einer Weile fragte er: »Und wenn die Lagerhalle voll ist?«

»Es ist ja keine wirkliche Lagerhalle. Will sagen, die Sache ist selbstverständlich komplizierter als der Vergleich.«

»Aber trotzdem – wenn sie nun voll ist?«, beharrte der Sergeant.

»Weiß ich nicht«, sagte Earl verdrossen, »vielleicht schnappt dann der Kerl über, dem sie gehört.«

»Träumt der Elefant auch so?«, fragte nun der Sergeant.

Earl hatte schon gemerkt, worauf sein Partner hinauswollte, und seine Antwort war überlegt. »Nein. Wenigstens insoweit nicht, dass er nicht vergessen kann. Aber er kann abstrahieren, also unwesentliche Einzelheiten weglassen, also irgendwie doch vergessen, ja, das ist ja auch so eine Art, den Erinnerungsumfang zu minimieren.«

»Und wenn er mal das Lager voll hat?«

»Das dauert mindestens noch zehn Jahre. Und dann kann er gelöscht und neu angefahren werden.«

Irgendwie schien auch diese Antwort den Sergeanten nicht zu befriedigen. Er starrte weiterhin an die Decke.

Earl richtete sich von seiner Liege auf. »Hast du noch mehr so hübsche Fragen, dann stell sie jetzt – nachher will ich reinemachen.«

»Ist der Elefant mehr ein Kind oder ein Erwachsener?«

Nun war Earl doch verblüfft – einerseits über die Fragestellung, andererseits darüber, dass der Sergeant mit solcher Hartnäckigkeit versuchte, dem Computer auf die Sprünge zu kommen.

»Ich verstehe nicht, wie du das meinst«, sagte er, diesmal nicht ohne pädagogischen Hintergedanken, er wollte den Freund zu genauerem Nachdenken zwingen.

»Ein Kind«, sagte der Sergeant nachdenklich, »plant oder heuchelt nicht Gefühlsbewegungen. Oder sagen wir so: wenn es das erst mal gelernt hat, hört es auf, ein Kind zu sein, und ist schon verdorben. Ein Kind ist nicht lustig, weil es sich vornimmt: Ich will jetzt mal lustig sein. Stimmt das? Warte mal – doch, es kann lustig sein, um die Erwachsenen auf sich aufmerksam zu machen oder ein Bonbon zu kriegen oder sowas. Aber ich glaube, es ist dann tatsächlich lustig und nicht, wie ein heuchelnder Erwachsener in Wirklichkeit stinksauer.«

»Du magst ja recht haben, ich kenne mich mit Kindern nicht aus, aber was in aller Welt willst du jetzt damit?«

»Meine Erfahrung: Wenn ein Kind sich plötzlich ungewöhnlich benimmt, anders als sonst, hat das immer einen handfesten Grund.«

»In dieser Hinsicht ist vielleicht der Elefant mehr wie ein Kind«, sagte der Operator zögernd.

»Und warum benimmt er sich ungewöhnlich? Sonderbar? Wo steckt das Ereignis, das ihn dazu veranlasst hat? Es muss in unserer Schicht passiert sein!«

»Keine Ahnung.«

»Du hast heute gesagt, du bist genau so hilflos wie ich. Das glaube ich dir einfach nicht. Du verstehst doch davon viel mehr als ich. Wenn ich du wäre, würde ich herumwirbeln, irgendwas versuchen, basteln hier und da, auch wenn vielleicht nichts herauskommt, aber etwas kommt ja immer heraus, oder?«

Earl Conelly begriff jetzt, was den Gefährten bewegte. Der Sergeant war nicht gewöhnt, in einer schwierigen Lage untätig zu bleiben. Und hier musste er das gleich in doppelter Hinsicht: sein Versuch, das Problem rational zu bewältigen, scheiterte an seiner wissenschaftlichen Unkenntnis, und jede praktische Aktivität an der technischen. Der Operator spürte förmlich, wie der Sergeant von Minute zu Minute unruhiger, unzufriedener wurde – und niemand konnte sagen, wie lange sie hier noch herumsitzen mussten.

Er musste irgendetwas veranstalten, das nach Arbeit aussah, selbst wenn es ziemlich sinnlos war. Und auch ihm selbst würde Betätigung guttun. Sogar wenn er dabei wusste, dass auch seine Kenntnisse nicht ausreichten. Was also konnten sie tun?

»Wenn du recht hast und es gibt einen Anlass, dann müssten wir ihn finden, wenn wir die Inputs unserer Schicht durchforschen. Es kann aber auch anders sein – der jetzige Zustand ist durch einen zufälligen Sprung entstanden und ist jetzt die Ursache für sich selbst, also dass der Elefant diesen Zustand aufrechterhält, weil er nicht damit klarkommt.«

»Was ist mit den Inputs, ich denke, die hast du schon durchgesehen?«

»Ich habe sie mir vom Elefanten ausgeben lassen. Aber das waren, strenggenommen, nicht die Inputs selbst, sondern die von ihm gespeicherten ersten Bearbeitungsstufen, analysiert, präzisiert, nach Wichtigkeit geordnet. Es könnte ja sein, dass er gerade den gesuchten Anlass unterdrückt hat, eben weil der sich der Einordnung entzog.«

»Und die ursprünglichen Inputs – die gibt's noch irgendwo?«

»Ja, die gibt's noch irgendwo.«

»Na dann los, nichts wie ran!«

»Ich überlege gerade, wie man da rankommt. Ungefähr eine Woche lang werden alle Inputs im mittelfristigen Speicher aufbewahrt.«

»Dann ruf sie ab, geht das nicht?«

»Wenn ich sie abrufe, dann kriege ich wieder nur die erste Verarbeitungsstufe. Man müsste unmittelbar ...« Der Operator sprang auf. »Wir versuchen es. Auf, auf, es gibt Arbeit. Schraub du mal da vorn die Verkleidung ab, ich demontiere da hinten einen Drucker, den schließ ich dann direkt an, damit wir's schriftlich haben.«

Der Sergeant erhob sich langsam. So sehr er sich freute, etwas zu unternehmen – gegen diese Öffnung des Elefanten standen mindestens ein Dutzend Dienstvorschriften. Und der Operator war keineswegs sein Vorgesetzter, dessen Befehl seine eigene Verantwortlichkeit aufgehoben hätte. Aber es dauerte nicht lange, und das Bedürfnis zu handeln hatte die Bedenklichkeit überwunden. Er holte Werkzeug und machte sich an die Arbeit.

Earl Conelly wartete, bis der Sergeant die ersten Handgriffe ausgeführt, die erste Verschraubung gelockert hatte. Er wusste nicht, ob und wie weitgehend der Elefant Veränderungen an seiner peripheren Technik registrierte, und er durfte doch keinen Augenblick den Umstand vergessen, dass Grün-Alarm bestand und der Elefant auch mit dem Selbstvernichtungssystem, dem Innenring, antworten konnte. Der Operator beobachtete genau die Anzeigen, aber nichts zeugte von einer Aktivierung des Innenrings.

Nun begann er, den Drucker zu demontieren, genauer, einen der Drucker, denn der Elefant hatte nicht nur an jedem Pultplatz einen, sondern auch noch zwei zusätzliche für Kontrollaufgaben. Zwischendurch warf er alle zwei, drei Sekunden einen Blick auf die Displays der Anzeigetafel. Der Elefant schien sich um die Vorgänge nicht zu kümmern, immer mehr festigte sich Earls Hoffnung, dass er über seinen eigenen Aufbau nur sehr begrenzt informiert war und Veränderungen nicht direkt wahrnahm. Das nämlich war die Voraussetzung dafür, dass die geplante Operation überhaupt Sinn hatte.

Er hatte nun noch einiges zu tun, um den Drucker für den undefinierten Anschluss kompatibel zu machen, zum Glück gab es steckbare Baugruppen aller Art im Reparaturset, aber ohne seine Erfahrungen als Bastler wäre er mit dieser Aufgabe kaum zu Rande gekommen. Schließlich war er aber fast gleichzeitig mit dem Sergeanten fertig.

Der hatte zuletzt gekniet, stand jetzt auf und klopfte sich gewohnheitsmäßig den hier nicht vorhandenen Staub von den Hosen.

»Und nun?«, fragte er.

»Ich krieche jetzt da unten rein«, erklärte der Operator, »und du behältst die Displays hier im Auge. Diese Gruppe hier, merkst du dir das? Wenn da etwas anfängt zu blinken, rufst du sofort.«

»Klar«, sagte der Sergeant.

Earl Connelly schob den Oberkörper in die Eingeweide des Computersystems. Der Sergeant heftete seinen Blick starr auf die angegebenen Leuchtdioden. Da aber nichts geschah, wurde ihm die Sache langweilig, und er verspürte wieder die Ungeduld, die er während der Hantierungen an der Verkleidung vergessen hatte.

»Erklärst du mir, was du da machst?«, fragte er laut.

»Ich versuche«, sagte der Operator mit arbeitsbedingten Unterbrechungen, »ich versuche ... den Drucker an eine Stelle anzuschließen, wo die ... Inputs noch unbearbeitet laufen ...«

»Kennst du die denn?«

»Ja, von den ... Testläufen bei der Einführung des Elefanten ... Die Lichter noch aus?«

»Alles o.k. Und du glaubst nicht, dass der Elefant unser Gespräch mithört?«

Einen Augenblick lang blieb die etwas gedämpfte Stimme aus dem Inneren der Anlage stumm. Dann sagte Earl Conelly: »Hornochse!«

»Wer, ich?«, fragte der Sergeant.

»Konntest du nicht ein bisschen früher daran denken?«

»Sag bloß, du hast da nicht dran gedacht!«

Earl Conelly kroch aus der Anlage hervor. »Wenn ich schon für uns beide denken muss, dann werde ich wohl auch mal etwas vergessen dürfen! Aber lassen wir das, er scheint ja nicht zuzuhören. Also jetzt kommt der Augenblick, welcher. Ich krieche noch mal rein, und wenn ich drin bin, schließe ich den Drucker an. Gib mir alle dreißig Sekunden dein o.k.«

Earl steckte noch eine Baugruppe auf den Anschluss, legte sich auf den Rücken und schob sich, Gesicht nach oben, in die Lücke. Der Sergeant gab die Begleitmusik mit seinem: »O.k. ... o.k. ... o.k. ...« Gerade als er sich wiederholen wollte, krächzte von hinten der unsägliche Papagei: »Legt an! Gebt Feuer! Achtung, der General!« Im gleichen Augenblick erwachte der Elefant aus seinen Träumen und spielte mit den Lichtern.

Eine Zehntelsekunde später schrie der Sergeant: »Stopp! Alle Maschinen stopp!«

Earl kam herausgekrochen und starrte mit hilfloser Wut erst auf die Anzeige, dann in die Papageiecke. »Ich reiß dem Biest alle Federn aus!«, schimpfte er.

»Hat der Anschluss geklappt?«

»Ich war gerade dabei«, schimpfte der Operator weiter, »als der verdammte Vogel krächzte und der verdammte Elefant zu blinken anfing, da habe ich wieder getrennt, und jetzt, verdammt noch mal, weiß ich nicht, ob der Elefant auf mich oder auf Otto reagiert hat!«

* * *

Generaloberst Teljagin hatte Vera und Leutnant Markow zu einem Spaziergang eingeladen. Es war der gleiche Weg um die Zeltstadt, den Vera schon am Vormittag mit dem Leutnant gegangen war, es gab nichts Neues zu sehen, aber nicht der Landschaft wegen hatte Teljagin seine höfliche Weisung gegeben. Er wollte ein paar Dinge mit diesen beiden Leuten besprechen, die ihm die wichtigsten Mitglieder der Gruppe zu sein schienen.

»Zu Ihrer Information«, begann der Generaloberst. Seine Sprechweise war verbindlich, der Ton angenehm, aber die Satzbildung konnte den Militär nicht verleugnen. »Hauptsächlich zu Ihrer, Professor Sokolowa, der Leutnant weiß das meiste bereits. Das zentrale Computersystem dort in jenem Bunker steuert zwei Gruppen von Waffensystemen. Der Außenring umfasst alle operativen Waffen und Trägermittel. Der Innenring ist eine Selbstvernichtungsanlage. Die Absprengung des Außenrings ist vorbereitet oder wird noch vorbereitet. Sie soll die internationalen Risiken beseitigen. Der Versuch, den Innenring ebenfalls für die Absprengung zu präparieren, ist fehlgeschlagen. Gegenwärtig stehen unsere amerikanischen – hm – Partner vor dem Dilemma: wenn sie den Außenring absprengen, könnte das Computersystem das als Angriff betrachten und sich selbst vernichten. Ihre Meinung dazu?«

Vera schüttelte den Kopf, als der Leutnant sie fragend ansah. Nein, sie konnte dazu nichts sagen, vorerst.

»Unsere amerikanischen Partner«, begann der Leutnant, »nennen das Computersystem Elefant. Ich schlage vor, wir folgen ihnen darin und nennen es für uns Hoity-Toity, das ist in unserer Literatur ein Elefant mit einem Menschengehirn. Und dieser Elefant hat ja wirklich sowohl etwas von einem Tier als auch von einem Menschen, etwas von beiden und etwas dazwischen.« Er sah, dass der Generaloberst die Stirn runzelte und sagte schnell: »Ich werde gleich konkret. Obwohl wir die Ursachen für Hoity-Toitys Verirrung nicht kennen, zeigt sein Verhalten seither einige Charakteristika, aus denen sich extrapolieren lässt. Vor allem die letzten Operationen mit dem Innenring haben ergeben: So lange sich nichts an der äußeren Lage verändert, bleibt Hoity-Toity im Zustand einer niedrigen Alarmphase. Nein, das ist nicht genau: Seine Steuerbefehle nach außen bleiben in diesen Zustand. Über seinen inneren Zustand wissen wir eben nichts. Das deutet auf ein Ökonomieprinzip hin. Verhältnismäßigkeit der Reaktion etwa. Daraus kann man folgern, dass er seinen Zustand nach einiger Zeit selbst herunterschalten wird.«

»Nach welcher Zeit?«, fragte der Generaloberst.

»Das könnten nur die Konstrukteure schätzen. Ich will aber nicht verschweigen, dass auch eine andere Variante denkbar ist. Wenn ein innerer Defekt die Ursache dieses Zustands ist, gleich, ob physikalischer oder informativer Art, dann könnte der jetzige Zustand das niedrigste Aktivitätsniveau sein. Dann könnte der Defekt und mit ihm der Alarmzustand sogar eskalieren.«

»Das heißt also, unsere amerikanischen Partner tun recht daran, ihn von seinen Wirkungsmitteln zu trennen?«

»Ja.«

Der Generaloberst unterbrach das Gespräch, indem er plötzlich stehen blieb.

»Lassen wir das. Wir haben etwas zu entscheiden. Heute Abend soll der Versuch unternommen werden, den Außenring abzusprengen. Dabei besteht das Risiko, dass der – hm, also meinetwegen: dass Hoity-Toity den Innenring zündet. Alle Menschen in dieser Zeltstadt, auch wir, würden das Ereignis in einem atomsicheren Bunkersystem erwarten, von wo es auch gesteuert wird. Wir müssen entscheiden, ob Sie, Frau Sokolowa, und Sie, Leutnant Markow, hierbleiben.«

Beide sahen ihn überrascht an.

»Verblüfft Sie das Problem«, fragte der Generaloberst, »oder der Umstand, dass ich es nicht einfach durch einen Befehl löse?«

»Was mich betrifft«, antwortete Vera ruhig, »so bin ich in militärischen Dingen nicht sehr bewandert, und der Leutnant ist vielleicht noch ein wenig zu jung, um auf solche Fragen zu kommen.«

»Es wäre mir lieber, Sie äußerten sich zum Problem.«

»Das hieße also, ich sollte mich vor der möglichen Gefahr in Sicherheit bringen?«, fragte der Leutnant mit einer Kälte in der Stimme, die seine Empörung nur schlecht verbarg. »Kommt nicht in Frage.«

»Ich habe um Ihre Meinung gebeten, nicht um apodiktische Verurteilung der einen oder anderen Variante. Das Problem wird im Kopf entschieden, nicht im Herzen.«

Vera Sokolowa war als Wissenschaftlerin ein Mensch gründlicher Erwägung, nicht so sehr schnellen Entschlusses, und es beruhigte sie, dass der Generaloberst das offensichtlich respektierte.

»Was mich betrifft«, sagte sie, »sehe ich keinen Grund, diesen Ort zu verlassen. Ich wurde nicht gefragt, ob ich hierherkommen wollte, aber jetzt bin ich einmal hier. Was jedoch den Leutnant betrifft, liegt die Sache anders. Schwieriger. Es könnte sein, dass gar nicht wir die Antwort geben.«

Der Generaloberst nickte nachdenklich.

»Wieso das?«, wollte der Leutnant wissen.

»Sie und Ihr amerikanisches Gegenstück, ich meine die Tochter des Präsidenten, sind in gewisser Weise auch Geiseln. Ist Ihnen dieser Gedanke nicht schon gekommen? Sie sollen einen Angriff jeweils Ihrer Heimatseite auf die andere verhindern. Oder die Gefahr eines solchen Angriffs. Oder die Verlockung dazu.«

»Und als Geisel muss ich eben am Ort der Ereignisse sein«, triumphierte der Leutnant.

»Das erscheint mir keineswegs selbstverständlich«, entgegnete der Generaloberst. »Was die andere Seite von uns verlangt und ob sie überhaupt etwas verlangt oder als Variante anbietet, hängt von vielen Faktoren ab. Erstens davon, wer diese Geiselnahme angeregt hat und wie die verschiedenen politischen Kräfte dazu stehen. Zweitens davon, für wie gefährlich die amerikanische Seite das bevorstehende Ereignis betrachtet. Drittens, ob die Militärs hier in dieser Sache Weisungen aus Washington erhalten. Der Präsident könnte Sie, lieber Wolodja, zu genau diesem Zeitpunkt zu einem Gespräch einladen. Wenn er das wollte. Aber ich bezweifle, dass er diesen Zeitpunkt für so kritisch hält. Er ist auch abhängig von dem, was sie ihm sagen. Und ob sie ihm alles sagen ...« Der Generaloberst machte eine unbestimmte Geste.

»Ich möchte aber doch zu bedenken geben«, warf der Leutnant hartnäckig ein, »was im schlimmsten Falle geschehen würde. Angenommen, ich wäre in Washington, und hier bräche inzwischen die Hölle los, alles und alle würden zerstrahlt und zerbombt – was würde daraus gefolgert werden, wenigstens bei einem Teil der Medien?« Er wandte sich an Vera. »Sie kennen die Brüder hier besser, sagen Sie es!«

»Ja«, sagte Vera, »zuerst würde es heißen, der Leutnant habe sich bewusst zu diesem Zeitpunkt entfernt – was ja stimmen würde. Dann entstünde die Folgerung, er habe gewusst, dass es geschehen würde – was noch zur Hälfte stimmt, als Möglichkeit. Die nächste Folgerung wäre dann, auf einer schon weiter angeheizten Ebene, dass es sich gar nicht um ein Unglück, sondern um eine von uns geplante und in Szene gesetzte Provokation handeln würde. Und dann wären wir wieder an dem Punkt, von dem wir uns in den letzten zehn, zwanzig Jahren glücklicherweise einigermaßen entfernt hatten.«

»Gut«, sagte der Generaloberst. »Ich werde meine Entscheidung fällen, nachdem ich Ihren Bericht gehört habe, Professor Sokolowa!«

»Ich habe«, begann Vera, »zwei Dinge recherchiert, soweit das möglich war. Zuerst die Eigentumsverhältnisse. Es ist tatsächlich so, wie sich nach der Pressekonferenz vermuten ließ: Hoity-Toity« – sie lächelte dem Leutnant zu – »wurde bis auf die baulichen Arbeiten von den United Cybernetics hergestellt, und von dieser Firma, so heißt es, haben die Frau von General Detlefson und ihr Vater ein tüchtiges Aktienpaket in Besitz. Der zweite Punkt betrifft Bewegungen an der Börse in New York. Bei einem solchen Ereignis wie hier könnte man eigentlich einen Kurssturz erwarten. Merkwürdigerweise verlief dieser Vorgang erstens begrenzt und zweitens verzögert. Begrenzt auf die UC, ohne bisher verwandte Bereiche in Mitleidenschaft zu ziehen, etwa andere Rüstungsgruppen, die auf ähnlichem Gebiet arbeiten. Zweitens begann eigentlich vormittags der entgegengesetzte Prozess: Früh wurden UC-Aktien angeboten, aber sie wurden schneller gekauft als andere, wodurch die Kurse sogar unwesentlich stiegen. Da war aber das Ereignis hier schon bekannt. Erst seit etwa einer halben Stunde nach der Pressekonferenz, die der General hier gab, begannen die Aktien der UC zu fallen, zur Zeit mit wachsender Geschwindigkeit.«

»Wie erklären Sie sich das?«

»Ich denke, der General und seine Familie nutzen ihre erste Hand bei der Information für eine Börsenoperation. Sicherlich werden sie ihre Aktien wieder aufkaufen, wenn sie ganz unten sind. Die Verzögerung deutet darauf hin, dass jemand anderes zuerst die Aktien gekauft hat.«

»Sie meinen«, fragte der Leutnant ein wenig fassungslos, »der General nutzt dieses entsetzliche Problem für seine privaten Zwecke aus?«

Vera sah den Generaloberst an, und der sah sie an, und für einen kurzen Augenblick hatte sie den Eindruck, der hohe Militär sei unsicher. Sie übernahm es deshalb zu antworten, obwohl ihr klar war, dass ihre Antwort den jungen Mann nicht überzeugen würde, zu ungestüm hatte sich dessen moralisches Engagement geäußert.

Schlimmstenfalls würde sie sich sogar seine Sympathie verscherzen. Aber das musste sie riskieren – um des Leutnants willen wie auch um ihrer gemeinsamen Mission willen. Denn ungestüme Engagements haben oft unüberlegte Handlungen oder Reaktionen zur Folge, und die konnten sie sich hier nicht leisten.

»Wir sind in einem anderen Land«, sagte sie. »Ihre moralischen Maßstäbe, Wolodja, kommen aus einem gänzlich anderen Geschichtsverlauf. Nichts berechtigt uns, sie hier anzulegen. Sie sind inkommensurabel. Oder in Ihrer Sprache: nicht kompatibel.«

»Aber die allgemein menschlichen Interessen, die Erhaltung der Menschheit, die Verhinderung einer Katastrophe ...«

»Sind politische Forderungen, auch militärische, ökologische und so weiter. Und sie sind mit politischen, militärischen Mitteln usw. zu verwirklichen. Wenn moralische Vorstellungen hier etwas ausrichten könnten, hätte es seit zweitausend Jahren keine Kriege mehr gegeben.«

Der Leutnant gab sich nicht zufrieden, war eher noch empörter. »Aber es sind doch auch moralische Forderungen!«, trumpfte er auf.

»Gewiss«, bestätigte Vera sanft, »und der Staat, auf dessen Gebiet wir uns momentan aufhalten, kommt diesen Forderungen durchaus nach, sonst wären wir nämlich gar nicht hier. Aber vielleicht darf ich Sie daran erinnern, dass Ihre ursprüngliche Erregung in eine andere Richtung ging. Sie haben dem General Detlefson Verstoß gegen die Moral vorgeworfen. Nun, er hat sicherlich gegen diese und jene Gesetze seines Landes verstoßen, nicht jedoch gegen die Moral. Denn die Moral der Marktwirtschaft gebietet vor allem eins: Gehe mit deinem Eigentum so um, dass du den größtmöglichen Profit daraus erzielst. Das kennen Sie doch auch von zu Hause – wenn Sie mal alle Schönfärberei beiseitelassen.«

»Und Sie verteidigen das? Gerade Sie?«

Vera merkte, dass sie ihm die härteste Argumentation nicht ersparen konnte, auch wenn sie sein Weltbild ernstlich beschädigen musste. »Ich verteidige es nicht«, sagte sie, »ich verstehe es nur ein bisschen besser. Und wenn Ihre Kritik sich gegen die Vermengung von persönlichen und öffentlichen Interessen richtet, dann zeigen Sie mir bei uns zu Hause den Menschen, der das nicht tut. Sorgt sich nicht jeder normale, gesunde Bürger um sein gesellschaftliches Wachstum, sein Ansehen, seinen Aufstieg, sein Einkommen, kurz seine Karriere? Und das nicht selten auch auf Kosten anderer? Sie sind doch unter führenden Leuten groß geworden, denken Sie mal darüber nach.«

Der Leutnant hatte jetzt ein bleiches und zorniges Gesicht, und das sah so schön aus, dass Vera sich berührt fühlte.

»Genug jetzt!«, gebot der Generaloberst, und er hatte Recht, es war genug, fast zu viel für den Leutnant, der zwar ein sehr kluger und ehrlicher Bursche war, aber doch noch nicht die Erfahrung Veras hatte und dem wohl auch nicht allzu oft jemand so offen entgegentrat.

»Darüber sprechen wir noch«, sagte der Leutnant, etwas gekränkt und sehr unsicher, weil er nicht so schnell Gegenargumente fand, wie er das aus wissenschaftlichen Debatten gewöhnt war. Vera nickte freundlich.

»Zwei Dinge stehen zur Entscheidung«, fasste der Generaloberst zusammen. »Erstens – Sie bleiben beide heute Abend hier. Zweitens – wir werden künftige Besprechungen im Zelt abhalten.«

»Ist eine Frage gestattet?«, sagte Vera.

»Bitte.«

»Ich nehme an, wir sind spazieren gegangen, damit wir nicht abgehört werden. Denken Sie, dass diese Gefahr künftig nicht mehr besteht?«

»Die Möglichkeit, ja.« Der Generaloberst lachte leise. »Ich sehe sie nur nicht mehr als Gefahr an, nach unserer heutigen Unterhaltung. Sollten die Abhörer etwas erfahren, das sie noch nicht wissen, so kann es sich nur um Dinge handeln, die ihre Militärs ihnen vorenthalten.« Jetzt grinste er fast spitzbübisch. »Und das sind dann in der Regel auch Dinge, die wir in offizielle Berichte nicht aufnehmen können.«

* * *

Der General ärgerte sich über die Störung. Lässt sich diese Bess Fletcher bei ihm melden! Die müsste doch längst evakuiert sein! Aber er hatte sie nicht überzeugt, er hatte es gewusst. Natürlich musste er sie empfangen, schließlich saß ihr Mann da drin. Sollte er sie bewegen abzureisen? Noch einmal versuchen, sie zu überzeugen?

Nein, keine vorgefasste Absicht, sensible Leute merken sowas sofort. Auch keinen Ärger. Es würde ein Zweikampf werden, ein, zwei Minuten, dann würde das Vergnügen an der Auseinandersetzung sich einstellen. Es war eine der Quellen seiner Erfolge, dass er solche Dinge mit Freude betrieb, die sich dann auch dem Gegenüber mitteilte, wenn er nicht gänzlich abgestumpft war.

»Ich danke Ihnen, dass Sie für mich Zeit gefunden haben«, sagte Bess, nachdem sie Platz genommen hatte. Einen neugierigen Blick hatte sie im Zelt umherschweifen lassen, dann aber hatte sie ihr Hausfraueninteresse unterdrückt, es schien ihr nicht angemessen.

»Zeit wohl«, sagte der General, »aber leider keine Neuigkeiten.«

»Damit Sie keine Zeit verschwenden«, erklärte Bess entschlossen, »ich möchte hierbleiben.« Sie wusste, dass sie eine Antwort bekommen würde. Zwar war ihr der General nie besonders sympathisch gewesen, aber für einen, der herumredet, hielt sie ihn nicht. Eigentlich sah er, so auf die Nähe, doch ganz erträglich aus, schön und männlich gewiss, aber das war wohl eher seine Masche. Darunter schien ihr aber noch mehr zu liegen. Klugheit vielleicht. Zugänglichkeit. Die Fähigkeit oder Gewohnheit, anderen aufmerksam zu begegnen. Es wunderte sie halb und halb wieder auch nicht, dass die klare Antwort auf sich warten ließ.

»Wo sind Ihre Kinder?«, fragte der General, und er wusste auch gleich die Namen. »Ian und Winnie?«

Na gut, da konnte er vorher nachgeguckt haben in seinem Computer. Immerhin, auch das ... Bess reckte sich. »Bei meiner Schwester in Salt Lake City«, sagte sie. Und plötzlich musste sie an den sonderbaren Manfred denken und lächelte.

»Ihnen ist etwas Freundliches eingefallen von Ihren Kindern? Ja, die Kinder!«

Stimmt, auch er hat Kinder, dachte Bess, und ein bisschen war er ihr näher gerückt. War das eine Aufforderung zum Erzählen?

»Nicht von meinen Kindern«, sagte Bess und erzählte die Geschichte, wie sie Manfred Commins kennengelernt hatte. Sie war nicht sicher, ob sie dessen Gedanken richtig wiedergab, diese Sache mit den Dimensionen, aber darauf kam es wohl nicht an – der General war bestimmt auch nicht so ein Mathe-As.

Das war der General wirklich nicht. Dafür wusste er, wie oft gerade das Genie junger Menschen, halber Kinder noch, auf dem Gebiet der Rechentechnik fruchtbar geworden war, niemand konnte das erklären, aber es war so. Dieser Junge also ... Ja, er hatte schon mal von ihm gehört, anlässlich einer Auszeichnung oder eines Wettbewerbes ...

»Würden Sie, falls Sie hierbleiben, den Jungen übernehmen? Ich meine, ein bisschen auf ihn aufpassen und ihn bemuttern, soweit er das braucht?«

Bess begriff sofort, dass damit ihr Anliegen schon entschieden war, und ging gar nicht mehr darauf ein.

»Gern«, sagte sie, »wenn es seiner Mutter recht ist. Er gefällt mir.«

»Gut. Wenn er hier ist, kommen Sie bitte mit ihm zu mir.« Er drückte einen Knopf, einer seiner Adjutanten erschien. »Mrs. Fletcher und ein Jugendlicher namens Manfred Commins werden vorübergehend in den Personalbestand aufgenommen. Sprechen Sie mit den Eltern und veranlassen sie alles Nötige. Morgen früh möchte ich den Jungen hier haben.«

Bess Fletcher war schon aufgestanden, während der General seine Weisungen gab. Der General kam um den Arbeitstisch herum und reichte Bess die Hand. »Jetzt können auch Sie etwas für Ihren Mann tun.«

Die Frau war eben hinausgegangen, als Colonel Ernestino eintrat. ›Günstig‹, dachte der General, ›sie hat gesehen, dass ich einen engen Zeitplan habe und sie trotzdem empfing.‹ Aber so wichtig war das auch wieder nicht – er wusste, er hatte sie von sich überzeugt, nicht mit Mätzchen und Redensarten, die bei einer solchen Frau nichts nützen würden, sondern durch seine Entscheidung. Richtige Entscheidungen waren die beste Überzeugungsarbeit.

Nun der Colonel. Er ließ ihn zur Lage berichten, der Colonel tat das wie erwartet trocken und kommentarlos, es gab keine Neuigkeiten. Die Absprengung des Außenrings war vorbereitet, der Innenring ließ sich nicht trennen. Die Risikolage war unverändert. Der General informierte den Colonel über die internationalen Absprachen. Dann trat eine Pause ein. Nun ging es an die Denkarbeit.

»Sehen Sie eine Möglichkeit, die Entscheidung noch besser vorzubereiten?«, fragte der General. Es war klar, dass die Entscheidung über die Absprengung des Außenrings gemeint war. Also noch vier bis fünf Stunden Zeit. Gab es eine Chance, in diesem Zeitraum noch wesentlich voranzukommen?

»Vielleicht, wenn wir die Konstrukteure herholten?«

Der General lächelte leicht, diesen Vorschlag hatte er erwartet und in gewisser Weise befürchtet.

»Kennen Sie sie?«, fragte er.

»Nicht so gut wie Sie, Sir.«

»Sie sind ein Debattierklub. Sie leisten hervorragende Arbeit, wenn sie Gelegenheit haben, über jedes Detail drei Tage zu diskutieren und hundert Expertensysteme zu befragen. Aber sie könnten kein Spielzeugauto gemeinsam lenken.«

Der Colonel blieb hartnäckig. »Wir könnten ihren Rat vielleicht auch in drei Tagen noch brauchen.«

Der General stand auf und ging die paar möglichen Schritte im Zelt auf und ab, als suche er eine Entscheidung. In Wirklichkeit suchte er ein überzeugendes Argument, oder wenigstens eins, das jeden Widerspruch ausschloss. Die Entscheidung ergab sich aus dem Sachverhalt. Sollte er, der General, genötigt sein, den Zeitablauf der hiesigen Ereignisse dem Rhythmus des Börsengeschehens anzupassen, würde jeder Fachmann das bemerken. Der Colonel war ihm unterstellt, es wäre unangenehm, wenn er das bemerken würde, aber es würde keinen unmittelbaren Schaden anrichten. Die Konstrukteure jedoch konnte man nur zum Schweigen verpflichten, was die konkreten Vorgänge hier betraf. Aber sonst? Wissenschaftliche Debattierer konnten auch ungeheuer schwatzhaft sein.

»Wir können sie nur hinsichtlich der konkreten Vorgänge zum Schweigen verpflichten«, sagte der General, »und garantieren können wir ihr Schweigen auch nur, solange sie hier sind. Deshalb, wenn wir ohne sie auskommen könnten, wäre es mir lieber.«

Er hätte auch sagen können: es wäre besser, aber er drückte lieber seinen Wunsch aus – gegen eine Feststellung kann man leichter argumentieren als gegen einen Wunsch des Vorgesetzten.

»Müssen sie nicht sowieso die jetzigen Erfahrungen bei Neukonstruktionen berücksichtigen?«, fragte der Colonel.

›Hartnäckig ist der Hund!‹, dachte der General. Aber genau so muss er sein. Wenn ich den bloß an die Stelle dieses Vollidioten setzen könnte, den ich jetzt zu den Russen geschickt habe. Vielleicht kann ich den Kerl hochloben? Aber das hat Zeit. Jetzt eine Antwort, bei der der Colonel sich etwas denken, aber gegen die er nichts mehr sagen kann. Er lächelte freundlich.

»Selbstverständlich bekommen sie das von uns erarbeitete Material. Nach Abschluss. Technisch zuverlässig und vollständig, aber militärisch gefiltert.« In diesem Augenblick kam ihm die Idee, wie er den Colonel zufriedenstellen konnte. Commins war ein halbes Kind. Irgendwie war der Colonel auch ein halbes Kind. Und der Elefant, war der das nicht auch?

»Ich habe einen anderen Vorschlag«, sagte er. »Ich habe da ein junges Genie, einen halbwüchsigen Mathematiker, ab morgen früh steht er uns zur Verfügung. Ich weiß freilich nicht, ob etwas dabei herauskommt, aber ich möchte den Jungen mit Ihnen zusammenspannen. Er wird Sie nicht viel Zeit kosten – nur Denkarbeit.«

›Auch das noch!‹, dachte der Colonel. Aber gleich darauf verurteilte er seinen spontanen Verdruss. Er hatte doch selbst erfahren, wieviel eine frühzeitige Förderung bedeutete! Selbst wenn nichts als ein paar Fragestellungen dabei herauskam, selbst wenn der Junge in den gewiss weiterreichenden Plänen des Generals eine Schachfigur wäre, in Plänen, von denen der Colonel nichts wusste und auch nichts wissen wollte – selbst unter diesen Einschränkungen war der Vorschlag interessant. Es würde ihn wahrscheinlich wirklich nicht sonderlich belasten, eher noch Freude machen. Gut also.

Der General hatte aufmerksam verfolgt, was sich auf dem Gesicht des Colonels abspielte. Der Technik-Offizier gehörte nicht zu den Leuten, die ihre Seele offen im Gesicht tragen, er glaubte von sich, ihm könne man nicht ansehen, was er dachte, aber der General war in diesem Geschäft geübt und scharfsichtig. Er bemerkte den Umschwung, und nun hatte das Gespräch eigentlich zu dem Ergebnis geführt, das der General angestrebt hatte. Aber er hielt es für ratsam, die positive Reaktion des Colonels zu festigen, ratsam auch hinsichtlich gewisser möglicher Ergebnisse, indem er das Denkvermögen des Colonels herausforderte.

»Was meinen Sie«, fragte er, »könnte es sein, dass die Reaktion des Elefanten nicht auf Fehlern beruht, sondern auf zu großer Zuverlässigkeit?« Er sah, dass der Colonel nachdachte, und fügte hinzu: »Das mag eine banale Frage sein, aber auch Banalitäten sind oft keine, wenn man sie hinterfragt.«

Der Colonel winkte ungeduldig ab, und der General ersah daraus, dass sein Gesprächspartner schon in tiefes Nachdenken versunken war, denn sonst wäre ihm eine solche Geste gegen sein Gefühl für Disziplin gegangen. Der General lächelte bei dem Gedanken, dass die meisten Vorgesetzten auf diese Geste sauer reagiert hätten. Dadurch ließen sie die Leute in ihrer Gegenwart nicht denken und brachten sich selbst um den geistigen Anteil an den Ergebnissen in ihrem Bereich oder beförderten mindestens ihre eigene Inkompetenz.

Colonel Ernestino hatte die Augen geschlossen. Jetzt öffnete er sie und sagte: »Das scheint mir eine fruchtbare Idee zu sein. Wenn man ihr nachgeht – also mir fiel zuerst ein Umstand aus der Arbeitsweise des Elefanten ein. Er misst die Bedeutung eines Inputs an einem System von Bewertungsregeln, die wir vorgegeben haben, und ordnet das Ergebnis in die Lagebeurteilung ein, die er wiederum für jeden Moment aus Millionen Inputs erarbeitet. Wenn nun folgendes passiert ...« Der Colonel suchte einen Augenblick nach Worten, der General hörte gespannt zu und störte ihn nicht.

»Wenn nun ...«, fuhr der Colonel fort. »Nein, anders: die Kapazität ist zwangsläufig unausgelastet, weil nur im Ernstfall der Informationsstrom seine Spitze erreicht, die mindestens das Tausendfache betragen dürfte, eher mehr als weniger. Das alles ist bekannt. Jetzt ein mathematischer Vergleich: das Bewertungssystem ist eine Art Koordinatensystem. Was machen wir, wenn wir ein Problem in einem Koordinatensystem schlecht oder umständlich lösen können? Wir überführen das Problem in ein anderes Koordinatensystem, nehmen eine Transformation vor. Der Elefant arbeitet selbstoptimierend, und er hat sehr viel freie Kapazität dafür. Wenn er nun das Bewertungssystem tausendmal transformiert in andere, gleichwertige, aber rechnerisch günstigere Systeme? So dass er also viele, praktisch unendlich viele Systeme zur Verfügung hatte, und jeden Input an einem halben Dutzend der geeignetsten abspielte? Er hätte eine mehrfache Sicherheit erreicht, dabei eine Einsparung an Rechenarbeit, weil die alle zusammen immer noch weniger Aufwand bedeuten das Abspiel an einem festen Bewertungssystem. Aber es entstünde dabei vielleicht auch eine Gefahr.«

»Und worin besteht die?«, fragte nun der General. Er hatte das Gefühl, hier fragen zu müssen, denn der Colonel war offenbar an den Punkt gelangt, wo ihm seine eigene Phantasie allzu kühn erschien.

»Der Vergleich mit mathematischen Koordinatensystemen stimmt nicht hundertprozentig. Nehmen wir einen anderen. Haben Sie Ihren Kindern nicht auch schon Schattenspiele vorgeführt? Als sie noch kleiner waren, vielleicht? Zwei Hände als bellenden Hund etwa? Wenn man Körper auf eine Ebene projiziert, können Eindrücke von ganz anderen Dingen herauskommen. Wenn unter den Bewertungssystemen, die der Elefant selbst transformiert hat, auch solche mit geringerer Kompliziertheit sind – Körper und Ebene – dann besteht die seltene, aber nicht auszuschließende Gefahr der Fehldeutung von Inputs, der gegenüber er unkritisch ist, weil er nicht wie wir ein übergreifendes Weltbild hat.«

»Ein sehr interessanter Ansatz«, bestätigte der General. »Warum sind die Konstrukteure nicht vorher darauf gekommen?«

»Sind sie ja«, sagte der Colonel, »das heißt, die Konstrukteure nicht, aber die Kritiker des Projekts. Wenigstens gingen einige Einwände in diese Richtung.«

Der General kannte die Kritiken nicht, nur die Kritiker. Er hatte den Fachleuten die Erwiderung überlassen, jetzt war er ein weiteres Mal überzeugt, dass der Colonel sein bestes Pferd im Stall war. »Halten Sie es für gut, mit einem dieser Kritiker in Kontakt zu treten, um dieser Idee nachzugehen?«

Der Colonel gestattete sich ein leichtes Lächeln. Vorhin wollte der Chef selbst die Konstrukteure nicht hereinlassen, und jetzt die Kritiker? Das war wohl nicht ernst gemeint.

»Kaum«, sagte er.

Der General hatte inzwischen seinen Fehler bemerkt und grinste ebenfalls. »Aber verfolgen Sie den Gedanken weiter«, bat er. »Und nun wollte ich Sie nach Ihren Vermutungen, Hypothesen und Vorstellungen fragen, unser weiteres Vorgehen betreffend. Bestimmt haben Sie welche.«

»Es gibt drei Möglichkeiten und ein Problem«, sagte der Colonel so schnell, als habe er nur darauf gewartet, seine Gedanken aussprechen zu dürfen. »Die erste: Außenring absprengen. Risiko bekannt. Die zweite: auf Selbstabschaltung warten. Fristen und Risiko unbekannt, da Ursache unbekannt. Die dritte: die Ermüdung und folgende Arbeitsunfähigkeit des Elefanten abwarten, die schließlich eintreten muss, wenn der Vorrat der Austauscherbrühen nicht erneuert wird. Frist etwa vier Wochen, Risiko unbekannt, da Reaktion auf Ermüdung fraglich.«

Der General nickte. »Und das Problem?«

»Die beiden da drinnen. Keine Möglichkeit zum Kontakt. Gefahr eines Arrestkollers. Sehr hohes Risiko.«

»Gibt es überhaupt noch irgendeine materielle Verbindung von Innenraum zu Außenwelt?«

Der Colonel brauchte nicht zu überlegen. »Die Belüftung. Frischluft wird angesaugt, Abluft tritt nach wie vor aus.«

»Könnte man die beiden nicht schlafen schicken? Gasförmige Schlafmittel oder so etwas?«

Colonel Ernestino schüttelte den Kopf. »Der Elefant ist gegen jede Form von Sabotage gesichert. Die Frischluft wird gefiltert.«

»Ja, richtig«, erinnerte sich der General. Um der Lockerheit willen war es gar nicht mal schlecht, dass er seine lückenhafte Kenntnis offenbarte. Er fuhr fort: »Und kann man nicht den Elefanten schlafen schicken? Die Austauscherbrühe vergiften sozusagen?«

Der Vorschlag schmerzte den Colonel. Immerhin war der Elefant ihm fast so vertraut wie ein Kind. »Das hätte zwei Folgen«, sagte er. »Die unmittelbare Reaktion wäre ungewiss, das Computersystem könnte auch mit Selbstzerstörung antworten. Aber ganz gewiss würde es total zerstört, wir könnten es danach nicht wieder in Betrieb nehmen.«

Daran, dass der Colonel nicht Elefant gesagt hatte, sondern Computersystem, erkannte der General, dass es mit der Lockerheit des Ideenaustauschs vorbei war. Welchen Fehler hatte er gemacht? Er sah es im Augenblick nicht, er würde darüber nachdenken müssen. Aber nicht abbrechen, auslaufen lassen! Welche Frage noch? »Und über die Kanäle der Belüftung ist keine akustische Verständigung möglich?«

»Von außen nach innen vielleicht«, antwortete der Colonel, »aber die Intensität müsste wohl so hoch sein, dass das Geräusch und seine Vibrationen zum Alarmfaktor würden.« Er lächelte jetzt. »Er ist eben zu gut. Wir haben alle Sicherungen gegen uns. Und keine Möglichkeit, sie abzuschalten oder zu lockern.«

»Das ist eben auch ein Element der Sicherheit«, sagte der General, »denn was wir anwenden können, das könnte auch ein Gegner anwenden. Aber wem sag ich das.« Er erhob sich. »Die Belüftungsausgänge bewachen Sie selbstverständlich.«

»Selbstverständlich«, sagte der Colonel.

* * *

»Wie lange hatte das immer gedauert mit diesen Verschlussdeckeln?«

Die Frage des Sergeanten erschreckte Earl Conelly. Sein Gefährte hatte eine Stunde lang vor sich hingebrütet. Zuerst war der Operator besorgt gewesen, dann hatte er angefangen, eigenen Gedanken nachzuhängen, die auch nicht sehr fröhlich gewesen waren, und nun hatte er sich in einer Art Halbschlaf befunden, aus dem ihn die Frage geweckt hatte. Zuerst wusste er nicht, was Sergeant Fletcher meinte, doch dann fiel es ihm ein: die Verschlussdeckel dieser Raketen des Innenrings, die nur darauf lauerten, sie hier auf einem großen Pilz in den Himmel zu schicken.

»Eine Minute«, antwortete er, »anderthalb Minuten. Vielleicht auch zwei, aber höchstens.«

»Mindestens eine Minute?«, fragte der Sergeant.

»Ja, sicher.« Was brütete der wieder aus?

Plötzlich strahlte der Sergeant über das ganze Gesicht.

»Ich habe eine Idee!«, triumphierte er«

»Deine Idee gefällt mir nicht«, sagte Earl Conelly düster.

»Aber«, stotterte der Sergeant verblüfft, »aber du kennst sie doch noch gar nicht!«

»Es wird was in der Art sein«, sagte der Operator, »wie das kaputte Fernsehgerät mit der Schlagbohrmaschine zu reparieren.«

»Du traust mir wohl gar nichts zu?«, fragte der Sergeant gekränkt, fasste sich aber gleich wieder. »Aber in einem hast du Recht, es hat was mit Gewalt zu tun, nichts mit Basteln. Wenn es mir innerhalb einer Minute gelingt, die Tür einzuschlagen und den Schalter zu drücken, könnte eigentlich nichts passieren, weil der Elefant ausgeschaltet ist, bevor er den Startbefehl für die Raketen geben kann.«

»Unsinn, wie willst du denn die Tür einschlagen, das ist doch keine Sperrholzplatte!«

»Da musst du mir eben helfen. Wenn du vielleicht mal mit deinen Vorurteilen aus der Bastelecke herauskriechst, können wir doch wenigstens versuchen, vernünftig über die Sache zu sprechen.«

Im Stillen sagte Earl Conelly sich, dass der Freund nicht ganz Unrecht habe.

»Ich«, fuhr der Sergeant fort, »also was ich bin, ich muss hier raus. Ich hocke jetzt über vierundzwanzig Stunden hier drin, und ich habe das Gefühl, ich kriege keine Luft mehr, obwohl ich natürlich weiß, dass das nicht stimmt, da der Elefant für frische Luft sorgt und so weiter. Das heißt, noch weiß ich das. Aber vielleicht kommt der Punkt, wo ich das nicht mehr weiß, und darauf möchte ich es nicht ankommen lassen. Also was ist – hilfst du mir?«

»Was soll ich denn tun?«, fragte der Operator kleinlaut.«

»Zuerst mal musst du versuchen, den Bauplan auf den Bildschirm zu kriegen, dass wir sehen können, wie die Tür befestigt ist. Dann überlegen wir weiter.«

»Können wir machen«, sagte Earl Conelly und setzte sich vor sein Terminal. Während er tippte und schaltete, sprach er weiter. »Ich kann mir bloß nicht vorstellen, dass der Elefant nicht auch gegen solchen Angriff geschützt sein soll. Die haben doch vorher mit Hunderten von Planspielen jede Angriffsmöglichkeit simuliert. Darum kommt ja jetzt auch von außen keiner ran an uns.«

»Mag alles sein«, sagte der Sergeant, »aber still zu sitzen und nichts zu tun mag dem Elefanten gefallen, mich macht es irre. Es ist einfach nicht menschlich. Und was ist das da jetzt auf deinem Schirm?«

»Das ist das Stereobild der Zentrale«, erklärte Earl, »noch ein bisschen verwirrend, weil alles durchsichtig ist, gleich wird es besser, ich fahre die Türregion in die Mitte, kleinerer Ausschnitt, stärkere Vergrößerung, so, da haben wir's. Erkennst du die Tür? Hier!« Er zeigte mit dem Finger auf einen Linienzug.

»Hm, hm, naja«, brummte der Sergeant enttäuscht.

»Keine Sorge, kommt noch. Ich stelle jetzt eine vertikale Schnittebene unmittelbar vor die Tür, so, jetzt siehst du noch gar nichts, aber nun führe ich sie langsam auf die Tür zu und hindurch, Plast wird weiß, Holz grau, Metall farbig, je nachdem, was für ein Metall, siehst du, das ist die Klinke, und jetzt ...«

Plötzlich erschien eine große, graue Fläche auf dem Bildschirm: die Holztäfelung der Tür. Gleich darauf wurde die Fläche blau: massiver Stahl.

»Halt an!«, bat der Sergeant einen Moment später. »Das Schloss! Nein, die Schlösser, es sind zwei, oben und unten. Kannst du die vergrößern?«

Selbstverständlich. Ohne ein Wort holte Earl das obere Schloss groß ins Bild.

»Ein bisschen vor und zurück«, bat Bill.

Der Operator fuhr die Ebene vor und zurück und sagte jeweils an, welche Richtung er einschlug.

»Ja – nun das andere auch, bitte!«

›Er sagt sogar bitte‹, staunte Earl still für sich. ›Dann ist er nicht zu bremsen, er glüht vor Tatendrang und fühlt sich pudelwohl dabei.‹

»Kannst du das gleiche mal mit einer horizontalen Ebene anstellen?

Earl konnte auch das. Dabei grübelte er weiter. Wie er sah, machte der Sergeant sich eine Zeichnung von den Verschlüssen. Er selbst als Bastler hatte die Verschlüsse längst im Kopf skizziert, aber das sagte er nicht, wozu dem Freund das Vergnügen nehmen, denn ein harmloses Vergnügen ohne Folgen blieb es hoffentlich. Es handelte sich um elektrisch gesteuerte Verschlüsse, Elektromagneten schoben einen Bolzen in eine Fassung, wo er die Tür verriegelte. Der Bolzen war nicht länger als die Zunge eines normalen, mechanischen Schlosses, niemand hatte damit gerechnet, dass die Tür einmal gewaltsam geöffnet werden könnte, das war geradezu widersinnig, es hatte sich ja auch niemand die Situation vorstellen können, in der sie sich jetzt befanden. Also prinzipiell war es wohl nicht unmöglich, mit einem Brecheisen etwa.

»Nee«, sagte der Sergeant, »kannst abschalten, danke.« Er überlegte einen Augenblick. »Anderthalb Minuten, hast du gesagt, eher weniger als mehr. Wenn ich es schaffe, die Tür in einer Minute zu öffnen, dann bleibt mir eine halbe Minute, den Hauptschalter umzulegen, das reicht vollkommen.«

»Und womit?«

»Was womit?«

»Womit willst du die Tür aufbrechen? Hier gibt es doch kein Brecheisen oder sowas!« Earl konnte einen kleinen Triumph nicht verbergen.

»Du bist eben ein unverbesserlicher Zivilist!«, entgegnete der Sergeant grinsend. »Zur Normausstattung jedes Soldaten gehört ein Bajonett, man schleppt es nur nicht ständig mit sich herum.« Er erhob sich und ging zu seinem Kleiderschrank. »Es lebe die Dienstvorschrift!«, sagte er triumphierend und holte die Waffe aus dem Schrank.

»Dann hast du sicherlich auch eine Gasmaske hier?«

«Klar.«

»Das ist gut.«

Der Sergeant stutzte. »Wie meinst du das? Warum ist das gut?«

»Ich habe gerade überlegt«, sagte Earl mit einer sehr langsamen und fast trägen Stimme, »wenn ich da draußen wäre, würde ich mir einen Kopf machen, was die hier drinnen in ihrer Ungeduld alles anstellen werden. Und dann würde ich vorsichtshalber ein bisschen Schlafgas hier reinblasen. Denn die Belüftung funktioniert ja noch, hast du vorhin gerade festgestellt.«

»Teufel nochmal«, fluchte der Sergeant flüsternd, aber dann lachte er laut. »So kriegst du mich nicht«, sagte er, »die Luft wird doch gefiltert. Wenn keine Radioaktivität durchkommt, kommt auch kein Schlafgas durch!«

Da hatte er auch wieder Recht. Halb war der Operator erleichtert. Trotzdem sorgte er sich weiter, was der Sergeant für einen Unsinn anstellen würde. Aber der ging mit unerwarteter Sorgfalt zu Werke.

»Du guck mal auf die Uhr, wenn ich los sage. Ich simuliere die Arbeitsgänge.« Er stellte sich mit dem Bajonett an die Tür, sagte los und tat so, als bräche er die Tür auf, er versuchte sogar, den Vorgang halbwegs realistisch darzustellen, mit Abrutschen und Neuansetzen, und als er den zweiten Verschluss in seiner Vorstellung geöffnet hatte, blickte er Earl fragend an.

»Zwei Minuten«, sagte der, »und schneller wirst du es nicht schaffen.« In seiner Stimme klang Erleichterung mit.

Aber da hatte er den Sergeanten unterschätzt. »Sicher, es kann länger dauern, es kann schneller gehen.« Er lächelte listig. »Man müsste den Elefanten ablenken.«

»Kannst du nicht, der braucht für uns hier nur die Schwanzspitze.«

»Wir sind doch hier nicht der Schwanz, sondern das Herz. Oder der Hinterkopf, oder was weiß ich, jedenfalls etwas Wichtigeres als irgendeine Meldung von draußen, eine einzelne, meine ich.«

»Denkst du.«

Der Sergeant überlegte. »Sonst würde er nicht so auf Otto reagiert haben.« Er überlegte weiter. »Ich erinnere mich, da war mal ein Kurzschluss, ist ein paar Monate her. Das Licht ging wieder an nach – na, sagen wir mal, nach zwei, drei Sekunden. Wir haben ja hier Steckdosen, ein Kurzschluss ist leicht zu machen, Zange genügt, und im Bedarfsfall kann man das wiederholen – wenn ich wirklich so lange brauche. Und außerdem: wenn du merkst, dass er die Deckel da draußen aufmacht, können wir immer noch abbrechen.« Sergeant Bill Fletcher grinste ziemlich unverschämt, er war sicher, dass er seinen Partner, wenn nicht überzeugt, so mindestens überredet hatte.

Wirklich wusste Earl Conelly kein Gegenargument mehr. Seine Besorgnis war keineswegs weggewischt, er war in der unangenehm hilflosen Lage eines Menschen, der ganz genau wusste, dass er im Begriff war, an einem gefährlichen Fehler mitzuwirken, das aber niemandem beweisen konnte, nicht einmal sich selbst.

Der Sergeant legte das Werkzeug bereit, für sich das Bajonett, für Earl eine Dornzange, die er gegebenenfalls nur in die nächste Steckdose einzuführen brauchte. Dann machte er zehn Kniebeugen, atmete tief und ruhig und benahm sich überhaupt wie ein Sportler vor dem Antritt zum Weltrekord. Schließlich setzte er an.

»Jetzt«, sagte er und begann zu hebeln.

Earl blickte auf die Displays der Innenring-Anzeige. Da rührte sich nichts. Noch nichts. Immer noch nichts.

An der Tür krachte es. »Nummer eins«, sagte der Sergeant.

Die Displays zeigten immer noch nichts. Das kam Earl sonderbar vor. Da stimmte etwas nicht. Auf Otto hatte der Elefant reagiert, und das war bloß eine Stimme gewesen. Hierauf nicht? Oder hatte er etwas anderes vor? Er dachte von dem Elefanten schon fast wie von einem Menschen.

Wieder krachte es. »Nummer zwei«, verkündete der Sergeant.

Im gleichen Augenblick sah Earl etwas flackern. Nein, nicht auf der Innenringleiste, sondern ... »Zurück!«, schrie er.

Der Sergeant, der eben die Tür aufgezogen hatte, sprang sofort zurück – keinen Moment zu spät, denn mit ziemlichem Krach schloss sich vor seinen Augen eine Stahlschiebetür, die von rechts und links aus der Wand geschossen kam. Wenn er da die Nase zwischengehalten hätte ...

Er untersuchte vorsichtig und leise fluchend Tür und Spalt.

»Warum haben wir die vorhin nicht gesehen, auf der Skizze?«, fragte er unruhig.

»Wir haben nicht danach gesucht«, antwortete Earl. Und mit diesmal gut gespieltem Gleichmut fuhr er fort: »Ist eben alles doppelt und dreifach gesichert.«

* * *

Der Adjutant hatte Bess Fletcher nach dem Gespräch mit dem General höflich bis vor das Zelt gebracht. Dort sah Bess sich suchend um, und der Offizier fragte sie, ob er ihr behilflich sein könne. Sie suche die Toiletten, sagte sie, und der Adjutant war in Verlegenheit, auf Damenbesuch seien sie hier nicht eingerichtet, aber – da sehe er gerade die russische Miss, die habe ein eigenes Zelt und könne ihr vielleicht helfen.

So lernten Bess und Vera einander kennen. Sie hatten noch keine drei Sätze gewechselt, da hatten sie schon Gefallen aneinander gefunden, und Vera, die nichts Bestimmtes vorhatte und ohnehin einiges einkaufen wollte, ließ sich willig überreden, auf einen Sprung nach Space Town mitzukommen und Bess zu besuchen.

Vera fand das Haus schon von außen ansprechend, keine pompöse Villa, aber auch keine von den »little boxes« aus dem Spottlied, mit einem eigenen Gesicht und einem Vorgarten, dem man Arbeit ansah. Sie hätte das gern gesagt, doch dazu kam sie vorerst nicht, denn drinnen klingelte bereits das Telefon, und Bess hatte in begreiflicher Hast Schwierigkeiten mit dem Schließcode. Dann aber war es keine aufregende Nachricht, nur die Schwester in Salt Lake City, die von den Kindern und deren Fragen sprach, wie Vera mühelos der für sie hörbaren Hälfte des Dialogs entnehmen konnte.

Bess war kaum in die Küche gegangen und hatte die Kaffeemaschine angeworfen, als das Telefon wieder klingelte. Diesmal war es die Nachbarin, die wohl inzwischen von Bess' Schwester erfahren hatte, dass sie zu Haus war, und wissen wollte, ob alles in Ordnung sei. Bess beruhigte sie und verschwieg dabei den halben Einbruch des jungen Manfred – was hätte es auch für einen Sinn gehabt, davon zu erzählen.

Die Versuche der beiden Frauen, in einen ausgiebigen Kaffeeplausch zu kommen, wurden aber immer wieder von Anrufen unterbrochen. Offenbar hatten die evakuierten Frauen nichts anderes zu tun, als sich dauernd gegenseitig über Telefon zu unterrichten, und alle erfuhren, dass Bess zu Hause sei, und alle riefen bei ihr an. Das war die Geburtsstunde des Komitees für Rückkehr, ein Vorschlag einer Nachbarin brachte eine Konferenzschaltung zustande, an der per Videotelefon ungefähr ein Dutzend Leute teilnahmen, meist Frauen, alle, die gerade erreichbar waren oder den Beteiligten einfielen, und es war für Vera ein sehr interessanter Vorgang, wie schnell und nahezu mühelos aus der Debatte Organisation entstand: Aufteilung der Straßenzüge von Space Town auf die Teilnehmer, Benachrichtigung und Befragung der evakuierten Einwohner nach dem Kaskadenprinzip – jeder Erreichte übernahm zwei noch nicht Erreichte. Die Teilnehmer der ersten Debatte wählten ohne Umstände Bess als Vorsitzende, sie hatte einen guten Ruf und war am Ort, das genügte. Rückmeldungen wurden für den Morgen des nächsten Tages vereinbart. Jeder Teilnehmer der jetzigen Debatte sollte zunächst als Spitze einer Kaskade gelten, bis er von den Leuten seiner Kaskade bestätigt oder durch jemand anderes ersetzt war, und morgen um zehn Uhr würden sie wieder zusammentreten und sich als Vorstand konstituieren – letzteres drückten sie nicht so geschwollen aus, es war die Fachsprache, in der Vera die Vorgänge reflektierte. Ganz zum Ende der Debatte kam sie auf den Gedanken: Immer, wenn irgendwo spontan eine Bewegung entsteht, nimmt sie zuerst die von den russischen Arbeitern entdeckte Form der Räte an, der Sowjets, die später so schrecklich verfälscht wurde. Und sie dachte belustigt, dass ein Teil der Leute, die sich so aktivierten, wohl immer noch sehr entsetzt wäre, wenn sie ihnen damit käme.

Diese ganze Telefon- und Videorunde hatte doch etwa anderthalb Stunden gedauert. Die Kaffeezeit war längst vorbei, aber Bess bestand darauf, dass Vera nicht aus dem Haus ging, ohne wenigstens eine Kleinigkeit zu sich zu nehmen, und fragte, schon in die Küche gehend: »Haben Sie niemand zu Hause, den sie anrufen wollen?«

Vera zögerte. Freilich drängte es sie, Ken anzurufen, aber dabei war mancherlei zu bedenken. Es war nicht ganz legal, wenn sie das tun würde, denn ein rein persönliches Gespräch würde es gewiss nicht werden, schon eine Andeutung, wo sie sich befand, würde Ken zu weitreichenden Schlussfolgerungen führen, und an sich wäre das ja gut. Aber es war sowohl aus russischer als auch aus amerikanischer Sicht eine Übertretung ihrer Befugnisse. Und ein Vertrauensbruch gegenüber dieser wunderbaren und liebenswerten Frau. Zudem war ihr nicht klar, ob das Gespräch hier abgehört würde, dann konnte sie es nämlich ebenso gut von ihrem Zelt aus führen. Und dann hätte sie sich auch besser vorbereiten müssen – der Text, den sie sprechen würde und der sich rein privat anhören musste, sollte ein Maximum an Informationen übermitteln, denn nach diesem Gespräch würde Ken die Adresse wechseln.

Andererseits war die Zeit gerade richtig … »Nein, mein Freund ist jetzt nicht zu Hause!«, antwortete Vera. Im Zusammenhang mit Ken, der halb- oder illegal lebte, war sie gewohnt zu lügen, aber auch nur in diesem Zusammenhang. Schnelle Entscheidungen waren meist ungenügend durchdacht, als Wissenschaftlerin liebte sie gründliche Überlegungen und mehrfach geprüfte Entschlüsse, und außer gewissen schlagfertigen Antworten in lockeren Seminaren ging ihr auch sonst nichts schnell von der Zunge.

Und dann tranken sie doch noch Kaffee, und Vera verschob das Einkaufen auf den nächsten Tag, Denn Bess, jetzt der Auffassung, man habe sich genug beschnuppert, ließ ihrer Neugier freien Lauf.

»Was machen Sie bei Ihrer Armee«, fragte sie, »Dolmetscher?«

»Nein, ich bin Politikwissenschaftlerin und habe eine Gastprofessur in Harvard, hier bin ich nur als Berater der Generalstabsgruppe.«

Bess schien fast enttäuscht. »Und was beraten Sie da?«

Vera seufzte. »Das weiß ich auch nicht so genau. Das politische Umfeld, denke ich. Ich lese Zeitungen, fasse die Inhalte zusammen und teile sie meinen Leuten mit.«

»Aha«, sagte Bess, und man hörte ihrer Stimme an, dass sie sich nichts Rechtes darunter vorstellen konnte. Zeitunglesen, das macht doch schließlich jeder für sich beim Frühstück. Wenn überhaupt. Naja, vielleicht war das bei den Russen anders ... »Wie empfinden Sie denn die Gefahr, unter der Sie hier leben?«, fragte sie. »Unsereins ist ja daran gewöhnt, aber Sie als Zivilist ... ich meine, nicht als Soldatenfrau ... Oder als Nichtsoldatenfrau ...« Bess hatte sich verheddert und lachte.

»Ich weiß nicht«, antwortete Vera, »die Gefahr ist schließlich an jedem Punkt der Erde die gleiche.« ›Ach, lieber nicht von der großen Politik schwätzen, wenigstens nicht beim ersten Mal‹, dachte sie. »Und was machen Sie?«, fragte sie zurück.

»Hausfrau«, sagte Bess, »und Mutter. Die Kinder sind bloß gerade bei meiner Schwester. Mein Mann ist Sergeant.« Und nach einer Weile setzte sie hinzu: »Er ist da drin, beim Elefanten.«

Vera sah ihr Gesicht traurig und besorgt werden und bekam selbst einen kleinen Schreck, fast als sei der ihr unbekannte Sergeant so etwas wie ein Verwandter. ›Wirklich, eine Haltung hat die Frau‹, dachte Vera, ›wahrhaftig eine tapfere Soldatenfrau‹, und Bess bestätigte diesen Gedanken, indem sie um Entschuldigung bittend sagte: »Ich muss doch hier sein, wenn er wieder herauskommt!« Nach einer kleinen Pause fuhr sie erklärend fort: »Wir haben uns auch nicht jeden Tag darüber unterhalten. Aber von Zeit zu Zeit, bei irgendwelchen Gelegenheiten, spricht man doch darüber, was wäre denn, wenn jetzt der Feind ...«

Bess verstummte und wurde sogar rot, denn in diesem Augenblick wurde ihr bewusst, dass ja dort der Feind vor ihr saß oder ein Teil davon oder eine Vertreterin, und das instinktive Misstrauen schwappte auf, das dem Wort Feind unvermeidlich folgt, und deswegen schämte sie sich. Man kann wohl kaum in einer Soldatenfamilie leben, ohne ein wenn auch noch so verwischtes Feindbild zu haben, denn wenn man nicht an eine wenigstens teilweise Bedrohung glaubt, wird das Leben sinnlos. Bess hatte zwar immer jenes Feindbild verlacht, das aus schlitzäugigen brutalen Ungeheuern bestand und das trotz aller Entspannung noch immer nicht aus dem Bewusstsein des Volkes verbannt war, aber irgendwelche strengen, kurzgeschorenen jungen Männer hinter hochtechnisierten Geräten hatte sie sich schon vorstellen können, und die unterschieden sich gar nicht so sehr von den eigenen Rekruten. Vielleicht lag darin der Widersinn dieser Zeit: Die Völker wurden einander immer ähnlicher, aber es gelang ihnen nicht, ihre Feindlichkeit loszuwerden. Bess hielt sich nicht für wissend genug herauszufinden, wer daran Schuld hatte, sie konnte nur allen oder keinem die Verantwortung dafür anlasten, aber dieser jungen Frau gewiss nicht, die war nicht unter die Rubrik Feind einzuordnen, selbst wenn sie jetzt einer hochrangigen Militärdelegation angehörte, in die bestimmt nur Leute mit festem Engagement für ihr Land kamen.

Vera hatte sehr wohl bemerkt, wo und weshalb Bess' Redefluss versiegt war, und konnte fast die Gedanken der anderen lesen, zumal sie von ihren eigenen nicht allzu weit entfernt waren. Jetzt sah die andere sie an, Vera musste lächeln, Bess lächelte auch, und nun lachten beide laut auf, das Lachen steigerte sich und wischte die letzten Reste der Verlegenheit fort.

»Na gut«, sagte Bess schließlich, »lassen wir das lieber. Haben Sie eine Ahnung, wie lange die Geschichte gehen wird?«

»Ich habe keine Ahnung«, sagte Vera, die gut begriff, dass ihre Gesprächspartnerin Trost ziehen wollte aus ihrer Antwort, gerade weil sie ihr wohl eine ehrliche Antwort zutraute. »Ich habe keinerlei Kenntnisse auf diesem Gebiet. Aber immerhin, unsere Gruppe ist, glaube ich, auf drei bis vier Tage eingerichtet.«

»Gut. Wenn Sie mich morgen brauchen – wir wollen doch einkaufen gehen? – dann werde ich ein Pflegekind hier haben, vielleicht interessiert es Sie.« Sie erzählte, wie sie mit dem jungen Genie Manfred bekannt geworden war und was sie beim General erreicht hatte. Vera fand die Geschichte komisch und rührend zugleich, und bedenkenswert dazu, denn es gab junge Genies, sie selbst war so etwas Ähnliches gewesen, kein Genie sicherlich, aber talentiert, und sie hatte es schwer gehabt, sich durchzusetzen. Eine Förderung mit leichter Hand durch verantwortliche Chefs war in ihrer Heimat immer noch nicht die Regel. Na gut, hier wohl auch nicht. Und dann gab es ja auch zwei Sorten von Genies, die einen bedurften der leichten, geebneten Wege, die anderen brauchten Widerstände, sie selbst aber hätte lieber zur ersten Art gehört, freilich hätte sie nicht sagen können, ob sie dann mehr oder doch weniger geleistet hätte. Aber dieser Junge und was hier mit ihm geschehen würde – das interessierte sie schon sehr.

»Auf den bin ich aber gespannt«, sagte sie, »und wenn er so ein Mathe-As ist, dann werde ich ihn mal mit unserem Spezialisten zusammenbringen. Das ist der Sohn unseres Präsidenten.«

Bess verzog den Mund. »Ach, unsere Präsidenten! Ich würde mein Kind nicht in die Gefahr schicken«, sagte sie. »Na, das ist nicht unser Kuchen. Ich fahre Sie jetzt zurück, morgen nehmen Sie sich einfach einen Jeep, nicht?«

* * *

Sergeant Fletcher saß mürrisch auf einer Pritsche und starrte vor sich hin. Earl Conelly warf ab und zu einen besorgten Blick auf seinen Freund und Leidensgefährten, immer dann, wenn er nach einem längeren Denkprozess gerade mal wieder auf den Punkt gekommen war, dass auch diesmal das Produkt seiner Phantasie keinen Sinn ergab. Im Grunde genommen war seine Phantasie auch nicht geeignet für diese Lage, es war die Phantasie eines Bastlers, der mit einem Blick in ein Gewirr von Drähten ein Dutzend Möglichkeiten erkannte, wie sich das ordnete, und dann eine nach der anderen testen konnte. Was aber, wenn es wie hier überhaupt keinen Draht gab?

Der Sergeant machte ihm wirklich Sorgen: oder richtiger, die offensichtliche Depremiertheit, die dem vergeblichen Versuch gefolgt war und jetzt schon Stunden anhielt, bedrückte ihn. Sonst ein Muster der guten Laune, selbst wo es nicht angebracht war, bot der Sergeant nun ein Bild des Jammers. Und Mitleid war wohl das letzte Gefühl, das er bei anderen hervorzurufen wünschte.

Ich muss ihn aufheitern, dachte der Operator. Aber wie macht man so etwas? Er hatte nicht die geringste Erfahrung auf diesem Gebiet. Witze erzählen? Er kannte keine. Einen Schwank aus seiner Jugend? Da gab es nicht viel, er war immer Bastler gewesen, schon als Kind, und meistens Einzelgänger – kein Baseball, keine Disko. Oder selten. Höchstens die Geschichte damals, wie er eine Wanze gebastelt und sie im elterlichen Schlafzimmer untergebracht hatte. »Du, hör mal«, sagte er, »als ich noch klein war ...« Er brach ab, denn ihm fiel plötzlich ein, dass dem Sergeant mit seinem ausgeprägten Familiensinn die Geschichte gar nicht komisch vorkommen würde, er würde sofort annehmen, der Knabe Earl habe die sexuellen Aktivitäten seiner Eltern belauschen wollen, was er dann auch getan hatte, aber gegangen war es ihm erstens um den technischen Erfolg und zweitens darum zu wissen, was die Alten mit ihm vorhatten und bei wem von beiden er einhaken konnte, um unbequeme Pläne zu durchkreuzen.

»Ja, und?«, fragte der Sergeant uninteressiert.

»Ach nichts, schon gut«, beendete Earl den missglückten Versuch. Aufheitern ging wohl nicht. Vielleicht interessieren? Aber woran? Es sah nicht so aus, als sei der Sergeant für irgendetwas anderes zu interessieren als für Möglichkeiten, hier herauszukommen. Und solche konnte er ihm nicht bieten. Er wusste ja nicht mal ... Was wusste er nicht mal? Da war vorhin ein Gedanke gewesen, oder der Ansatz zu einem Gedanken ... Er wusste nicht, wie der Elefant im Grün-Alarm auf menschliche Eingaben reagieren würde. Das wusste niemand, denn es war noch nicht getestet worden. Und da wusste er eigentlich nicht nichts, sondern schon ein bisschen, an zwei Beispielen nämlich, und damit mehr als alle Spezialisten auf der Welt. Einmal hatte ihnen der Elefant sozusagen das Maul verboten: Weitere Befehle abwarten! Das andere Mal hatte er ohne Probleme Aufträge ausgeführt, nämlich die Durchmusterung der Türanlage. Welche Abstufungen mochte es zwischen diesen beiden Extremen geben? Earl Conelly war wie elektrisiert. Da war eine Möglichkeit, etwas zu tun, etwas zu erfahren, festzustellen, was vielleicht nicht unmittelbar zu einer Lösung führen würde, doch auf jeden Fall zu wertvollem Erfahrungsmaterial. Und Gefahren dürften damit wohl kaum verbunden sein, es schränkte ja die Operativität des Elefanten nicht ein, sondern half nur, ihre Konturen besser zu erkennen.

Earl Conelly setzte sich ans Pult.

»Was machst du da?«, fragte der Sergeant.

»Du könntest mir helfen, ich will den Elefanten systematisch checken, nämlich was er gibt und was er verweigert. Es wäre gut, wenn du notierst. Ich sage an.«

»Keine Lust«, sagte der Sergeant und rührte sich nicht.

»Ich sage trotzdem an«, erklärte Earl ruhig. Es war ihm unvorstellbar, dass jemand nicht durch ein systematisches Vorgehen, gleich auf welchem Gebiet, interessiert werden könnte, denn wer nur ein wenig daran gewöhnt ist zu denken, fühlt sich immer von dem Versuch, System in eine unübersichtliche Sache zu bringen, geistig angezogen.

»Ich fange ganz einfach an: Datum und Uhrzeit. Output kommt. Gegenwärtige Belegung – kommt: Operator Conelly, Sergeant Fletcher, Otto. Er hat Otto aufgenommen, hörst du? Alarmzustand: Grün. Staffelung der Auftragserteilung – nanu: keine. Fehlanzeige. Na klar, bei Grün kann ihm niemand Aufträge geben. Aber warum erfüllt er dann meine? Nein, das frage ich nicht. Vielleicht später. Also erst mal weiter, einfach bleiben. Rechenaufgaben – Addition, Multiplikation, Potenzierung, Differentialgleichung. Macht er alles. Blockschaltbild des inneren Aufbaus – kommt. Blockschaltbild der Sensoren – gesperrt. Blockschaltbild der Effektoren – auch gesperrt. Zahl der Inputs pro Sekunde – wieder gesperrt. Es scheint, er hat alles gesperrt, was mit seiner konkreten Tätigkeit zu tun hat.«

Earl hörte ein Geräusch und blickte sich um. Der Sergeant hatte eine Konservenbüchse geöffnet und den Dosenöffner, ein handliches Ding in Zangenform, auf den Tisch gelegt.

»Suchen wir mal nach Dingen, die an der Grenze zwischen allgemeinen Informationen und der gegenwärtigen Situation liegen. Zum Beispiel: Welche Schlagzeilen hat die Morgenpresse. Kommt.

Allerhand Unsinn. Nichts, was uns betrifft. Nun die Spitzenmeldungen der gegenwärtigen TV-Nachrichten – aha, gesperrt. Kann man sich was denken. Nehmen wir mal – in welchem Zustand ist die Verbindung mit dem Zentralcomputer der Air Force? Gesperrt. Hm. Weißt du was, wir fragen mal nach den Smogwerten in Salt Lake City. Aha, alle Werte normal, die Außenwelt existiert noch ...«

»Ruhe, verdammt!«, schimpfte der Sergeant. »Hör auf mit deinem Unsinn!«

»Das ist kein Unsinn«, erklärte Earl eifrig, froh, dass der Gefährte überhaupt eine Regung zeigte, »das beweist doch, dass der Elefant eben nicht wie ein Mensch übergreifende Zusammenhänge herstellt zwischen sehr entfernten Fakten. Über die Alarmlage will er uns im Unklaren lassen, Gott weiß warum, aber dass die Smogwerte uns die Weltlage zeigen, weiß er nicht. Sehen wir mal weiter: die Verkehrsdichte in New York ...«

Hier erkannte der Operator, dass sein Weiterreden ein Fehler gewesen war. Der Sergeant explodierte. Mit einem Fluch warf er die Konservendose an die Wand, nicht gezielt, aber unglücklicherweise in die Nähe von Ottos Bauer, worauf der Vogel ein kreischendes Geschrei von sich gab und heftig mit den Flügeln schlug. Das nahm dem Sergeanten den letzten Rest von Selbstbeherrschung. Er griff den Dosenöffner, ging auf die Armaturenwand des Computers zu, nicht wie ein Rennwagen, sondern eher wie eine Straßenwalze, mit einem Gesicht, das den Versuch, ihn aufzuhalten, nicht ratsam erscheinen ließ, und dann, breit vor den vielen Lämpchen und Displays stehend, begann er mit tödlicher Systematik, eins nach dem anderen einzuschlagen, was Kraft und Zielgenauigkeit erforderte und einem Menschen im normalen Zustand kaum gelungen wäre, wenigstens nicht mit dieser Wirksamkeit. Es war eine Art Explosion in Zeitlupe.

Earl Conelly machte keinen Versuch, ihn zurückzuhalten. Er saß wie gebannt auf seinem Sitz und vermochte sich nicht zu rühren, er wusste nicht warum. Mut oder Feigheit waren ihm in seinem Leben nicht sehr häufig abgefordert worden, körperlichen Auseinandersetzungen war er fast immer aus dem Weg gegangen, er wusste einfach nicht, wie er den Sergeant abhalten sollte, ihn am Rock wegzuziehen war eine so lächerliche Vorstellung, dass es sinnlos erschien, und er hätte auch gegen den bulligen Sergeant keine Chance gehabt, denn der war offensichtlich nicht bei Sinnen, und da vervielfacht sich ja noch die Kraft. Und Zureden hätte ihn vielleicht noch mehr aufgebracht. Das alles war Teil der seelischen Fesselung, die ihn unfähig machte, sich zu regen, aber ihre eigentliche Substanz war das Entsetzen: Jetzt passiert es. Jetzt muss es doch passieren. Jetzt sind die Raketen schon auf dem Weg ...

* * *

Der Countdown für die Absprengung des Außenrings lief. Eine halbe Stunde Zeit blieb noch, das Personal war im Bunker, der General saß in seinem Zelt allein, es genügte, wenn er fünf Minuten vorher dort auftauchte. Er hatte an diesem verrückten Tag wohl hundert Gespräche geführt, tausend Dinge entschieden, die letzte Nacht nicht geschlafen oder kaum, und trotzdem war er nicht müde. Er war insgeheim ein wenig stolz auf sein Leistungsvermögen, und jetzt hatte er das Bedürfnis, mit seiner Familie zu sprechen. Darin eingeschlossen war wieder auch ein geschäftlicher Grund, er wollte genauer unterrichtet sein, wie der Stand an der Börse war, aber er hatte ja noch nie Dienst, Geschäft und Privatleben voneinander getrennt.

Rena meldete sich sofort, die Kinder saßen bei ihr, der General freute sich, sie zu sehen, es waren verständige Kinder, nicht rebellisch wie andere in ihrem Alter, es war nie uninteressant, mit ihnen über Politik und Geschäft und Gott und die Welt zu debattieren – eben Elite. Beide hatten aber nur auf seinen Anruf gewartet, um ihn mal wieder zu sehen, und verabschiedeten sich gleich von ihm, sie hatten Verabredungen, und der General hatte nichts dagegen und fragte nichts, er konnte sicher sein, dass die beiden jetzt schon sehr bewusst ihre Freunde oder Partner auswählten und auch genau wussten, wie weit sie zu gehen hatten. Er winkte ihnen zu, und dann war er mit Rena allein. »Die Baisse ist flach«, berichtete Rena, »wenn es morgen so bleibt, können wir zwar zurückkaufen, gewinnen aber nicht viel dabei. Andererseits, müssen wir denn viel gewinnen?«

Der General stutzte. Was waren das für Töne? Aber Rena sprach schon weiter.

»Immer, wenn ich mit den Kindern zusammen bin, werde ich sentimental. Das Leben wird genug Gefahren für sie bereithalten, es müssen nicht noch solche dazukommen, die wir selbst organisieren. Ich möchte einfach nicht, dass du irgendetwas riskierst oder auch nur verzögerst um unserer kleinen Spekulation willen.« Sie lächelte verloren. »Ich möchte sehr, dass wir das vermeiden.«

Der General war beunruhigt. »Was steckt dahinter?«, fragte er.

»Nichts weiter«, sagte Rena, und während sie ihn nun direkt anlächelte, klang ihre Stimme etwas müde. »General, das sind nur die Sorgen einer Mutter. Jeder Mutter. Verstehst du das? Nein, das verstehst du nicht. Darum musste ich es dir auch sagen.«

Der General begriff nicht, was da zu verstehen oder nicht zu verstehen war, aber er nahm Renas Einwand ernst.

»Wenn es sich irgend umgehen lässt, werde ich weder bremsen noch verschlimmern«, versprach er.

›Nein‹, dachte sie, ›er hat nichts verstanden.‹ Das ließ sich nicht ändern, er war eben ein Mann. Aber eben doch der beste, den sie sich vorstellen konnte. Sie lehnte sich zu einer lockeren Haltung zurück und schlug die Beine übereinander, und jetzt lächelte sie so, wie es ihrem Gefühl für ihn entsprach: lieb und ein wenig verführerisch.

Beruhigt lächelte der General zurück. »Lass uns noch mal auf die Börsenvorgänge zurückkommen«, bat er. »Hat meine Pressekonferenz nicht gewirkt?«

»Kaum. Die großen TV-Stationen haben deinen Schlüsselsatz nicht gebracht. Ich hörte, sie machen sich dort Sorgen, dass unsere Talfahrt die ganze Rüstungsindustrie mit sich reißen könnte.«

»Stammt das aus deinem Tennis-Club?«

»Ja, auch. Ich denke aber, irgendeine von den großen Zeitungen wird es morgen früh kommentieren, und dann müssen die anderen nachziehen, ich glaube nicht, dass es eine einheitliche Front des Schweigens gibt, dazu sind zu viele Konkurrenten im Spiel.«

»Nehmen wir also an, sie bringen es morgen früh. Ich werde die Sache verschärfen, indem ich keine Presseleute mehr hier hereinlasse. Die Sache entwickelt sich langsamer, als ich dachte, aber sie entwickelt sich. Ein paar Dinge muss ich noch arrangieren … Meine

Leute kenne ich, über die Russen habe ich Material aus dem Pentagon, aber das ist dürftig ... Hör mal, gib einen Auftrag an unsere Schnüffler, sie sollen mir ein Dossier zusammenstellen über diese Russin, Vera Sokolowa, Gastprofessor in Harvard – sehr schnell und sehr umfassend, bis morgen Vormittag. Eine Frau ist immer ... ist manchmal ...«

»Ja, ich weiß schon«, sagte Rena lächelnd.

Ein Blick auf die Uhr. »Es wird Zeit für mich, der Countdown läuft«, sagte der General.

»Ja, mein General«, antwortete Rena so zärtlich, dass ihm warm wurde.

Auf dem Weg zum Bunker formte sich ein Gedanke in ihm, eine Vorstellung zunächst; wenn der Versuch misslingen würde, könnte er das in die Presse lancieren und gleich darauf Nachrichtensperre verhängen. Das würde die Öffentlichkeit alarmieren. Zugleich würde es die Russen in die Zwangslage versetzen, ihre Vorleistung um einen weiteren halben Tag zu verlängern, was als Schwäche ausgelegt werden konnte, und das würde das internationale Klima nicht verbessern. Umso leichter aber ließ sich dann später der Abrüstungsrummel zurückdrehen. Denn der würde morgen losgehen. Für's erste sah er jedoch noch keine Möglichkeit, wie er den Versuch misslingen lassen sollte. Jedenfalls wohlbedacht musste er das anstellen. Mit Vorsicht, dass keiner die wirkliche Absicht bemerkte, aber noch in einem anderen, besseren Sinn mit Vorsicht – mit der Vorsicht nämlich als Entscheidungsgrund. Die kleinste Abweichung vom Programm musste für einen vorsichtigen Menschen Grund sein, den Countdown abzubrechen, und die Genauigkeit des Colonels konnte ihm da nur zustimmen. Und die Russen rochen auch nach Pedanterie. Das war's.

Noch fünf Minuten. Als der General den Bunker betrat, überblickte er sofort die Sitzordnung: der russische Leutnant, der Präsidentensohn, saß neben Colonel Ernestino vor dem Leitpult – gut so, es schien, die beiden hatten sich angefreundet, das hatte auch Risiken, aber kaum für ihn, den General. Der Chef der Russen saß im Hintergrund, der General begrüßte den Ranghöheren und setzte sich für einen Moment neben ihn.

»Wenn das jetzt klappt«, sagte der General, »ist Ihre Mission eigentlich erfüllt, und Sie können wieder in die Heimat fliegen. Freuen Sie sich darauf?« ›Blöde Frage‹, dachte er sofort, ›richtig blöde Reporterfrage.‹

»Es sei denn«, versetzte Generaloberst Teljagin trocken, »unsere Präsidenten halten es bei diesem entwaffnenden Zustand weiterhin für nötig, Geiseln zu haben.«

Der General lachte kurz auf, verabschiedete sich und ging nach vorn, um an der anderen Seite des Colonels Platz zu nehmen. Nein, mit diesem Russen wurde er nicht warm. Das ging ihm selten mit einem Menschen so, und es hatte auch nichts damit zu tun, dass der andere Russe war. Eher damit, dass der zu den wenigen Menschen gehörte, bei denen der General den Verdacht hatte, sie seien ihm geistig überlegen, und das war ihm unheimlich. Sicherlich auch deshalb, weil er es nie fertigbrachte, sich darüber hinweg zu täuschen.

Der Colonel hob zum Gruß leicht die linke Hand, ohne die Augen von den Armaturen zu wenden. Noch drei Minuten.

General Sinclair Detlefson fühlte sich in Hochform. Kritische Augenblicke, die andere nervös machten, gaben ihm eine erregende, hellwache Kraft. Er hatte keine Ahnung, was er zum Anlass nehmen sollte, seine Absichten zu verwirklichen, aber er zweifelte keinen Augenblick, dass ein solcher Anlass sich bieten würde. Und dann würde er so schnell und entschlossen reagieren, dass alle mit ihm einverstanden sein würden. Ja, darauf kam es an: nicht, dass sie seine Befehle befolgten, das mussten sie sowieso, sondern dass sie es überzeugt von deren Richtigkeit taten. Zwei Minuten. Einige Lämpchen flackerten, die das jetzt nicht tun dürften. Und dann, eindeutig: Aktivierung des Innenrings. Konnte der Elefant hellsehen?

»Countdown abbrechen!«, befahl der General, bevor noch Colonel Ernestino Meldung erstatten konnte. Der Colonel nickte nur und schaltete ab. Ein Raunen ging durch den Bunkersaal. Der General war voller Genugtuung. Wieder einmal war es ihm gelungen, alles unter einen Hut zu kriegen – und er dachte dabei durchaus auch an die Wünsche seiner Frau. Jetzt nur noch ...

»Analysieren Sie alles sorgfältig und bereiten Sie den nächsten Countdown für morgen früh vor«, sagte er dem Colonel.

Und hier beging er eine kleine Nachlässigkeit: Er sah nicht mehr den erstaunten Blick des Colonels, der mit einer kurzfristigen Verschiebung gerechnet hatte.

Dienstagvormittag

Schon vor Stunden, als Earl Conelly aufgewacht war, hatte der Sergeant so wie jetzt stumm auf seiner Pritsche gesessen, mit abweisendem Gesicht, den Blick starr auf die Armaturenwand gerichtet. Er hatte das Frühstück, das der Operator ihm auf einem Tablett hingestellt hatte, unberührt stehen lassen und auf keine Frage geantwortet. Bill Fletchers Schweigsamkeit war dem Operator anfangs recht gewesen, so störte ihn niemand beim Nachdenken. Aber es war gar kein Nachdenken, was da in seinem Kopf vor sich ging, es war zielloses Grübeln. Hier einen Gedanken beginnen, abschweifen zum nächsten, zum dritten, keinen zu Ende bringen, immer im zähen Brei des Ungewissen stecken bleiben – das machte die Karre nicht flott. Und je mehr er sich dieser unrühmlichen Verfassung bewusst wurde, desto schwerer fiel es ihm, sich überhaupt auf irgendetwas zu konzentrieren. Dann meinte er die Ursache dafür zu entdecken: die Stille. Und an diesem Punkt begann das Schweigen des Sergeanten, ihn nervös zu machen.

»Sag doch mal ein Wort!«, bat er.

Der Sergeant schwieg.

»Sprichst du nicht mehr mit mir?«, reizte der Operator.

Der Sergeant schwieg.

»Sag doch wenigstens: Geh zur Hölle!«

»Das machen wir zusammen«, sagte der Sergeant.

»Ach, Unsinn!«, erwiderte Earl Conelly mit so viel Zuversicht in der Stimme, wie er nur aufbringen konnte. »Die draußen sind doch schon dabei, uns rauszuholen.«

»Vielleicht gibt es die Welt da draußen gar nicht mehr«, sagte der Sergeant beinahe gleichgültig.

»Die gibt's noch, hast du doch gestern selbst gesehen. Gut, ich zeig es dir nochmal.« Er setzte sich an sein Terminal und rief die

Umweltwerte von Salt Lake City ab. Aber auf dem Bildschirm erschienen nicht die entsprechenden Werte und Zahlen, sondern der Text: ICH WIEDERHOLE: UNTERNEHMEN SIE NICHTS, WARTEN SIE WEITERE BEFEHLE AB!

Der Operator hörte den Sergeanten auflachen, aber er war so bestürzt, dass er dessen sonderbaren Zustand für Minuten vergaß. Existierte die Welt wirklich nicht mehr? Unsinn, davon hätten sie etwas merken müssen. Erhöhte Aktivität des Elefanten. Und wenn nun in der Nacht ...? Nein, er hatte in seinen Wachen nichts bemerkt. Aber der Sergeant? Der hätte nicht geschwiegen wie jetzt. Oder – hatte der Elefant begriffen, dass er ihnen gestern mit den Umweltwerten eine Information geliefert hatte? Hatte er ihre Unterhaltung darüber verstanden? Vielleicht nur bruchstückhaft, man wusste ja nicht, wie weit sein Sprachvermögen entwickelt war? Oder entwickelte er es selbst weiter, aus möglicherweise gespeicherten Dialogen, die er analysierte?

Und dann erst fiel ihm auf, was der Elefant gesagt hatte: ICH wiederhole. Der Elefant hatte sich als Person bezeichnet und offensichtlich begriffen. Wirklich begriffen? Oder hatte er nur eine menschliche Floskel wiederholt? Solche Fragen würden wohl erst später eine Antwort finden. Aber es steckte noch etwas in der Verwendung dieser Formulierung, und das war nun wirklich aufschlussreich: Der Elefant bezog sich damit auf etwas, das er gestern ausgedruckt hatte, in einer Weise, als sei es im Dialog eben gefallen. Oder war es schon vorgestern gewesen? Ja, in der Nacht wohl. Egal, das Wesentliche war: Der Computer hatte ein anderes Verhältnis zum Zeitablauf.

»Hör mal, das ist interessant«, wandte sich der Operator an seinen Gefährten, »der Elefant hat ein ganz anderes Zeitregime als wir. Die Unterbrechungszeit zwischen den Dialogen mit uns existiert für ihn gar nicht, der Satz vorgestern ist für ihn wie eben erst gesprochen. Das ist wie bei deinem Anrufbeantworter, wenn du eine Weile weg warst; der Anruf vorgestern, gestern und heute folgen unmittelbar aufeinander ...« Earl Conelly hatte seinen Drehsessel langsam herumgeschwenkt und sah nun, dass all seine Mühe, sich verständlich auszudrücken, für die Katz war: Der Sergeant hörte überhaupt nicht zu. Aber als der Operator jetzt abbrach, nahm der Sergeant das wohl wahr, denn er stand auf und sagte: »Ich will es wissen!«

Dem Tonfall war zu entnehmen, dass dieser Satz weniger ein Informations- als ein Handlungsbedürfnis ausdrückte, und der Operator bekam es mit der Angst zu tun. Der Ausbruch gestern Abend war ihm noch in lebhafter Erinnerung, und er wusste immer noch nicht, wie er sich am besten zu irgendwelchen absonderlichen und gefährlichen Handlungen des Sergeanten verhalten sollte. Bedrückt beobachtete er, wie der Freund umherging, Schränke öffnete, und – ja, er sammelte Pistolen und Magazine und legte sie auf den Tisch. Und dann dazu Werkzeug. Was hatte er vor? Verhältnismäßig lange suchte er irgendetwas, Earl Conelly fragte ihn, was er suche und ob er ihm helfen solle, bekam aber keine Antwort. Und dann hatte der Sergeant wohl gefunden, was er suchte, eine etwas mehr als fingerlange Metallhülse, Earl Conelly hatte keine Ahnung, woher die stammte oder wozu sie gedient hatte und schon gar nicht, wozu sie dienen sollte, aber er sah über das bis dahin unbewegte Gesicht des Sergeanten ein böses Lächeln huschen. Und dann setzte sich der Sergeant an den Tisch und begann, die Magazine der Waffen zu entleeren.

›Was macht der da bloß?‹, fragte sich Earl Conelly. Das war kein Ausbruch wie gestern Abend, keine augenblickliche Stimmung, kein explosives Abreagieren irgendeiner Spannung, das war ein ebenso irrer wie offensichtlich zielstrebiger Vorgang. Ja, der Gefährte arbeitete auf einen gewaltsamen Akt zu, wenn Earl auch noch nicht erkennen konnte, worin der bestehen sollte. Wie aus Furcht vor dem Unbeeinflussbaren, Unabänderlichen wichen seine Gedanken zurück und wendeten sich wieder dem Elefanten zu. Gab es denn, verdammt nochmal, überhaupt keine Möglichkeit, das Biest zur Vernunft zu bringen? Der Sergeant brach die Patronen auf und schüttete das Pulver auf einen Haufen, er bastelte anscheinend an einer primitiven Bombe. Vielleicht gab es eine ganz einfache Möglichkeit, den Elefanten zu beeinflussen, eine, die bei einem normalen Computer sinnlos wäre? In dieser Richtung hatte er noch gar nicht nachgedacht. Vielleicht – der Elefant wertete doch auch Häufungen von Inputs, wenn man einfach ... Das wäre einen Versuch wert!

Der Operator setzte sich ans Pult und gab den Befehl ein: Ausgang öffnen! Einmal, zweimal, immer wieder, nun schon ein Dutzend Mal, weiter, weiter, immer noch keine Reaktion, wenigstens soweit der Operator sehen konnte, ein großer Teil der Displays war ja zerstört, und zum ersten Mal, wohl auch gesteigert durch die eigene Erfolglosigkeit, bekam er eine Wut auf den Sergeant, hätte der Hohlkopf doch bloß die Anzeigewand nicht demoliert, dann könnte man wenigstens sehen ... ach, Unsinn, auch dann wäre nichts zu sehen. Der Versuch war die Mühe nicht wert gewesen. Aber in den Sekunden, da die Wut ihn erfasst hatte, war ihm etwas wohler gewesen. Vielleicht ging es dem Sergeanten genauso? Der schüttete jetzt das Pulver in die Metallhülse, sorgfältig, dass ja kein Stäubchen verloren ging, mit einer Vorsicht der Bewegungen, die es schwer machte zu glauben, dass da eine Wahnsinnstat vorbereitet wurde. Earl Conelly meinte jetzt zu wissen, was der Sergeant vorhatte: er wollte wohl die Stahljalousie aufsprengen, die die Zentrale abschottete. Das Vorhaben war schon deshalb sinnlos, weil das ja nur eine von drei Türen war, die nach draußen führten, und selbst wenn ihm das hier gelang, wie wollte er die anderen zwei öffnen?

»Hör zu«, sagte Earl Conelly, »hör mir wenigstens jetzt noch mal zu, bevor du etwas tust, was du dann hinterher nicht einmal mehr bereuen kannst. Selbst wenn es dir gelingt, die Tür nach draußen aufzusprengen, ist das ja nur die erste Tür. Du erreichst also nichts, aber gefährdest uns beide. Was ist, wenn der Elefant mit Selbstzerstörung antwortet? Dann sind nicht nur wir beide mausetot, sondern auch die draußen, die jetzt versuchen, uns zu helfen. Menschenskind, verstehst du das nicht?«

Der Sergeant arbeitete ungerührt weiter.

Der Operator fühlte, dass er wütend wurde, unterdrückte aber diese Regung, versuchte im Gegenteil, so freundlich zu sein, wie es ihm nur irgend möglich war.

»Mann, ich will doch genauso raus wie du, wenn du schon nicht auf Gründe hörst, dann lass dich wenigstens bitten. Hörst du, ich bitte dich, Mann! Wenn es dir was gibt, knie ich vor dir nieder, ich ...« Für einen Augenblick verschlug es ihm die Sprache, denn der Sergeant hatte eine Pistole in die Hand genommen und zielte auf ihn.

»Zwei Kugeln sind da drin«, sagte der Sergeant, »eine brauche ich, um die Bombe zu zünden, die andere ist für dich, wenn du versuchst, mich zu hindern.«

Earl Conelly war zuerst verblüfft, alle Wut schien wie weggewischt, sein Verstand wollte noch nicht entgegennehmen, was die Sinne ihm anboten. Dunkel erinnerte er sich, irgendwo gelesen zu haben, dass es so etwas wirklich geben sollte, dass bei großer Gefahr Freunde zu Feinden werden können, Menschen zu Wölfen, und es musste ja wohl so sein, denn sein Freund hier, der Sergeant, bedrohte ihn mit der Pistole, und es war kein Zweifel, dass er es ernst meinte.

Der Operator krümmte sich auf seinem Drehsessel zusammen unter der Verzweiflung, die ihn befiel; Verzweiflung nicht nur über den Sergeanten und seine Gewalttätigkeit, sondern auch über sich selbst, dass er nicht einmal so viel Gewalt ausüben konnte, um ihn zu hindern. Was sollte er denn tun? Ihn bei passender Gelegenheit niederschlagen? Womit? Mit einer der leeren Pistolen, die auf dem Tisch herumlagen? Selbst wenn er rankäme, er hatte keinerlei Erfahrung in Prügeleien, er würde bestimmt aus Angst, nichts zu erreichen, so stark zuschlagen, dass er den Freund umbrachte. Und mit der Faust? Was war geholfen, wenn er ihm nur weh tat? Wohin schlägt man, wenn man jemand bewusstlos machen will? Die Helden in den Filmen, die konnten das, der Regisseur hatte bestimmt, dass der andere umzufallen hatte. Und die in der Wirklichkeit hatten sowas trainiert. Aber er, der Bastler?

Sergeant Fletcher schien die Arbeit zu seiner Zufriedenheit abgeschlossen zu haben. Und jetzt zeigte sich, dass der Operator nicht zutreffend vermutet hatte, was der Sergeant vorhatte. Das Rohr mit dem Pulver in der einen Hand, die Pistole in der anderen, stellte er sich vor die Armaturenwand und sprach:

»He, Elefant, du Ungetüm, ich weiß, dass du uns hörst, schon lange, jetzt pass auf, in der einen Hand habe ich eine Bombe, in der anderen eine Pistole, ich verlange nicht viel von dir, ich verlange nur, dass du mir den Weg nach draußen freigibst, sonst sprenge ich dich, sonst ist es aus mit dir, sonst kannst du nicht einen einzigen

Auftrag mehr erfüllen, verstehst du mich? Ich zerstöre dich, wenn du nicht gehorchst. Ich gebe dir eine Minute Zeit!«

Der Sergeant legte die Bombe auf die Konsole und trat einen Schritt zurück.

Earl Conelly war aufgestanden und, halb wankend, nach hinten gegangen, weg von der Armaturenwand, als könne er sich damit der Verantwortung entziehen. Er empfand Ekel, vor allem vor sich selbst, weil er sich unfähig fühlte zu handeln. Dabei war er der einzige, der in diesem Augenblick die Katastrophe verhindern konnte. Nicht nur seine eigene, auch die des Sergeanten selbst. Und dann: Es ging ja nicht bloß um sie beide, es ging ja auch um die da draußen, die im atomaren Schlag umkommen würden. Ja, es war unwahrscheinlich, dass es ihm gelang, den Sergeant abzuhalten. Dazu musste er ihn bewusstlos schlagen. Vielleicht schlug er ihn tot, vielleicht auch machte es dem Freund nicht mehr aus als eine Mücke. Aber er musste es versuchen.

Der Sergeant war so auf den Computer fixiert, dass er nicht bemerkte, was in seinem Rücken vor sich ging. Der Operator schlug mit der geballten Faust zu, der Sergeant rutschte langsam in sich zusammen und lag gekrümmt auf dem Boden.

* * *

Colonel Ernestino trat aus der Traglufthalle und blinzelte in die Sonne. Am Rande seines Blickfeldes bewegte sich etwas Farbiges. Er sah hin und erkannte – nein, das konnte doch nicht, das war doch … Er eilte auf die Frau des Generals zu, grüßte und fragte, ob er sie melden solle. Sie habe schon den Posten gebeten, sie nicht zu melden, sagte sie, sie wolle erst ein bisschen hiesige Luft schnuppern, und ob er, der Colonel, in Eile sei?

»Im Augenblick nicht«, sagte der Colonel zurückhaltend. Aber Rena, die den Colonel als einen der besten Mitarbeiter ihres Mannes ganz gut kannte, hörte Unzufriedenheit heraus. Sie nahm sich vor, in Erfahrung zu bringen, womit der Colonel unzufrieden war. Und sie wusste, sie musste dieses Vorhaben vorsichtig angehen, der Colonel war kein Schwätzer.

»Zeigen Sie mir das Camp?« Es war mehr eine Bitte als eine Frage. Rena war sicher, dass sie nicht abgewiesen würde. »Gern«, sagte der Colonel und meinte das auch.

Nachdem sie ein paar hundert Schritte gegangen waren und der Colonel dies und das gezeigt und erklärt hatte, setzten sie sich auf eine der Bänke.

»Ich bin froh, dass Sie das alles hier in der Hand haben«, sagte Rena. Es war freilich ein Kompliment, aber durch und durch berechtigt. Zwischen dem General und dem Colonel stand zwar in der dienstlichen Hierarchie der Chief, aber der war eine Flasche, in allen technischen Fragen stützte sich der General auf den Colonel, wie sich der Colonel in allen militärischen Bewandnissen auf den General verließ. Und beide, die Frau und der Mann, wussten, dass das ihnen beiden bekannt war. Nur Rena wusste etwas mehr: dass nämlich Männer für Komplimente empfänglicher sind als Frauen, wenn sie ihre berufliche Kompetenz betreffen. So hatte der Colonel Mühe, nicht rot zu werden, und bei dieser Anstrengung stiegen sogleich die Sorgen wieder auf, die das Verhalten des Generals ihm bereitete. Er versuchte sie zu unterdrücken, denn er hatte selbstverständlich nicht die Absicht, darüber zu sprechen.

Aber Rena spürte wieder deutlich, dass der Colonel Sorgen hatte, und da das von ihrer Frage aufgerührt wurden, musste es irgendwie aus der Zusammenarbeit der beiden Offiziere erwachsen sein. Und sie wandte den uralten Trick aller Ehefrauen und Mütter an, um eine Bresche in Ernestinos Verschlossenheit zu schlagen.

»Ich hoffe, der General hört auf Sie?«, fragte sie.

Rena spürte, wie der Colonel innerlich in Bewegung geriet. Aber er wäre ein schlechter Soldat gewesen, wenn er deswegen allein angefangen hatte, über Dienstliches zu schwatzen. Nein, dazu musste sie ihn direkter fragen. Vielleicht gelang es ihr, sich langsam dem neuralgischen Punkt zu nähern. Es musste ihr gelingen, denn nun hatte sich ihr die Sorge des Colonels mitgeteilt. So ein Mann sorgte sich nicht um Bagatellen.

»Umreißen Sie mir die Gefahr, in der wir sind«, bat sie. »Und glauben Sie nicht, meine Frage eben, ob der General auf Sie hört, sei eine Floskel gewesen. Ich weiß, wenn irgendeiner die Gefahr genau benennen kann, sind Sie es. Sie brauchen nicht rot zu werden. Die größten Fachkenntnisse sind immer in der zweiten Ebene. Chefs brauchen nicht so sehr Sachverstand, sondern Menschenverstand, und das ist eben Gespür für Leute mit Sachverstand. Deshalb freue ich mich, dass ich Sie zuerst getroffen habe. Vielleicht, wenn es nicht zufällig geschehen wäre, hätte ich Sie sogar gesucht.« Sie schwieg einen Augenblick und fuhr dann fort: »Ich will die Gefahr kennen. Ich bin nämlich außer der Frau des Generals auch noch die Mutter seiner Kinder.« Sie empfand tatsächlich so, nur dass es ihr erst in diesem Augenblick, da die Empfindung produktiv war, in aller Schärfe bewusst wurde. Und sie scheute sich keinen Augenblick, dieses Fühlen im Gespräch als Mittel einzusetzen, gerade bei ehrlichen Menschen wirkte oft echtes Gefühl überzeugender als die besten Argumente. Als Frau wie auch als Erbin und Inhaberin eines Riesenvermögens waren ihr Hemmungen zwischen Fühlen und Wollen, zwischen Sein und Wirken fremd, was Zweckmäßigkeitserwägungen nicht aus-, sondern eben gerade einschloss.

Der Colonel straffte seinen Oberkörper. Er hatte sich entschlossen, ganz offen zu sprechen. Er hatte mit dieser Frau noch nie schlechte Erfahrungen gemacht. Nicht zum ersten Mal erläuterte er ihr Zusammenhänge, und nicht zum ersten Mal verletzte er dabei Geheimhaltungsvorschriften – wenn das auch noch nie in diesem Ausmaß geschehen war. Aber immer war ihn auch die trainierte Auffassungsgabe dieser Frau und ihre Kenntnis vieler Details ein Zeichen dafür gewesen, dass der General in dieser Hinsicht nicht anders verfuhr.

»Die Gefahr«, sagte der Colonel nachdenklich, »besteht eigentlich aus zwei Gefahren. Die erste ist die drohende Weltkatastrophe. Sie ist notdürftig begrenzt durch den Austausch von Generalstabsgruppen mit den Russen. Das verhindert, dass ein versehentlicher Start von Waffensystemen zum augenblicklichen Gegenschlag führt. Aber es könnte nichts verhindern, wenn etwa der Elefant alle Waffen oder auch nur die Mehrzahl starten würde. Das ist eins der Probleme der asymmetrischen Raumrüstung: da die Russen keine Kernwaffen in ihrer Raumrüstung haben, müssten sie mit ihren strategischen Raketen antworten, und dann wäre nichts mehr aufzuhalten. Erst wenn wir die Waffensysteme vom Elefanten getrennt haben, sinkt die Gefahr wirklich.«

Der Colonel war von seinen eigenen Erläuterungen wieder auf seine Sorge mit dem General gebracht, und Rena spürte das in seinem Schweigen. Aber einen etwas spröden Typ wie den Colonel darf man nicht drängen, und deshalb lenkte sie zunächst auf einen anderen Punkt.

»Und die zweite Gefahr?«, fragte sie.

»Die zweite Gefahr ist lokaler Art, aber das auch nur scheinbar. Der Elefant hat eine Selbstvernichtungskapazität, den Innenring aus unterkalibrigen Kernraketen, mit denen er die ganze Anlage vernichten kann. Alle, die sich nicht in der Zentrale selbst befinden, können sich in die Bunker retten, die sind unabhängig vom Elefanten, instand und aufnahmebereit, der Eingang ist gleich neben diesem Camp. Die radioaktive Wolke wird bei fünfundachtzig Prozent aller möglichen Wetterlagen über die Wüste abziehen. Aber sie würde trotzdem die Gesundheit von Millionen gefährden. Man darf über das ganze Problem nicht allzu lange nachdenken, sonst kommt man als Soldat mit seiner Dienstauffassung in Konflikt. Na, das kennen Sie ja. Jedenfalls, wenn man die große Katastrophe verhindern will, muss man wenigstens die Möglichkeit der kleinen, lokalen Katastrophe in Kauf nehmen. Das aber hätten wir schon gestern Abend tun können.«

Nun war es ausgesprochen.

»Der General hat das verhindert.« Es war eine Feststellung, keine Frage von Rena.

»Er hat den Countdown abgebrochen, als der Elefant den Innenring scharfmachte. Das war richtig. Aber wir hätten den Versuch eine Stunde später wiederholen können, und gegebenenfalls nochmal, bis der Elefant auf den Innenring verzichtet hätte. Er hat nämlich auch Tendenzen in seiner sonst unkontrollierten Aktion, die auf eine Ökonomie der Mittel hinauslaufen. Ich habe das ausprobiert. Aber stattdessen warten wir bis heute Mittag.«

Rena wusste sofort, dass die Börsenoperationen für den General entscheidend gewesen waren, und sie spürte zu ihrer Verwunderung so etwas wie ein schlechtes Gewissen. Sie schüttelte den Kopf und sagte: »Vielleicht hat er eine zu starke Bindung an den Elefanten – als sein Lebenswerk?«

Der Colonel spürte, dass sie diese Bemerkung mehr an sich selbst als an ihn gerichtet hatte. Er schwieg. Er war nicht sicher, ob er nicht schon zu weit gegangen war. Aber es hatte ihm gutgetan, seine Gedanken auszusprechen. Und es bestärkte ihn in der Absicht, künftig derlei nicht mehr ohne Protest hinzunehmen. Er konnte sich nicht vorstellen, dass der General – wie manche anderen hohen Offiziere, zum Beispiel der Chief – ihm das Wort abschneiden würde, wenn er darum bäte.

»Ja«, sagte Rena, die wohl einen ähnlichen Gedankengang abgeschlossen hatte, »und nun machen Sie mich bitte noch sachkundig in einer Reihe von Details, zum Beispiel ...«

* * *

Vera hatte den Tag mit einer Presseauswertung begonnen, die sie dem Generaloberst gegeben hatte. Es war nicht viel dabei herausgekommen. Die Fernsehstationen hatten den Fakt sehr knapp gemeldet, als fünfte oder sechste Nachricht, einige hatten den Delegationsaustausch beschränkt auf die Anwesenheit einer russischen Delegation. Die offizielle Bezeichnung wurde nicht benutzt. Sie war zu umständlich – eben offiziell – und hätte den Fernsehzuschauern deshalb herzlich wenig gesagt. Die Presse hatte etwas ausführlicher berichtet, aber auch nicht an der Spitze. Offensichtlich war eine abgestimmte Linie in der Berichterstattung, die Geschichte zunächst einmal herunterzuspielen. Damit stimmte überein, dass die Presse das Hauptaugenmerk auf die Präsidentenkinder legte. Sie bestritten achtzig Prozent des Textes, und sie lieferten auch Bilder, wohl weil es sonst in dieser Sache keine geben konnte. Nur die Wertungen waren unterschiedlich – verharmlosend die einen, etwa mit Überschriften wie »Space Computer vermittelt Auslandsreisen«, giftig die andern: »Geiselnahme ganz offiziell«. Und das alles passte zusammen mit dem Verhalten der Börse. Die Kurse blieben im Allgemeinen normal, die der UC, der Lieferfirma für Hoity-Toity, gingen herunter, aber nicht plötzlich, wie zu erwarten gewesen wäre, sondern gestern noch schleichend; es war abzuwarten, wie es heute gehen würde. Politische Zusammenhänge in dieser Frage waren nirgends erörtert worden. Das würde aber spätestens morgen geschehen, da ja auch das Ausland die Sache aufgreifen würde, und vielleicht konnte man dann etwas mehr über die Hintergründe erfahren.

Vera hatte sich jede Anregung verkniffen, wie man selbst diese politische Erörterung provozieren könnte. Es war ihr ohne jede Diskussion oder Anweisung klar, dass die Inspektionsgruppe sich aller Aktivitäten in dieser Richtung zu enthalten hatte. Aber das bedeutete noch nicht, dass sie selbst nichts unternehmen würde. Dazu allerdings fehlte ihr noch ein geeigneter Aufhänger. So fuhr sie nun erst einmal nach Space Town. Sie war ja mit Bess Fletcher zum Shopping verabredet. Sie freute sich sogar darauf. Wegen der Evakuierung würden die Automatenkaufhäuser menschenleer sein, man würde sich bewegen können, ohne ständig im Gedränge zu sein.

Bess Fletcher freute sich sehr, sie zu sehen, und war zugleich etwas verlegen: sie hatte gar keine Zeit. Soeben hatte die Tele-Sitzung des Rückkehr-Komitees begonnen, und es sah nicht so aus, dass sie schnell vorbei sein würde. Wahrscheinlich führe man im Anschluss daran ins Camp zum General, zwei Nachbarinnen seien schon auf dem Weg nach hier, sie müssten im Verlauf der nächsten Stunde eintreffen …

Das war's! Vera verabschiedete sich mit einen Scherz, der ihr umso freundlicher geriet, als Bess ihr den Aufhänger geliefert hatte. Das Rückkehr-Komitee! Das musste in die Presse. Daraus würden Folgerungen entstehen: Rückkehr – wieso Rückkehr? Aus der Evakuierung. Wieso Evakuierung? Und schon wäre man bei den Gefahren. Bei den kleinen, lokalen zunächst. Dann bei den großen. Das war die richtige Richtung.

Jetzt musste sie nur noch Ken anrufen. Und sie wusste auch schon, von wo aus. Nicht vom Camp aus. Nicht aus dieser Stadt. Bess hatte gestern von ihrer Umkehr erzählt und in diesem Zusammenhang von der Tankstelle vor der Stadt, an der Straße nach Salt Lake City. Die würde sie aufsuchen.

Nur ob sie tatsächlich telefonieren würde, darüber war sie sich noch nicht im Klaren. Das Für und Wider noch einmal zu durchdenken, bot die Fahrt hinreichend Zeit. Fünf Minuten mussten genügen.

›Telefoniere ich, verstoße ich so ungefähr gegen alles, was meine Aufgabe hier offiziell eingrenzt, und zwar nach beiden Seiten.‹ Die Amerikaner würden eine unkontrollierte Einflussnahme aus den Reihen der Inspektionsgruppe übel vermerken, wenn sie sie erführen – und sie würden sie sehr wahrscheinlich erfahren, darüber gab sie sich keiner Illusion hin: vielleicht nicht sofort, aber doch bald. Und die eigenen Leute? Was hieß hier eigene Leute. Vera stand auf dem linken Flügel der zu Hause regierenden Parteienkoalition, und selbst ihrer eigenen Partei war sie zeitweise zu unbequem gewesen. Einer der Gründe für ihre Gastprofessur in Harvard: Sie war zu Hause weggelobt worden. Wie sie in diese Inspektionsgruppe gekommen war, blieb ihr schleierhaft. Vermutlich deshalb, weil das ganze Unternehmen vom Präsidenten direkt und ohne lange Koalitionsquerelen zusammengestellt worden war.

Aber unzweifelhaft blieb: Das, was sie vorhatte, würde ihr Vorwürfe von beiden Seiten einbringen. Die Gastprofessur konnte ihr entzogen werden, wenn nicht offiziell, dann über die Sponsoren des Universitätsbetriebes. Und zu Hause würde man eine zurückgeschickte Austauschprofessorin auch nicht gerade mit der größtmöglichen Förderung honorieren. Ebenso unzweifelhaft jedoch war hier eine der gar nicht so häufigen Gelegenheiten, wo sie mehr tun konnte als lehren und propagieren, wo sie politisch handeln konnte, etwas in Bewegung bringen, das ohne sie nicht oder zu spät in Bewegung kommen würde. Sie hatte sich immer zum Handeln bekannt, sie lehrte ihre Studenten die einfache Wahrheit, dass Demokratie und Humanität nur bestehen könnten, wenn jeder Bürger bereit sei, auch über die eigenen engen Interessen hinaus dafür einzutreten. Sie hatte keine Kinder, auch sonst niemand, der von ihr abhängig war. Sollte sie ihre Überzeugung kleinen Bedenklichkeiten hinsichtlich der eigenen Karriere opfern? Sie würde vielleicht ruhiger leben, aber nie wieder würde sie ihre Überzeugung aussprechen können ohne schlechtes Gewissen, und eine so ausgesprochene Meinung überzeugt niemand.

Es war Zeit, sich der praktischen Seite der Sache zuzuwenden.

Der Tankstellenmensch, so hatte sie herausgehört, war das Nachrichtenbüro der ganzen Gegend. Man durfte also nicht auffallen. Sie musste jeden Eindruck vermeiden, dass sie nur zum Telefonieren gekommen war. Den Tank halb leeren. Sie hielt an und tat es, mit einem schlechten Gewissen, der Ökologie wegen. Dann fuhr sie weiter. Das würde nicht genügen, sie brauchte so etwas wie eine Legende. Den Tankwart über die Gegend ausfragen, über sehenswerte

Punkte in der Wüste. Dann anrufen, und danach keine Zeit mehr haben, die Wüstenfahrt verschieben müssen. So konnte es gehen. Ein Risiko blieb trotzdem, aber sie musste es eingehen.

Und doch spürte sie noch einen Rest von Unentschlossenheit. Sie konnte nicht sicher sein, dass sie alle Zusammenhänge überblickte. Es war ja nicht nur ihr eigenes, persönliches Interesse, das sie auf's Spiel setzte. Diese ganze Geschichte, eingeschlossen der Austausch der Inspektionsgruppen, musste den Befürwortern und Nutznießern der Raumrüstung ein Dorn im Auge sein. Sie würden jede Gelegenheit nutzen, das Denken in militärischen Gegensätzen anzuheizen; jede Gelegenheit, der russischen Inspektionsgruppe am Zeuge zu flicken. Ein ernster Verstoß von ihrer Seite konnte eine Lawine auslösen. Wenn er den passenden Leuten zur passenden Zeit bekannt würde. Doch das musste nicht zwangsläufig geschehen, und es würde auch Gegner einer solchen Lawine geben. Trotzdem, die Gefahr, dass gerade sie eine neue Kältewelle in der Weltpolitik auslösen würde, war zwar klein, aber real. Trotzdem, trotzdem, trotzdem. Hamlet fiel ihr ein: So macht Gewissen Feige aus uns allen ... Der angebor'nen Farbe der Entschließung wird des Gedankens Blässe angekränkelt ... Richtig zitiert? Zu Hause noch mal nachlesen. Aber ihr Entschluss stand fest. Und da war die Tankstelle. In sanftem Bogen fuhr sie an die Zapfsäule.

»Sie gehören wohl auch zu der Truppe, die der General zusammengetrommelt hat?«, fragte Benny, als er Veras Bestellung entgegengenommen hatte. »Was ist denn eigentlich los, da bei Ihnen im Camp? Man hört ja die tollsten Dinge!« Er erwartete offensichtlich keine Antwort auf eine so direkte Frage, denn er sprach gleich weiter: »Und Sie, was machen Sie da, als Frau? Lassen Sie mich raten – Presse, was? Haben Sie aber einen schweren Job. Ehe Sie dem General was aus der Nase gezogen haben ...« Er machte eine Pause, aber als seine Aufforderung zum Jammern nicht befolgt wurde, fuhr er fort: »Aber Sie werden das schon schaffen, so wie Sie aussehen. Der General soll ja auf schöne Frauen stehen ...« Wieder eine Pause, die Vera Gelegenheit geben sollte, einzuhaken. Und sie tat das auch, allerdings anders, als Benny gehofft hatte.

»Sie kennen doch bestimmt hier die Gegend gut?«, fragte sie.

»Und ob!«

»Ich will mir die Wüste ein wenig ansehen. Den landschaftlichen Hintergrund für das alles. Gibt doch in jeder Landschaft interessante Ecken. Verraten Sie mir ein paar?« Sie hielt ihm einen Schein hin, den Benny ohne Verlegenheit nahm, kniffte und einsteckte. Dann wurde er redselig, und Vera notierte – sie brauchte zwar im Moment seine Wegschilderungen nicht, aber wer konnte wissen, ob sie nicht doch mal darauf zurückgreifen musste.

Und dann meinte Benny wohl, er habe für das bisschen Geld genug erzählt, und jetzt habe er ein Recht, auch etwas zu erfahren, und so knüpfte er an seine letzte Beschreibung ziemlich übergangslos die Frage: »Wie lange wird denn die Geschichte da dauern? Schließlich sitze ich hier auf meinem Benzin, so lange die Evakuierung anhält!«

»Die Fachleute sagen auf diese Frage immer ›Kein Kommentar‹, wenn sie offiziell sind, und ›Keine Ahnung‹, wenn sie privat sind. Was soll ich Ihnen da sagen. Aber ich will doch lieber noch mal anrufen, bevor ich mich für ein paar Stunden in die Wüste verdrücke.«

»Das Telefon ist in meiner Glasbude, gehen Sie nur rein«, sagte Benny.

Vera wählte die Nummer, unter der Ken zu erreichen war. Er meldete sich, ohne einen Namen zu sagen, sie erkannte seine Stimme. Die Sätze, die sie zuerst sagte, bestanden aus Begrüßungsfloskeln, die Ken durch ähnliche Sätze erwiderte. Buchstaben- und Wortzahl waren Teil eines Codes. Aber was nun kam, musste Vera direkt sagen, offen, wenn auch im Plauderton. »Und stell dir vor, meine neue Freundin, Bess Fletcher, hat zusammen mit anderen Frauen aus Space Town ein Rückkehr-Komitee gebildet, die Frauen wollen nicht in der Evakuierung bleiben, naja, wer ist schon gern von zu Hause fort, ich ja auch nicht, aber was will man machen ...«

Das wichtigste war gesagt, eigentlich war es Zeit, das Gespräch zu beenden, Benny schielte schon herüber, ob er sie beim Wählen beobachtet hatte? Ein liebes Wort, eine ungewöhnliche Wendung, die ihre Gefühle ausdrückte – ihr fiel nichts ein, sie war seltsam gehemmt wie immer, wenn sie mit Ken telefonierte. Es war wohl eine Folge des Verdachts, dass jemand mithörte; oder sie konnte die scheinbare, gespielte Lockerheit am Anfang nicht durch eine wirkliche Lockerheit am Schluss ersetzen. Ken lachte leise, er kannte das an ihr. »Das gleiche wie immer«, sagte er.

»Ja, das gleiche wie immer«, schloss Vera erleichtert und legte auf.

»Muss meine Fahrt in die Wüste verschieben«, sagte Vera munter, als sie in den Jeep stieg, »aber morgen fahre ich bestimmt.«

»Klar«, sagte Benny, »der Job geht vor. Dann machen Sie mal, dass die Geschichte zu Ende kommt. Oder schicken Sie mir das ganze Camp zum Tanken.«

Vera bekam einen Schreck. Der wusste doch, dass die Militärfahrzeuge dort betankt wurden! Dass sie daran nicht gedacht hatte!

»Ich tanke dann wieder bei Ihnen, wenn ich in der Wüste war«, sagte sie. »Ich will die Army nicht ausnützen, sie liegt uns Steuerzahlern schon schwer genug auf der Tasche.« Na, das war kein Meisterstück an Ausrede, dachte sie, als sie losfuhr. Ob der Tankstellen-Benny das geschluckt hatte? Sie zweifelte daran, der Mann war neugierig und misstrauisch zugleich. Aber da ließ sich nun nichts mehr ändern.

* * *

Der General schwankte zwischen der großen Freude, die ihn zuerst überkam, als er Rena eintreten sah, und der Bestürzung darüber, dass sie ihren Posten zu Hause verlassen hatte. Aber dann kam es ihm komisch vor, dass er sie beurteilte wie einen Soldaten. Sie würde Grund haben zu kommen, und sie würde diesen Grund nicht verschweigen.

»Hier das erste Material über diese Sokolowa«, sagte Rena und legte ein schmales Dossier auf den Tisch. »Unergiebig. Die Agentur will noch etwas tiefer graben, aber das dauert. Frühestens morgen.«

Ihre Stimme war sachlich und dadurch etwas kälter als sonst, dem General fiel das wohl auf, aber er drängte nicht. Das Dossier legte er beiseite, zum Zeichen, dass ihm ihr Urteil genüge und dass er zuzuhören bereit war.

Rena zögerte. Sie war nicht unschlüssig auszusprechen, was sie sagen wollte und was ihrer Meinung nach gesagt werden musste, aber eine Minute Schweigen würde es dem Mann schwerer machen, ihre Argumente mit oberflächlichem Optimismus beiseite zu schieben.

»Ich habe Bobby gebeten, die Übermittlerrolle zwischen dir und Vater fürs erste zu übernehmen, er ist alt genug dazu.«

»Das kann ihn nur fördern«, stimmte der General zu. »Und du willst hierbleiben?«

Er fragte das in einem Ton, der erkennen ließ, dass ihm diese Absicht seiner Frau missfiel.

»Nicht unbedingt«, antwortete Rena, »es geht überhaupt nicht um mich, es geht mir um die Kinder.«

Sie wusste im gleichen Augenblick, als sie das aussprach, dass ihr Mann das nicht verstehen würde.

»Haben sie was angestellt?«, fragte der General, und er hätte am liebsten diese dumme Frage zurückgenommen, denn in solchem Falle hätte Rena selbstverständlich die Angelegenheit reguliert und ihn später davon unterrichtet. Aber was dann? Wenn sie krank wären, hätte sie das gleich gesagt. Er schüttelte den Kopf.

Rena sah es und war ihm nicht böse. Denn vor zweimal vierundzwanzig Stunden hätte sie sich selbst nicht verstanden. Sie war aufgewachsen in einem großbürgerlichen Milieu, dessen oberstes Regulativ das Wachstum des Familienvermögens war, woraus sich feste Maßstäbe für Pflicht, Ehre, Treue und andere moralische Kategorien ableiteten. Die unterschiedliche Strenge, mit der sie gehandhabt wurden, und der unterschiedliche Erfolg der einzelnen handelnden Familienmitglieder hatte es mit sich gebracht, dass ihr Aufwachsen und Erwachsenwerden beileibe nicht konfliktlos verlaufen war. Die sozusagen normalen Generationskonflikte waren überlagert und verschärft worden von den Streitigkeiten der Eltern mit der Großmutter, sie hatte frühzeitig lernen müssen, einen eigenen Standpunkt zu beziehen, schon als es ihr noch gar nicht möglich gewesen war, ihn auf die Waagschale zu werfen oder gar durchzusetzen. Sie hatte Intellekt und Widerspenstigkeit entwickelt, eine gewisse Liberalität auch, die den Horizont weitete und den Blick offenhielt für Neues, auch für neue Menschen, kluge und nützliche vor allem, denn Gewinn bzw. Erfolg waren auch für sie die letztlich entscheidenden Kriterien.

Und trotzdem war sie in einer Hinsicht naiv geblieben: sie hätte nie geglaubt, dass zwischen ihren verschiedenen Interessen ernsthafte Konflikte auftreten könnten; solche also, die sich nicht durch gründliche Überlegung schlichten oder einordnen ließen, sondern sich immer mehr verschärften, je tiefer sie darüber nachdachte. Seit gestern wusste sie, dass das möglich war.

Als Übermittlerin zwischen Vater und Gatten hatte sie jede Bewegung auf der einen wie auf der anderen Seite genau registriert, und sie hatte ja durchaus auch das Ihrige dazu beigetragen, genaue Kenntnis der sich entwickelnden Lage zu schaffen. Und selbstverständlich wusste sie, wie gefährlich und sensibel gerade dieser Teil der modernen Rüstung war. Sie hatte das immer gewusst, und ihre Haltung dazu war ihr immer klar und eindeutig vorgekommen: wenn sie der liebe Gott gewesen wäre, hätte sie die Entwicklung von Waffen überhaupt nicht zugelassen, aber sie war nicht der liebe Gott, und die Welt hatten sie von den Vorfahren übernommen, so wie sie war, einschließlich der Ost-West- und Nord-Süd- und sonstigen Konfrontationen und der Raumrüstung. Als einzelner konnte man die Welt nicht umkrempeln, auch nicht mit einem Milliardenvermögen. Wenn man sich nicht beteiligte, hieße das nur, dass andere den Gewinn daraus zogen. Im Gegenteil – wenn man gute Voraussetzungen dafür hatte, war es eigentlich Pflicht, sich daran zu beteiligen. Mit der Gefahr musste man leben wie andere Menschen auch. Und zum Glück schien ja die Gefahr umso kleiner zu werden, je mehr sich die Menschheit zivilisierte.

Doch als gestern die Kinder bei ihr waren, achtzehn und sechzehn Jahre alt und äußerst erfreulich anzusehen, war sie sich plötzlich all dieser festen, bewährten Auffassungen nicht mehr sicher gewesen. Die akute Gefahr, die ihr durch den Inspektionsaustausch mehr bemäntelt als gemindert erschien, verdunkelte ihr die Freude am Anblick ihrer Kinder. Abends wäre die größte Gefahr behoben, tröstete sie sich. Aber zugleich wusste sie, dass der General irgendwie die Gefahr aufrechterhalten musste, um der Börsenreaktion willen. Das hatte er ja dann auch getan. Und das musste sie nun aussprechen, in aller Klarheit. Denn deswegen war sie hier.

»Jede Stunde, die die Weltgefahr noch andauert«, sagte sie, »nimmt meine Angst um die Kinder zu. Verstehst du das?«

»Ich verstehe dich ja«, sagte der General mit warmer Stimme, »aber da müssen wir eben durch. In zwei, drei Tagen spätestens ist alles vorbei.«

›Eben nicht‹, dachte sie. ›Eben nicht, verstehst du. Eben nicht ist in zwei, drei Tagen alles vorbei. Eigentlich kannst du es auch gar nicht verstehen, das ist der Unterschied zwischen Vater und Mutter, zwischen Zeuger und Gebärerin. Aber ich kann dich nicht loslassen jetzt, auch wenn du nichts verstehst, meine Argumente musst du hören.‹

»Wir balancieren am Rande des Todes«, sagte sie, »du wirst mir die Sache nicht verharmlosen wollen, wir beide wissen, was vor sich geht. Aber schon die Kinder, unsere Kinder, obwohl mit allen Einzelheiten vertraut, verstehen nichts, weil man mit sechzehn oder achtzehn einfach nicht an die Möglichkeit glauben kann, dass die Welt im nächsten Moment aufhören kann zu existieren. Ich denke, dass wir das Falsche machen.«

»Es ist möglich, dass wir etwas falsch machen«, sagte der General reserviert, »dieses Risiko besteht immer. Aber wir waren uns über unser Vorgehen einig, und jetzt sind wir mitten drin und können nicht zurück, gibst du mir da nicht recht?«

›Ich erreiche ihn nicht!‹, dachte sie verzweifelt. ›Aber darf ich ihm mehr sagen? Darf ich ihn verunsichern? Er leitet diese Geschichte, Unsicherheit könnte eine Katastrophe auslösen.‹ Sie war ratlos. Denn die Kinder und ihre Zukunft waren ihr zwar das wichtigste, aber ihre Zweifel, ihre Ablehnung gingen weiter. Genau genommen hatte sie auch früher schon hin und wieder daran gezweifelt, ob es richtig sei, im Hochrüstungsgeschäft mitzuwirken, ob man nicht einem Götzen diente, der einen eines Tages selbst verschlingen könnte; aber erst gestern, als sie praktisch mit einer verschärften Lage konfrontiert war, hatten sich die Besorgnisse verdichtet, und plötzlich waren sie tiefer als alle die wohlfeilen Argumente, von denen der General jetzt auch eine Spule voll abwickelte.

Aber sie war kein Rebell, und vor allem zweifelte sie nicht an der Fähigkeit des Generals, mit der entstandenen Lage fertig zu werden. Wenn irgendeiner das konnte, dann er. Freilich nur dann, wenn er sich ihrer sicher war. Als Frau wusste sie, wie sehr sein Selbstbewusstsein – und damit die Sicherheit seiner Handlungen – von diesem nie in Frage gestellten Hintergrund abhing. Sie konnte ihn nicht allein lassen in einer so schwierigen Situation. Und da saß sie nun und wurde sich plötzlich bewusst: Es war etwas eingetreten, das sie nie zuvor auch nur andeutungsweise gedacht hatte. Die Liebe zu ihrem Mann war mit der Liebe zu ihren Kindern in Kollision geraten. Das machte sie hilflos, und so lenkte sie ein.

»Ja«, sagte sie, »da müssen wir wohl durch.« Und hasste sich in diesem Augenblick selbst wegen ihrer Heuchelei und wusste, dass sie das – gerecht oder ungerecht – ihrem Gatten nie verzeihen würde.

* * *

Weder die Einladung noch der Flug noch der Empfang im Weißen Haus hatten Leutnant Markow in Verlegenheit gebracht. Er wusste von zu Hause gut genug, dass die Großen dieser Welt wie ganz normale Menschen aussahen, wenn man ihnen direkt gegenüberstand, und dass es außerdem ein Glück für die Welt war, wenn sie nicht nur so aussahen, sondern es tatsächlich auch waren, mit ihrem Bürgersinn, ihrer Rationalität und ihren kleinen Eitelkeiten. Was ihn ein wenig verlegen machte, lag tiefer, es war eine kleine, aber deutliche Unsicherheit des Urteils; eine geologische Verwerfung sozusagen in seinem Weltbild, die durch die Ereignisse und Erfahrungen der letzten Tage angeschoben und von Vera Sokolowa kartografiert worden war. Er hätte auf alle Fragen, die der Präsident ihm stellen würde, noch vor Tagen schnell und mit Überzeugung antworten können, er zweifelte aber, ob er das jetzt noch konnte. Die Welt war wohl komplizierter als das Bild, das ein junger Mann sich selbst bei gründlichster Information von ihr machen konnte.

Selbstverständlich hatte er sofort, als er die Einladung zu einem Gespräch mit dem Präsidenten erhielt, so gründlich wie möglich darüber nachgedacht, was der ihn fragen könne, und weiterhin, welche Themen besser vermieden würden; aber bereits an diesem Punkt war seine gedankliche Vorbereitung gescheitert. Vorbehalte jeglicher Art, ja selbst zu gründlich vorbereitete Antworten würden das Gespräch entwerten. Er hatte nur eine Chance, nützlich zu werden, wenn er absolut ehrlich aus der Tiefe seiner Überzeugungen und Befürchtungen sprach, ohne zu glätten und die Risse im Denken und Fühlen zu verhehlen. Jeder halbwegs kompetente Politiker verzieh eine Kränkung leicht, zumal wenn sie unbeabsichtigt war; was keiner verzeihen konnte, war Dummheit und Phrasendreschen.

Zu diesem Schluss war er vorgedrungen, als er dem Präsidenten die Hand schüttelte, und das versetzte ihn in die angeregte und frohe Stimmung, die diesem Ereignis angemessen war.

Der Präsident stellte ihn seiner Gattin vor, die sie beide mit Tee und Konfitüre versorgte, nach russischer Sitte, wie sie bemerkte, und sich dann mit gesellschaftlichen Obliegenheiten entschuldigte. Ihr Bild hatte der Leutnant nur flüchtig gekannt, er hatte sie umso genauer betrachtet, und obwohl sie in keiner Hinsicht seiner Mutter ähnelte, meinte er doch, Unwägbarkeiten in ihrem Verhalten zu entdecken, die ihn an zu Hause erinnerten.

»So also sieht der berühmte Sohn meines berühmten Kollegen aus«, sagte der Präsident und grinste dazu vergnügt, um den Euphemismus auszuweisen. »Im Ernst«, fuhr er fort, »ich freue mich, Sie kennenzulernen, Wolodja – ich darf doch so sagen? Danke. Auch wenn der Anlass eine diplomatische Notwendigkeit ist: Ihr Vater hat meine Tochter empfangen, und die Presse hier würde einen wilden Taumel von Spekulationen veranstalten, wenn ich nicht ein gleiches täte. Zum Glück erwartet niemand hinterher ein Statement von uns. Also lassen Sie uns aus der Gelegenheit das beste machen. Ich schlage Ihnen was vor. Sie sprechen Englisch und ich Russisch – so üben wir uns beide. Na? Die Sache hat noch einen Vorteil: Wenn man sich in einer Fremdsprache ausdrückt, hat man in der Regel das Gesagte besser durchdacht. Einverstanden?«

Wie sollte er nicht.

»Lassen Sie mich neugierig sein: Welche Gedanken und Gefühle bewegen einen jungen Russen wie Sie in einer solchen Situation? Unter solcher Last?«

»Die Pflicht bewegt mich – wie es einem Soldaten zusteht. Gut, ich gebe zu, diese Pflicht hat verschiedene ungewöhnliche Seiten. Erstens, sie fordert Selbständigkeit und Initiative, weil sie ungenau umrissen ist und erstmalig auftritt, das macht sie sympathisch. Zweitens, sie bewegt sich am Rande der Katastrophe, das macht sie unsympathisch.« Er zögerte.

»Ja?«, fragte der Präsident.

»Ich möchte Sie etwas fragen, vom Jüngeren zum Älteren.«

»Nur zu, ich ahne schon, was.«

»Es besteht doch ein allgemeiner Konsens zwischen fast allen Staaten, jedenfalls zwischen allen halbwegs bedeutenden, dass Krieg nicht geführt werden darf, dass alle Streitfälle durch Verhandlungen geregelt werden müssen. Und das schon seit Jahrzehnten. Aber es gibt immer noch ein weltvernichtendes Waffenpotential. Seit Ende des vorigen Jahrtausends wird verhandelt, aber außer ein paar unwesentlichen Einschränkungen ist nichts erreicht. Ich kenne, glaube ich, alle einschlägigen Argumente, aber sie verwirren mich mehr, als dass sie etwas erklären. Ich bin ja Computermann, also habe ich mal die Argumente aufgelistet, ich bin auf siebenundsechzig verschiedene gekommen, und dann habe ich dem Computer die Aufgabe gestellt, jeweils ein Argument als das wichtigste zu betrachten und die anderen sechsundsechzig um dieses eine zu einem System zu ordnen. Wissen Sie, was herausgekommen ist? Einundsechzig Anordnungen waren vollkommen sinnlos. Die restlichen sechs hatten Sinn. Sie entsprachen ziemlich genau den verschiedenen Doktrinen, wie sie vor dem allgemeinen Konsens in Gebrauch waren. Können Sie mir das erklären? Warum gibt es diese Bedrohung der Menschheit noch?«

Der Präsident lächelte – nicht über die Frage, die ja eine allgemeine Menschheits- und Schicksalsfrage war, sondern über die speziellen fachmännischen Aspekte, unter denen sie gestellt war: ein Mann, der so sehr Fachmann ist, dass er die ganze Welt unter seinem spezifischen Gesichtspunkt betrachtet, aber so sehr Mensch und so wenig borniert, dass er sie richtig sieht – so einen Sohn hätte er sich gewünscht. Aber er hatte ja eine Tochter, die nicht schlechter war, und die ihm nicht weniger schwierige Fragen stellte – nur weitaus öfter.

»Wenn Sie versprechen, davon frühestens in Ihren Memoiren Gebrauch zu machen, antworte ich Ihnen ganz offen. Eine logisch-systematische Antwort gibt es nicht, wenn wir die hätten, könnten wir morgen den ganzen Schlamassel abschaffen. Es ist wie eine Grippe: man bekommt sie leicht, aber wird sie schwer wieder los. Und es ist noch mal wie eine Grippe: es schadet allen und nützt niemandem. Und es ist zum dritten wie eine Grippe: man kennt die Erreger und den ganzen Abwicklungsmechanismus, und man wird es trotzdem nicht los. Auch die Erfahrungen mit anderen Krankheiten nützen nichts – also mit der sonstigen Abrüstungspraxis. Das liegt vor allem an der Asymmetrie. Als unsere Vor- und Vorvorgänger die Raumrüstung schufen, erleichterte die Asymmetrie die Sache: wir konnten mit der hypermodernen Technik, mit unserer Wissenschaft und mit Milliardengewinnen für die Rüstungsindustrie unsere Laserkanonen und die anderen Hightech-Waffen installieren und stationieren, und Ihre Seite konnte mit relativ wenig Aufwand die kosmischen Schrotflinten in Stellung bringen. Aber wie nun abschaffen? Man kann Tank gegen Tank abrüsten, aber nicht Laser gegen Schrot. Und so schleppen wir das Zeug weiter mit uns in die Zukunft. Vielleicht muss erst so etwas wie jetzt passieren. Vielleicht begreifen die Leute, wenn es den kosmischen Schirm eine Weile nicht gibt und man lebt trotzdem weiter, dass man ihn dann auch abschaffen kann.«

»Ja, das wäre zu wünschen«, sagte der Leutnant zerstreut.

»Sie sind trotzdem irritiert?«

»Ja, bitte nehmen Sie es mir nicht übel, mich verblüfft die Übereinstimmung. Fast genau so hat es mir mein Vater erklärt, und genau wie Sie zögert er, das öffentlich auszusprechen.«

»Vielleicht fürchten wir beide, Hoffnungen zu erwecken, die wir dann später enttäuschen müssen. Die Schwierigkeit liegt in der Prozedur, und vor allem in ihrer Dauer. Es hat Verhandlungen gegeben, sie sind nicht am bösen Willen gescheitert, sondern an der Unmöglichkeit, Gleichwertiges gegenüberzustellen. Selbst wenn man sich eine vollständige Abschaffung vornähme, würde das einige Zeit dauern, und für diese Zeit müsste es eine annähernde Gleichwertigkeit geben.«

»Da haben uns also unsere Vorfahren in eine hoffnungslose Lage gebracht?«

»Hoffnungslos nicht.«

»Sie haben Hoffnung? Worauf?«

»Auf Sie.«

»Auf mich?«

»Nicht auf Sie persönlich. Auf Ihre Inspektionsgruppe. Sowas wird zum ersten Mal praktiziert. Es könnte eine brauchbare Methode sein für eine kurze Übergangsphase bei der Abrüstung. Sehen Sie, so erhält unser Gespräch sogar einen guten Sinn: Ich möchte Sie bitten, sehr darauf zu achten, dass dieser Inspektionsaustausch an keinem noch so kleinen Punkt in ein fragwürdiges Licht kommt. Sie haben vielleicht schon eine Vorstellung davon, wie wenig Fakten eine Pressekampagne braucht, um einen Vorgang anzugreifen, verdächtig zu machen und schließlich Aktionen zu organisieren, die ihn zum politischen Wagnis machen. Nein, Sie haben sicherlich keine Vorstellung davon. Aber nun lassen Sie uns von anderem sprechen. Erzählen Sie mir von sich, von Ihrer Familie.«

Das Gespräch hatte Wladimir Markow erregt und trotzdem gelockert. Er erzählte weit ungehemmter, als das sonst der Fall war, und der Präsident bezeugte ein Interesse, das unverkennbar echt war. Jede Zwischenfrage des Präsidenten verriet, dass er gut informiert war, besser, als Wolodja das für möglich gehalten hätte, und dass er sich weiter interessierte bis ins Einzelne. Er kannte auch das von seinem Vater: Die gezielten Fragen nach Details waren immer Anwendung und Überprüfung des eigenen Wissens. Auf diese Weise entstand kein vollständiges, aber ein praktisch verwendbares Wissen über das jeweilige Thema, das manchmal selbst Spezialisten verblüffte. So war der Leutnant überrascht, als der Präsident auf die Uhr wies und sagte: »Ich habe General Detlefson versprechen müssen, dass Sie zur Absprengung des Außenrings wieder dort sind, es tut mir leid, wir müssen uns nun trennen. Grüßen Sie Ihre Familie von mir, wenn Sie wieder zu Hause sind!«

* * *

Der General war zufrieden. Die Spekulation an der Börse lief endlich in der beabsichtigten Weise, und er konnte sich nun darauf konzentrieren, die Hauptgefahr zu überwinden und dann auch alle anderen Gefahren abzubauen, von denen es noch mindestens eine mehr gab, als seine Umgebung wusste. Zufrieden war er auch deshalb, weil er sich nun mit seiner Frau wieder im Einvernehmen wusste. Meinungsverschiedenheiten der heutigen Art hatte es in ihrer Ehe nur selten gegeben, und jedes Mal hatten sie ihn irritiert. Freilich würde er solcher mütterlichen Sentimentalität nicht nachgeben, und er war sogar sicher, dass Rena ihm das später danken würde. Trotzdem war ihm wohler bei dem Gedanken, dass nun ihre Absichten und Wünsche wieder in die gleiche Richtung liefen, und er vergaß ganz schnell, dass er einen Augenblick gefühlt hatte, wie sehr er von ihrem Einverständnis abhängig war.

Er nahm die Arbeit wieder auf, wo er sie bei Renas Eintritt unterbrochen hatte. Per Monitor kontrollierte er das gesammelte Material, das sich am heutigen Tag bisher angehäuft hatte, und das war nicht wenig, jede Personen- und Sachbewegung, jede Entscheidung wurde im Tagebuch des Kommandogeräts festgehalten, dazu Protokolle von Beratungen, auch wenn sie kurz waren, wenn zum Beispiel Colonel Ernestino drei Spezialisten zusammengerufen hatte, um ein Detail der Absprengung zu klären. Jeder Arbeitsvollzug, jede Befehlsausführung wurde gespeichert. Von Tag zu Tag wuchs die Zahl der Mitarbeiter – und ebenso der Umfang des Computertagebuchs.

Der General bot seinen Leuten, wenn er sie für kompetent hielt, eine Freizügigkeit und Selbständigkeit in ihrer Arbeit, die anderswo in den Streitkräften kaum zu finden war, und die sich produktiv auswirkte. Der Preis, den er selbst dafür zahlte, war die ständige aufmerksame Kontrolle aller Abläufe, die ihn wenigstens die Hälfte seiner Arbeitszeit kostete. Da war zum Beispiel irgendein Manfred Commins eingetroffen, wer war denn das? Ach so, ja, dieses Wunderkind. Er rief den Adjutanten an. »Bitten Sie Colonel Ernestino zu mir, und außerdem Manfred Commins, diesen Jungen, der vor einer halben Stunde angekommen ist.«

Da gab es nämlich ein Problem. Wenn der Junge wirklich etwas zur Lösung beitragen sollte – und das sollte er, es war keine Laune gewesen, dass der General ihn angefordert hatte – dann musste er Zugang zu allen Dingen haben, die den Computer betrafen, also zu militärischen Geheimnissen. Den Jungen dem Colonel beizugeben, war das eine. Die Entscheidung über den Zugang konnte er aber nicht dem Colonel überlassen, die musste er selbst fällen. Und er konnte den Knaben nicht einmal vereidigen lassen, er konnte ihm nur ein Versprechen abnehmen. Aber gilt nicht für einen richtigen Jungen ein Ehrenwort mehr als ein Eid für viele Erwachsene?

Zweifellos. Die nächste Frage war: Konnte der Junge immer erkennen, wann er nur ein Problem diskutierte und wann er ein Geheimnis verriet? Denn der Colonel beriet sich oft mit dem russischen Leutnant, und die beiden wussten selbstverständlich genau, wo ihre Grenzen lagen, die sie nicht überschreiten durften, da hatte er keine Sorge. Aber der Junge? Es gab nur einen Weg: offen darüber zu sprechen. Ein Teil der Kooperation, die in einem Fall wie diesem geboten war, bestand eben in der Verpflichtung jeder Seite, die Geheimhaltungsinteressen und -gebote der anderen Seite zu achten und mit für ihre Unverletztheit zu sorgen. Über alle Geheimdienste der Welt hinweg.

Da kam der Colonel, und bevor der General mehr als einen Gruß mit ihm wechseln konnte, brachte der Adjutant den Jungen.

»Guten Tag, Sir!«, sagte Manfred und gab dem General die Hand. Dann begrüßte er auf gleiche Weise den Colonel.

»Setzen wir uns«, sagte der General.

Nur gleich beim Hereinkommen hatte der Junge einen scharf musternden Blick in die Runde geschickt, danach hatte er wohlerzogen und ein wenig steif gewirkt.

»Du wunderst dich gar nicht, was wir von dir wollen, Manfred?«, fragte der General.

»Ich denke, Sie werden es mir sagen, Sir!«, antwortete der Junge ohne Ironie, aber auch ohne Respekt.

»Das will ich«, sagte der General und nahm sich vor, von jetzt ab diesen Manfred Commins wie einen Erwachsenen zu behandeln. Er sagte ihm, dass sie seine Hilfe brauchten und dass er dazu seine Bereitschaft erklären müsse, die seiner Eltern liege vor, und dabei sei nun zweierlei zu bedenken.

»Dies ist Colonel Ernestino, du nickst, du kennst ihn also, du wirst ihm unmittelbar unterstellt. Er ist – also kurz gesagt: er ist ein kompetenter Mann. Durch deine Zusammenarbeit mit ihm wirst du viele Dinge erfahren, die militärisches Geheimnis sind. Du musst uns dein Ehrenwort geben, Geheimnisse zu wahren. Das ist das erste.«

Manfred nickte. Das verstand sich ja wohl von selbst.

»Das zweite ist: Du musst sehr darauf achten, dass du dein Wort auch hältst. Langsam, junger Mann, nicht hochgehen, wir trauen dir ja. Aber du und der Colonel, ihr werdet auch eng zusammenarbeiten mit Leutnant Wladimir Markow, und wenn man so eng zusammenarbeitet und sich vielleicht auch noch sympathisch findet, ist das mit der Geheimhaltung schwierig. Sie ist also genau so eine geistige Aufgabe wie die Suche nach einer Lösung. Am besten, du orientierst dich immer auf den Colonel. Also was ist, bist du einverstanden?«

Jetzt hatte Manfred etwas von dem Risiko begriffen, das der General auf sich nahm, wenn er ihn einbezog. Er war nicht wenig stolz darauf. Er nickte. Und hob etwas den Arm, ließ ihn aber gleich wieder sinken. Den General rührte diese halb unterdrückte schulische Geste. »Hast du noch Fragen?«

»Ja, Sir. Was kriege ich dafür?«

Im ersten Augenblick war der General verblüfft, doch dann erkannte er, dass es dem Jungen gar nicht um Geld ging, wenigstens nicht in erster Linie, sondern um die Bestätigung, dass er ernst genommen wurde. Aber in diesem Punkte wollte er nicht nur seinem Eindruck trauen.

»Ein Handschreiben des Präsidenten, mit dem Dank für deinen Einsatz im Interesse unseres Landes.«

Manfred wurde rot. »Ich würde mich sehr freuen«, sagte er leise.

Ursprünglich hatte der General vorgehabt, noch etwas mit den beiden zu plaudern, ohne festes Ziel, nur um einen Eindruck von dem Jungen zu bekommen. Aber jetzt blinkte eine rote Lampe an dem Terminal, das ihn mit dem Weißen Haus verband. Er schickte die beiden hinaus und schaltete. Ihm wurde bedeutet, dass der Präsident ihn sprechen wolle, und nach kurzer Zeit erschien das Gesicht des ersten Mannes auf dem Bildschirm. Er bat um einen kurzen Bericht zur Lage.

»In etwa zwei Stunden werden wir den Außenring absprengen. Dann ist die internationale Gefahr behoben, unsere lokale allerdings noch nicht.«

»Wie groß ist das Risiko einer lokalen Nuklearkatastrophe?«

»Ganz beseitigen können wir es nicht. Aber wir können es auf eine Wahrscheinlichkeit von zwei bis drei Prozent senken. So ist die Meinung unserer Spezialisten.«

»Unabhängig von speziell wissenschaftlichen Argumenten – können Sie mir das auf menschlich-verständliche Weise erklären? So, dass ich gegebenenfalls davon Gebrauch machen kann?«

»Das Computersystem arbeitet bisher streng ökonomisch, das heißt, es reagiert auf dem niedrigsten Niveau, das ihm möglich ist. Da der Absprengung keine Eskalation von Kampfhandlungen vorangegangen ist, wird es nicht mit Selbstvernichtung antworten.«

»Ich danke Ihnen. Übrigens hatte ich ein sehr erfreuliches Gespräch mit Leutnant Markow. Er ist auf dem Rückweg zu Ihnen. Ebenfalls auf dem Weg zu Ihnen ist mein Sicherheitsberater, er wird mich über den weiteren Ablauf informieren.«

Der General verstand sofort, dass er also jetzt für's erste den letzten direkten Kontakt mit dem Präsidenten hatte, und es schien ihm auch, dass der Präsident das bedauerte. Offenbar waren starke Kräfte am Werk, die diese Änderung erzwungen hatten. Und sofort wurde auch das Risiko mit dem Jungen ein Punkt, in dem er Angriffe befürchten musste. Er sollte diese letzte Gelegenheit nutzen, sich zu sichern. Sich und den Jungen, dass der nicht wieder abgeschoben wurde.

»Darf ich eine Bitte äußern?«

»Wenn ich sie erfüllen kann?«

Der General erzählte dem Präsidenten die Geschichte des Manfred Commins, schilderte auch wörtlich den letzten Teil seiner Unterhaltung, die überraschende Wendung zur Belohnung, die Deutung, die er ihr gab, und sein Angebot.

Der Präsident lachte. »Wenn ich dem Staat mit einem Brief tausend Dollar sparen kann, will ich Ihnen gern den Gefallen tun.«

Der General bedankte sich. Nicht zu Unrecht sah er darin auch einen Vertrauensbeweis des Präsidenten. Denn ein Präsident kann nichts tun, das ihm nicht von Opponenten zum Schaden verwendet werden könnte.

* * *

Earl Conelly, vom Ergebnis seines Schlages erschreckt, hatte einen Augenblick wie gelähmt dagestanden, das Blut dröhnte ihm in den Ohren, und er konnte nur denken: wenn du ihn jetzt erschlagen hast ... Als der Puls etwas sank, konnte er, finster und trotzig, den Satz zu Ende denken: dann musst du eben jetzt den Weg weiter gehen. Er hatte nun den Mut, sich zu dem Bewusstlosen zu bücken und ihn ungeschickt, aber vorsichtig zu untersuchen. Der Sergeant atmete noch. Ein wenig Erleichterung verspürte der Operator. Und schon meldete sich der kleine, feige Gedanke wieder: Was hättest du denn tun sollen? Er verscheuchte ihn – was er jetzt tat, darauf kam es an.

Er zog, hob und rollte den Sergeanten auf die Pritsche. Der lallte, fast wie ein Betrunkener, undeutliche Worte und schlief dann weiter. Das heißt, Earl Conelly hoffte, dass er schlief. Und dass er später erwachen und in Ordnung sein würde. Und er war bereit, für diese Hoffnung alles in Kauf zu nehmen, was der Sergeant ihm an den Kopf werfen würde. Und das zu Recht. Der Sergeant hatte zwar falsch und gefährlich gehandelt, aber er hatte gehandelt. Und er, der Operator, der viel mehr von der Sache verstand, wenn auch bei weitem nicht genug – er hatte sich von dem Elefanten ins Bockshorn jagen lassen, hatte die hoffnungslose Überlegenheit des Elefanten und des Systems, das er bewegte, im Grunde anerkannt und außer ein paar kläglichen Versuchen nichts unternommen. Das würde er jetzt ändern. Aber mit Überlegung und Vorsicht.

Überlegung und Vorsicht erforderten, als erstes die Möglichkeit aus dem Weg zu räumen, dass der Sergeant sein wahnwitziges Vorhaben noch einmal beginnen konnte. Das war einfach zu erreichen. Sicherlich gab es außer der Munition, die Sergeant Fletcher geknackt hatte, nichts Vergleichbares mehr, sonst hätte er es gefunden.

Earl Conelly scharrte alles Pulver auf einen flachen Haufen und zündete ihn. Zischend und stinkend verbrannte das Pulver. Die Rauchschwaden standen über dem Tisch, zum Schluss schwelte auch der Plastikbelag des Tischs ein wenig nach, was einen besonders penetranten Geruch verbreitete. Und dann passierten drei Dinge kurz hintereinander, die Earl Conelly erst Minuten später mit ungewohnt langsamem Denken verarbeitete.

Zuerst setzten sich die Qualmschwaden in Bewegung, mit fast unhörbar leisem Geräusch saugte die Entlüftung die Verunreinigung ab. Dabei zogen die Schwaden nahe an Ottos Käfig vorbei. Otto nieste und schimpfte. Und dann fragte der Elefant, warum Otto unverständliche Signale von sich gebe. Earl Conelly antwortete mit dem schon einmal gegebenen Hinweis, dass Ottos Aktivitäten keine Information trügen und aus undurchschaubaren inneren

Zuständen entsprängen, und dabei dachte er mit grimmigem Vergnügen: Aha, riechen kannst du also nicht!

Dann kam der Sergeant zu sich. Der Pulverdampf hatte wohl seine Soldatennase gekitzelt. Er knurrte, richtete sich auf, fasste sich an den Kopf und in den Nacken und starrte mit großen, ungläubigen Augen auf den Operator. Dann schnüffelte er, sein Blick richtete sich auf den glimmenden Fleck mitten auf dem Tisch und wanderte zu Earl Conelly zurück. Danach schloss er die Augen und schien angestrengt nachzudenken. Earl hielt es für besser, etwas Raum zwischen sich und den Sergeanten zu bringen, und setzte sich an einen der entfernteren Arbeitsplätze, aber ohne sich dem Pult zuzuwenden.

Der Sergeant brummte etwas Unverständliches, erhob sich von der Pritsche, stand noch nicht ganz sicher, ging ein paar Schritte – in Richtung der »Küche«, holte sich eine Cola und trank sie in einem Zuge aus.

Earl Conelly hielt das Schweigen nicht mehr aus. »In einem hattest du Recht«, sagte er, »wir müssen hier raus, und wenn es erst mal bloß in Gestalt einer Botschaft ist. Mir ist jetzt klar geworden, dass wir nicht gründlich genug gesucht haben, eben, als die Entlüftung den Qualm abgesaugt hat, verstehst du?«

Der Sergeant brummte, man konnte es mit viel gutem Willen als Zustimmung auffassen, und der Operator fuhr fort:

»Es liegt in der Natur der Sache, dass die Zentrale gegen Einbruch besser gesichert ist als gegen Ausbruch. Die Belüftung zum Beispiel läuft über mehrere Filter, aber die Entlüftung wohl nicht, wozu auch? Ich glaube zwar nicht, dass wir da durchkriechen können, das wäre albern, aber vielleicht können wir einen Kontakt nach draußen herstellen. Ich wundere mich überhaupt, dass ich noch nicht darauf gekommen bin, in jedem besseren Krimi kommen doch die Einbrecher durch die Klimaanlage, aber wir haben wohl immer zuerst daran gedacht, wie wir selbst hinauskommen können. Das heißt, zuerst haben wir gesucht, mit welchen Tricks wir den Elefanten hereinlegen könnten. Also ich denke mir …«

Er hielt inne, weil er plötzlich das Gefühl hatte, dass er zu viel schwatzte, und sich sorgte, der Sergeant könne seinem Gerede die Absicht anmerken, ihn zu beruhigen. Aber anscheinend besänftigte seine Rede den Sergeanten wirklich, denn der sagte nun das erste Wort seit seinem Aufwachen in Gestalt eines fragenden: »Ja?«

»Ich denke mir, einer von uns sollte mal in die Entlüftung kriechen und sehen, wie weit er kommt. Und da du ein bisschen zu breit dafür bist, werde ich das wohl sein. Was denkst du?«

Der Sergeant nickte schwerfällig und verzog gleich darauf das Gesicht, der Nacken schien ihm noch zu schmerzen.

»Gleich?«, fragte er. Es lagen, wie Earl erstaunt bemerkte, Verzicht und Unterordnung in diesem einen Wort. Oder täuschte er sich?

»Ich weiß natürlich nicht, wie der Elefant diesen Versuch aufnimmt. Und ob er ihn überhaupt bemerkt. Deshalb wäre es besser, wir reparieren vorher die Displays.«

»Können wir das denn?«

»Wir müssen die Fassungen herausdrehen oder -ziehen und dann aus dem Reparaturset die passenden Stücke heraussuchen und einsetzen.«

Der Sergeant schloss die Augen, ihm schien plötzlich übel zu werden. »Mach das«, murmelte er und legte sich wieder lang.

Earl Conelly war etwas erstaunt über diese Reaktion, aber eigentlich auch froh. Er hatte den Gefährten wohl nicht allzu heftig getroffen, und der schien das halbwegs gut überstanden zu haben. Er atmete so tief durch, dass es ein halber Seufzer wurde, und wandte sich dann der Wand zu, um die zerstörten Displays und Skalen zu zählen, grob erst mal. Ganz so einfach, wie er sich das gedacht hatte, würde es wohl nicht werden, denn es gab darunter auch Minibildschirme, für die keine Auswechselgruppe im Reparaturset zu finden sein würde. Und wenn, würde er für ihre Montage die Blende abnehmen müssen.

Erst einmal breitete er das ganze Sortiment von Werkzeugen, Lampensätzen und dergleichen vor sich aus, zählte und verglich, bis er mit halbem Ohr hörte, wie der Sergeant aufstand, etwas trank, ein paar Schritte machte. Da wurde ihm plötzlich bewusst, dass die Positionen jetzt vertauscht waren, verglichen mit vorhin, als er den Sergeanten niedergeschlagen hatte. Jetzt saß er werkelnd mit dem Gesicht seiner Arbeit zugewandt, und der andere schlich hinter ihm herum. Earl Conelly musste sich zwingen, sich nicht umzudrehen. Widersprüchliches schoss ihm durch den Kopf: nein, der Sergeant nicht, er hatte keinen Grund ... Keinen Grund? Na, ich danke ... wenn ich mich umdrehe, schlägt er zu ... aber wenn ich so tue, als ginge mich das Ganze nichts an, überlegt er sich's vielleicht ... Ich hab mir's ja auch nicht überlegt, vorhin ...

Jetzt stand der Sergeant hinter ihm. Earl drehte sich um.

»Kann ich dir irgendwie helfen?«, fragte der Sergeant, brummig und ohne Begeisterung, anscheinend nur auf das Nein wartend.

»Du kannst diese Blende hier abnehmen. Die Magnetverriegelung lösen, weißt du, ja? Nimm den mittleren Felddreher, der wird passen.«

»Hm, gut«, sagte der Sergeant und machte sich ohne ein weiteres Wort an die Arbeit.

Der Operator setzte sich inzwischen an sein Terminal. Ihm war eingefallen, dass es noch ein Depot für Baugruppen gab, irgendwo hier im Raum, und er fragte den Elefanten danach. Es gab sogar zwei, nur eins davon, das größere, befand sich in dem zugesperrten Nebenraum, gleich unter dem Havarieschalter. Aber das hier zugängliche fand er dem Lageplan des Elefanten entsprechend, und er konnte sich wirklich nicht entsinnen, es schon einmal benutzt zu haben. Wie viele Dinge mochte es noch geben, die ihm nicht einfielen? Ob er sich das Inventar mal auflisten ließ?

Aber erst die Reparatur. Ja, dieses Sortiment enthielt eine Menge von den Teilen, die er brauchte, wenn auch nicht alle; er konnte die meisten zerstörten Elemente auswechseln.

»Das haben wir«, sagte er.

»Bin gleich soweit«, antwortete der Sergeant, der sich irrtümlich zur Eile aufgefordert fühlte.

»Gut, gut«, antwortete Earl Conelly, »ich muss sowie hier erst noch ... sortieren ...« Er sah aus den Augenwinkeln, wie der Sergeant die Verkleidung abhob, ein gewölbtes Stück von dem harten Pressstoff, aus dem alle nicht belasteten Teile des Elefanten bestanden. Der Sergeant verschwand fast hinter der Blende, und es sah aus, als wolle er das Ganze dem Gefährten über den Kopf schlagen. Nein, es sah aus, als wüsste er im Augenblick nicht, wie und wo er es absetzen sollte. »Warte, ich ...«, rief Earl, sprang auf und fasste mit zu. »Am besten, hier hinten hin«, sagte er, mit dem Kopf zur

Seite nickend. Er hatte immer noch ein schlechtes Gewissen. Oder schon wieder, weil er den Sergeanten immer verdächtigte.

Sie setzten die Blende ab und rieben sich die Hände an der Kombi – dieser Stoff fasste sich unangenehm an, und man hatte das Gefühl, man müsse etwas abstreifen. Sie sahen, dass sie das gleiche taten, und lachten plötzlich.

»Danke übrigens«, sagte der Sergeant, »dass du mich gebremst hast!«

* * *

Eigentlich hatte der General sich nicht mehr ablenken lassen wollen von der Vorbereitung der Absprengung. Zwar konnte er sich, was den technischen und organisatorischen Teil betraf, voll auf seinen amtierenden Chef Technik verlassen, auf Colonel Ernestino also. Aber es gab auch Vorgänge, die über dessen Kompetenz hinausreichten – zum Beispiel alles, was die Zusammenarbeit mit Air Force und Navy betraf. Und das war eine Menge und wurde – sehr zum Ärger des Generals – immer mehr: Die Hilfe beim Aufbau der Ersatzzentrale, damit hatte es angefangen; sodann die Überwachung von Luft- und Seeräumen, die der Elefant zwar weiterführte, aber deren Ergebnisse ja nicht zugänglich waren; und die ersten Überlegungen hinsichtlich der Neutralisierung des Innenrings wiesen ebenfalls darauf hin, dass man die Hilfe der anderen Waffengattungen brauchen würde.

Und nun hatte auch noch Irving Mason um ein Interview gebeten. Dieser Publizist, Kolumnist mehrerer großer Zeitungen, Pulitzerpreisträger, mit Beziehungen zu jeder größeren Lobby, war nicht abzuwimmeln wie ein Lokalreporter. Und obwohl er die Presse hatte heraushalten wollen, kam dem General in diesem Augenblick Öffentlichkeit sogar gelegen. Er konnte den Umschwung in Karpatis' Börsenmanöver einleiten, das inzwischen zufriedenstellend lief. Aber dieser Irving Mason war ein harter Brocken, man wusste nie, welche Absicht hinter seinen Fragen steckte, die er aus den verschiedensten Richtungen vortrug. Der General erinnerte sich, dass er sich einmal diebisch gefreut hatte, als der Interviewer einen von seinen, des Generals, Gegenspielern nahezu unmöglich gemacht hatte. Es würde ein Kampf werden. Und er musste sich ihm gewachsen zeigen.

Immerhin hätte der General das Interview verweigern können, ohne dass daraus der geringste Vorwurf abzuleiten gewesen wäre. Oder er hätte bitten können, es auf den Nachmittag zu verschieben, auf einen Zeitpunkt also, wenn er hoffentlich mit der Absprengung des Außenrings den ersten großen Erfolg melden konnte. Er tat es nicht. Die noch bevorstehende Absprengung würde die Leute mehr erregen als die schon vollzogene; würde Spannung erzeugen statt Beruhigung. Der Erfolg – an dem der General nicht zweifelte – würde nach dieser Spannung psychologisch tausendmal stärker gewertet werden als durch eine einfache Mitteilung des Geschehenen.

Und noch eine Überlegung hatte den General bewegt zuzustimmen. Er sah noch nicht klar, bis zu welchem Grad das angekündigte Kommen des Präsidentenberaters seine eigene Handlungsfreiheit einschränken würde. Denn dass sie das tun würde, war ihm klar – was sollte der Kerl sonst hier wollen! Auch da also würde er kämpfen müssen, und das Interview schien eine Gelegenheit zu sein, die eigene Position in diesem Kampf zu festigen. Das Interview wurde live von den größten TV-Gesellschaften übernommen.

»General«, begann Irving Mason, »Sie sitzen – so, wie wir Sie hier sehen – in einem Zelt in der Wüste von Utah, einige hundert Meter von der Computerzentrale entfernt, in der Sie eigentlich sitzen müssten, und versuchen, die Frage praktisch zu lösen, wer den härteren Dickschädel hat, der Mensch oder der Computer. Deshalb zu Anfang ein paar Sätze über Sie beide. Sie sind verheiratet, haben zwei Kinder, im Familienbesitz befinden sich etliche Aktien der Firma, die diese Computerzentrale gebaut hat, und wenn ich Sie mit General anrede, gebrauche ich nicht nur Ihren Rang, sondern auch Ihren Spitznamen, den Sie schon trugen, als sie noch Leutnant waren. Daraus lässt sich schließen, dass Sie schon als junger Mann mit Leib und Seele Soldat waren. Und nicht ohne Ehrgeiz. Trifft das zu?«

»Ja, es trifft zu«, sagte der General. »Nur hängt meine militärische Laufbahn nicht so eng mit dem Familienbesitz zusammen, wie das in der gedrängten Fassung Ihrer Frage scheinen könnte.«

»Sicherlich nicht«, gab der Interviewer zu, »aber vielleicht kommen wir später noch einmal darauf zurück. Zunächst jedoch zu Ihrem Widerpart, dem Computer, oder vielmehr dem höchst komplizierten System vieler Computer, als das sich die Zentrale der Space Forces darstellt. Ihre Leute nennen das System den Elefanten. Oft treffen ja Spitznamen einen charakteristischen Punkt. Ist das auch hier der Fall?«

»Ich weiß nicht, wie der Spitzname entstanden ist, aber er ist tatsächlich allgemein im Gebrauch« – der General lächelte – »außer in offiziellen Dokumenten, versteht sich. Gewisse reale Züge des Leitsystems finden sich in dieser Benennung tatsächlich wieder: seine gewaltige Arbeitskapazität, sein lange anhaltendes, unerhört präzises Faktengedächtnis, und wenn Sie so wollen, auch seine gutmütige Geduld, wie sich jetzt zeigt.«

»Es wäre gut, wenn Sie das letztere erläutern könnten, aus zwei Gründen: einmal, weil es dem Außenstehenden gerade jetzt, bei einem gefährlichen Defekt, etwas absurd erscheint, und dann auch, weil es Leute gibt, die Ihre Charakterisierung des Elefanten mit dem Sprichwort umschreiben möchten: Jeder Krämer lobt seine Ware.«

»Das ist schnell getan«, erwiderte der General mit einem Lächeln, gerade leicht genug zu zeigen, für wie gegenstandslos er den Einwurf hielt, und nicht spöttisch genug, derartige Fragesteller unter den Zuschauern zu kränken. »Infolge einer Störung, deren Ursache wir noch nicht kennen, befinden sich der Elefant und mit ihm die Space Forces im Alarmzustand. Da aber kein äußerer Anlass dafür besteht, bleibt der Elefant bei der Steuerung der Forces auf der tiefstmöglichen Alarmstufe. Der einzige kleine und im Übrigen folgenlose Ausrutscher, den es dabei gab, wurde von einem nervösen Offizier einer unteren Einheit ausgelöst, nicht vom Elefanten. Wenn also wirklich eine kritische Lage entstehen würde, wäre der Elefant zuverlässiger als Menschen. Und das, lassen Sie mich das noch sagen, ganz unabhängig davon, wer ihn gebaut hat.«

»Ich weiß nicht, wie andere darüber urteilen werden«, sagte der Publizist, »für mich ist das ein überzeugender Gedanke. Halten Sie es für übertrieben, wenn ich daraus folgere, dass es gegenwärtig keine übermenschlich große Gefahr gibt? Wie geht es unter diesen Voraussetzungen weiter?«

»Ich stimme Ihnen im Wesentlichen zu. Allerdings, im Unterschied zu Ihnen bin ich für die Folgen verantwortlich, deshalb legen wir hier beim weiteren Vorgehen die größtmögliche Vorsicht an den Tag. Um die Ursachen zu ergründen, müssen wir den Elefanten abschalten. Das geht nur auf eine Weise: indem wir die von ihm geleiteten Systeme von ihm trennen. Das wird heute gegen Mittag geschehen, nach unserer Zeit hier. Später werden die Systeme wieder angeschlossen, aber das wird einige Wochen dauern, schätze ich.«

»Ich höre schon Leute sagen; wenn ich meine Flinte zur Reparatur bringe, kündige ich das doch den Herren Einbrechern nicht per Inserat an!«

»Ach, wissen Sie«, sagte der General leichthin, »wenn man genügend Flinten hat ...!«

»Interpretiere ich Ihren Einwand richtig, wenn ich sage: Das strategische Potential unseres Landes ist zwar für kurze Zeit geschwächt, aber trotzdem stark genug, einen Angriff, von welcher Seite auch immer, zu verhindern?«

»Meine Kameraden von der Air Force und der Navy werden das bestätigen!« Der General war froh über die Gelegenheit, mit dieser Gratisreklame einen Teil der Hilfe von den anderen Waffengattungen wenigstens moralisch abgleichen zu können.

»Dann ist also der Austausch von Generalstabsinspektionen mit den Russen eine reine Vorsichtsmaßnahme?«

»Das ist eine Entscheidung des Präsidenten, eine Stellungnahme steht mir nicht zu.«

»Aber Sie haben sie befürwortet?«

»Ja. Und wenn ich das schon sage, muss ich auch hinzufügen: Ich finde sie nützlich und hilfreich.«

»Böse Zungen bezeichnen den Vorgang als Geiselkomödie. Zugegeben, das ist eine bösartige Deutung, aber ist sie denn so ganz ohne jeden Wirklichkeitsgehalt? Und muss man sich nicht fragen, was die Regierungen dazu berechtigt, etwas zu tun, das jeden Bürger unter Strafverfolgung stellen würde? Fühlen sich denn die Russen bei Ihnen wenigstens wohl?«

Die Beiläufigkeit, mit der die letzte Frage des Interviewers den vorangegangenen härteren Formulierungen folgte, ließ den General die Falle ahnen. Nun, er war vorbereitet. Überzeugungen oder gar Vermutungen zu äußern, war nicht seine Sache. Und was die Fakten betraf, musste er bei der Wahrheit bleiben, allenfalls konnte er Auskünfte verweigern. Fehler an den Fakten findet immer irgendwer heraus; und was beinahe noch schlimmer ist: die eigenen Mitarbeiter bemerken sie sofort, ihr Vertrauen wird untergraben, die Autorität des Vorgesetzten schmilzt wie Butter an der Sonne, und wenn er sie irgendwann braucht, an einem kritischen Punkt, lässt ihn seine Mannschaft in Stich.

»Ich glaube schon, dass sie sich wohlfühlen«, sagte der General, »soweit der Anlass das gestattet.«

»Könnten sie dann nicht überhaupt bleiben?«

Für einen Augenblick war der General versucht, sich dumm zu stellen, aber dann sagte er sich, dass er das bei diesem Gegner nicht dürfe, der würde ihn mit seiner Dummheit glatt über den Tisch ziehen. Also darauf eingehen – und den politischen Charakter der Frage dazu benutzen, sie an andere Adressaten umzuleiten.

»Sicherlich«, sagte er, »wird solcher Austausch irgendwann einmal eine mögliche Methode sein, Abrüstung zu erleichtern. Aber wann das sein wird – da müssen Sie die Politiker fragen.«

»Und die sagen: Fragen Sie die Militärs, die verstehen mehr davon.«

»Wenn mein Dienstherr mich auffordert, meine Meinung dazu zu sagen, werde ich das in einem ausgewogenen Gutachten tun. In einem Interview, verzeihen Sie, möchte ich das nicht. Dazu ist die Materie zu kompliziert.«

»Aber wenn Sie mal Ihren Rang beiseitelassen und so ganz einfach als Mensch und Vater denken – wie möchten Sie dann die Welt in näherer oder fernerer Zukunft: abgerüstet oder mit noch stärkeren Waffen ausgerüstet? Das müssten Sie doch eindeutig beantworten können?«

Der General schmunzelte. »Wenn Sie mir eindeutig garantieren können, welche Folgerungen diese und jene Leute aus einer solchen Äußerung von mir ziehen würden?«

Der Interviewer schmunzelte ebenfalls. »Gut, ich sehe ein, eine klare Antwort, wie sie auch sein möge, brächte Sie in Schwierigkeiten, und die können Sie im Moment am wenigsten gebrauchen.

Lassen wir das also. Ich komme noch mal zurück auf Ihre Darstellung der gegenwärtigen Gefahr. Ist sie nicht vielleicht doch etwas untertrieben? Immerhin haben Sie doch die Wohnstadt Ihrer Leute evakuieren lassen?«

»Eine Vorsichtsmaßnahme.«

»Verständlich. Aber ist es im Falle einer – ich will mal so sagen: einer internationalen militärischen Entgleisung nicht ganz gleichgültig, wo die Menschen sich aufhalten?«

»Diese Gefahr besteht kaum noch, und sie wird heute Mittag beendet sein.«

»Dann werden Sie also dem Rückkehr-Komitee gestatten, ab Nachmittag die Leute nach Hause zu holen?«

Verdammt, was war denn das? Dieser Publizist hatte Informationen, die ihm, dem General, fehlten, und er wusste das. Auf diesen Punkt hatte Irving Mason die ganze Zeit hingearbeitet. Rückkehr-Komitee? Nur nicht merken lassen, dass ihm das neu war.

»Das wird davon abhängen, wie wir mit den Sicherungen des Elefanten fertig werden. Denn natürlich ist eine solche Anlage enorm gesichert. Sie werden aber verstehen ...«

»... dass Sie darüber nichts sagen wollen, gewiss. Nun, ich danke Ihnen, und ich hoffe, dass unsere Zuschauer den gleichen Eindruck haben wie ich: dass der Schutz der Nation vor der gegenwärtigen Gefahr in den Händen eines Mannes liegt, der kompetent und ehrlich ist, auch wenn er vielleicht nicht alles weiß, was sich außerhalb seines Bereichs abspielt – aber wer könnte das schon. Nur eine Frage habe ich noch zum Schluss: Lesen Sie Börsenberichte?«

Eine gemeine Frage – der General konnte darauf antworten, was er wollte, ein paar hunderttausend Leute würden nun mit großer Neugier zu den Börsenzeitungen greifen. Aber andererseits – warum nicht? Sie würden erfahren, dass die Aktien der UC wieder anziehen, nachdem sie kurzfristig gefallen waren, ein verständlicher Vorgang nach diesen Ereignissen.

»Ich höre zu Hause so viel davon, dass ich das nicht noch lesen muss«, erklärte der General lächelnd, und mit einer ganz leisen, nur für den Interviewer erkennbaren Zweideutigkeit setzte er hinzu: »Schon gar nicht in der gegenwärtigen Situation.«

* * *

»Was ist denn hier los?«, fragte Bess verwundert, als sie mit dem Wagen auf den Parkplatz des Camps fuhren. Die Frage richtete sie allerdings mehr an sich selbst als an die beiden Nachbarinnen, die sie begleiteten, denn die waren noch nicht hier gewesen und wussten also nichts von Absperrung und Posten. »Egal, wir gehen erst mal zum General!«, verkündete sie entschlossen.

Die drei stiegen aus und marschierten schnurstracks zur Traglufthalle. »Was ist denn hier los?«, fragte nun die jüngere der beiden Nachbarinnen, als sie auch drinnen niemand fanden. Die dritte, bisher schweigsame Nachbarin, eine ältere Frau, zog Bess am Ärmel. »Kommt, wir fahren nach Hause!«, forderte sie mit unsicherer Stimme.

»Ich denke gar nicht daran!«, sagte Bess erbost. »Frisst der Elefant neuerdings Menschen? Erst ist mein Mann weg, jetzt auch alle anderen?« Dann stutzte sie – plötzlich erinnerte sie sich an das Gespräch mit dem General, da hatte der etwas gesagt über die Bunker ... Waren die etwa alle in die Erde gekrochen, weil es hier jetzt gefährlich war? Dann müsste man wirklich wegfahren!

»Kommt mit raus, hier ist weiter nichts«, sagte sie.

Draußen aber standen sie vor einem neuen Problem: die Schranke, die vorhin offen gewesen war, war jetzt geschlossen, und sie ließ sich nicht öffnen. Was nun? Schranke und Zaun waren einigermaßen fest, man konnte sie kaum mit dem Wagen niederrollen, jedenfalls nicht ohne größere Beschädigung. Und zu Fuß weggehen? Wenn es hier wirklich eine Gefahr gab, dann wären sie zu Fuß gewiss zu langsam, um ihr zu entrinnen.

Wo mochte der Eingang zu den Bunkern sein? Bess wusste es nicht. Wo konnte er sein? Schließlich, in der Nähe auf jeden Fall. Aber wo in dieser flachen Landschaft? Vielleicht hatten sie gar nicht mehr so viel Zeit, um lange zu suchen?

Nun wurde auch die Jüngere der beiden Nachbarinnen nervös. »Ich will weg hier!« erklärte sie und zeigte auf einen der herumstehenden Jeeps. »Ich schließe die Zündung kurz, Jeff hat mir mal gezeigt, wie man das macht, und dann brausen wir durch die Schranke!« Schon saß sie drin und hantierte unter dem Steuerrad.

»Warte doch mal«, sagte Bess kraftlos, aber obwohl sie fieberhaft überlegte, fiel ihr nichts Besseres ein. Da zündete der Motor des Jeeps, die ältere Nachbarin stieg ein und winkte Bess: »Komm, schnell!«

Aber Bess hatte einen ihr selbst nicht ganz verständlichen Anfall von Trotz. Sie schüttelte erst den Kopf, dann wurde ihr klar, dass die beiden das nicht sahen, sie ging hin und erklärte, dass sie hierbleiben würde und ausführen, was sie sich vorgenommen hatten: zum General vordringen und die Rückführung der Evakuierten mit ihm besprechen. Es gab einen mörderischen Krach, Klirren und Bersten, dann war die Schranke durchbrochen, der Jeep fuhr davon. Bess schüttelte den Kopf, sie wusste selbst nicht genau, ob über sich oder die beiden Fliehenden. Dann drehte sie dem Eingang entschlossen den Rücken – und wusste erst mal nicht weiter.

Wohin nun? Eigentlich lenkte nicht Überlegung ihre Schritte zur Traglufthalle, dem Herz des Camps; eher zog sie wohl deren zentrale Lage und Bedeutung an, wie sie das Rathaus oder die Kirche in einer kleinen Stadt haben. Sie betrat noch einmal den stoffumschlossenen Raum, der so wenig Licht von draußen erhielt, dass man die Bildschirme und Displays matt schimmern sah.

Die hatte sie vorhin auch gesehen. Jetzt aber war sie allein. Die wandernden Zeilen und Kurven auf den Bildschirmen, anscheinend nutzlos dahingeisternd, verstärkten noch das Gefühl der Verlassenheit. Wo hatte sie dergleichen schon gesehen? In irgendeinem abenteuerlichen Film aus dem vorigen Jahrhundert? Es fiel ihr nicht ein, aber so etwas musste es wohl gewesen sein: eine Welt, in der die Menschen schon alle tot waren. Oder ein Testgelände für die Erprobung von Waffen, wo in wenigen Augenblicken das Inferno ausbrechen würde. Sie hatte Angst, horchte einen Augenblick, ob sie die vernichtenden Waffen schon heranheulen hörte, schalt sich dann, dass das Unsinn sei, aber ihre Angst wurde davon nicht kleiner. Dann plötzlich, im scheinbar unpassendsten Moment, überfiel sie eine starke körperliche Sehnsucht nach dem Mann William Fletcher, der da irgendwo unter der Erde saß, sie malte sich seine Rückkehr aus, seine Bewegungen, das Gefühl seiner Hände auf der Haut, und merkwürdig, das gab ihr wieder Mut und Tatkraft. Die Angst blieb, aber die Lähmung war verschwunden. Erstmal musste sie versuchen, irgendetwas hier drin zu kapieren, und sei es nur eine Kleinigkeit.

Sie ging vorbei an Schirmen, Armaturen und Sitzen, bis sie in der Mitte der Halle stand, und blickte sich um. Ihre Augen fanden eine Zahlengruppe, die sich veränderte. Die letzten Ziffern wechselten ständig. War das die Uhrzeit? Nein, gewiss nicht. Die Zahlen wuchsen nicht, sondern wurden kleiner. Neun, acht, sieben, sechs, fünf ... Der Countdown! Na klar, das war ein Countdown. Fünfzehn Minuten vierunddreißig Sekunden, dreiunddreißig ... Ihr blieb also eine Viertelstunde Zeit, mit ihrer Lage fertig zu werden. Notfalls konnte sie sogar mit ihrem Wagen durch die zerstörte Schranke fahren und die Flucht antreten. Doch das würde sie um keinen Preis tun, sie fühlte sich hier ihrem Mann so nah, viel näher als sonst, wenn er alltäglich zu Haus war, es war ein kostbares Gefühl, und sie wollte es nicht einem äußerlichen Zwang opfern, nicht einmal einem lebensbedrohenden. Der Trotz der ersten Minuten war wieder wach.

Da hörte sie draußen einen Motor, Bremsen quietschen – waren die Nachbarinnen zurückgekehrt? Nein, zwei Militärpolizisten stürzten herein, fuhren sie barsch an, sie solle mitkommen, schnell, es fehlte nur noch, sie hätten sie an den Armen ergriffen und zum Jeep geschleppt, aber dann erkannten sie sie wohl, und der eine sprach sie mit Namen an und sagte, sie würden sie in den Bunker bringen zum General.

* * *

Wieder und wieder hatte der General das Interview überdacht, vor allem die letzten beiden Fragen. Sofort hatte er Auftrag gegeben zu klären, was das für ein Komitee sei, und vor allem, wie die Information an den Publizisten gekommen sein könne, und er konnte sich darauf verlassen, dass an diesem Problem fieberhaft gearbeitet wurde, hier und an einem Dutzend anderer Stellen des weiten Landes.

Doch wie auch die Antwort ausfallen mochte – sie würde wenig zu tun haben mit dem, was ihn eigentlich beschäftigte. Hinter diesen beiden Fragen stand ein Zusammenhang, den er noch nicht durchschaute, das fühlte er beinahe körperlich, und er hätte sogar darauf wetten können, dass ebenfalls ein Zusammenhang bestand mit dem angekündigten Eintreffen des Präsidentenberaters.

Gelegentliche Blicke auf den Ablauf des Countdown unterbrachen seine Gedanken, aber nicht ihren Fortgang. Sie bewegten sich im Kreis, und der Radius dieses geistigen Kreises wurde allmählich größer. Eine weitere Frage des Interviews tauchte an der Peripherie auf, Könnten sie dann nicht überhaupt bleiben? Die Russen? Und unsere Leute dort? Also Abrüstung, Verzicht auf Space Forces? Es hatte so ausgesehen, als habe der Publizist sie gestellt, weil sie effektvoll wirkte. Aber nun bezweifelte der General die Leichtigkeit, mit der sie gestellt und wieder verlassen worden war. Für linksgerichtete Kreise war diese Frage natürlich, aber solche Spitzenleute in den Medien pflegten selten die Ideen der Friedensbewegungen oder anderer linker Gruppen zu ihrer Sache zu machen, es sei denn, sie hätten ein besonderes, ganz anders gerichtetes Interesse daran. Aber welches? Die allgemein anerkannte Begründung für die Einrichtung der Space Forces bestand ja nach wie vor: die Existenz von sogenannten Schurkenstaaten ...

Wie? Eine Frau geisterte oben im Camp herum? Der General ließ sich das Bild zeigen, erkannte Bess Fletcher und befahl, sie in den Bunker zu holen.

Immer deutlicher wurde dem General, dass beinahe jedes Wort in diesem Interview präzise geplant und von wesentlicher Bedeutung war, auch seine Antworten waren wohl von vornherein eingerechnet, er machte sich da nichts vor, seine Stellungnahmen waren wenigstens inhaltlich leicht vorherzusehen gewesen. Er würde sich das ganze Interview, das er selbstverständlich auch aufgezeichnet hatte, noch einmal ansehen müssen, Satz für Satz, nein, besser noch, er ließe sich den Text ausdrucken. Gut, aufgeschoben bis nach dem Countdown. Jetzt erst wieder einen Blick auf den Ablauf. Bisher keine Reaktion des Elefanten. Gut so. War aber auch eigentlich nicht zu erwarten, denn über die vorbereitete Absprengung des Außenrings konnte das System keine Information haben. Und das war wichtig, das musste bis zum Punkt Null so bleiben. Die Absprengung musste den Elefanten auf der untersten Stufe seiner derzeit möglichen Aktivität treffen, so dass er, selbst wenn er mit Verschärfung reagierte, immer noch unterhalb der Selbstvernichtung blieb. Und da er nur von den Effektoren, nicht aber von den Sensoren des ganzen Systems abgeschnitten war, blieb er über die Feindlage voll informiert, und es stand zu hoffen, dass er überhaupt nicht verschärfte. Zehn Minuten noch.

Und da war Bess Fletcher. Der General winkte sie heran.

»Sie kommen gerade noch rechtzeitig«, sagte er. Er hatte eigentlich »sehr spät« sagen wollen, aber im letzten Augenblick zwang er sich zu einem gelockerten Ton und fuhr fort: »Da hinten finden Sie Ihren Schützling, setzen Sie sich gleich zu ihm!«

Bess, unsicher, weil sie Vorwürfe erwartet hatte, dankte und folgte der Aufforderung, in der Hoffnung, sie könne nach diesem Countdown noch einmal mit dem General sprechen, aber mit zu großem Respekt vor dem jetzt ablaufenden Vorgang, um ihn direkt darum zu bitten.

Die Minuten tropften in die Vergangenheit. Eine hohe nervöse Spannung hatte den ganzen Raum ergriffen. Fast jeder kannte die Gefahr der atomaren Selbstvernichtung, die die ganze Umgebung verseuchen würde, falls sie einträte, und man hätte geradezu töricht sein müssen zu glauben, dass diese Bunkerwände jegliche Gefahr von einem fernhielten. Gewiss, für die Zeit nach einem solchen Schlag gab es Szenarien, aber was waren sie wert?

Eine Minute. Bisher war der Countdown fehlerfrei gelaufen, und die Spannung ließ ein wenig nach, Aber als sich einer räusperte, erschreckte das die andern, und einige drehten sich empört um.

Nur der General war von dieser Stimmung nicht erfasst. Er spürte sie unterschwellig und registrierte sie, aber in Gedanken war er diesem Countdown hier um Stunden voraus, für ihn waren die Probleme die wichtigsten, die sich danach einstellen würden. Er sah sie als Linien in die Zukunft gezogen: der Kampf gegen den Innenring, für den es schon Pläne gab, von seinem Stab ausgearbeitet, aber noch nicht bestätigt. Dann die Absichten dieses Beraters. Eine dritte Linie seine eigenen Vorhaben, die UC betreffend. Würden diese drei Linien schön ordentlich parallel laufen? Würden sie sich schneiden? Oder als Kurven die Richtung wechseln, sich krümmen, ganz woanders landen? Oder gar zu diffusen Gebilden verschwimmen? Er wusste es nicht, und für einen Augenblick kam er sich fast hilflos vor.

Null. Na und nun? Nichts, keine Reaktion. Zwei, drei Sekunden, und der Jubel brach los. Wenigstens das war gelungen.

Dienstagnachmittag

Der ganze Aufriss mit der Armaturenwand war für die Katz gewesen. Der Operator und der Sergeant hatten fast zwei Stunden daran gearbeitet, und als sie fertig waren, dachten sie zuerst, sie hätten irgendwo irgendwas falsch angeschlossen, weil sich auf den Bildschirmen und Displays keinerlei Signal zeigte. Sie setzten eine halbe Stunde daran, alles noch einmal zu überprüfen, aber das Ergebnis war das gleiche. Offenbar hatte der Elefant als Antwort auf die Zerstörungswut des Sergeanten diesen Teil der Peripherie abgeschaltet. Eine vorübergehende Erhöhung der Aktivität des Elefanten, sichtbar an einigen nicht beschädigten Anzeigegeräten, registrierte der Operator zwar, aber er hielt sie für eine Reaktion auf ihre Arbeiten. Als sie vorüber war, wartete Earl Conelly einen Augenblick, ob da noch etwas käme, zuckte dann mit den Schultern und sagte:

»Versuchen wir's mit der Klimaanlage!«

Sie schafften das nötige Werkzeug unter einen der Absaugfilter, holten den Tisch und stellten ihn darunter, der Sergeant kletterte hinauf und sagte: »Ich mach das schon. Du musst nachher hineinklettern.«

Ein paar Minuten später war das Loch offen. Der Sergeant steckte den Kopf hindurch, aber er war wirklich in den Schultern zu breit. »Finster«, sagte er, »du brauchst eine Taschenlampe.«

Earl Conelly reichte ihm eine Leuchte zu. »Guck mal rein, wie das aussieht!« Er fing an, sich auszuziehen.

Der Sergeant steckte erst den Arm mit der Lampe hinein und dann den Kopf. Sein Körper drehte sich unbeholfen hin und her, dann zog er den Kopf zurück und tauchte schnaufend wieder auf.

»Geht rechts und links weiter«, sagte der Sergeant. »Der Wind kommt von links, ich denke, du musst nach rechts. Ist aber wohl groß genug für dich. Hast du eine Vorstellung, was dich erwartet?«

»Keine Vorstellung«, antwortete der Operator, »lass uns mal überlegen, was ich gleich mitnehme. Kannst du dich erinnern, ist diese Anlage jemals gewartet worden?«

»Nein, ist sie nicht. Ich müsste das wissen, weil ich immer den gesamten Dienstplan einsehen muss, für den Fall, dass Austausche zwischen den Schichten stattfinden. Nein, das hätte ich mir gemerkt. Also gibt es da drin nichts zu warten, du hast freie Bahn.«

»Das kann ich mir nicht vorstellen«, sagte Earl Conelly zweifelnd, »die lassen doch hier nichts ungefiltert hinaus, keinen Menschen, keine Information, nicht mal die Luft. Hm, fünf Jahre wartungsfrei, wie mag das aussehen? Weißt du was?« Der Operator stand schon auf dem Tisch. »Weißt du was«, wiederholte er, »gib mir mal einen kleinen Seitenschneider ... einen mittleren Schraubenzieher ... eine kleine Flachzange ... danke, das reicht erst mal.«

Er nahm die Taschenlampe in die rechte Hand, die drei Werkzeuge in die linke, und zwängte sich durch das Loch.

Nach einigen Drehungen und Verrenkungen war er drin, und nun wurde es leichter, sich zu bewegen. Die Anlage hatte einen quadratischen Querschnitt von ungefähr achtzig Zentimeter Kantenlänge, er konnte also auf Händen und Knien vorwärts kriechen. Earl hatte keine Ahnung, wie es sonst in solchen Abluftleitungen aussehen mochte, aber er hatte sich doch vorgestellt, dass irgendwelche Reste von Staub oder sonstige Ablagerungen an den Wänden zu finden sein müssten. Nichts dergleichen hier. Woraus bestanden die Wände? Er klopfte erst mit dem Finger dagegen, dann mit dem Schraubenzieher, um ein Gefühl für das Material zu bekommen. Hart, aber nicht metallisch. Ob sich etwas einkratzen ließ? Das brachte ihn auf den Gedanken, es könne tatsächlich nützlich sein, irgendein Zeichen einzukratzen, er wusste ja nicht, wie weit er kommen würde, wieviel Biegungen oder sogar Kreuzungen er passieren würde und ob er sich dann zum Einstiegsloch zurückfände. Er kratzte mit dem Schraubenzieher, ja, eine Spur blieb, sichtbar und auch fühlbar, anscheinend hatte die Innenwand noch einen speziellen dünnen Belag, vermutlich staubabweisend. Er kratzte eine 1 in die linke Wand.

Er würde auch wenigstens eine grobe Vorstellung von Abständen und Entfernungen brauchen. Mit der Lampe suchte er Wände und Decke auf den nächsten Metern ab, fand aber keine Naht oder sonstige erkennbare Verbindungsstelle. Also musste er sich selbst als Maß nehmen. Wenn er kniete, mochte der Abstand von Fingerspitzen bis Fußspitzen etwa anderthalb Meter sein. Er legte den Seitenschneider links neben seine Hand und kroch vorwärts, bis er ihn mit den Zehen fühlen konnte. Dreimal hatte er ein Knie vorwärts gesetzt, zweimal das linke und einmal das rechte. Also kam etwa ein Meter auf einen Doppelschritt, Doppelknieschritt. Er wusste nicht, ob es dieses Wort gab, aber das störte ihn nicht, beim Basteln gab er häufig den Dingen und Operationen selbsterfundene Namen. Er würde also die Doppelknieschritte zählen und dann die Strecke in Metern wissen. Mit einer Toleranz von, na sagen wir, zehn Prozent. Das musste reichen.

»Was ist denn, wann geht's denn nun los?«, fragte der Sergeant zur Röhre hinein.

»Gleich, gleich!«, antwortete der Operator. Und nun kroch er wirklich los.

Bei zwanzig war er angelangt, er musste schon außerhalb der Zentrale sein, als er das Gefühl hatte, irgendetwas habe sich verändert. Er hielt inne. Ja, der leichte Luftzug von hinten hatte aufgehört. Nicht beunruhigend, die Entlüftung arbeitete wohl in Intervallen. Er leuchtete nach vorn. Bisher hatte sich das Licht der Lampe zwischen den Wänden verloren. Jetzt schien ihm, als sei der Gang in einem noch ungewissen Abstand zu Ende, zehn Meter vielleicht. Er kroch und zählte weiter. Er hatte ziemlich gut geschätzt, nach etwa neun Metern hockte er vor einer Art Wand. Er tippte mit dem Finger daran. Keine Wand, es federte. Er hielt Lampe und Auge dicht an die sperrende Schicht – eine Art Gaze, ein sehr feines Gitter, aber nicht eingestaubt von zurückgehaltenen Partikeln, wie doch zu vermuten gewesen wäre. Kein Filter? Was dann?

Einen Augenblick lang zögerte er. Aber es hatte ja keinen Sinn, auf ein Wunder zu warten. Er piekte mit der Spitze des Seitenschneiders ein Loch in die Gaze, was ohne großen Kraftaufwand möglich war, und schnitt das Gewebe heraus aus dem schmalen Rahmen, in den es eingefasst war. Verzeih mir, Elefant, dachte er dabei, hatte aber wohl doch mehr die menschlichen Vorgesetzten im Sinn, denn dem Elefanten würde das, was er hier tat, gleichgültig sein. Hoffentlich.

Er war an der dritten Seite angelangt, als er wieder einen leisen Luftzug spürte – und zugleich ein leichtes Kribbeln in der Hand, die den Seitenschneider hielt, wie von einem schwachen elektrischen Strom. Aha, ja, das ergab einen Sinn: wahrscheinlich stand das Gitter unter Strom, wenn die Entlüftung aktiv war, und diese Gaze war ein besonderer Stoff, der jeden Staub rückstandlos zersetzte und in Gas verwandelte, mit Hilfe des Stroms. Deshalb also keine Rückstände, keine Ablagerungen!

Er ließ die Gaze an einem letzten kurzen Kantenstück von vielleicht zehn Zentimetern hängen, er wollte sie dann auf dem Rückweg mitnehmen, sie sollte inzwischen nicht weggeweht werden. Dann kroch er vorsichtig durch den Rahmen, in dem sie gehangen hatte, und leuchtete nach vorn.

Es sah von weitem aus, als sei der Gang zu Ende, aber das war nicht der Fall, er machte einen Knick aufwärts. Mit einer Steigung von vielleicht fünfundvierzig Grad fertig zu werden, fiel dem Operator nicht leicht. Er war kein sportlicher Typ, und so versuchte er zuerst ganz naiv, wie bisher zu kriechen. Nach einigen Metern wäre er beinahe zurückgerutscht, im letzten Augenblick fiel ihm ein, einen krummen Buckel zu machen, womit er sich festklemmte. Aber nun saß er wirklich fest: er wagte nicht weiter zu kriechen aus Angst, zurück zu rutschen.

Immerhin konnte er wenigstens ein Knie nach vorn ziehen, das linke, das zurückgeblieben war. Jetzt stemmte er das linke Knie auf und zog das rechte ein Stück heran. Aber wie weiter? Die Hände vorsetzen, ja, gut, das ging, wenn Knie und Schultern den Körper hielten. Aber wie er es euch anstellte – den Rücken konnte er nicht von der Decke des Gangs lösen, ohne zurück zu rutschen. Dann kam er auf die Idee, Arme und Beine zur Seite zu drücken, und da konnte er sich von der Decke lösen und sich flach auf den Boden legen. So lange er still lag, rutschte er nicht zurück, der Reibungswiderstand des ganzen Körpers war zu groß. Aber wie vorwärtskommen? Er presste die Arme so kräftig gegen die Seitenwände, wie er nur irgend konnte, und versuchte die Beine anzuziehen. Mit beiden Beinen zugleich ging das höchstens zehn Zentimeter, und die konnte er sich dann vorwärts schieben; aber schon nach dem dritten Mal waren die Arme ermüdet und schmerzten, er musste sie auf Kosten der Beine ausruhen. Er gab nicht auf, und schließlich fand er die optimale Bewegungsart: Mit Armen und Schultern blockierte er sich, nun doch wieder die Decke benutzend, zog die Beine an, stemmte sie gegen die Seitenwände und schob den Oberkörper vorwärts. Schon nach wenigen dieser Doppelzüge bewegte er sich schneller als bisher vor- und aufwärts, zwar nicht ohne Mühe, aber jedenfalls ohne Überanstrengung, die ihn lahmlegte. Über diese Entdeckung freute er sich mehr als über ein gebasteltes Gerät, denn sie stellte eine Bewährung auf einem ihm ganz fremden Gebiet dar, und er kam in so gute Stimmung, dass ihm augenblicklich alles möglich erschien, selbst, dass er oben den Kopf hinaus streckte und zu dem Posten, der da oben bestimmt saß, einfach sagte: »Hallo Jungs, wie geht's denn so bei euch?«

Das brachte ihn auf die Frage, wie weit er noch vom Austritt der Abluft entfernt sein mochte – oder schon von seinem Einstieg. Und er musste sich gestehen, dass er über die Länge der schräg aufwärts führenden Strecke keine Vorstellung hatte, zu viel hätte er herumprobieren müssen. Trotzdem, bis zum Austritt war es sicher noch weit. Und ganz gewiss war es bis dahin keine gerade Strecke, auch in dem Sinne nicht, dass er sie kriechend bewältigen konnte. Da gab es auf jeden Fall Hindernisse, eine Pumpe zum Beispiel musste es geben, denn von allein wehte die Luft, die er eben wieder an sich vorbeiziehen spürte, nicht hinauf und hinaus.

Ja, eine Pumpe – aber warum gab es keine Geräusche? Hier drin müsste sich doch etwas vom Lauf der Pumpe hören lassen, und wenn er noch so gedämpft wäre. Oder war das gar nicht etwas, das er unter Pumpe verstand, ein Ding mit Kolben oder Flügeln? Vielleicht war es überhaupt nichts Mechanisches? Er musste sich eingestehen, dass er davon nichts wusste, und dass es bei ihm nur zu der Vermutung reichte, es könne auch andere Ausführungen von Pumpen geben. Na klar, ein Kolben oder Propeller, der reibt sich ab oder kriegt Materialermüdung, und schon muss jemand rein und reparieren, aber diese Anlage hier lief seit fünf Jahren ohne Wartung, wenigstens was ihre äußeren Teile betraf.

Merkwürdig, das alles tat seiner Stimmung keinen Abbruch, und als nun die Steigung zu Ende war und der Gang waagerecht weiterlief, nahm er das wie einen verdienten Erfolg hin.

Wenig später erreichte er eine Art Kreuzung: von links kam schräg ein weiterer Luftkanal hinzu. Woher? Keine Ahnung. Aber jedenfalls musste es in dieser Zentrale auch Räume geben, von denen die normalen Benutzer keine Ahnung hatten. Er jedenfalls hatte noch nie davon gehört, dass es außer dem bekannten Trakt – Außenzugang bis zentraler Steuerraum – noch ein zweites Kammersystem geben sollte. Er hatte auch keine Vorstellung, von wo aus man dahin gelangen könnte – außen gab es keine weitere Tür, und in dem Durchgang zum Steuerraum auch nicht. Aber vielleicht hatte er sie nur nicht gesehen. Oder sie war maskiert. Er könnte ja vielleicht diesen anderen Gang zurückkriechen, um mal nachzusehen, wo er endete. Aber dazu hätte er sich umdrehen müssen, denn rückwärts ins Unbekannte zu kriechen, das war ihm doch zu riskant. Oder reichte die Gabelung zu einer Wende? Später probieren, erst mal vorwärts. Seine ganze Hochstimmung zielte in die Richtung, wo es ja irgendwann Schluss sein musste mit dem Kriechen, wo aber wohl noch Entdeckungen warteten.

Und dann, plötzlich, war das Ende da. Der Gang verengte sich zu einem waagerecht liegenden Spalt, durch den die angesaugte Luft fegte, wie in einer Düse beschleunigt. Auch jetzt hörte er außer dem leisen Rauschen nichts, keine Pumpgeräusche. Er klopfte die Wände ab – das Material schien jetzt anders zu sein, Beton wohl, jedenfalls massiver als bisher. Dann entdeckte er zwei kleine Stellen ungefähr in der Hälfte der Verengung, je eine links und rechts, die sich von der Umgebung unterschieden. Als er sie mit einem Schraubenzieher abtastete, merkte er, dass sie stark magnetisierten. Da wurde ihm klar, wie – vermutlich – die Pumpe funktionierte: ein starkes Magnetfeld ionisierte einen Teil der Luft und riss die Ionen und mit ihnen die restliche Luft vorwärts. Dann aber musste es auch eine Anode geben, die die abgespaltenen Elektronen aufnahm. Nach einigem Suchen fand er auch sie.

Na schön, jetzt wusste er Bescheid. Und trotzdem war er enttäuscht. Dieses Wissen nützte ihnen nichts. Die Verengung würden sie nicht aufbrechen können, um das feste Material der Wände herum mussten ja noch die Windungen des Elektronmagneten liegen und die dazugehörigen anderen Anlagen.

Also alles umsonst? Beim Rückwärtskriechen, das sich als unerwartet schwierig erwies, bohrte dieser Gedanke in ihm, die schöne Entdeckerstimmung von vorhin verlor sich ganz, und als er die Gabelung erreicht hatte, war er schon recht verdrossen. Vergeblich versuchte er, sich in der Enge umzudrehen, es gelang nicht, wie er es auch versuchte, und einmal hatte er sich so verklemmt, dass er schon fürchtete, er würde sich nicht lösen können. Eine leichte Panik brachte ihn zu ruckartigen, zerrenden Bewegungen, die seine Einklemmung nur verschlimmerten, und er musste sich zur Ruhe zwingen. Tief einatmen, ausatmen, nochmal, so und nun nachdenken, in welcher Reihenfolge hatte er sich bewegt, bis er in diese vertrackte Körperhaltung kam? Es war wohl wieder sein Bastlersinn, der ihm half – jedenfalls kam er frei. Froh, dieser Falle entronnen zu sein, kroch er weiter rückwärts, bis er an den schräg abwärts führenden Teil kam. Die Methode, sich gebremst rutschen zu lassen, fand er schnell, die Rutschpartie, bei der die Schwerkraft die Arbeit übernahm, machte ihn fast lustig, erst danach, als er das Sieb passiert hatte, gab es wieder Schwierigkeiten, rechts, links, oben und unten blieb er mit seiner Arbeitskombination an den Kanten hängen. Das war nun das einzige Ergebnis seines Ausflugs! Immerhin, dachte er, es war eins. Wenn man etwas ganz Leichtes hätte, das in den Luftzug schwebt, dann könnte man vielleicht damit eine Botschaft nach draußen senden. Aber was? Ihm fiel nichts Geeignetes ein.

* * *

»Unsinn, alles ist geometrisch«, sagte Manfred Commins mit einer Energie und Selbstsicherheit, die die beiden Männer lächeln ließ. Der junge Russe und der ältere Amerikaner wurden auf sympathische Weise an die eigene Rigorosität des Denkens erinnert, die sie im vergleichbaren Alter wohl auch entwickelt hatten und die noch nicht gebremst wird von Erfahrungen und Denkgewohnheiten.

Colonel Ernestino war etwas unsicher in diese Debatte gegangen, er hatte, verständlicherweise, das Gefühl, er müsse den Jungen geistig führen, und er hatte den gerade erwachsenen Russen hinzu genommen, weil der dem Alter des Jungen näher war. Nun hatten schon die ersten Erörterungen den Colonel zu der Einsicht gebracht, hier würde es nichts zu führen geben, eher umgekehrt: Sie würden die Anregung suchen müssen, die im ungebundenen Denken des Jungen steckte, dann würde sich, wer weiß, der Zeitaufwand vielleicht lohnen.

Manfred hatte nach der Geometrie des Elefanten gefragt, und der Colonel hatte nicht verstanden, was der Junge meinte – das Arbeitsprinzip sei digital und nicht analog, hatte er geantwortet, also spiele Geometrie keine Rolle. Darauf war dann der temperamentvolle Ausruf des Jungen gefolgt, der nun selbst etwas erschrocken war über seinen Ausbruch, die beiden anderen ansah, und als er keine Zurückweisung bemerkte, fortsetzte: »Wir Menschen haben eine Geometrie, in der oben und unten, vorn und hinten, links und rechts, innen und außen und so weiter ganz ausgeprägte und voneinander unterschiedene Funktionen haben, und zwar im dreidimensionalen Raum. Und zwar unabhängig davon, ob wir Mathematikprofessoren oder Analphabeten sind. Das folgt aus unserer Körperlichkeit. In welchen Dimensionen erlebt der Elefant die Welt? Naja, erleben ist nicht das richtige Wort, aber ihr wisst schon, was ich meine.«

Der Colonel hob etwas ratlos die Hände; er hatte solcherlei noch nicht durchdacht. Der Leutnant wiegte den Kopf und fragte dann in zurückhaltendem Ton: »Darf ich mal versuchen – wenn ich Unsinn rede, korrigiere mich!«

Sie sprachen Englisch, und in dieser Sprache existiert der Unterschied zwischen Du und Sie nur durch den grammatisch unsichtbaren Grad der Vertrautheit im Kontext. Die drei aber fühlten sich schon nach wenigen Minuten einander so nahe, dass keine Reserviertheit sie bremste. Der Colonel nickte, und der Leutnant versuchte das Kunststück, über die Intimitäten des Elefanten zu mutmaßen, ohne die beiden anderen der Geheimhaltung wegen in Verlegenheit zu bringen, was auf dieser Stufe der Allgemeinheit aber immerhin noch möglich war.

»Gehen wir mal vom Orientierungssystem aus. Ich nehme an, der Elefant empfängt Signale aus vier relativ selbständigen Bereichen:

vom Land, aus dem Meer, aus der Luft und dem Weltraum. Richtig?« Der Colonel nickte.

»Das Land ist durch zwei Koordinaten positioniert, also geometrisch eine Fläche. Ich nehme weiter an, dass das auf die anderen Bereiche auch zutrifft, dass also die Höhe oder Tiefe nur als Kennzahl des Signals erscheint, aber nicht als grundlegende Koordinate. Richtig?«

Der Colonel überlegte, wiegte den Kopf, nickte dann aber.

»Dann müsste das Weltbild des Elefanten – wenn er überhaupt eins hat – aus vier Flächen bestehen, die sich in einem Punkt berühren, und dieser Punkt ist er selbst.« Er wandte sich direkt an Manfred. »War es ungefähr das, worauf deine Frage hinauswollte?«

Der Junge dachte angestrengt nach, und Colonel Ernestino wandte ein: »Aber er hat natürlich Information über die Kugelform der Erde, Land- und Seekarten und alles Mögliche in dieser Richtung.«

»Und was macht er damit?«, fragte der Junge.

»Na, wenn zum Beispiel – sagen wir auf dem Meer – eine kritische Situation eintritt, oder richtiger, wenn Messwerte auftreten, die zur Bewertung als kritische Situation geeignet sind, dann vergleicht er sie mit den Inputs auf den anderen Ebenen, setzt die Empfindlichkeit der Messungen herauf – und so weiter. Was gefällt dir daran nicht?«

Der Colonel hatte gesehen, dass der Junge überhaupt nicht mehr zuhörte; er konnte jede kleine Regung von diesem offenen Gesicht ablesen.

»Das ist eine zu simple Geometrie für ein so kompliziertes Gehirn«, behauptete der Junge.

»Sie reicht aber aus, um die Aufgabe zu erfüllen.«

»Ja, uns reicht sie vielleicht«, sagte der Junge, »aber ob sie dem Elefanten reicht?«

Der Colonel hätte entgegnen können, dass der Elefant kein Mensch sei, aber er hütete sich, die Schwungmasse der Phantasie zu bremsen. So ganz verstand er zwar nicht, was der Junge genau meinte mit dem ständigen Gebrauch des Begriffs Geometrie, aber er spürte, dass hier Gedanken geboren wurden, die sich weiter vortasteten.

»Da ist was dran«, ließ sich nun auch der Leutnant hören. »Wenn man das Ökonomie-Prinzip dazu nimmt – der Elefant arbeitet doch nach diesem Prinzip? – dann lässt sich vermuten, dass er zwischen den Ebenen zusätzliche Verbindungen herstellt und speichert, die die Beurteilung bestimmter Lagen erleichtern und beschleunigen.«

»Ja, er hat aber auch das Zuverlässigkeitsprinzip: Jede Beurteilung muss an den vorgegebenen Konstellationsmodellen abgearbeitet werden ...«

»Nein«, sagte der Junge, »ich glaube, das ist es nicht.« Er grübelte weiter, schüttelte den Kopf und sagte dann: »Mir geht dieser eine Punkt nicht aus dem Sinn, wo die vier Ebenen sich berühren, dieser Punkt, den er selbst darstellt.«

Die beiden Älteren warteten geduldig, dass Manfred weitersprechen würde. Sie hatte beide das Gefühl, dass die von keiner routinehaften Abschirmung begrenzte Denkfähigkeit des Jungen sie vorwärtszöge – der Leutnant vielleicht noch mehr als der Colonel, der allerdings dafür dieses fremde Gefühl umso angenehmer empfand.

Aber der Junge schüttelte nur wieder den Kopf.

»Lässt du uns wissen, was du eben verneint hast?« fragte der Colonel.

»Ach so, ja Verzeihung, also ich habe gerade gedacht: Wenn man nun nicht vier Flächen im dreidimensionalen Raum annimmt, was ja nur unserer Körperlichkeit entsprechen würde, aber nicht den Möglichkeiten des Elefanten, also, ich meine ... Naja, statt dessen ein vierdimensionales Koordinatensystem mit den Koordinaten x,y,z,u? In dem hätten wir sechs Koordinatenebenen, nämlich: x,y-Ebene, x,z und x,u und y,z und y,u und z,u. Land und Meer haben keine gemeinsamen Koordinaten, könnten also zum Beispiel die x,y und die z,u-Ebene sein. Aber wenn ich jetzt weiterdenke, stimmt's nicht mehr.«

»Ich spinne mal weiter«, bot sich der Leutnant an. »Der Alarmfall wäre dann ein vierdimensionaler Körper, und den verschiedenen Alarmstufen würden verschiedene solche Körper entsprechen: Kugel, Tetraeder, Würfel ... Jeder komplizierte Körper hätte einen Haufen Ecken und Kanten mehr ...«

»Aber wenn sie in den Nullpunkt übergehen, werden sie alle gleich«, warf Manfred hin, und die beiden anderen verstanden durchaus, dass er eine fortschreitende Verkleinerung mit Grenzübergang gegen Null meinte. Aber was der Colonel nicht verstand, war die Tatsache, dass dieser Satz des Jungen eine Art Schauer in ihm ausgelöst hatte, und er fragte nach einer Weile: »Was meinst du, was bedeutet das?«

»Ich weiß doch auch nicht«, antwortete der Junge fast verzweifelt. Leutnant Markow legte Manfred die Hand auf den Arm. »Nicht ausrasten«, sagte er fast zärtlich. »Wir sind ganz schön weit gekommen. Wir wollen doch nicht annehmen, dass wir alles auf Anhieb lösen können. Ich glaube, jetzt brauchen wir eine Pause. Federball?«

»Federball ist gut«, stimmte der Junge zu. Gerade in diesem Moment kam ein Rufzeichen auf der Kommandoleitung. Der Colonel meldete sich und sagte: »Augenblick bitte!« Er brauchte aber die beiden Jüngeren nicht erst zu bitten, sie waren schon fast draußen.

Auf dem Bildschirm erschien der Kopf eines älteren Mannes, im Hintergrund waren verschwommen gläserne Rohre und Gefäße zu erkennen, ein Labor offenbar.

»Die Abluft enthielt Spuren von Pulverqualm, das ist jetzt exakt nachgewiesen«, berichtete der Chemiker.

»Wann war das?«

»Während des Countdowns. Deshalb konnten wir auch nicht informieren.«

»Warum zum Teufel haben Sie mich nicht benachrichtigt!«, schimpfte der Colonel. »Ich weiß, dass die Leitungen gesperrt sind beim Countdown, dann hätten Sie eben selbst kommen müssen! Wieviel?«

»Was wieviel?«

»Wieviel Pulverqualm!«

»Ja also, unter Berücksichtigung der Rate der Zersetzung durch die Filter und ...«

»Wieviel! Mann, ich will wissen, ob die beiden sich umgebracht haben!«

»Kaum. Die Pulvermenge entsprach etwa der gesamten vorhandenen Munition. Da hätten sie schon ein paar Dutzend Mal aneinander vorbeischießen müssen. Ich weiß ja nicht, wie der Mormone schießt, aber Sergeant Fletcher? Der schießt nicht vorbei.«

»Pulverqualm? Was für Pulver?«, fragte der General.

»Die Waffenkammer unten ist mit alten Handfeuerwaffen ausgerüstet«, erläuterte der Colonel geduldig, »auf der Basis von Explosivstoffen, nicht mit Strahlenwaffen, weil deren Streufelder den Elefanten beeinflussen könnten.«

»Und wozu sind da überhaupt Waffen?«, fragte der General und merkte sogleich, dass er eine dumme Frage gestellt hatte. So ist nun mal die Army – ohne Klein-Klein-Waffen geht's nicht. Der Colonel hob auch nur die Schultern, und der General winkte ab.

»Was glauben Sie, was die beiden da getrieben haben?«

»Ich denke, es war der Sergeant«, sagte der Colonel, »der Mormone weiß bestimmt nicht mal, dass da solche Wildwest-Ausrüstungen herumliegen.«

»Vielleicht wollte er das Tor sprengen«, riet der General, und im gleichen Augenblick wurde ihm heiß. Wenn der wirklich, dann, unvermeidbar – aber nein, der Elefant existierte noch, die Rückmeldungen bewiesen es, die von den abgesprengten Leitungen des Außenrings kamen, man hatte sie mit Messgeräten armiert, sofort nach der Sprengung, genau zu diesem Zweck: zu wissen, was der Elefant befahl. Die Messgeräte gaben die ankommenden Signale in den Decoder, und bisher hatte der Elefant nichts Aufregendes befohlen.

»Wenigstens hat er es nicht tatsächlich versucht«, bestätigte der Colonel, »was nun wirklich vorgefallen ist, können wir nur raten, eins an der Sache ist aber positiv: Es ist ein Lebenszeichen von den beiden.«

Der General nickte, etwas abwesend, denn ihm war eben klar geworden, dass er dem Colonel würde mitteilen müssen, was dieser noch nicht wusste und als Stellvertreter auch nicht wissen durfte, nur sein überflüssiger Chief, der Gott sei Dank weit weg war, der wusste es. Das war eine Klippe, die er, der General, nicht aus eigener Machtvollkommenheit umschiffen konnte. Es wäre ein Verstoß gegen das Allerheiligste jeder Armee, eine Ausweitung der Geheimnisträgerschaft auf Unbefugte. Vielleicht war es doch nicht so schlecht, dass der Berater des Präsidenten hierherkam, mit dessen Hilfe ... nun, man würde sehen.

»Ein Lebenszeichen also?«

»Ich denke ja. Wir müssen jetzt womöglich noch behutsamer vorgehen.«

»So behutsam wie nötig«, bestätigte der General, »und so schnell wie möglich. Wie weit sind die Vorbereitungen für den Innenring? Für welchen Weg haben Sie sich entschieden?«

Der Colonel grinste – ein erstaunlicher Anblick für den General, der das strenge Gesicht seines stellvertretenden Technikchefs noch nie mit so runden Falten um Mund und Augen gesehen hatte.

Aber gleich darauf hatte Colonel Ernestino sein Gesicht wieder in der Gewalt.

»Wir haben alle drei vorgeschlagenen Varianten verworfen und eine neue ausgedacht, die ist sicherer, weil sie einfacher ist.«

»Wie wollen Sie vorgehen?«, fragte der General ungeduldig. Das Gerede konnte er sich doch sparen!

»Wie der Teufel in der Hölle«, erklärte der Colonel in sachlichem Ton, als handele es sich um technische Angaben, »mit siedendem Pech. Die Raketen starten nicht, wenn der Deckel ihres Startlochs geschlossen ist. Den gleichen Effekt erreichen wir, wenn wir ihre Sensoren zukleben. Es ist vielleicht nicht direkt Pech, was wir verwenden, es ist eine flüssige, heiße Masse, die sofort gerinnt, wenn sie auf etwas Kaltes trifft, die Chemiker haben sie uns nach unseren Wünschen zusammengebraut. Hubschrauber, jeder mit einem Fass von dem Zeug, nähern sich den Standorten der Raketen. Dadurch wird der Innenring alarmiert. Die Deckel öffnen sich. Die Hubschrauber kippen ihr Zeug ab, und einen Moment später zerstört ein Laser die Kommandoleitung vom Elefanten zum Innenring, dort, wo wir schon ein Loch gebuddelt hatten. Denn jetzt haben wir ausreichend Zeit dazu. Fünf Sekunden werden genügen.«

Der General nickte. Er brauchte nicht zu fragen, ob alles genau berechnet sei, ob die einzelnen Teilschritte an Simulationsmodellen geprobt waren, das war alles selbstverständlich. Er fragte nur: »Wann?«

»Neun Uhr dreißig p.m.«, antwortete der Colonel.

Spätabends also. In New York war da schon Nacht. Besser wäre am frühen Nachmittag, also abends nach New Yorker Zeit. Damit die Leute seinen Erfolg mitbekamen. Das würde morgen den Niedergang der UC-Aktien stoppen. Denn bisher hatten die verdeckten Aufkäufe nicht dazu geführt, dass die Aktien sich erholten. Irgendjemand schob immer welche nach. Es kam darauf an, wer länger durchhielt – wenn die Kurse nicht wieder stiegen, entstand die Gefahr eines Bankrotts.

»Nicht früher?«, fragte der General so beiläufig, wie er konnte. Aber der Colonel hörte die Unruhe doch heraus.

»Nicht früher«, sagte er. »Wenn auch nur eine Ladung Pech danebengeht, haben wir den Schlamassel.«

Der General nickte, und das überraschte den Colonel. Er hatte Gegenargumente erwartet, denn er hatte inzwischen begriffen, dass der Zeitplan des Generals von anderen Dingen als dem militärischen Sachverhalt abhing. Oder stimmte das doch nicht? Er war zur Widerspenstigkeit entschlossen gewesen, war aber nun doch froh, dass er sich nicht mit dem General streiten musste. Genau genommen, hätte er gar nicht gewusst, wie er das hätte anstellen sollen. Allenfalls mit unbestechlicher, aber lästiger Sachlichkeit. Diesmal war es nicht nötig gewesen. Erleichtert meldete der Colonel sich ab.

»Bitten Sie Frau Fletcher zu mir«, beauftragte der General den eintretenden Adjutanten. Fünf Minuten später trat Bess ein, etwas verlegen, bereit, Vorwürfe entgegenzunehmen, aber nicht bereit, von ihren Absichten zu lassen. Der General schloss die Akte, in der er geblättert hatte, ließ sie aber vor sich liegen. Absichtlich war er so unhöflich, sitzen zu bleiben. Mit einer Handbewegung bot er ihr einen Platz an.

»Haben Sie sich mit dem Jungen abgestimmt?«, fragte er sachlich.

»Ja«, sagte Bess, schüttelte ihre Verlegenheit ab und fragte direkt: »Was ist mit dem Pulverqualm?«

»Ein Lebenszeichen von den beiden«, antwortete der General und schüttelte den Kopf. »Ich muss Sie wohl hierbehalten«, setzte er fort, »Sie erfahren alles und machen zu viel Lärm in der Öffentlichkeit.«

»Darf ich erfahren, wie Sie das meinen?«, fragte sie steif.

»Haben Sie nicht das Interview gehört?«

»Nein, nur von anderen. Ich war gerade unterwegs.«

Der General schaltete den Videorecorder ein und fuhr bis zu der Stelle, an der der Interviewer die Rede auf das Komitee brachte.

»Warum erfahre ich von diesem Komitee später als die Öffentlichkeit? Und nur durch Zufall?«

»Warum erfahre ich von diesem Lebenszeichen später als der ganze Stab? Und nur durch Zufall?« Kampflustig benutzte Bess die vom General vorgelegten Formulierungen.

Der lachte. »In meinem Fall ist die Frage schnell beantwortet: Ich selbst habe soeben erst davon erfahren. Ich zweifle aber, ob Sie meine Frage ebenso schnell beantworten können.«

»Nein«, sagte Bess kleinlaut, »kann ich nicht.«

»Na, wollen mal sehen. Wer hat von dem Komitee gewusst?«

»Also erst mal unsere Frauen, ich glaube, ungefähr sechzig von ihnen. Es kann natürlich sein, dass von ihren Verwandten, bei denen sie untergekommen sind …«

»Da habe ich eine höhere Meinung von unseren Frauen. Wer hat sonst noch davon gewusst?«

Bess hatte das deutliche Gefühl, dass das alles rhetorische Fragen waren und der General längst wusste, wonach er fragte.

»Ich wüsste im Augenblick nicht«, sagte sie etwas ärgerlich, »aber wenn Sie es wissen, sagen Sie es bitte!«

Der General schlug die Mappe auf, die noch vor ihm lag. »Die Quelle für den Interviewer war ein führender Mann von den Sozialisten. Ein gewisser Kensington Berringer. Kennen Sie ihn?«

Empört verneinte Bess.

»Aber Sie kennen vielleicht seine intime Freundin. Sie heißt Vera Sokolowa.«

Bess fand nicht gleich eine Antwort, sie musste erst mit der Enttäuschung fertig werden, dass diese sympathische Frau ihr Vertrauen missbraucht haben sollte. »Ja«, sagte sie schließlich leise, »die hat das durch Zufall mitgekriegt.«

Der General war zufrieden. Zweierlei hatte er erreicht: Erstens hatte Bess ihre streitbare Haltung aufgegeben, und zweitens, das war zu hören gewesen, hatte sie sich innerlich ein wenig von dieser Freundschaft distanziert. Nun war es Zeit einzulenken.

»Ich sage Ihnen das, weil ich Sie für fähig halte, diese Information in Ihrem Herzen einzuschließen und sie sich nicht anmerken zu lassen. Wenn Sie also zufällig Frau Sokolowa begegnen, sagen Sie ihr nichts davon.« Der General grinste plötzlich verschwörerisch. »Dass Sie nicht mehr ganz so begeistert von ihr sind wie anfangs, das darf sie aber ruhig merken.«

»Gut«, sagte Bess und richtete sich wieder auf, und für einen kurzen Augenblick bedauerte der General, dass er sie nicht stärker in die Mangel genommen hatte, denn schon sprach sie wieder mit ihrem entschlossenen, fast kriegerischen Ton: »Und wann können nun unsere Frauen zurückkehren?«

»Wenn unsere kleine Operation heute Abend gelingt, dann besteht keine Gefahr mehr für Space Town. Die Evakuierung ist dann ab morgen früh aufgehoben. Oder meinetwegen auch ab heute zwölf p.m. Ortszeit. Ach, Sie können mir einen Gefallen tun – teilen Sie das dem Bürgermeister mit, ja?«

Bess nickte lächelnd. Sie durchschaute die kleine Intrige, und das brachte sie wieder in Übereinstimmung mit diesem General: Der konnte den Bürgermeister genauso wenig leiden wie sie, und er wollte ihn wohl ärgern, indem er ihm diese wichtige Information nicht selbst oder durch einen Adjutanten übergab, sondern eben durch sie, eine einfache Bürgerin.

»Und heute Abend ab neun sind Sie auch hier, unten im Bunker«, sagte der General, nun wieder ernst.

»Ich sage das auch meinen beiden Nachbarinnen, die mit mir gekommen waren«, erklärte Bess, »damit sie wieder zurückfahren und schon packen.« Plötzlich musste sie grinsen. »Sie haben's mit der Angst gekriegt und sind abgehauen, als wir das Camp leer fanden.«

* * *

»Und dieser Spalt da, wo die Luft durchpfeift – du meinst, den kann man nicht aufbrechen?«

»Ich habe auch darüber nachgedacht«, gestand Earl Conelly, »aber ich glaube nicht, dass das geht. Sicherlich, dem Elefanten wird's egal sein. Aber das klang mir doch sehr massiv, als ich dagegen geklopft habe.«

»Ich würde das mal probieren«, sagte der Sergeant, sehr zurückhaltend freilich, ohne die gewohnte Bestimmtheit, »ich glaube, wenn wir da durchkommen, sind wir schon so gut wie draußen.«

Earl Conelly konnte nicht anders, er musste auf die sonderbare Zaghaftigkeit des Gefährten entgegenkommend reagieren. In beiden wirkte noch das schlechte Gewissen, das der eine gegen den anderen hatte, und so antwortete der Operator:

»Kannst es ja mal versuchen, hast ja doch wohl mehr Kraft als ich mit meinen Bastlerarmen.« Er glaubte natürlich im Stillen, dass da wirklich nichts zu machen sei, aber es konnte ja nicht schaden, wenn der Sergeant sich selbst davon überzeugte.

Der kletterte denn auch tatendurstig auf den Tisch, klopfte mit einem Hämmerchen die Wand rund um rund um das Loch ab und fand, dass der Beton zum Loch hin in eine Blende aus leichterem Material überging. »Na also«, triumphierte er, »hier geht es erst mal weiter!«

Er holte einen Meißel und einen großen Hammer und fing an, die Blende aufzubrechen, was gar nicht schwer war. Als Earl Conelly ihm dann raten wollte, mit welchen Körperbewegungen er am besten die Schräge hinaufkam, winkte er nur ungeduldig ab.

»Sieh dich vor an der Halterung, in der das Gitter gesessen hat, da kannst du dir leicht was aufreißen!«, rief der Operator dem Sergeanten noch zu, als dieser schon durch das Loch in die Entlüftung kletterte. In dem Augenblick, da er endlich etwas Handfestes tun konnte, waren dem Sergeanten Ratschläge aller Art nur lästig. Die Erfolge seines Lebens hatte er dadurch erreicht, dass er das, worauf es ankam, besser konnte als die andern. Anfangs hatte er es sich eingeredet, später hatte er gewusst, dass es so war, immer natürlich im begrenzten Kreis seiner Pflichten, und dieses Wissen hatte ihn ruhig und zielstrebig gemacht und ihn, andererseits, vor Überhebungen bewahrt. In den letzten zwei Tagen hatte er darunter gelitten, dass es für seine Kompetenz hier keine Betätigung gab. Nun, jetzt gab es sie, und er würde niemanden enttäuschen, zu allerletzt sich selbst. Mit diesem ganz klaren Vorsatz machte er sich auf den Weg.

Ein bisschen komisch war ihm dabei, er war jahrelang nicht mehr auf allen Vieren gekrochen, seit die Kinder klein und auf ihm geritten waren, er kam sich ungelenk vor, und ein wenig drückte es auch an den Knien, aber so etwas musste man überhaupt nicht beachten, er nahm sein Hämmerchen aus der Brusttasche und klopfte hier und da gegen den Boden, die Seitenwände, die Decke – alles massiv, wie es schien, die Wetterführung war offensichtlich in den Beton eingegossen und dann von innen mit einem glatteren Material ausgekleidet worden, wenigstens hier. Ob auf der ganzen Strecke, würde sich zeigen.

Im Licht der Lampe konnte er gut sehen, erkannte euch schon von weitem die Stelle, an der das Filtergitter herausgeschnitten war, und passierte sie ohne Schwierigkeiten. Siehst du, sprach er in Gedanken mit seinem Partner, da denkst du, du musst mir Ratschläge mit auf den Weg geben, gar nicht nötig, und hier kommt nun die Schräge, aufwärts geht's, und was bitteschön soll daran schwierig sein? Naja, so ein dünner Hering wie du, der hat da vielleicht Probleme, aber ich bin ein Brocken, der Breite nach passe ich gerade hinein, und der Bauch haftet auch besser am Boden – ich hätte vielleicht gleich als erster gehen sollen.

Er brach das in Gedanken geführte Gespräch ab, weil es ihm plötzlich unehrlich vorkam. So hätte er nie wirklich mit dem Gefährten geredet, und er war wohl auch auf dem besten Wege, sich in eine Art Überheblichkeit hineinzusteigern. Bloß das nicht – so schön Erfolge sind, aber man muss immer mit den Beinen auf der Erde bleiben.

Eigentlich, dachte er, waren sie doch ein gutes Team. Sie hatten freilich manches Überflüssige probiert, aber das konnte man vorher nicht wissen, was überflüssig sein würde, Hauptsache, man probierte überhaupt was. Und wenn der eine über die Stränge schlagen wollte, dann hielt der andere ihn zurück. Na gut, in diesem Falle war wohl er, der Sergeant, mehr der eine, und der Operator mehr der andere. Vielleicht wären sie schon zur Hölle gefahren, wenn Earl ihn nicht niedergeschlagen hätte. Und für den war das wahrhaftig eine Leistung, schon körperlich und erst recht seelisch. Freilich, ein wenig zu schwach war der Schlag gewesen, es war ihm nur schummrig vor Augen geworden, aber dann, in der schnellen Erkenntnis, dass er selbst im Begriff gewesen war, die Grenze des Machbaren zu überschreiten, hatte er sich bewusstlos gestellt, warum, hatte er in diesem Moment auch nicht gewusst, jetzt fiel es ihm ein: er war sich nicht darüber im Klaren gewesen, wie er hätte reagieren sollen. Einen Schlag entgegennehmen, ohne dass daraus eine ordentliche Prügelei entstand, dazu musste man wohl Jesus sein. Dabei war es gewiss eine primitive Ehrauffassung, dass man auf einen Schlag mit einem Gegenschlag antworten müsse, und er hätte sie verbal auch nicht vertreten, aber ein bisschen davon steckte wohl in jedem. So hatte er sich lieber um eine sofortige Stellungnahme gedrückt. Nachträglich konnte er grinsen über sein eigenes Verhalten wie auch über Earls Bemühungen, ihn auf die Liege zu zerren – jaja, Strafe muss sein, mein Lieber! – aber dann wieder war das ganze eben doch nicht zum Grinsen.

Unter solcherlei Überlegungen erreichte der Sergeant schließlich die Stelle, wo sich der Gang zum Spalt verengte. Er klopfte hier gründlicher die Wände ab, er konnte sich einfach nicht vorstellen, dass so etwas direkt ursprünglich in den Beton gegossen war, und wenn er Earls Bericht richtig verstanden hatte, dann musste ja hier um den Kanal herum eine Maschinerie stehen, die keineswegs eingegossen sein konnte, weil sie ja doch einmal, wenn auch nicht schon nach einem Jahr oder auch nicht nach fünf Jahren, aber eben doch irgendwann einmal gewartet werden musste oder sogar repariert. Dann aber musste es einen Übergang von dem Kanal im Beton zu dem Kanal im Maschinenraum geben.

Das einzige jedoch, was er fand, waren diese zwei Platten, von denen die Ionisierung der Luft ausging. Er hielt sie für Abdeckungen von Montagelöchern, der Operator war gar nicht mehr dazu gekommen, ihm die Pumpe zu erklären. Also versuchte er, diese vermeintlichen Abdeckungen zu entfernen. Er hätte eigentlich schnell erkennen müssen, dass er einem Irrtum folgte, denn die Platten leisteten mehr Widerstand, als man das bei Abdeckungen erwarten konnte, aber er war so in Eifer, so sehr vom Drang nach vorn, nach draußen erfüllt, dass der Widerstand des Materials nur seine Wut hervorrief und er immer mehr Kraft in seine Schläge legte. Als er dann die erste wirklich entfernt hatte und keinen Hohlraum darunter fand, war er enttäuscht – aber nur für einen Augenblick. Dann kam ihm der Gedanke: muss ich eben tiefer bohren! Bohren? Na klar! Er würde einen Bohrer holen und das Loch vertiefen. Oder die Nahtstelle mit Probebohrungen suchen, die Stelle, wo der gerade Teil des Kanals in die Verengung überging! Also zurück.

Er überwand die Abzweigung mit zwei Bewegungen zurück und wieder vorwärts, hatte seine Schwierigkeiten mit der Schräge und merkte erst an ihrem Fuß, dass der Luftzug, der vorher im Minutenrhythmus ein- und ausgesetzt hatte, nicht mehr auftrat. Ihm wurde heiß – hatte er da etwas kaputt gemacht? Die Abdeckungen, die gar keine waren? Moment mal, Earl hatte von einer magnetischen Pumpe gesprochen – gehörten die Platten dazu? Gab es jetzt keine Frischluft mehr, wenn die verbrauchte nicht abgepumpt wurde? Wie lange würde die Luft in ihrem Grab da unten reichen? Ihm kam es so vor, als bekäme er schon jetzt keine Luft mehr, er atmete tief ein und aus und hatte trotzdem nicht das Gefühl, dass das ausreiche. Und als er nun mit den Füßen gegen die Halterung des Filters stieß, bekam er einen solchen Anfall von Klaustrophobie, dass er fast gebrüllt hätte. Er wollte sich zur Ruhe zwingen, aber alle die disziplinierenden Gedanken wurden von der gewaltigen Angst, die ihn erfasste, wie Seidenpapier zerfetzt, und mit der Angst kam der Befreiungstrieb, der ihn gegen Boden und Wände schlagen ließ, blindwütig, ergebnislos, was wieder die Angst vergrößerte. Die körperlichen Schmerzen, die er sich zufügte, ließen für einen Augenblick den Pegel der Phobie etwas sinken, und eine einzige, kleine Überlegung trat hervor: er musste nur diese Halterung überwinden, dann kam ja gleich das Einstiegsloch, und richtig, es gelang ihm auch, die Beine durchzustecken, aber dann blieb er mit den Armen hängen, die Klaustrophobie zwang ihn, sich so breit wie möglich zu machen, und er hätte sich doch gerade schmal machen müssen. Wieder wütete er und tobte gegen die unnachgiebigen Wände.

Earl Conelly hatte nicht ohne Sorge die Schläge gehört, mit denen der Sergeant vorn an der Pumpe wohl einen Durchgang zu schaffen suchte. Ihr Hall tönte bis hierher, und in Wahrheit war es nicht nur Sorge, was ihn bewegte, auch Hoffnung war dabei, dass der Gefährte seinen körperlichen Tatendurst mit Nutzen für sie beide stillen konnte, und auch für die da draußen, die immer noch keinen Weg zu ihnen gefunden hatten, und er fragte sich, ob die wohl oben am Abluftstutzen saßen und die Schläge auch hörten. Freilich konnte er nicht einmal vermuten, ob sich der Schall dort so fortpflanzte wie in der ungebrochenen Strecke bis hier, aber wenigstens darauf hoffen konnte er ja doch. Als dann die Schläge aufhörten, nickte der Operator. Er kommt zurück, also hat er etwas erreicht, andernfalls hätte er weitergearbeitet. Schön, dann würde er ihm mit einem verdienten Frühstück aufwarten! Der Operator brühte Tee, deckte auf einem Hocker den Tisch, was inmitten des militärisch-geschmacklosen Inventars beinahe komisch aussah, und fing dann an, sich zu wundern, wo der andere blieb. Jede Hausfrau, auch wenn nur vorübergehend in dieser Funktion, ärgerte sich schließlich zu Recht, wenn das Essen fertig und der Tisch gedeckt war und der Erwartete nicht kam.

Der Operator kletterte auf den Tisch, steckte den Kopf in den Luftkanal und horchte. Er hörte es poltern und schnaufen und stöhnen, und für einen Augenblick standen ihm die Haare zu Berge, so wenig menschlich hörte sich das an. »Sarge!« rief er und »Billy!« und »Was ist los?« Es wurde still im Kanal, aber Antwort bekam er nicht. Da erinnerte er sich an die leichten Anfälle von Klaustrophobie, die er selbst verspürt hatte, und mit denen er vielleicht deshalb fertig geworden war, weil er sofort gewusst hatte, worum es sich handelte. Oder auch, weil er sich an dem starken Kameraden innerlich festhalten und aufrichten konnte. Aber als er das dachte, war er schon in den Abluftkanal hineingeklettert und kroch vorwärts. Irgendwo da vorn musste der Sergeant stecken, er sah einen schwachen Lichtschein.

Jetzt hörte er gar nichts mehr, und das ängstigte ihn mehr als die Geräusche vorher. Für einen Augenblick war das eine ganz egoistische Angst: nicht allein bleiben hier unten, nur nicht allein! Dann stieß er mit der Hand gegen einen Stiefel des Sergeanten. Jetzt Vorsicht: wenn der wieder anfing zu toben ... Er fasste den Fuß mit beiden Händen und zerrte daran, sprach zugleich auf den anderen ein, er solle sich ganz lang machen, und gleich wären sie beide wieder draußen, nur ein paar Meter, und während er unaufhörlich redete, in der Hoffnung, den anderen sowohl zu beruhigen als auch aufzuwecken, überlegte er fieberhaft: wie lag der Sergeant? Hier musste die Halterung in der Nähe sein, wahrscheinlich war er darin steckengeblieben, und wenn er an ihm zerrte, würde er das Gesicht über den Rahmen ziehen, und Kinn und Nase würden das übelnehmen, also musste er versuchen, ihn zu drehen, aber das war schier unmöglich, er suchte den anderen Fuß, nein, der Sergeant lag auf dem Bauch, die Beine gespreizt und krampfhaft gegen die Wandung gepresst, und Earl Conelly fühlte sich hilflos zum Heulen. Es blieb nur, den Sergeanten so lange zu rütteln, bis der zu sich kam. Er fasste den linken Fuß und begann, ihn rhythmisch zu bewegen. Nach einiger Zeit bemerkte er, dass der Widerstand nachließ, er konnte das ganze Bein bewegen, und dann fragte der Sergeant mit matter Stimme: »Bist du das, Earl?«

»Ja, Mann, schlaf nicht ein, es sind nur noch ein paar Meter. Heb die Nase, ich zieh dich!«

Nur einen halben Meter hatte er den anderen gezogen, allerdings unter erheblicher Mühe, als dieser sagte, er solle ihn kriechen lassen, es ginge wieder, und es ging auch wirklich. Minuten später sprangen sie wieder in die Zentrale.

Der Sergeant sah gleichermaßen zum Lachen wie zum Fürchten aus. Aufgeschunden an Gesicht und Händen, mit einem halben Dutzend Rissen und Dreiangeln in der Uniform, stöhnte und ächzte er bei jeder Bewegung.

»So ein Mist«, murrte er, »hab ich doch früher nicht gekannt, durch die engsten Röhren bin ich gekrochen, gehörte ja zur Ausbildung, ich kann mich nicht entsinnen, dass ich da jemals auch nur eine kleine Beklemmung gespürt hätte, wie ist denn sowas möglich!«

»Das kommt mit dem Alter«, sagte der Operator nicht sehr trostreich, »aber nun sag mal, was hast du denn da gehämmert?«

»Ich glaube, ich habe wieder mal Mist gebaut«, erklärte Bill Fletcher, »eigentlich wollte ich einen Bohrer holen und vorn weitermachen, aber unterwegs fiel mir auf, dass ich wahrscheinlich diese Luftpumpe da kaputtgemacht habe, und da ging es los mit dieser – wie nennst du das?«

»Klaustrophobie.«

»Na meinetwegen. Hoffentlich reicht nun die Luft für uns.«

»Ich denke, sie werden es merken, draußen.«

»Und?«

»Na, dann bauen sie vielleicht oben eine Pumpe vor den Abluftstutzen, die ansaugt.«
»Dann ist das vielleicht gar nicht so schlimm?« Es klang fast zaghaft.
»Auf jeden Fall führt es zum Kontakt.«
Der Sergeant sah den Operator misstrauisch an. Sagte der das etwa bloß, um ihn zu trösten? Nein, wohl nicht. Trotzdem.
»Bist ein Kumpel«, sagte der Sergeant.

* * *

Mit finsterem Gesicht betrat Generaloberst Teljagin sein Zelt, in dem sich die acht Mitarbeiter der Inspektionsgruppe wie jeden Nachmittag um sechzehn Uhr oder, wie man hier sagte, um vier p.m., versammelt hatten. Er kam vom General, dem amerikanischen Chef, das wusste man, und es musste wohl unangenehm sein, was er dort erfahren hatte. Einen kurzen Blick warf er Vera zu, und sie erkannte sofort, was auf sie zu kam.

Zunächst jedoch wickelte der Generaloberst die sozusagen normalen Geschäfte ab. Obwohl sie erst den zweiten Tag hier waren, hatte sich schon eine feste Reihenfolge der Themen ergeben. Es war nicht viel, das sie hier tun konnten, eigentlich gar nichts, denn ihre wichtigste Tat bestand ja in ihrer Anwesenheit und im ständigen Kontakt mit der Heimat – stündliche Meldung an den Generalstab mittels eigener Funktechnik und über eigenen Telesatelliten. Doch gerade diese Anwesenheit sei das Neue, erklärte der Generaloberst, das, was vielleicht zukünftige Entwicklungen zu einer tiefer greifenden Abrüstung unterstützen könnte, als eine der nötigen Methoden, dem Partner Sicherheit zu verleihen, und wer diese Anwesenheit gefährde, der gefährde die Zukunft der Menschheit, was er auch immer für Motive habe.

Hier horchten alle auf, denn der GO war nicht als Freund langer Reden bekannt, und für diese Sentenz musste es einen bestimmten Anlass geben. Sie brauchten nicht lange zu warten.

»In dem Interview, das General Detlefson heute gegeben hat, wurde ihm unter anderem auch die Frage nach einem Rückkehr-Komitee der Bevölkerung von Space Town gestellt, das sich eben erst gebildet hatte. Nachforschungen haben ergeben, dass ein Mitglied unserer Gruppe die Information über dieses Komitee weitergegeben hat, und zwar an oppositionelle Kräfte dieses Staates. Aus der Sicht des Generals und, ich muss hinzufügen, auch aus meiner Sicht ist das ein Verstoß gegen Geist und Bedingungen unserer Anwesenheit an diesem Ort. Ich habe mich bei General Detlefson für diesen Verstoß entschuldigt und mein Wort dafür gegeben, dass Ähnliches nicht noch einmal auftritt. Ich muss wohl nicht wiederholen, was ich vorhin gesagt habe, nur diesen einen Gedanken noch: Wenn je einmal bei der Diskussion von Abrüstungsfragen innerhalb dieses Staates die konservativen Kräfte ein Argument brauchen, um solche Methoden der gegenseitigen Sicherheit als fragwürdig hinzustellen, denn werden sie dieses Vorkommnis ins Feld führen. Möchten Sie dazu eine Erklärung abgeben, Frau Sokolowa?«

»Ja, das möchte ich!«, sagte Vera, die aufgestanden war und nun von allen angestarrt wurde, teils besorgt, teils neugierig. Sie war sich im Klaren darüber, dass ihre Äußerung den Sachverhalt nicht verändern würde und wohl ebenso wenig die Bewertung der Militärs, nicht einmal der eigenen. Aber darum ging es ihr jetzt nicht, auch nicht um die unmittelbaren und mittelbaren Folgen für sie selbst. Sie wollte die Gedanken der Militärs bewegen, und nicht nur der eigenen, denn was sie jetzt sagte, würde gewiss in den Archiven der wichtigsten Geheimdienste sorgfältig aufbewahrt werden. Wenn es ihr gelang, nicht etwa ihr Handeln zu rechtfertigen, sondern die eingefahrenen Denkweisen zu erschüttern, die ihren Anteil hatten an der immer weiteren Verschleppung der vollen Abrüstung, dann hatte sie einen zwar unsichtbaren, aber nicht unwirksamen Beitrag geleistet, die Geschicke der Menschheit in die friedliche Richtung zu lenken – soweit ein einzelner überhaupt dazu beitragen kann.

»Wir leben nicht mehr im Zeitalter der Konfrontation«, begann sie. »Das ist ein umstrittener Satz, ich weiß, und besonders Militärs in aller Welt neigen dazu, ihn zu relativieren. Sollte er einmal nicht mehr umstritten sein, sondern zum wirksamen Konsens der Politiker, Militärs, Wirtschaftler und Wissenschaftler gehören, werden die technischen und organisatorischen Schwierigkeiten für eine totale Abrüstung nicht mehr unüberwindlich sein. Übrigens: die kleinen Leute in allen Ländern haben diesen Konsens längst hergestellt.

Bis auf ein paar militante Bewegungen vielleicht, die aber auch ihre Waffen und Sprengstoffe nicht selbst produzieren.«

Ein leises, fast unhörbares Murren ging durch den Zeltraum, mehr ein Raunen, aber deutlich mit ablehnendem Akzent. Vera spürte förmlich die Vorbehalte der Mitarbeiter, und traurig dachte sie: also auch hier. Aber zugleich schöpfte sie Mut daraus. Nein, sie würde sich nicht verteidigen – sie wollte angreifen; nicht sich rechtfertigen, sondern zeigen, was nicht zu rechtfertigen war: wenn einer auch nur die geringste Möglichkeit zur Einflussnahme ungenutzt vorbeigehen ließ.

»Wenn Sie sich das Interview noch einmal ansehen – wozu ich Ihnen dringend rate – dann werden Sie seine Stoßrichtung erkennen, und sie werden erkennen, dass die Information, die ich weitergegeben habe, nämlich über Existenz und Absichten des Rückkehr-Komitees, einen Dreh- und Angelpunkt in diesem Interview ausmacht. Darauf bin ich stolz, und ich wollte nur, ich hätte etwas noch Handfesteres gehabt. Dabei habe ich keine Ordnung, keine Pflicht eines Mitglieds dieser Gruppe verletzt, denn die Information stammt nicht aus diesem Camp, nicht aus dem Kreis der Dinge, die ich hier gehört und gesehen habe. Das einzige, was ich vielleicht verletzt habe, ist die bei uns zu Hause immer noch nicht überwundene Vorstellung, dass die Presse ein Sprachrohr der Regierung sein sollte.«

Jetzt hatte sie wieder ein Raunen hervorgerufen, aber diesmal glich es eher einem unterdrückten Lachen.

»Bei uns zu Hause«, fuhr sie fort, »weiß jedermann, dass die hiesige Presse großen Konzernen gehört, dass sie von Anzeigen abhängig ist und dergleichen. Wie inzwischen längst auch bei uns. Lassen Sie mich diesen überwiegend zutreffenden Aussagen noch einige hinzufügen, die sich bei uns noch nicht überall herumgesprochen haben: dass sie eine mächtige und unabhängige politische Kraft ist. Dass sie eine Kontrolle der Politik durch die Öffentlichkeit darstellt, die manchmal stärker und wirksamer ist als die der Parlamente. Ich lebe hier, und ich bezeuge, dass das so ist. Sie leben in der Heimat, und Sie sollten selbst urteilen, ob das bei uns auch schon so ist. Haben wir nicht immer noch eine regierungstreue und eine regierungsfeindliche Presse? Ich sage das nur, um begreiflich zu machen, dass es in den Augen der hiesigen Gesellschaft kein Verbrechen, sondern eine Pflicht ist, die Presse zu informieren, wenn man etwas weiß, von dem man glaubt, es dürfe der Öffentlichkeit nicht vorenthalten werden. Eine Administration, die daraus einen politischen Vorwurf ableiten wollte, würde sich lächerlich machen. Nein, ich muss den Vorwurf zurückweisen, ich hätte die Zukunft der Abrüstung gefährdet. Ich habe nur meinen Teil beigetragen, dass das wirklich Neue an der jetzigen Situation in die öffentliche Diskussion kommt: es geht auch ohne die Raumwaffen! Der Austausch von Delegationen der Generalstäbe könnte die Sicherheit garantieren, auch für eine Übergangszeit, die für den Abbau erforderlich ist.«

Vera setzte sich. Kein Räuspern war zu hören, nicht einmal ein lautes Atmen.

Der Generaloberst stand auf. »Dass Sie als Professor besser reden können als ich, war mir klar«, sagte er, und er machte ein so undurchdringliches Gesicht, dass man nicht erkennen konnte, ob er seine Worte anerkennend oder ironisch-verurteilend meinte. »Ich mache von dem mir erteilten Weisungsrecht Gebrauch und stelle Sie unter Hausarrest. Das bedeutet, dass Sie, solange Sie dieser Gruppe angehören, das Camp nicht verlassen dürfen.«

Vera war es zufrieden.

* * *

»Wieso das zweite Lebenszeichen?«, fragte der General.

»Das erste war der Pulverqualm. Das hier, die Zerstörung der Abluftpumpe, stellt sehr wahrscheinlich den Versuch dar, durch die Entlüftung herauszukommen. Das wird zwar nicht gehen, dazu ist die Anlage zu massiv, aber es gibt uns die Möglichkeit, direkt Kontakt aufzunehmen. Zuerst dadurch, dass wir absaugen, daran erkennen sie, dass wir es bemerkt haben. Dann haben unsere Techniker ausgerechnet – gestatten Sie?« Colonel Ernestino entrollte eine Skizze und zeigte mit dem Finger auf die jeweils benannten Stellen. »Wenn wir hier vor die Spalte einen Ultraschallgeber bringen, müsste sich ein hoher Ton im Abluftkanal auf der anderen Seite erzeugen lassen, mit dem wir morsen können. Und der für den Elefanten nicht wahrnehmbar ist.«

»Gut, und wie sollen sie antworten?«

»Wir haben zuerst gedacht, mit Schlägen gegen die Wandung, wir könnten ein Mikro vor den Spalt bringen. Aber dann haben wir uns gesagt, wir wissen nicht, wie der Elefant darauf reagiert, und so lange der Innenring noch nicht entschärft ist ...«

»Richtig.« Und auch weiterhin, dachte der General.

»Da ist uns eingefallen, was der Elefant nicht kann. Riechen.«

»Wie bitte?«

»Er kann nicht riechen. Aber wir können es. Unter den Alarmreserven gibt es Pfefferminzpillen. Wenn einer von den beiden eine zerkaut und in den Ablaufkanal hinein pustet, können wir das mit dem Geruchsanalysator feststellen. Sie können also antworten: Geruch bedeutet Ja, kein Geruch bedeutet Nein. Kontrollfrage: Haben sie eben mit Nein geantwortet? Antwort Geruch, Ja. Ein bisschen kompliziert, aber es soll ja nur der Anfang sein.«

»Und dann?«

»Wir haben ein Spezialkabel bestellt, das wir bis zum Spalt durchfädeln können, so eine Art riesiges Katheter. Es wird in zwei Stunden hier sein. Ab Spalt müssen sie es ziehen, und dann können sie den Telefonapparat anschließen, der in der Zentrale steht.«

Der General nickte, ein wenig amüsiert von dem Gedanken, dass in einem Zentrum der höchsten Modernität mit solchen primitiven Mitteln gearbeitet werden würde – aber in Krisenfällen war das wohl immer so, dass das gesamte Technikinstrumentarium der menschlichen Geschichte herhalten musste. Das bestärkte seine Achtung vor dem Improvisationsreichtum des Colonels. Immer besser wurde er sich dessen bewusst, welch einen wertvollen Mann er da hatte. Er stimmte vorbehaltlos zu. Als der Colonel schon am Zeltausgang stand, rief er ihn: »Colonel?«

»General?«

»Ach – nichts, schon gut.«

Der Colonel ging etwas verwirrt davon, wohl erfreut darüber, dass seine Absichten gebilligt waren, wo er Einwände, Beschleunigung oder Verzögerung erwartet hatte, aber zugleich mit dem Eindruck, dass der General sonderbar unentschlossen sei – solche Unsicherheit wie eben zum Schluss des Gesprächs hatte er bei ihm noch nicht erlebt.

Diese Unsicherheit, diese plötzliche Zurücknahme des Generals war aber die Folge eines Einfalls, der ihm in eben diesem Moment gekommen war. Er war schon entschlossen gewesen, den Colonel entgegen der Dienstvorschrift von jenem wichtigen Umstand zu informieren, den er nun wissen musste und doch nicht durfte, als ihm eine Variante einfiel, die er für besser hielt als den Bruch der Vorschriften, etwas, das er in dem bevorstehenden Gespräch mit dem Präsidentenberater aushandeln konnte. So bekam diese unangenehme Prozedur wenigstens noch einen positiven Aspekt. Denn der alte Pragmatiker würde sich diesem Vorschlag nicht entziehen können.

Und da kam schon die Meldung, dass der Hubschrauber mit dem Berater unmittelbar vor der Landung stünde. Der General eilte hinaus, um den Mann zu empfangen, der zwar nicht sein Vorgesetzter war, aber andererseits unter den Nicht-Vorgesetzten zweifellos der wichtigste Mann.

Als der Rotor zum Stillstand gekommen war und der Staub unter dem Helikopter sich gelegt hatte, stiegen sie aus – zuerst der Berater, vom General militärisch begrüßt, und dann – der General ließ sich seine Überraschung nicht merken – Charlie Kingcate. Was wollte der hier und wie kam er in die Mannschaft des Beraters? Mit von der Partie war außer den technischen Kräften auch ein ehemaliger General, den er flüchtig kannte und von dem er wusste, dass der in einigen Aufsichtsräten von Firmen saß, die mit der Rüstung der konventionellen Streitkräfte beschäftigt waren. Gaben etwa seine kleinen Börsengeschäfte den Grund für dieses Aufgebot? Kaum, es musste etwas anderes dahinterstecken. Nun, er würde es erfahren. Aber er musste sich wohl für noch härtere Auseinandersetzungen wappnen, als er sie ohnehin vermutet hatte.

»Bitte berichten Sie«, sagte der Berater, als sie allein im Zelt des Generals waren, »auch Einzelheiten interessieren. Vorab zu sagen: Der Präsident ist mit Ihrer bisherigen Tätigkeit in diesem Falle sehr zufrieden.«

Der General bedankte sich und bezweifelte im Stillen, dass dieses Kompliment eine verzuckerte Pille ohne jeden bitteren Inhalt sein sollte. Weshalb nur war dieser dicke Zivilist hierhergekommen? Was konnte er, was wollte er hier tun oder verhindern? War das Lob eine Verschleierung von Misstrauen? Nein, das war nicht der Stil dieses Präsidenten. Aber warum dann hatte der Präsident diesen Menschen zwischen sich und ihn, den General, geschoben?

Während er routiniert berichtete und auch die verlangten, interessanten Details so einordnete, dass sich dem Laien ein verständliches Bild ergab, suchte er unentwegt nach einer Antwort auf seine Fragen, auch nur nach einer halbwegs plausiblen Vermutung, aber er fand keine.

Der Berater bedankte sich für den Bericht, lobte ihn und fuhr dann fort: »Nun ein paar offene Worte, General. Ich weiß, dass Sie mich nicht mögen. Auch wenn ich das nicht wüsste, müsste ich doch davon ausgehen, denn diese Ihre Haltung ist vorbestimmt durch Ihre Funktion wie durch Ihre militärische Erziehung. Sie müssen sich aber damit abfinden, dass ich hier bleibe bis zum Abschluss der Affäre. Nehmen Sie an, zum Zwecke der Beruhigung der Öffentlichkeit, die ihre Militärs in solchem Falle nicht gern unbeaufsichtigt lässt. Ich werde mich in Ihre dienstlichen Obliegenheiten jedoch nicht einmischen. Sie brauchen keine Ihrer Entscheidungen mit mir abzustimmen. Nur informiert wäre ich gern. Warum ich wirklich hier bin, darüber werden wir sprechen, wenn der Druck aus dem Kessel ist. Sollte es nötig sein, sich an den Präsidenten zu wenden – außer natürlich, wenn Sie sich über mich beschweren wollen – dann besprechen Sie die Sache zuerst mit mir. Das ist eine Bitte des Präsidenten, keine Weisung von mir. Haben Sie im Augenblick noch Fragen?«

»Ja, ein Problem, mit dem ich mich sonst an den Präsidenten gewandt hätte, das Sie aber eventuell mit dem Pentagon regeln können, eine Leitung steht Ihnen selbstverständlich zur Verfügung, wie auch Unterbringung und Diensträume für Sie und Ihre Begleiter.«

»Ich höre.«

»Es gibt bestimmte technische Details, die nach Dienstvorschrift nur mir und meinem Technik-Chef bekannt sein dürfen. Der aber ist außer Landes, und die Arbeiten leitet sein Vertreter, den ich nun noch heute einweihen muss, sonst wird er bei den weiter notwendigen Arbeiten gefährlich uninformiert sein.«

Der Berater kniff die Augen zusammen.

»Sie würden ihm die notwendigen Informationen auf jeden Fall geben, mit oder ohne Genehmigung, sehe ich das richtig?«

»Das sehen Sie richtig.«

Ein längeres Schweigen folgte. Der General hatte mit dieser Frage mehr im Sinn gehabt als die Regelung dieses einen Problems. Er wollte herausbekommen, ob der Berater als Freund oder Feind gekommen war, oder besser: ob er ihn bekämpfen wollte oder etwas mit ihm aushandeln. Im letzteren Falle würde er sich die Möglichkeit, ihm einen Gefallen zu erweisen, nicht entgehen lassen. Im ersteren würde er es lieber sehen, einen Verstoß gegen die Vorschriften nicht zu verhindern.

»Ich sehe einen Weg«, sagte der Berater, »sehen Sie ihn nicht?«

»Zum Beispiel indem man Colonel Ernestino zum Technik-Chef befördert, und sei es nur vorübergehend.«

»Vorübergehend?«

»Mir wäre es schon endgültig lieber, aber er selbst legt da wohl keinen gesteigerten Wert darauf. Es würde vielleicht auch seine Schwierigkeiten haben, den wegdelegierten Chief woanders entsprechend unterzubringen.«

»Dieses Problem kenne ich. Gut, bis wann brauchen Sie die fernschriftliche Bestätigung?«

»Sagen wir – heute Abend.«

»Ich will sehen, was ich tun kann.« Der Berater erhob sich. »Ach, noch eins«, sagte er vom Zelteingang her, »nehmen Sie es als persönlichen Rat, nicht als offiziellen Wunsch: Ihr Spielchen an der Börse sollten Sie beenden, in Ihrem – und in höherem Interesse. Wir sprechen noch darüber.«

* * *

General Detlefson konnte sich nicht entsinnen, dass er sich schon jemals in seinem Leben so unsicher gefühlt hätte wie in dem Augenblick, als der Zeltvorhang hinter dem Berater gefallen war. Nicht nur, dass er die Reichweite des Beraters nicht abschätzen konnte – sie war gewiss nicht klein, wenn er ihm zur Lösung des Problems Ernestino verhelfen konnte; und sein letzter Satz ließ ahnen, dass es ihm nicht nur um irgendjemandes Vermögensinteressen ging – solche Dinge wurden an der Börse direkt ausgefochten. Auch das

Auftauchen von Charlie Kingcate hatte wohl nur nebenbei damit zu tun. Das schlimmste war, dass er diese Dinge nicht unvoreingenommen mit seinem Familienrat besprechen konnte. Denn gerade seine Frau, deren Urteil er am meisten schätzte, hatte ihre grundlegend andere Orientierung ja schon erklärt. Was denn – gab es etwa Parallelen zwischen ihrer Haltung und der des Beraters? Plötzlich nahm er die Bekundungen seiner Frau viel ernster als vorher. Es war ein unverzeihlicher Denkfehler, dass er sie erst jetzt, nach Untermauerung von offizieller Seite, so wichtig nahm, und er konnte sich das nur mit der Anspannung erklären, unter der er arbeitete. War er etwa doch nicht mehr der Mann unerschöpflicher Energie und sprudelnder Einfälle? Wurde er alt? Gut, diese Frage würde er sich allen Ernstes stellen, wenn die Angelegenheit hier vorüber wäre. Jetzt gab es Wichtigeres.

Zum Beispiel die Frage, ob es wirklich Übereinstimmungen gab zwischen der Position des Beraters und Renas Opposition. Es würde sich zeigen, aber im Augenblick war diese Frage nicht zu beantworten.

Dennoch musste entschieden werden. Der Berater hatte gewiss wichtige Gründe, die Frage jetzt zu stellen und nicht erst morgen, wenn Näheres besprochen werden sollte. Egal, ob sie seinem Rat folgten oder gegen ihn handelten – sie mussten es gründlich erwägen. Das konnte er nicht allein entscheiden.

Er stellte die Verbindung zu Frau und Schwiegervater her.

Rena, die sich nach ihrem Besuch am Vormittag entschieden hatte, zurück zu fahren, war auf seinen Anruf vorbereitet. Sie bildete sich nicht ein, ihren Gatten so bewegt zu haben, dass er sich die Sache inzwischen anders überlegt hätte; aber sie baute auf die Wirkung der Tatsachen, die – nach ihrer Meinung – den Abbruch des Börsenmanövers forderten, und zwar immer nachdrücklicher. Das aber würde heißen, dass der General seine Entscheidungen würde treffen können, ohne auf Vermögensfragen Rücksicht zu nehmen. Und dann, dessen war Rena sich gewiss, würde er jederzeit richtig, also im Sinne der Beilegung der Krise, entscheiden.

Sie hatte sich nicht mit ihrem Vater abgesprochen, für sie war der Mann die wichtigste Person, und sie hätte vielleicht mit dem General gegen den Vater gehalten, wenn das nötig gewesen wäre, nie aber umgekehrt. Dennoch passte das, was der Vater zu berichten hatte, genau in ihre Linie. Sowohl dem General als auch ihr selbst waren die Spielregeln nicht fremd, dennoch hatten sie nicht die intime Vertrautheit mit den Vorgängen, das fast unfehlbare Gespür für das Auf und Ab der Bewegungen und für die Kräfte, die dahinter standen, über die der alte Fuchs Elliot Karpatis verfügte – und gewiss auch nicht annähernd halb so viel Informationsquellen.

»Ich sage euch«, erklärte er, »wir schneiden bis jetzt nicht schlecht ab, vielleicht eine Million haben wir gutgemacht, nicht so viel wie wir dachten, aber wir sollten es dabei bewenden lassen. Ich habe den Ankauf unserer Aktien gestoppt, probehalber, sie sanken sofort ein bisschen, folglich bietet jemand welche an, ich habe nicht herauskriegen können wer, demnach stecken starke Kräfte dahinter. Wenn jemand deine Bestechung nicht annimmt, dann ist er von anderer Seite höher bestochen, so sehe ich das. Gleich danach haben sich die Kurse auf dem alten Stand gefestigt. Dabei sollten wir es belassen.«

Der General überlegte. »Ist jemandem unser Geschäft aufgefallen?« fragte er. »Hier ist nämlich Charlie Kingcate aufgetaucht, ich wüsste gern, was er hier will.«

»Die Bewegung war im Ganzen doch eher schwach«, sagte Rena, »und beschränkt auf unsere und ein paar verwandte Notierungen. Einige Beobachter schreiben, dass sie schwächer waren, als nach den Meldungen zu erwarten gewesen wäre. Im Club hörte ich von leichter Sorge, dass dergleichen zu einer Initialzündung für große Schwankungen werden könnte, an denen im Augenblick keiner interessiert ist.«

»Mir war zeitweise auch so«, bestätigte Elliot Karpatis, »als steuere da jemand sanft gegen unseren Kurs. Wir sollten wirklich ...«

»Ja, ja!«, sagte der General nervös, bedauerte aber den ungeduldigen Tonfall sofort und entschuldigte sich. »Ihr seid also beide für Stopp? Dann bin ich überstimmt.«

»Ich möchte deine Gründe hören«, sagte Rena, »du gibst doch sonst nicht so leicht auf?«

»Gut, gleich«, antwortete der General, »sag mir aber vorher noch mal schnell, wie war das Echo auf mein Interview mit diesem Publizisten?«

»Die seriösen Zeitungen haben es im vollen Wortlaut gebracht, die meisten TV-Stationen auch. Niemand hat gesehen, dass du bei der Erwähnung des Rückkehr-Komitees gestutzt hast, nicht einmal Vater und die Kinder, nur ich. Du hast eine gute Presse. Kaum Kritisches, nur ein paar Angriffe der üblichen Art bei Radaublättern. Und nun bist du dran.«

»Meine Gründe, ja«, sagte der General nachdenklich, »in erster Linie eure Meinung. Aber es gibt auch hier ein paar Dinge, die ich noch nicht durchschaue. Schon als Kind, wenn alle besonders lieb zu mir waren, wurde ich misstrauisch. Elliot fühlt irgendwelche stärkeren Kräfte an der Börse auf uns einwirken, und ich habe das gleiche Gefühl hier. Wir kennen unsere Schweine am Gang. Wir sollten uns danach richten.«

Er sah, dass Rena aufatmete, und er wusste nicht genau warum. »Bist du froh, weil das deinen Wünschen von heute Vormittag entgegenkommt?«, fragte er.

»Ja, auch«, sagte sie. »Aber ich habe noch mehr. Ich habe ein paar demoskopische Schnellschüsse in Auftrag gegeben. Hier ist das Ergebnis: Im Moment rührt sich noch nichts in der Öffentlichkeit. Ein Computerversagen – wen beunruhigt das schon. Aber es gibt eine latente Unruhe, die explosiv werden kann, wenn bei euch wirklich etwas passiert. Und es gibt Gerüchte, dass von extremen Organisationen dies und das vorbereitet wird, und zwar sowohl von der pazifistischen wie von der chauvinistischen Seite. Da ist vielleicht der Gedanke nicht ganz abwegig, dass ja auch jemand bei euch Sand ins Getriebe werfen könnte.«

»Ich glaube, da kann ich dich beruhigen. Natürlich kann etwas passieren, das ist nie ausgeschlossen. Aber jemanden, der bewusst sabotiert, haben wir hier nicht. Und von draußen kommt keiner heran.« Er sah, dass Rena den Kopf wiegte, und er musste ihr im Stillen recht geben – was da alles mit dem Berater angekommen war, zum Beispiel ... Konnte er etwa für die Absichten dieses ehemaligen Generals die Hand ins Feuer legen? Weniger moderne Rüstung hieß mehr konventionelle Rüstung ... »Ich werde das aber auf jeden Fall im Auge behalten!«

***

»Da, hörst du es?«, fragte Earl Conelly, und nun hörte der Sergeant es auch, Luft wurde angesaugt. Und da die Pumpe nicht mehr funktionierte, geschah das also von draußen.

»Dein Erfolg!«, sagte der Operator.

»Wie schön für mich!« antwortete der Sergeant lachend. Vor einer Viertelstunde noch hätte er misstrauisch geguckt, ob diese Bemerkung Anerkennung oder Ironie sei – jetzt durfte sie beides sein, ohne die freudige Stimmung zu beeinträchtigen. Und hatten sie nicht guten Grund, fröhlich zu sein? Endlich, endlich einen Kontakt mit draußen! Oder wenigstens die Vorstufe dazu: sie hatten etwas getan, und die draußen hatten daraufhin etwas anderes getan, war es da nicht unwichtig, was?

Ach nein, so unwichtig war das wohl doch nicht, aber zunächst einmal wurde auch diese Seite der Sache zum Spielball ihrer guten Laune – sie machten einander Vorschläge, wie man den Kontakt vertiefen solle, die sich an Phantasie und Undurchführbarkeit gegenseitig überboten.

»Können wir nicht Otto durch die Spalte schieben?«, fragte schließlich der Sergeant.

»Ja, und der kommt draußen an und ruft: Achtung, der General!«

»Wir bringen ihm einen Text zur Lage bei.«

Der Operator war aufgestanden und an Ottos Käfig getreten. »Er lernt doch schon seit Jahren nichts mehr dazu.« Dabei betrachtete er aber das Tier und den Käfig so nachdenklich, dass der Sergeant stutzig wurde.

»Ist dir was Besseres eingefallen?«

»Wie kommt das«, fragte der Operator, »was du sagst oder was du tust, kann noch so verrückt sein, immer ist irgendwas dran, man muss bloß eine Weile darüber nachdenken.«

»Was ist mir denn nun schon wieder eingefallen?«

»Otto«, sagte der Operator und bat: »Lass mich mal ...«

Der Sergeant ließ ihn.

»Was würdest du für das Wichtigste halten, das wir denen da draußen sagen müssen?« fragte der Operator nach einer Weile.

»Du weißt es doch schon. Hast doch selber eine Meinung.«

»Ja, aber ich will wissen, ob du auf das Gleiche kommst wie ich.«

»Na gut, dass wir leben, wissen sie nun. Und vielleicht ist das auch gar nicht so wichtig, außer für uns selbst. Aber dann – die Alarmstufe, würde ich sagen. Grün-Alarm.«

»Das denke ich auch«, bestätigte der Operator. Er öffnete den Käfig und langte mit der Hand hinein. Otto hüpfte auf die Schaukel und sah schweigend zu. Earl zog die Hand heraus, schloss den Käfig und hielt dem Sergeanten unter die Nase, was er zwischen Daumen und Zeigefinger gefasst hatte

Zuerst sah der Sergeant verdutzt darauf, dann breitete sich Verstehen in Form eines grinsenden Staunens über sein Gesicht.

»Otto hat rote, blaue und grüne Federn«, sagte er, »jeder weiß das, und wenn sie eine grüne Feder finden ... das ist genial!«

»Nee, aber sehr wahrscheinlich. Ich meine, dass sie auf diese Schlussfolgerung kommen. Und was heißt hier genial – es war deine Idee. Als wir Papiertauben gefaltet haben. Erinnerst du dich: man müsste eine Taube hinauswerfen können!«

»Dann nichts wie rein!«, rief der Sergeant und wollte schon auf den Tisch klettern.

»Halt, halt, lass uns erst noch nachdenken. Nicht, dass uns hinterher wieder etwas einfällt, das wir hätten besser machen können. Was kann die Feder hindern, draußen anzukommen?«

»Die Filterhalterung!«

»Also müssen wir noch mal nach vorn klettern. Das heißt, nicht wir, sondern ich. Mit deiner Phobie ist nicht zu spaßen.« Der Operator verschwieg, dass er Ansätze dazu selbst gespürt hatte, und hoffte, er werde diesmal davon verschont bleiben. Das Argument war für den Sergeant nicht sehr schmeichelhaft, aber er musste anerkennen, dass es vernünftig war.

»Und weiter?«, fragte er. »Auf der anderen Seite vom Spalt?«

»Das wissen wir nicht«, sagte der Operator, ging an sein Arbeitspult und tippte einen Befehl ein. Kopfschüttelnd kam er zurück. »Das gehört zu den Dingen, über die der Elefant keine Information hat. Aber ich denke, von da an geht es glatt. Es hätte wenig Sinn, wenn sie da noch etwas eingebaut hätten. Vielleicht ...« Er schwieg und betrachtete den Vogel, der jetzt anfing, die auf ihn gerichtete Aufmerksamkeit außerhalb der Fütterungszeit mit leisem Spektakeln zu beantworten.

»Vielleicht?«, fragte der Sergeant.

»Vielleicht sollten wir die Sache wiederholen. Zu Beginn einer Absaugphase die Feder loslassen, und zu Beginn der nächsten noch einmal dasselbe.«

Der Sergeant war neben ihn getreten. »Dann müssten wir Otto rupfen.«

Der Operator sah ihn an und dann wieder den Vogel. »Ach, lassen wir's. Einmal wird genügen.«

Als Earl Conelly in den Abluftkanal kletterte, war die etwas euphorische Stimmung, die sie beide miteinander entwickelt hatten, wie weggeblasen. Es war ja auch schon ein Routinegang, was er da vorhatte, ohne Fragezeichen, nur ein bisschen unbequem, nicht einmal mehr anstrengend, da er schon Übung hatte.

So irrten seine Gedanken ab, und er sah sich gewissermaßen von außen durch den Kanal kriechen, er hatte einmal in einem Zoo einen senkrechten Schnitt durch einen Tierbau gesehen, hinter Glas, wo man auch die kleinen Biester durch die Gänge kriechen sah, und während er unentwegt vorwärts und dann aufwärts strebte, stellte er sich vor, die Welt gehöre den Elefanten – also nicht den Tieren, sondern solchen Computersystemen – und einige sähen ihm jetzt zu, während eins davon erklärte: Und hier sehen Sie einen sogenannten Menschen, wie sie immer noch in unseren Eingeweiden herumstrolchen, leider können wir sie noch nicht entbehren, wahrscheinlich geht das auch gar nicht, man muss sie eben dulden, sie gehören ja auch der Natur an ... Wirklich komisch, vor allem, wenn man sich das nun weiter ausmalte. Wie zum Beispiel sahen die hier herein? Na, vielleicht durch die vierte Dimension. Oder mit Röntgenstrahlen. Und was war das dann hier? Eine Art Terrarium ... Na, da hörte die Sache auf, komisch zu sein, denn eine so harmlose Einrichtung waren sie ja nun nicht.

Übrigens war er jetzt am Spalt angelangt. Die Luft war während seines Kriechens in regelmäßigen Abständen abgesaugt worden, genau wie vorher, und als sie jetzt wieder an ihm vorbeizog, überzeugte er sich, dass die Pumpe tatsächlich nicht funktionierte, keine Ionisierung, kein Magnetfeld, also war der Sog von außen bewirkt. Eben hörte der wieder auf, und Earl bereitete sich auf den nächsten vor. Er nahm aus der Brusttasche das Tütchen, in dem er die grüne Flaumfeder des Papageis hierhergebracht hatte, ergriff sie mit Daumen und Zeigefinger, blies drauf und streckte den Arm vor, bis fast zum Spalt. Dann nahm er die Lampe wieder auf, die er für kurze Zeit auf den Boden gelegt hatte, leuchtete die Feder in seiner vorgestreckten Hand an und wartete auf das Einsetzen des nächsten Sogs.

Kam es ihm so vor, oder dauerte die Zeit diesmal wirklich länger? Er stützte seinen Arm auf, weil er lahm wurde. Ihm war, als höre er ein leises Pfeifen oder Singen, aber das war wohl eine Täuschung, das Gehör füllte die Stille von sich aus mit irgendwelchen Tönen. Dann endlich kam der Sog, er hob die Hand und ließ die Feder los. Sie verschwand durch den Spalt, und Earl hätte nicht einmal sagen können, ob er sie wirklich noch einen Augenblick lang im Strahl des Lichts gesehen hatte oder ob auch das eine Täuschung war. Merkwürdigerweise fühlte er sich traurig, als die Feder verschwunden war, so als hätte er etwas verloren und nicht, wie es doch wirklich war, gewonnen.

Auf dem Rückweg versuchte er, sich damit abzulenken, dass er an die komischen Vorstellungen von vorhin anknüpfte. Aber jetzt ging seine Phantasie andere Wege – oder eigentlich nicht seine Phantasie, denn es waren Gedanken, die ihn beschäftigten; keine neuen Gedanken, er hatte dergleichen schon öfter absolviert und hatte gemeint, ein für alle Mal damit fertig zu sein. Es betraf seine Einstellung zu dem, was er hier tat, er hielt diese Einrichtung im Grunde, wie wahrscheinlich die Mehrheit der Menschen, für überholt, unnötig, eine Monstrosität, aus dem vorigen Jahrhundert überkommen, die aber nun einmal da war und bedient sein wollte, so lange es sie noch gab. Er selbst betrachtete sich nicht als Krieger, auch nicht als Soldat wie der Sergeant, der gewiss ebenso wenig wie er selbst für irgendeine Art von Krieg schwärmte, außer im Spiel, wenn er auf dem Ziegenbock saß, und hier musste Earl wieder lächeln, aber nur kurze Zeit, denn er fand sich diesmal nicht zufriedengestellt von seiner Ansicht, dies sei ein gutbezahlter Job, der ihm Mittel und Zeit ließ für seine Bastelei, und die Verantwortung hätte der Boss. Beziehungsweise die Regierung. Das stimmte, und es stimmte auch nicht. Es war ungewöhnlich für ihn, dass er so dachte, vielleicht löste sich jetzt, da die Situation sich entspannte, so eine Art innere Verkrampfung, eine Angst, mit der er, warum sollte er sich etwas vormachen, sonst ständig gelebt hatte: dass es ja doch irgendwann einmal losgehen könnte. Und er fand, dass wenn irgendwann, dann jetzt der Zeitpunkt gegeben sei, an dem er sich darüber klar werden musste, ob seine hergebrachte Einstellung dazu die richtige war. Gewiss, er konnte das Problem dadurch lösen, dass er wegging, in die Industrie oder Verwaltung oder sonst wohin, nur weit weg von Space Town. Aber damit war ja überhaupt nichts geändert. Plötzlich entdeckte er, dass das alte Argument: Wenn ich es nicht mache, macht es jemand anders – dass also diese beliebte Formulierung eine andere Seite hatte. Eben, die Bedrohung war damit nicht fort, sie erreichte ihn an jedem anderen Punkt der Erde genau so, nur dass er dort vielleicht nicht ständig daran erinnert wurde und sie möglicherweise sogar vergaß. Aber wie konnte man das ändern? Und konnte man es überhaupt? Hatten sich nicht bedeutendere Leute, gebildetere, klügere, Fachleute auf den verschiedensten Gebieten, darüber den Kopf zerbrochen? Oh ja, er hatte seinerzeit Worte von großen Wissenschaftlern darüber gelesen, manche hatten damals schon den Nobelpreis, andere hatten ihn inzwischen bekommen, aber geändert hatte das nichts. Und auch er würde wohl keinen Ausweg finden. Er kam also zu dem gleichen Schluss wie schon ein paar Mal, nur diesmal stellte ihn das nicht zufrieden. Er versuchte, seine Gedanken von diesem lästigen Thema fortzubringen, indem er an eine spezielle Schaltung dachte, die er letzte Woche ausgeknobelt hatte, aber das befriedigte ihn auch nicht. Als er aus dem Loch kletterte, kam ihm die Zentrale düster und ungemütlich vor, sein Pult lockte ihn nicht wie sonst, er grinste die Armaturenwand feindselig an und fragte sich bei alledem: Warum nur? Es ist doch gar nichts geschehen?

* * *

Und wieder ein Countdown. Diesmal bedeckte eine Skizze den großen Bildschirm, eine Computerdarstellung des Innenrings, auf der auch die operierenden Gruppen erfasst waren. Die kleineren Bildschirme rechts und links daneben zeigten reale Ausschnitte von den verschiedenen Handlungsorten: auf einem war der Trichter unweit der Nahtstelle zu sehen, wo die Computerleitung zu den verschiedenen Raketenstellungen sich verzweigte, der Punkt, an dem der Colonel schon einmal experimentiert hatte; auf dem Schirm darüber ein Hubschrauber, dessen Rotor sich leicht drehte, startbereit, aber noch nicht im Start begriffen. Zwei andere zeigten offensichtlich Raketenstellungen. Nur die Abdeckungen der Schächte waren zu sehen. Ein paar Bildschirme waren noch leer. Es war Abend in dieser Zeitzone, alle Handlungsorte lagen noch im Schein der Sonne, die schon nahe am Horizont stand. In den meisten Fällen war das günstig; in einem Fall, wo die Deckel der Startschächte im langen Schatten anderer Gebäude lagen, waren zusätzlich Infrarotgeräte und Computeraufhellung eingesetzt. Alle diese Bilder wurden über Teleobjektive gewonnen, die in ziemlich weiter Entfernung teils aufgestellt, teils auf Helikopter montiert waren, da man sich ja den Einrichtungen des zweiten Rings nicht nähern konnte, ohne ihn auszulösen.

Die ganze Aktion sollte nach einem auf Zentimeter und Zehntelsekunde ausgefeilten Szenario ablaufen, und dennoch hatte der Colonel, der auch diesen Vorgang leitete, drei Operatoren vor sich, die auf seinen Zuruf hin eingreifen konnten, einen für die operative Verbindung mit den Einheiten der Air Force, die Jagdflugzeuge mit Luft-Luft-Raketen so rechtzeitig starten sollte, dass sie, im Falle, eine der Raketen würde doch hochgehen, diese auf den ersten tausend Metern ihrer Flugbahn abschießen könnten, bevor der Kernsprengsatz scharf war; den zweiten Operator als Kontrolleur für die Hubschrauberstaffeln, die schon in der Luft waren, ausgerüstet mit Spritzanlagen für die pechähnliche Masse. Der dritte schließlich war Herr über die Reserveverbindungen – falls eine ausfiel, würde der Computer auf Reserve schalten, und er, der Operator, hatte zu kontrollieren, dass das auch geschah. Denn wenn überhaupt irgendwo, dann war hier die ungestörte Geschlossenheit des Regelkreises zwischen Rezeptor und Effektor, zwischen Messglied und Stellglied lebenswichtig. Dieser dritte hatte noch eine zusätzliche Funktion, die aber erst in Kraft trat, wenn die Abtrennung des Innenrings vollzogen war. Da man dann die Reaktion des Elefanten nirgends mehr direkt ablesen konnte, hatte man die abgesprengten Stellen des Außenrings mit Monitoren verbunden, auf denen eventuelle Reaktionen zu erkennen waren.

Links neben sich hatte der Colonel als ersten Manfred Commins gesetzt und dann Wladimir Markow. Keinen von beiden brauchte er wirklich für diesen Vorgang, aber er wollte beide näher an die Gesamtproblematik heranbringen; er wusste zu gut, dass eben Denken und Rechnen nicht alles sind: der Elefant war eine Maschine, wenn auch eine Denkmaschine, und für Maschinen braucht man auch Gefühl, naja, oder sagen wir etwas eingeschränkt: Einfühlung. Er war eben dabei, das dem Jungen zu erläutern, und bat ihn: »Wenn du einen Einfall hast, der hier die Vorgänge betrifft, sag ihn mir sofort, oder, wenn du siehst, dass ich gerade tief in einem Einzelabschnitt stecke, sag ihn Wolodja. Wenn du aber einen Einfall zu etwas anderem hast, dann merk ihn dir gut, vergiss ihn ja nicht, doch behalte ihn zunächst für dich.«

Der Junge nickte, er war aufgeregt, es war ein für ihn sehr seltener Zustand und gar nicht äußerlich erkennbar, aber seine beiden älteren Freunde hatten es doch bemerkt, vielleicht weil sie beide ebenso aufgeregt waren und sich ebenso gelassen gaben. Dem Colonel fiel das leichter, denn die Erregung des Handelnden ist eine notwendige Triebkraft seines Handelns, während sie für den Beobachter nur hinderlich ist.

Das spürte besonders der General, der wie auch sonst im Hintergrund des Bunkers saß. Auch er war aufgeregt, und mit noch mehr Berechtigung als die andern, denn er war wohl der einzige, der die Gefahren dieses Abschnitts im vollen Umfang kannte. Er war, ohne es zu zeigen, so aufgeregt, dass er zum ersten Mal in seiner Laufbahn Verdruss über seine Verantwortung spürte und sich auszumalen begann, wie angenehm es wäre, als Pensionär in Kalifornien ... Doch solch ein Unsinn entsteht eben im Kopf, wenn man bei so einer Sache zusehen muss.

Es war inzwischen x minus fünf Minuten. »Letzte Kontrolle!«, ordnete der Colonel an. Meldungen erschienen auf den Bildschirmen. »Staffel Süd bereit.« »Staffel Nord bereit.« »Air Force A und B startbereit!« »Laserträger bereit.« »Außenringmonitore fertig.«

Der Colonel zog das Mikrofon zu sich heran, überflüssig, aber ein Zeichen seiner Erregung. »Ich wiederhole noch einmal«, sagte er, »für alle Akteure erfolgt der Start des Szenarios automatisch, der Countdown wird zur Kontrolle von mir mitgezählt. Jede irgendwo eintretende Verzögerung ist ebenfalls – zusätzlich zur Automatik – akustisch zu melden. Von irgendeiner Seite noch Fragen? Danke. Ich beginne bei minus dreißig Sekunden. Achtung: Jetzt. Neunundzwanzig ... achtundzwanzig ... siebenundzwanzig ...« Auf einem Schirmbild verschwammen die Umrisse der Deckel, es war dasjenige, das im Schatten lag, klar, mit dem Sinken der Abendtemperatur veränderte sich die infrarote Abstrahlung, und der Computer war nicht auf Regelung eingestellt, verdammt, wenn man doch die Sache am Nachmittag hätte hinter sich bringen können, am Mittag am besten, wenn der General nicht ... Er tippte einem Operator auf die Schulter, der erkannte auch sofort, worum es ging, und forderte bei der entsprechenden Messstelle mehr Infrarotbestrahlung, gleich darauf wurde das Bild schärfer, na also ... »Sechs ... fünf ... vier ... drei ... zwei ... eins ... null!«

Die Hubschrauberstaffeln auf den Bildschirmen setzten sich in Bewegung, man sah es daran, dass ihre Rümpfe sich neigten, Lämpchen kündeten, dass die Überschalljäger starteten und die Raketenstellungen genau in der vorgesehenen Sekunde erreichen würden, nur die Deckel lagen noch fest und unbeweglich auf den Startschächten. Noch durften sie, aber in dreißig Sekunden mussten sie anfangen, sich zu öffnen, sonst mussten die Abfangjäger eine Schleife fliegen. Vielleicht hätte man die Luft-Luft-Raketen auf Hubschrauber montieren sollen? Der Aufwand, sie dort genauso zielsicher zu machen wie vom Jäger aus, wäre zu groß gewesen. Unzuverlässig. Zehn Sekunden ... zwei, eins, null – die Deckel rührten sich nicht.

»Abfangjäger Schleife fliegen bis Gegenkommando!«, sagte der Colonel ins Mikrophon, und zwei Lämpchen verständigten ihn, dass sein Kommando angekommen und ausgeführt war. Er tippte dem zuständigen Operator auf die Schulter, der hob den Arm, zum Zeichen, dass er übernähme.

Auf dem großen Bildschirm, der die Vorgänge auf der Landkarte im Computertrick zeigte, waren an beiden Raketenstellungen die roten Pünktchen, die Hubschrauber, schon in den gelben Kreis eingedrungen, der die Empfindlichkeit des Innenrings markierte. Und da endlich, nun begannen auch die Deckel sich zu öffnen, der Operator sprach die Abfangjäger an, die bestätigten, und nun kamen auf den Realbildschirmen die Hubschrauber in Sicht, sie senkten sich über die Deckel, jetzt standen sie bewegungslos, die Deckel waren zu zwei Dritteln geöffnet, von jedem Hubschrauber senkte sich ein Schlauch wie ein großer Rüssel auf den jeweiligen Startschacht herab, und nun – ein schwarzer Tropfen bildete sich am Ende des Schlauchs und triefte auf das Loch nieder, eins, zwei, drei, vier, fünf, sechsmal, nein, der sechste traf auf den Rand, er deckte nicht völlig ab. »Achtung, D 2 auf Ziel 3!«, rief der Colonel, aber nichts ereignete sich, die Rakete blieb im Schacht. »H Nord 3, Reserveladung absetzen!«, befahl der Colonel und wartete ungeduldig, dass sich noch einmal ein schwarzer Tropfen am Rüssel des dritten Hubschraubers in der Nordgruppe bildete.

In diesem Augenblick des Wartens wurde der Colonel sich bewusst, dass er nur noch in den Kategorien des Szenarios gedacht hatte und überhaupt nicht mehr an die wirkliche Gefahr, wenn eine Rakete zum Start kommen sollte, dann war ihr Ziel ja hier. Merkwürdig, bei Übungen denkt man dauernd an das, was passieren könnte, wenn. Nur wenn es ernst ist, nicht.

Der nächste schwarze Tropfen traf das Schachtloch genau. Das Szenario, das an diesem Punkt gestoppt worden war, konnte weiterlaufen.

Keine Reaktion des Elefanten wurde gemeldet, die Ausgänge der Verbindungen zum Außenring blieben stumm. Der Colonel entspannte sich, nun konnte eigentlich nicht mehr viel passieren, er war nur noch neugierig, ob die Abschmelzung des Verteilers mit Laser wirklich so schnell gehen würde, wie die Fachleute behauptet hatten – er hätte das ohne vorherige Neutralisierung der Raketen nicht gewagt, jedenfalls nicht nach seinen Erfahrungen mit diesem neuralgischen Punkt.

Noch eine Minute. Das Telefon schlug leise an. Der Posten vom Abluftaggregat meldete eine grüne Feder in der angesaugten Luft. Seine Stimme klang verwundert, ein bisschen auch zaghaft, er gehörte nicht zur Stammbesatzung und kannte Otto nicht, dem Colonel aber war sofort klar, was das bedeutete: Die drinnen gaben zu erkennen, dass sich der Elefant im Grün-Alarm befand, andernfalls hätten sie eine blaue oder rote Feder geschickt – gut. Vielleicht war das der Grund, dass er träge auf die Einwirkungen von außen reagierte – aber jetzt war kein Platz mehr für Überlegungen, der Laser schlug zu, der Sand in jener Grube kochte. Zu schade, dass man nicht genau messen konnte, wann die Verbindung unterbrochen wurde – höchstens vielleicht hinterher im Protokoll des Elefanten, wenn das wieder zugänglich war.

So, nun war alles geschafft, unproblematischer, als sie befürchtet hatten. Nun war im Grunde alle Gefahr gebannt, auch für die da drin, und was noch kam, war nur eine Frage der Zeit. Auch direkten Kontakt würde man bald haben. Und dann ...

Der Colonel hörte im Hintergrund ein Geräusch, er blickte sich um, ein Soldat übergab dem General ein Papier, ein Fernschreiben anscheinend, musste wichtig sein, sonst hätte er nicht ... naja. Das wichtigste war hier passiert.

Geoffrey Ernestino spürte nun eine unendliche Erleichterung und fühlte sich zugleich entsetzlich müde. Aber bevor das Szenario nicht vollkommen abgespielt war, konnte er seine Aufmerksamkeit noch nicht von den Bildschirmen abwenden.

Jetzt marschierten technische Truppen auf die Startplätze Nord und Süd, vor jedem Startloch pflanzte sich ein Doppelposten auf. Die wirkliche Kontrolle wurde freilich von unten vorgenommen, und ihre Ergebnisse würden in einigen Minuten vorliegen.

Von den Leitungsenden des Innenrings kam immer noch keine Reaktion des Elefanten.

Es konnte auch sein, der Elefant hatte mitgekriegt, dass das sowieso sinnlos war. Mitgekriegt, wiederholte der Colonel in Gedanken, ich denke von ihm auch schon wie von einem Menschen!

Die Abfangjäger sind gelandet. Gut. Danken und Verbindung abbrechen.

Die Erleichterung im ganzen Saal war zu spüren. Flüstergespräche kamen auf. Der einzige, der nicht erleichtert aufatmete, war der General. Gerade das letzte Stadium war gefährlicher, als alle anderen ahnten, und die Gefahr war noch nicht beseitigt. Aber er durfte sich nichts merken lassen. Da, jetzt kamen die Meldungen, dass die Raketen abgeschaltet waren – der Schluss des Szenarios. Der General sah, wie Colonel Ernestino sich erhob, stand ebenfalls auf und trat schnell zu ihm.

»Großartig gelaufen«, sagte er und drückte dem Colonel die Hand. »Gratuliere Ihnen, Chief!«

»Danke«, sagte der Colonel, war aber wegen der Anrede sichtlich verwirrt.

»Kommen Sie, darüber müssen wir jetzt reden!«, sagte der General.

Dienstagnacht

»Wie sehen Sie die Situation?«, fragte der General den Colonel, als sie in seinem Zelt angekommen waren und Platz genommen hatten. Es hatte eigentlich eine einleitende Allerweltsfrage sein sollen, aber das Gespräch schien sich zuerst anders zu entwickeln, als der General sich das gedacht hatte; und anders auch, als der Colonel es erwartet hatte, denn Auskunft über die ungewöhnliche Anrede als Chief gab die Frage des Generals nicht.

»Einerseits scheinen wir das Schlimmste hinter uns zu haben«, sagte der Colonel mit finsterem Gesicht. Der General sah ihn überrascht an. Ahnte der Colonel, was er erst erfahren sollte, hatte es Gerüchte gegeben ...?

»Und andererseits?« fragte er.

»Die beiden Burschen da drin haben über den Abluftkanal eine grüne Feder von Otto herausblasen lassen. Das kann unter den gegebenen Umständen nur eins bedeuten.«

»Grün-Alarm.«

»Ja.«

»Tolle Kerle.«

»Ja. Ich hoffe nur, dass sie das Herumbasteln im Abluftkanal einstellen.«

»Warum? Mann, lassen Sie sich doch nicht alles aus der Nase ziehen, Sie wissen doch, dass ich in den technischen Problemen des Elefanten auf Sie angewiesen bin!«

»Ich wollte Sie nicht ärgern, General, ich weiß bloß nicht, wo ich anfangen soll, wenn ich Ihnen einen klaren Vortrag abliefern will.«

»Beim einfachsten.« Der General lächelte aufmunternd. »Ich gebe zu, dass meine Frage nicht auf einen gründlichen Vortrag zielte, aber unter den gegebenen Umständen ... also schießen Sie los, ich frage schon, wo ich nicht mitkomme.«

Wieder einmal beneidete der Colonel seinen Vorgesetzten im Stillen um dessen Fähigkeit, eine geistig produktive Atmosphäre herzustellen, indem er seine Autorität in den Hintergrund rückte und damit eigentlich verstärkte. Nun, er sollte ordentlich bedient werden, und alles andere würde sich später finden.

»Beim einfachsten, gut«, wiederholte der Colonel, »also zuerst bei der Lüftung. Die Be- und Entlüftung in Kontakt mit der Außenwelt ist die Normalvariante. Wenn die Belastung draußen zu hoch würde, etwa nach einem Atomschlag, oder wenn die Lüftungsanlage stark beschädigt würde, schaltet die Lüftung automatisch auf inneren Betrieb um, dann zirkuliert die Luft innerhalb der Anlage über chemische Filter. Das würde zweierlei bedeuten: Erstens funktionieren diese Filter maximal zweihundert Stunden, danach müssten Atemmasken benutzt werden, die noch mal hundert Stunden reichen. Wobei das für eine volle Besatzung berechnet ist, der Zeitraum wäre also in unserm Fall bedeutend größer. Dazu muss ich noch sagen: Die Feder zeigt auch, dass die beiden das Filtergitter im Abluftkanal entfernt haben. Außerdem haben sie die Magnetpumpe zerstört. Ein Glück, dass wir das sofort bemerkt haben, so konnten wir am Abluftstutzen eine Saugpumpe einsetzen und das Umschalten auf internen Luftkreislauf verhindern. Aber viel dürfen sie nicht mehr unternehmen, in diesem Bereich.«

»Und zweitens?«

»Was zweitens?«

»Sie hatten erstens gesagt, also muss nun zweitens kommen.«

»Ja – zweitens würde ein Umschalten uns die Möglichkeit nehmen, den Kontakt, den wir jetzt haben, weiter auszubauen. So etwas wie ein Szenario dafür liegt vor, wir beginnen jetzt.«

»Sie halten diesen Kontakt für lebenswichtig?«

Die Frage des Generals erschien im ersten Augenblick kaltschnäuzig, in Anbetracht der Lage, in der sich die beiden da unten befanden. Aber merkwürdigerweise erleichterte sie dem Colonel den Übergang zu dem schwierigeren Teil seiner Überlegungen.

»Wegen des Grün-Alarms. Das ist die wichtigste Information, die wir bisher erhalten haben. Ich will nicht behaupten, dass ich sie schon voll ausgeschöpft habe, aber eins scheint mir festzustehen: Die Ursachen für den jetzigen Zustand müssen Vorgänge in der Zentrale sein.«

»Eine Fehlschaltung im Gehirn des Elefanten?«

»Nein, eben nicht. Sondern Inputs aus dem Bereich der Zentrale.«

»Warum schließen sie einen Computerfehler aus?«

»Ich kann ihn nicht ganz ausschließen, aber ich halte ihn für extrem unwahrscheinlich. Soll ich das erläutern?«

»Na klar sollen Sie das. Und zwar so, dass ich vernünftige Antworten geben kann, wenn ich gefragt werde.«

Der Colonel seufzte, sah dann den General an, der lachte, und der Colonel musste auch lächeln.

»Grundsätzlich wird jeder Input gewertet und differenziert in wichtig und unwichtig. Unwichtige Inputs sind solche, die den Normalzustand bestätigen, sie laufen durch und werden später gelöscht. Wichtige Inputs sind solche, die vom Normalzustand abweichen, zum Beispiel Messwerte über ein unbekanntes Raumobjekt. Sie kommen zunächst in einen Zwischenspeicher. Wenn sie sich wiederholen, werden sie in einem Pool gesammelt. Dort stehen sie zur Kontrolle bereit und werden in einem Rhythmus, der vom Alarmzustand abhängt, immer wieder abgefragt. Deshalb meine ich, dass wahrscheinlich kein interner Fehler vorliegt, denn der müsste einmalig sein und von der Austauscherbrühe eliminiert werden, woraufhin auch der von ihm erzeugte falsche Input gelöscht würde.«

»Das schließt also einen Computerfehler vollkommen aus?«

»Vollkommen ausschließen kann man gar nichts, es ist nur so unwahrscheinlich wie ...« ›Wie kann ich ihm das bloß klar machen?‹, überlegte der Colonel. ›Das berühmte Schulbeispiel von dem Ziegelstein, der sich auf Grund zufälliger Gleichrichtung der Molekularbewegung in die Luft erhebt und dabei hundert Grad kälter wird, sagt ihm als Nichtphysiker nichts. Unwahrscheinlich wie ...‹ »Wie, dass auf ihrem Kaffeetisch eine fliegende Untertasse in Miniaturausführung landet.«

»Ein schönes Beispiel. Ich darf das gegebenenfalls benutzen?«

»Davon würde ich abraten. Viele Leute glauben an fliegende Untertassen. Noch immer.«

»Da mögen sie recht haben, also weiter.«

»Der Grün-Alarm hat zur Voraussetzung, dass menschliche Steuerung unmöglich geworden ist. Da die Inputs von außen keinerlei Grund dazu gegeben haben, müssen also Inputs aus dem Innern der Zentrale vorliegen, die den Elefanten zu dieser Schaltung veranlasst haben. Die aber können wir nur herauskriegen ... Oder nein, richtiger: Eine Chance, sie herauszubekommen, haben wir nur, wenn wir verbalen Kontakt mit den beiden da unten haben. Ende der Kletterstange.«

»Was könnten die beiden gemacht haben?«

»Keine Ahnung. Sie müssen gar nichts gemacht haben. Es wäre auch denkbar, dass irgendwelche defekten Sensoren zufällig gerade solche falschen Inputs geben, die das begründen. Zum Beispiel verstärkte Radioaktivität. Aber fragen Sie mich jetzt nicht, wie das zustande kommen sollte und wieso es nicht von der Selbstkontrolle korrigiert wird. Zum Glück haben wir jetzt Zeit.«

Ein längeres Schweigen folgte. Der Colonel fühlte sich vom General sonderbar angesehen, und je länger dieser Blick auf ihm ruhte, umso unbehaglicher wurde ihm.

»Unglücklicherweise haben Sie nicht recht mit der Vermutung, dass wir viel Zeit hätten.« Er reichte dem Colonel das Fernschreiben aus dem Pentagon mit dessen Ernennung zum Chief.

»Das habe ich nie gewollt«, sagte der Colonel, nachdem er den Text überflogen hatte.

»Ich weiß«, sagte der General. »Ich hätte es auch nie beantragt, wenn es nicht unabwendbar nötig wäre. Stimmen Sie zu?«

»Ich bin nicht glücklich damit«, sagte der Colonel störrisch.

»Ich weiß, Sie möchten Techniker sein und nicht kommandieren. Geoffrey, ich bitte Sie darum, dass Sie annehmen. Ich verspreche Ihnen, Sie werden danach sofort einsehen, dass das notwendig war. Innerhalb von höchstens zwei Minuten werden Sie das einsehen.«

»Und der Chief?«

»Geht in die Diplomatie. Oder sonstwo hin, wo er keinen Schaden anrichtet. Vielleicht wird er sogar im Rang befördert. Wenn es Ärger gibt, dann trifft er mich, nicht Sie.«

Es war ungewöhnlich, absolut ungewöhnlich, wie der General hier um seine Zustimmung warb. Normalerweise befahl er, und wo er nicht befehlen konnte oder wollte, waren seine Äußerungen doch so kompetent, dass man ihm willig folgte. Fast schämte sich der Colonel ein wenig, so widerspenstig kam er sich selbst vor.

»Also gut«, sagte er widerstrebend.

»Signieren Sie hier«, sagte der General und zeigte auf das Fernschreiben.

Der Colonel tat es.

»Ich musste Sie dieser Prozedur unterziehen, weil ich Ihnen etwas mitteilen muss, das außer mir nur der Chief wissen darf. Ich hätte mich freilich darüber hinwegsetzen können, aber wenn Sie nicht der Chief sind und es trotzdem wissen, könnte sich das nachteilig für Sie auswirken.«

Der Colonel wartete. Er wusste, gleich würde er etwas Schlimmes erfahren. Positive Dinge werden nicht so sorgfältig verborgen.

»Der Elefant«, sagte der General, »hat noch eine Selbstvernichtungsanlage. Ein Batzen Sprengstoff unter der Zentrale.«

Die beiden Männer sahen sich an. Eine Weile brauchte der Colonel, die niederschmetternde Wirkung dieser Eröffnung zu überwinden und mit ihrer sachlichen Verarbeitung zu beginnen.

»Weiß der Elefant das?«, fragte er.

Der General blickte überrascht auf – diese Frage wäre ihm nicht eingefallen, aber tatsächlich, es wäre ja auch denkbar, dass es sich um eine von Menschen zu zündende Bombe handelte. »Ja«, sagte er.

»Wussten die Konstrukteure davon?«

»Nein, es war eine Idee des damaligen Verteidigungsministers.«

Um den Mund des Colonels zuckte es, aber er sprach nicht aus, was er dachte. Der General verstand es auch so.

»Das erhöht nicht die Sicherheit, sondern senkt sie«, erklärte er. »Die ökonomisch beste Nutzung dieser Installation besteht für den Elefanten darin, den Innenring als Sicherung bei Gefahr von draußen zu betrachten und die Bombe als Sicherung gegen Gefahr von innen. Wahrscheinlich ...« Er verstummte, schüttelte dann den Kopf. Es war nicht wahrscheinlich, was er gedacht hatte, es war noch nicht einmal aussprechbar, nur so irgendwie ... Manfred Commins' Gedanken über Geometrie ...

»Sie dürfen davon nichts verlauten lassen. Nicht einmal eine Andeutung«, sagte der General, er musste es wohl sagen, obwohl er es eigentlich für überflüssig hielt. »Wenn Sie gegenüber Ihren Leuten irgendetwas begründen müssen, dann beziehen Sie sich besser auf das, was Sie mir vorhin erläutert haben. Auf den Grün-Alarm und seine möglichen Quellen.« Er stand auf, und auch der Colonel erhob sich. »Dann mal los, Chief!«, sagte der General leise.

* * *

Auf dem Weg vom General zur Traglufthalle, die in diesen Tagen sein Zuhause war, wurde dem Colonel Geoffrey Ernestino bewusst, dass er hundemüde war; und das weniger wegen des fehlenden Schlafes, er hatte immer zwischendurch mal zehn Minuten genickt, und er hielt auch allerhand aus – nein, vor allem wegen der neuen Last, die der General ihm aufgepackt hatte. Eben noch froh, dass alle Gefahr gebannt schien, dass man frei im Handeln war und im Versuchen, nun die Überraschung: Ja, nach außen hin o.k., aber die da drinnen waren nach wie vor in großer Gefahr, vielleicht jetzt sogar in größerer als vorher, denn diese Bombe war der letzte Trumpf des Elefanten. Wie viele Überraschungen mochte es noch geben in diesem vertrackten Fall? Der Colonel fürchtete fast, dass sich nach Erledigung dieser Geschichte – also nach Entschärfung der Bombe, wie, wusste der Teufel – naja, kurz, auch für die Phase danach tat man gut, wenn man auf weitere Schicksalsschläge vorbereitet war. Es war jetzt zehn p.m., in der Halle warteten der Junge und der Leutnant, und gleich am Eingang fing ihn Bess Fletcher ab, sie sagte, sie solle sich um den Jungen kümmern, und sie wolle ihn jetzt mitnehmen, um diese Zeit müssten Kinder ins Bett.

»Ich weiß nicht«, sagte der Colonel, »es gibt doch Ausnahmen, wie? Ich brauche ihn noch, bleiben Sie bitte in der Nähe, wir machen Pausen, und dann können Sie ihn bemuttern, vielleicht auch mal für eine Weile auf die Pritsche schicken.« Ihm fiel etwas ein. »Ach ja, und auch für Sie ist es besser, wenn Sie hierbleiben.«

»Wieso?«, fragte Bess, von plötzlicher Hoffnung erfasst.

»Ich will nichts versprechen«, wehrte der Colonel ab. »Dass die beiden da unten leben, wissen Sie ja, und wir wollen versuchen, dass wir in Sprechkontakt mit ihnen kommen.«

»Ich bin immer in Rufweite, ja?«, sagte Bess.

Der Leutnant und der Junge saßen schon treu und brav rechts und links von seinem Terminal, sie hatten sich offensichtlich nicht gelangweilt, sondern waren so in ein mathematisches Problem vertieft, dass der Colonel froh war – sie würden seine düstere Laune gar nicht bemerken, und wirklich, seit er sie so diskutieren sah und nun auch hörte, war seine Stimmung schon nicht mehr ganz so niedergeschlagen.

»Stellen Sie sich vor«, sagte der Leutnant begeistert, »ich stelle ihm eine Aufgabe aus meiner Trickkiste, er sagt fast sofort die Lösung, und als ich ihn frage, wie er dazu gekommen ist, entwickelt er eine Methodik, die für solche Klassen von Aufgaben ganz neu ist. Ich wäre nie darauf gekommen.«

»Brauchen Sie ja auch nicht«, sagte Manfred. »Sie kennen ja die bewährten Methoden, davon hatte ich wieder keine Ahnung, also musste ich rüberhüpfen in die Geometrie.«

»Dein Steckenpferd, wie?«, neckte ihn der Colonel.

»Und ob. Geometrie ist alles.«

»Wir werden jetzt gleich etwas angewandte Geometrie praktizieren«, versprach der Colonel, schaltete und rief die Arbeitsgruppe am Abluftstutzen. Es war inzwischen dunkel geworden draußen, sie sahen auf dem Bildschirm nur den beleuchteten Teil des Geländes, darauf etliche Aggregate, und nun erschien der Kopf einer Frau auf dem Schirm. »Wie weit sind Sie?«, fragte der Colonel.

»Nicht viel weiter. Wir senden schon das dritte Mal, aber eine Reaktion darauf war bisher nicht.«

»Und Sie sind ganz sicher, dass der Ultraschall sich beim Durchlaufen des Kanals in ein hörbares Signal verwandelt?«

»Nach unseren Berechnungen, ja. Bis zum Spalt an der Pumpe bleibt er Ultra, dass ist nötig, damit überhaupt etwas durchkommt, sonst müssten wir den Energiepegel überschreiten, den Sie uns limitiert haben.«

»Auf keinen Fall!«, unterbrach der Colonel.

»Verstehe ich zwar nicht, jetzt kann uns der Elefant doch nichts mehr, aber bitte, Sie sind der Boss. Danach, in dem Sieb, das da installiert ist, müssen sich Untertöne bilden, die dann zu hören sind.«

»Das Sieb ist raus.«

»Wie bitte? Warum sagt einem denn das keiner?«

»Sie haben doch gehört, dass die drinnen die Pumpe lahmgelegt haben. Dazu mussten sie das Sieb entfernen, um bis vor den Spalt zu kommen. Glauben Sie, sie hätten es wiedereingesetzt?«

»Dann müssen wir neu berechnen.«

»Tun Sie das. Und suchen Sie einen Weg, mit der Energie des Ultraschalls noch erheblich tiefer zu bleiben. Wenn es einen gibt. Melden Sie mir in einer halben Stunde, wie weit Sie sind. Und nun machen Sie nicht so'n verunglücktes Gesicht, jeder kann mal was übersehen.«

Er hatte eigentlich unglücklich sagen wollen, aber dann war ihm der Ausdruck zu stark erschienen. Und nun wusste er nicht, ob der, den er in der Eile gewählt hatte, nicht viel stärker war. Ach, egal.

Er holte die Skizze der Belüftung auf den Bildschirm, das heißt, den Abluftteil, und fragte die beiden: »Kann man das überhaupt berechnen?«

»Theoretisch kann man alles berechnen«, murmelte der Leutnant.

»Aber praktisch stimmt's dann meistens nicht«, setzte der Junge altklug hinzu. Die drei lachten. Die Arbeitsatmosphäre war hergestellt.

»Im Ernst«, sagte der Leutnant, »ich traue solchen Berechnungen nicht. Das sind ein halbes Dutzend Kurven und Winkel, wie will man das genau erfassen. Könnte man nicht einfach da vorn am Spalt einen Lautsprecher anbringen, nach drinnen gerichtet …?«

Der Colonel seufzte. »Schön wär's. Aber ein Mensch kommt da nicht durch, das ist so projektiert, aus Sicherheitsgründen, klar, nicht?«

»Und dieses gesteuerte Dingsda, dieses – Katheter? Kann das keinen Lautsprecher mitnehmen?«

»Der wäre zu groß. Auch als Miniausführung. Allenfalls ein Kabel geht mit. Wir wollen, wenn die Verständigung so weit hergestellt ist, dass wir einen von ihnen an den Spalt holen können, ein Telefonkabel dahin transportieren, sie sollen es dann durchziehen bis zur Zentrale. Na, hoffentlich funktioniert das Ding besser als der Ultraschall.«

»Wie funktioniert das denn?«, wollte der Junge wissen.

»Keine Ahnung«, sagte der Colonel, »sie haben die Spezialisten, die es steuern, gleich mitgeschickt. Ich glaube, es ist wie eine endlose Schlange, die an der Wand entlang kriecht, aber den Kopf hierhin und dahin drehen kann, und dann hat es wohl eine Optik in der Spitze, so dass man sehen kann, wo sie gerade ist. Aber wir kommen höchstens bis an den Spalt, mit dem Kabel im Schlepp.«

Sie starrten alle drei auf das Bild, bis der Colonel es abschaltete. »Das bringt uns jetzt nicht weiter«, sagte er. »Ich will euch mal meine Überlegungen erzählen, die ich auch dem General gesagt habe.« Und er berichtete alles, was sich ihm anbot an Schlussfolgerungen aus dem Grün-Alarm, vor allem, dass die Ursachen vermutlich innen zu suchen wären.

Manfred Commins schüttelte den Kopf.

»Du bist nicht der Meinung?«

»Ich musste gerade denken: Wie versteht der Elefant den Unterschied zwischen drinnen und draußen? Gibt es den für ihn überhaupt?«

»Na sicher«, sagte der Colonel überzeugt.

»Und worin besteht er?«, fragte der Junge hartnäckig.

Plötzlich war der Colonel unsicher. »Na, zum Beispiel – von außen empfängt er keine Befehle.«

»Von innen jetzt auch nicht«, konterte Manfred.

»Das ist richtig«, sagte der Leutnant, »nur – was jetzt ist, interessiert uns erst, wenn wir wissen, wie es dazu kam.«

Manfred druckste eine Weile, aber er kam in der Spur eines Gedankens, auf die er gestoßen war, jetzt nicht weiter, er musste das im Stillen durchdenken.

»Was anderes«, sagte er, »wenn nun ich da reinklettere – ich bin doch kein Mann, sondern ein schmales Handtuch, ich komme bestimmt durch!«

Der Colonel sah, dass der Leutnant dem Jungen zustimmen wollte, und sagte schnell und härter, als er wollte: »Nein.« Und als ihn die anderen beiden deshalb betroffen ansahen, fügte er begütigend hinzu: »Wir brauchen deinen Kopf, nicht deine Arme und Beine!«

»Gut«, sagte Manfred, »dann leg ich mich jetzt ein bisschen hin.« Er wollte nachdenken, und er kam gar nicht auf die Idee, die anderen könnten das als Trotzreaktion auffassen. Aber das taten sie auch nicht.

* * *

Ob was nicht geklappt hätte, hatte der Sergeant gefragt, als Earl Connelly aus der Lüftung geklettert war, und dieser hatte sich um ein freundliches Lächeln bemüht, er wollte den Gefährten ja nicht mit seiner schlechten Laune anstecken. Es war wohl eher ein gequältes Lächeln geworden, und der Sergeant hatte sich zurückgewiesen gefühlt und gemeint, wenn er nicht wolle, dann eben nicht, und daraufhin hatte der Operator doch erzählt, was ihn bewegt hatte bei seinem Ausflug in die Röhre, und je mehr er sich dabei um eine vernünftige Darstellung bemühte, um so entspannter war er geworden. Als schließlich der Sergeant zugab, ähnliches auch schon oft gedacht zu haben, hatte das den Operator seltsamerweise beruhigt – so als ob die in Rede stehende Gefahr an Größe verlieren würde, wenn man sie mit anderen teilte. Mochte sein, es verhielt sich damit wie mit Trauer und Schmerz: geteiltes Leid ist halbes Leid, geteilte Freude ist doppelte Freude. Ja, dann wollen wir mal lieber auf die Freude zugehen, dachte der Operator.

»Ich denke, wir werden jetzt bald etwas hören«, sagte er.

»Sie werden das nicht übersehen?« fragte der Sergeant hoffnungsvoll und so, als ob der Gefährte mehr darüber wissen könnte.

»Sie können es gar nicht übersehen«, erklärte Earl Conelly denn auch überzeugt. »Unser erstes Lebenszeichen, das ist mir inzwischen klargeworden, war der Pulverqualm.« Erstaunt stellte er fest, dass er jetzt ohne Hemmung über diese Geschichte reden konnte. »Selbst, wenn sie den nicht bemerkt haben sollten, ist ihnen der Ausfall der Pumpe bekannt, denn sie haben ja darauf reagiert. Und sie müssten schon sehr leichtfertig sein, wenn sie das auf eine Panne zurückführen würden. Jedenfalls, wenn ich da säße, würde ich nach all dem auf die kleinste Kleinigkeit achten, die der Abluftkanal hergibt.

Und das dritte Zeichen, das ja schon eine konkrete Information trägt, können sie nicht übersehen. Nein, wirklich, wir werden jetzt bald etwas hören.«

»Na, ich höre nur Otto spektakeln«, sagte der Sergeant, aber da war der Papagei schon wieder ruhig. Kurze Zeit später kakelte er wieder, hörte auf, begann wieder.

Plötzlich schaltete sich die Computerstimme ein. »Warum spricht Otto?«, fragte der Elefant.

»Ursache unbekannt«, erklärte der Operator. »Ich verweise auf Definition Tier.«

Der Elefant gab sich zufrieden, nun aber war Earls Interesse geweckt. Warum fragte der Computer danach, er hatte sich doch seit langem nicht mehr gemuckst. Warum gerade jetzt? Lag es am Rhythmus? Denn immer noch wechselten kurze Perioden der Stille mit solchen der unartikulierten Lautäußerung ab. Sie waren beide an den Vogelkäfig getreten und starrten Otto an, als ob der Auskunft geben könnte.

»Er fängt immer mit einem leisen Pfeifen an«, sagte der Sergeant, »sowas hab ich von ihm noch nie gehört.«

»Ich höre nichts«, erklärte der Operator.

»So ein ganz hoher Ton«, beharrte der Sergeant. »warte mal«, sagte er dann und ging vom Käfig weg in die Mitte der Zentrale. Nach dem nächsten Kakeln stellte er fest: »Das Pfeifen kommt nicht von Otto, es ist im ganzen Raum.«

»Vielleicht stört es Otto«, sagte der Operator. »Vögel sollen ja für höhere Töne empfindlicher sein ...« Er hatte den Satz noch nicht zu Ende gesprochen, als ihm die Erleuchtung kam: der Ton war nicht für Otto bestimmt! »Das Pfeifen ist für uns«, sagte er.

»Meinst du?«, fragte der Sergeant ungläubig. »Warum dann so hoch, dass man's kaum hört? Und du hörst es gar nicht?«

»Ja, warum?«, sagte der Operator nachdenklich. »Ich könnte mir Gründe vorstellen.«

»Welche?«

»Zum Beispiel, dass er« – er deutete mit dem Daumen auf die Armaturenwand – »im Hörbarkeitsbereich tiefer liegt als wir. Oder dass sie mit normalem Schall nicht durchdringen. Soviel versteh ich ja

auch nicht davon. Sie werden da schon Fachleute angesetzt haben.«
Fachleute, dachte er weiter. Fachleute, die alles ganz genau berechnen. Gemäß den Bau- und Konstruktionsunterlagen. Vielleicht nehmen sie Ultraschall und haben ausgerechnet, dass auf Grund der Architektur so und so viele Untertöne entstehen, Schwebungen mit der und der Frequenz ... Ob es sowas gibt? Sicherlich, warum nicht. Ob sie sich da verrechnet haben? Glaub ich nicht, Fachleute verrechnen sich nicht. Nur, wenn es Faktoren gibt, die sie nicht wissen können. Oder sich nicht vorstellen können. Fachleute haben keine Phantasie. Sie können sich sehr tief in ihr Fach versenken, aber meistens nicht in die Situation anderer ... Seine Augen schweiften umher. Dann lachte er.

»Find ich gar nicht lustig!«, sagte der Sergeant.

»Moment«, sagte der Operator, nahm das herausmontierte Gitter der Lüftungsöffnung, stieg auf den Tisch und hielt es in das Loch. Sie hatten zwar den Durchbruch vergrößert, aber die Platte, in der das Gitter steckte, war immer noch etwas größer als das Loch.

»Was hörst du jetzt?«, fragte der Operator.

»Ich werd' verrückt«, rief der Sergeant, »jetzt ganz deutlich, kurz, lang, lang ...«

»Schreib die Zeichen auf, aber nicht darüber reden, wir sind nicht allein, klar?«

Eigentlich hätte der Sergeant nichts aufschreiben müssen, denn Earl hörte das Pfeifen jetzt auch; aber er musste ja das Gitter halten, und so geübt war er im Morsen nicht, dass er den Text hätte auf Anhieb entschlüsseln können.

»Hast du alles?«, fragte er, als der Sergeant zu schreiben aufhörte, »mir werden schon die Arme lahm.«

»Ein bisschen musst du noch warten, wir haben den Anfang noch nicht mitbekommen.«

Tatsächlich, nach einer längeren Pause setzte das Pfeifen wieder ein. Erst jetzt fiel ihm auf, dass Otto nicht mehr darauf reagierte – die Frequenz, die ihn störte, war wohl jetzt nicht mehr dabei.

Endlich winkte der Sergeant, er hatte nun den Spruch komplett. Während er noch eifrig entschlüsselte, stieg der Operator vom Tisch, legte die doch recht schwere Platte mit dem Gitter hin und rieb sich die Muskeln in Armen und Schultern.

Sergeant Fletcher blickte auf, schüttelte den Kopf und wollte etwas sagen. Earl Conelly legte den Finger auf die Lippen. Dann setzte er sich neben ihn auf die Pritsche und sah sich die entschlüsselte Mitteilung an. Der Text konnte, entsprechend dem langsamen Rhythmus der Übermittlung, nicht sehr lang sein und infolgedessen Verständigungsschwierigkeiten nicht ganz vermeiden.

SIGNAL GRÜN ERHALTEN STOP AUSSEN UND INNENRING ABGESCHALTET TROTZDEM WEITER GRÖSSTE VORSICHT STOP TELEFONKABEL BEI SPALT ABHOLEN STOP ANTWORT PFEFFERMINZDROPS STOP

»Was soll denn das?«, fragte der Sergeant stirnrunzelnd und zeigte auf den Schluss.

»Kommst du nicht drauf?«, fragte der Operator lächelnd. »Ach so, kannst du ja nicht, als ich auf die Entlüftung gekommen bin, warst du ja weggetreten. Sie haben den Pulverqualm gerochen, natürlich mit ihren Instrumenten. Ich weiß noch, dass ich gedacht habe, bezogen auf den Elefanten: Aha, riechen kannst du nicht. Und jetzt werde ich einen Pfefferminzdrops zerkauen und dann in den Kanal hineinblasen.«

Der Sergeant schüttelte bewundernd den Kopf. »Und wie bist du darauf gekommen, das Gitter da oben anzuhalten? Verstehst du so viel von Ultraschall?«

»Nee, ich hab mir nur die Leute vorgestellt, die da oben sitzen. Eben Spezialisten.«

»Hast du was gegen sie – du sagt das so, na, so komisch.«

»Nein, nein, nun lass mal. Wir müssen jetzt überlegen, was ich an Werkzeug mitnehme, wenn ich nach vorn klettere, zum Spalt. Wie wird das sein? Irgendwie werden sie das Telefonkabel bis an den Spalt bringen, und ich muss es dann durchziehen. Einen langen Draht mit einem Haken brauchte ich, und dann noch ...«

Sie berieten eine Weile, stellten allerhand zusammen und strichen die Hälfte wieder. Dann kaute der Operator seinen Drops und blies in die Abluft.

»Und nun?« fragte der Sergeant.

»Jetzt kletterst du rauf und hältst das Gitter vor das Loch. Sie werden ja antworten.«

* * *

Vera hatte bisher weder vom Hausarrest noch von ihrer Verurteilung durch die Delegation viel gespürt. Hinausgefahren wäre sie auch sonst nicht, und Amerikaner wie Russen begegneten ihr mit Höflichkeit und Respekt – der GO hörte aufmerksam zu, wenn sie Bericht erstattete, kurz – rein äußerlich war es so, als sei nichts geschehen. Vera bildete sich freilich nicht ein, dass die Sache damit erledigt sei, so etwas geistert dann auf beiden Seiten jahrelang durch die Akten, aber was sie mehr interessierte, waren die gedanklichen Folgen bei den anderen Menschen um sie herum, und die waren nicht so einfach zu ermitteln. Mancher würde jetzt über ihre Worte nachdenken, mancher erst später, wenn eine andere Gelegenheit die Erinnerung daran wachrief – und mancher würde es auch absichtlich vergessen, um sich nicht in Konflikte zu stürzen.

Deshalb war sie mehr als interessiert, als Wolodja sie aufsuchte, offensichtlich nicht in einer dienstlichen Angelegenheit, sondern – wie er selbst sagte – ratsuchend.

»Ich habe hier in knapp drei Tagen mehr erlebt als sonst in drei Jahren, und vieles davon ist überhaupt neu. Neu und schwer unterzubringen in einem Gehirn, das auf doppelte Weise an Ordnung gewöhnt ist: einmal als Soldat und zweitens als Mathematiker. Ehrlich, ich will nur wissen, wie man mit sowas fertig wird. Sie haben ja – na, Sie wissen ja selbst.«

Vera nickte. »Können Sie das mal in einen halbwegs prägnanten Satz bringen? Er muss nicht vollständig sein, nicht einmal richtig, Hauptsache, er drückt aus, was Sie fühlen. Ihren Widerspruch. Damit wir was zu diskutieren haben.«

Der Leutnant dachte nach.

»Ich«, sagte er und stockte wieder, »ja, ich möchte Sie verurteilen, Sie und Ihre Handlungsweise – und kann's nicht. Ich möchte die Amerikaner verurteilen – und kann's nicht. Alle meine Überzeugungen spazieren im Kopf herum, und wo zwei aufeinandertreffen, prügeln sie sich. Verstehen Sie das?«

»Ja, sehr gut«, antwortete Vera, »das Problem ist nur, dass ich damit noch nicht weiß, wie ich Ihnen weiterhelfen soll. Denn Sie werden ja mehr brauchen als eine mitleidige Seele.«

Der Leutnant nickte. Vera überlegte, wonach sie fragen sollte. Eigentlich kam alles darauf an, ob es sich um einen rein inneren Kampf in der Seele des Leutnants handelte oder ob praktische Fragen davon abhingen. Na, das war es ja!

»Wie hängt Ihr Verhalten damit zusammen? Gibt es praktische Fragen, wo es für Sie schwierig wird?«

»Hauptsächlich«, seufzte der Leutnant. »Sehen Sie, ich arbeite – oder nein, die Amerikaner arbeiten sehr vertrauensvoll mit mir zusammen. Sicherlich helfe ich ihnen auch. Aber andererseits versuchen sie auch selbstverständlich, gewisse Dinge vor mir geheim zu halten. Und ebenso selbstverständlich erfahre ich sie trotzdem, weil sich bei so intimer Zusammenarbeit wenig geheim halten lässt – wo Lücken sind, füllt man sie in Gedanken selbst aus. So weiß ich aber wenigstens, was das ist, das ich nicht wissen soll, und dass ich es trotzdem weiß oder wenigstens ahne, das wissen die wiederum. Ist das ein Durcheinander, wenn man darüber nachdenkt! Aber nun kommt das Problem. Ich bin meinem Land rechenschaftspflichtig. Berichtspflichtig. Darf ich verschweigen, was ich weiß? Ich meine, ich scheue nicht davor zurück, notfalls etwas zu tun, was ich nicht darf, oder etwas zu lassen, was ich tun sollte – aber handle ich richtig, das ist das Problem! Wenn ich an meinen Vater denke, an meine Freunde zu Hause, an unsere Aufgabe – dann neige ich zur einen Seite. Wenn ich an den Colonel denke und den jungen Commins und die da drin in Hoity-Toitys Stall, ja, und meinetwegen auch an den General, und an den Präsidenten auch – dann neige ich dazu zu sagen: Ich vergesse, was ich weiß, und erinnere nur das, was alle wissen in unserer Inspektionsgruppe. Und wenn ich mich jetzt dafür entscheiden sollte, wie kann ich das durchhalten, wenn ich wieder zu Hause bin? Sie werden mich ja nach Strich und Faden ausquetschen. Soll ich List und Verstellung anwenden gegen meine Kameraden und Landsleute? Meine Hoffnung sind Sie. Ich denke, Sie werden objektiver im Urteil sein, weil Sie ja vermutlich hierbleiben. In diesem Punkte haben Sie es leichter.«

»Ich hab es in einem ganz anderen Punkt leichter«, sagte Vera nachdenklich, »ich liebe meine Heimat, umso mehr, als ich sie lange entbehren muss. Aber ich liebe auch das Land hier, das mich gastlich aufgenommen hat und leben und arbeiten lässt. Sehen Sie, als ich meine – hm – Eskapade ritt, habe ich im Interesse dieses Landes hier gehandelt. Und wenn die Folgen meines Handelns in die gleiche Richtung gehen, dann dient das auch meiner Heimat – egal, was der und jener davon halten mag. Auch dann, wenn der und jener die Macht haben, mir zu schaden.«

»Und?«, fragte der Leutnant. »Gehen Sie in die Richtung?«

»Das Interview von Irving Mason war eine Folge. Und dieses Interview hat wiederum Folgen. Eine Demonstration für Raumabrüstung in Washington ist angekündigt. Europa und Ostasien kommen in Bewegung, diplomatisch zunächst. Ein paar Leute, die Sie nicht kennen, die aber wesentlich sind für die Meinungsbildung in den upper ten, haben sich positiv geäußert. Das alles sind Randerscheinungen, die wirkliche Bewegung – wenn es eine gibt – bleibt verdeckt. Hm, ich denke, es gibt sie. Das alles können Sie aber von mir bei der Lagebesprechung hören.«

»Verzeihen Sie mir.« Der Leutnant lachte. »Da ist dann alles schon wieder so perfekt ausformuliert, dass es vorüberrauscht. Ich bin kein guter Zuhörer, wenigstens auf Ihrem Gebiet.«

»Um auf Ihr Problem zurückzukommen – müssen Sie sich denn jetzt noch an der Sache beteiligen? Die äußere Gefahr ist doch beseitigt, oder habe ich da etwas missverstanden?«

»Die wirklichen Ursachen für das Fehlverhalten von Hoity-Toity sind natürlich das Interessanteste an der ganzen Sache«, sinnierte der Leutnant, »und ich wäre ja dumm, wenn ich das nicht wahrnehmen würde – so etwas wird einem nicht so schnell wieder geboten. Welcher Wissenschaftler würde sich wegen späterer moralischer Probleme oder wegen einer Gefahr vor solchem Erkenntniszuwachs drücken? Ich bin ja doch froh, dass sie uns noch nicht wegschicken – wenn ich auch nicht weiß, warum sie das nicht tun.«

»So gefallen Sie mir besser«, sagte Vera lachend. »Und da treffen wir uns wieder. Ich will Ihnen was zeigen. Hier, eine Reportage aus Ihrem heimatlichen Bereich, von der Tochter des amerikanischen Präsidenten.« Sie reichte dem Leutnant eine Zeitung. »Setzen Sie sich, lesen Sie's.«

Der Leutnant las, zuerst interessiert, dann merklich gelangweilt, schließlich diagonal.

»Kalter Kaffee«, urteilte er.

»Fachlich?«, fragte Vera.

»Ja, sicher«, erklärte der Leutnant, »man merkt, dass sie nichts davon versteht.«

»Sie als Fachmann merken das. Aber stellen Sie sich mal vor, Sie verstünden auch nicht mehr davon als ein Durchschnittsbürger. Wäre der Artikel dann für Sie informativ?«

»Schwer, sich das vorzustellen«, sagte der Leutnant und hob die Schultern. »Vielleicht, ja, mag sein.«

»Und nun raten Sie mal, was bei uns über unsere Tätigkeit hier erschienen ist?«

»Eine kurze Mitteilung von zehn Zeilen.«

»Woher wissen Sie?«

»Ich sollte raten.«

»Ja«, sagte Vera, »es waren elf Zeilen. An mich ist niemand herangetreten und hat mich um einen Artikel gebeten. Es hat sich bei uns immer noch nicht eingebürgert, dass die Presse eine entscheidende Aufgabe bei der Meinungsbildung hat. Übrigens nicht nur bei den Herrschenden und Verwaltenden, sondern leider auch bei den Lesern. Dabei hätten wir viel interessantere Dinge zu berichten. Interessant vom politischen Standpunkt aus. Die ideellen Bewegungen, die durch die Öffentlichkeit gehen. Durchaus in sich widersprüchlich, aber doch schon anders als etwa vor zehn Jahren, bei den letzten Verträgen zur Rüstungsbegrenzung. Naja, das nützt Ihnen jetzt nicht viel.«

Sie schwieg, und auch der Leutnant sagte nichts. Er hatte das deutliche Gefühl, dass das letzte Wort noch nicht gesprochen sei. Vera wiederum fragte sich, ob sie dem jungen Mann ihre Faustregel zumuten konnte. Würde er sie richtig verstehen, als Entscheidungshilfe, nicht als moralisches Gebot? Andererseits, wenn sie sie erst erläutern müsste, würde sie ihren Wert als komprimierter Satz, der sich leicht in die Erinnerung drängt, verlieren.

Ach, Unsinn, der Mann war erwachsen. Und klug. Und politisch erfahrener als andere in seinem Alter – bei dem Umgang zu Hause.

»Ich habe da für mich eine Faustregel«, sagte sie, »die hilft mir bei Entscheidungen wie der, mit der Sie ringen.«

»Ja?«

»Ich bin zuerst Mensch. Dann Frau. Dann Russin. Dann Politologin.«

Der Leutnant sah sie aufmerksam an. »Soll ich das als Absage an den Patriotismus verstehen?«

Vera stand auf und machte eine ablehnende Handbewegung.

»Entschuldigen Sie«, sagte der Leutnant und stand ebenfalls auf, »Sie haben ja Recht: Denken muss ich selbst. Danke!«

* * *

Ursprünglich war das grundsätzliche Gespräch mit dem Präsidentenberater für den nächsten Tag vorgesehen, aber der Politiker machte es plötzlich dringend, und so erklärte der General sich einverstanden, ihn noch am späten Abend aufzusuchen. Er meldete sich, und der Berater lud ihn zu einem Spaziergang durch das nächtliche Camp ein.

»Haben Sie ein Aufnahmegerät bei sich?«

Der General verneinte.

»Gar nichts Elektronisches?«

»Doch – meinen Pieper. Falls ich gebraucht werde.«

»Gut. Gehen wir.«

Es war offensichtlich, dass der Berater jede noch so geringe Möglichkeit, belauscht zu werden, ausschließen wollte. Das musste ja ein heißes Thema sein, über das er mit ihm reden wollte!

»Ich bin beauftragt, Ihnen ein Angebot zu machen, unter zwei Bedingungen: Sie müssen sich heute oder morgen entscheiden. Und Sie müssen in jedem Fall darüber schweigen, gegen jedermann. Wahrscheinlich ein paar Jahre lang.«

»Akzeptiert.«

»Es wird eine grundlegende Wendung in unserer Politik geben. Jetzt. Sichtbar wird sie erst in ein paar Jahren. Aber wenn der Präsident aus dem Amt scheidet, soll sie bereits unumkehrbar sein. Die Wende wird von der Weltlage bestimmt, die Faktoren sind im Einzelnen nicht neu, aber sie verflechten sich zu einem immer komplizierteren Knoten. Und die Zeiten Alexanders, wo man Knoten mit dem Schwert durchschlug, sind leider vorbei. Oder Gott sei Dank. Nein, Ihr Computerausfall hat nicht unmittelbar etwas damit zu tun, er berührt nur ein paar strategische Aspekte. Und ist ein nützlicher Testfall für Sie und den Elefanten. Gut, das mag Ihnen alles ein wenig sonderbar vorkommen. Aber ich höre gleich auf, in Rätseln zu sprechen.«

Die Vortragsweise des Beraters begann dem General zu gefallen. Der Mann spulte keinen ausgearbeiteten Text ab. Natürlich war, was er sagte, vorbedacht. Aber wie er es sagte, ging auf den Zuhörer ein, markierte einen Denkprozess. Das war nun wiederum gefährlich – nichts ist verführerischer als schlüssiges Denken. Der General beschloss, sich mit Misstrauen zu wappnen.

»Sie wissen wohl selbst: Die Hohe Zeit der Rüstung ist vorüber. Seit die Russen militärisch kein ernsthafter Gegner mehr sind, ist es völlig gleich, ob wir die Welt fünfmal oder zehnmal vernichten können. Ich weiß, das ist ein altes Argument der Friedensapostel. Nur ist jetzt der Punkt erreicht, an dem die Rüstung unsere Vormachtstellung in der Welt nicht mehr sichert, sondern gefährdet. Ökonomisch. Japan und Europa haben uns auf einigen Gebieten überflügelt. Lateinamerika ist auf dem Wege dazu. Nur die Araber sind zum Glück immer noch zerstritten. Politisch muss man auch noch mit der Gilde der Kleinen rechnen. Wenn die Vormacht im Militärischen nichts mehr bedeutet, müssen wir ein anderes Gebiet suchen, wo wir sie noch haben. Und dort entschlossen ausbauen. So schnell, dass die anderen nicht aufschließen können. Und dass wir uns zum Maßstab für alle machen.«

›Na, da bin ich aber neugierig‹, dachte der General. Klar war ihm nur so viel: Sein Posten stand zur Disposition. Wer wollte wen an seine Stelle setzen, und warum? Warum ist Quatsch, sagte er sich. Wichtiger war: Wieso und mittels welchen Einflusses bedienten sich die Unbekannten eines so hochrangigen Politikers? Oder – da er sich niemand denken konnte, der dafür in Frage käme – oder ging es hier wirklich um übergreifende Bewegungen und Umorientierungen in der Hochfinanz?

»Es gibt nur ein Gebiet«, fuhr der Berater fort, »das dafür in Frage kommt. Also auf dem wir führend sind und bei entsprechenden

Anstrengungen lange Zeit bleiben können. Das ist die Ökologie. Ich interpretiere Ihnen hier eine Auffassung, die vielleicht noch nicht Tagesgespräch in den Gruppen und Klubs unserer Finanzwelt ist, aber von den bestimmenden Kreisen geteilt wird, und zwar so entschieden, dass ihre Realisierung bereits im Gange ist. Der Kern ist wirtschaftlicher Natur: Umstellung der gesamten Wirtschaft auf geschlossene Stoffkreisläufe. Also vor allem Produktion ohne Abprodukte. Das übersteigt die moderne Rüstung bei weitem an Kosten und Umfang. Und damit an Gewinnen. Was letztlich das Entscheidende ist. Die Gewinne bringen – neben politischem Druck – auch die übrige Welt in den Zwang nachzuziehen. Und uns in die Vorzugsposition, sie zu beliefern.«

Was der Berater referierte, leuchtete dem General ein. Es war ja auch nicht eigentlich neu, nur war es bisher immer als Utopie sozialer und ökologischer Schwärmer angesehen worden. Aber, verdammt noch mal, wo war sein, des Generals, Platz in dieser Geschichte? Der Berater kannte sich in Menschen aus – genau an diesem Punkt in der Gedankenkette sollte der General auf diese Frage gestoßen werden. Das wurde ihm klar, als der Berater nun daran ging, sie zu beantworten.

»Allein die wirtschaftlich-technologische Seite der Sache ist bereits so komplex, dass es bisher nichts Vergleichbares gab. Bei jeder Handlung müssen außer den direkten Folgen auch solche zweiten, dritten und vierten Grades von vornherein berücksichtigt werden. Beispiel: Wenn jemand in Kanada ein Kraftwerk baut, muss man wissen, welche Auswirkungen das etwa in zwanzig Jahren auf die Kopra-Produktion in Melanesien hat. Dazu kommen noch soziale, medizinische und andere Komponenten. Um da wenigstens Abschätzungen zu erhalten, braucht man ein Computersystem, das hundertmal leistungsfähiger ist als Ihr Elefant. Nun, sehen Sie: Das bisher umfassendste System leiten Sie. Sie verbinden außerdem in Ihrer Person die Durchsetzungsfähigkeit eines Militärs mit der Flexibilität eines Industriemanagers. Sie sollen deshalb die Computerzentrale des ökologischen Zeitalters übernehmen. Das ist unser Angebot.«

Abgelehnt, hatte der General sagen wollen. Im letzten Augenblick nahm er sich selbst das Wort von der Zunge. Er war vor allem aufgebracht über dieses phantastische Märchen, das ihm da aufgetischt worden war. Er musste ja mit seiner kleinen Börsenoperation Vorgänge gestört haben, die unerhört gewinnträchtig waren, wenn man ihm mit solch ausgefallenen Vorschlägen kam. Nun, wenn die Sache so wichtig war, dann würde diese Trickvariation auch so aufgezogen sein, dass sie allen Recherchen standhielt. Nein, verdammt noch mal, in dieser Überlegung steckte ein Fehler. Wenn es jemand nur darum gegangen wäre, ihn von bestimmten Geschäften fernzuhalten, dann hätte er sich ein glaubhafteres Märchen ausgedacht. Und andererseits, handelte es sich wirklich um Kreise der Hochfinanz, dann wären sie nicht darauf angewiesen, jemand zu täuschen, und sei er General ... Es kam nicht oft vor, dass er von seinem Rang in so niedrigen Wertmaßstäben dachte, und auch das zeigte ihm, dass diese Geschichte hier sich nicht so beiseite wischen ließ, wie er das im ersten Augenblick hatte tun wollen.

»Es hätte mich, ehrlich gesagt, auch enttäuscht«, sagte der Berater, »wenn Sie sich sofort entschieden hätten. Die Sache drängt zwar, aber Sie müssen sie natürlich mit Ihrer Familie besprechen. Denken Sie aber an die Schweigepflicht, Ihre Gattin und Ihr Schwiegervater werden ja gewöhnt sein, dass Sie manches umschreiben müssen. Teilen Sie mir morgen Ihre Entscheidung mit.«

Der General wandte sich seinem Zelt zu, drehte sich aber noch einmal um, als der Berater sagte: »Ach ja, und noch dies. Sie können sich mit Charlie Kingcate über alle Einzelheiten beraten, ihm gegenüber gilt die Schweigepflicht nicht, er ist über alles Wesentliche unterrichtet, und manches entscheidet er sogar direkt. Zum Beispiel auch Personalfragen. Seine UC wird den Öko-Computer bauen. Und noch eins: Es wäre natürlich gut, wenn Ihr Elefant auch weiterhin funktionieren würde. Eine neue Anlage für militärische Zwecke wollen wir nicht mehr bauen, und wenn er ganz ausfallen würde, gäbe es unnötige Kosten. Und eine schlechte Presse für die UC.«

Eine Viertelstunde hatte der General gezögert, hin und her überlegt, dann war er seiner Entschlusslosigkeit überdrüssig gewesen. Grübeln nützte nichts, man musste die Sache vernünftig angehen. Es war also festzustellen, wer dahinter stand, ob das Projekt ernst gemeint war oder eine Falle. Wenn Falle, dann musste Kingcate der

Fallensteller sein – vielleicht war der Berater ihm noch eine Gefälligkeit schuldig? Also ran an den Mann. Er gab seinem Adjutanten den Auftrag, Kingcate zu suchen und ihn zu einem Gespräch zu bitten.

Zwischendurch kam eine Meldung: Die Abluft hatte nach Pfefferminz gerochen. Damit also ging es vorwärts. Ihm fiel etwas ein. »Wenn es soweit ist, und Sie haben Telefonverbindung, holen Sie sich Bess Fletcher und lassen Sie sie mit ihrem Mann sprechen.« Der Colonel versprach es, ohne zu erwähnen, dass er das schon verabredet hatte. ›Vielleicht‹, dachte der General, ›ist er auch schon selbst darauf gekommen.‹ Aber besser, er hatte es angewiesen. Es war nicht nur populistisches Kalkül – er spürte, dass ihm an der Meinung der Frau lag; vielleicht, weil er ihre Haltung schätzte, und weil er dachte, so und nicht anders müsse eine Soldatenfrau aussehen.

Dann kam Charlie Kingcate. Sinclair Detlefson kannte ihn nur seriös und im Partyanzug; diesmal, in lockerer Sommerkleidung, erschien er dem General fast fremd. Das steigerte sich noch, als der Manager ihn mit der ironischen Frage begrüßte: »Na, die ganze UC haben Sie wohl doch nicht in der Tasche?«

»Hätten Sie es an meiner Stelle nicht versucht?«, konterte der General.

»Und ob!«, bestätigte der Manager. »Übrigens, es ist nicht meine Schuld, wenn Ihr Schwiegervater dabei nicht auf die Nase gefallen ist. Wir hätten alles aufkaufen können. Aber diese Leute, die wiederum uns beide aufkaufen möchten, wollten Sie nicht in Schwierigkeiten sehen.«

»Die waren informiert.«

»Wir waren informiert, ja. Aber fragen Sie mich nicht, auf welchem Wege. Vielleicht ist der Zerhacker, den Ihre Familie benutzt, nicht mehr das modernste Gerät?«

Der General war beeindruckt, aber noch nicht überzeugt. Er hütete sich jedoch, direkt nach »diesen Leuten« zu fragen. Im jetzigen Stadium konnte er bestenfalls herauskriegen, ob Charlie selbst dieses – wie sollte man das nennen – dieses Projekt ernsthaft vertrat oder ob er nur Glied einer Kette war, an die irgendjemand ihn, den General, legen wollte. Sinclair Detlefson kannte den Mann Charlie Kingcate einigermaßen, und er wusste, dass der Manager für gewöhnlich knochentrockene Umgangsformen bevorzugte – außer in wirklich entscheidenden Situationen, wenn es ihm sehr ernst war, wie seinerzeit, als es um die Installation des Elefanten ging; dann war er plötzlich geistreich, burschikos, fand überraschende Redewendungen, war spottlustig bis zum Zynismus.

»Da muss ich mich ja bei Ihnen bedanken, dass wir unsere Aktien noch haben«, sagte der General.

Kingcate schüttelte den Köpf. »Überhaupt nicht. Ich bin dabei nicht schlecht gefahren. Wurde honoriert mit Vorzugsaktien von ...« Er sprach keinen Namen aus, sondern zeigte dem General den Briefkopf einer relativ kleinen Bank, von der Eingeweihte jedoch wussten, dass über sie die Geschäfte mehrerer wichtiger Finanzgruppen abgewickelt wurden.

»Sagen Sie, Charlie, was überzeugt Sie eigentlich an dieser etwas – na, sagen wir, märchenhaften Geschichte?«

»Das hier«, der Manager tippte auf das Schreiben, das er noch in der Hand hielt, nun aber wegsteckte, »diese Anschrift hier, und dann natürlich die – na, sagen wir, märchenhaften Gewinnaussichten.«

»Ach ja?«

»Wer wird in zehn Jahren den Rahm abschöpfen? Der, der heute und in den nächsten Jahren in die entwicklungsträchtigen Zweige investiert. Und wer wird als erster wissen, welche das sind? Derjenige, der über alle Daten der Entwicklung verfügt und den Computer hat, um daraus die Zukunft zu extrapolieren.«

»Das wäre demnach ich und nicht Sie?«

»So kommen Sie mir nicht davon. Sobald Sie aus der Army raus sind, treten Sie als stiller Teilhaber in die UC ein. Das ist meine Bedingung bei der Sache. Von unseren Auftraggebern akzeptiert. Die sich natürlich das ganz große Geschäft vorbehalten. Trotzdem werden wir kräftig mit absahnen.«

Doch, es schien ihn ernst zu sein. Und wie um diesen Eindruck zu bestätigen, fuhr der Manager fort: »Die Sache hat auch – wie alle ernsten Dinge – ein paar ganz ulkige Aspekte.« Und er grinste wieder über das ganze Gesicht. »Hübsche Paradoxa!«

Der General konnte dieser offensichtlichen Vergnügtheit nicht widerstehen. »Raus damit!«, sagte er.

»Da sind erstens unsere lieben Militärs. Ein Drittel von ihnen werden nicht mehr die Kanonen verwalten, sondern verschrotten. Sich selbst überflüssig machen. Finde ich lustig, wenn ich an solche Leute wie Ihren Chief denke. Sie auch?«

Der General lachte etwas gezwungen. »Und die anderen zwei Drittel?«

»Das Drittel der zweitbesten Offiziere wird in der Rest-Army bleiben. Sie werden aber wohl nicht mehr hauptsächlich gegen irgendwelche äußeren Feinde kämpfen, sondern vor allem gegen die Verschrotter, die natürlich immer mehr verschrotten wollen, wenn sie einmal in diesem Geschäft sind. Und das Drittel der Besten wird es am schwersten haben – sie müssen umlernen, bevor sie in den ökologischen Dienst übernommen werden. Studieren. Prüfungen ablegen. Strategie der Umweltkontrolle. Taktiken der Katastrophenbekämpfung. Aber dabei gibt es noch niemand, der das unterrichten könnte. Ich gebe zu, das ist nicht so lustig.«

»Aber aufregend«, sagte der General. »Mir erscheint das Ganze sehr abenteuerlich. Neue Zusammenhänge. Neue Risiken.«

»Was aus meiner Sicht ein Vorzug ist. Anstrengend, aber nicht ohne Spaß. Das nächste Paradoxon zum Beispiel wird Ihnen auch gefallen.«

»Noch eins?«

»Noch viele. Denken Sie mal an die finanzielle Seite der Sache! Schon die Rüstungskonversion ist anfangs teurer als die Rüstung selbst. Dann die Umstellungen – nehmen wir ein populäres Beispiel: Autos nur noch mit Elektro- oder Wasserstoffantrieb. Im Endeffekt steigt der Preis für einen Wagen auf das Doppelte. Wenigstens zu Anfang. Und dito auf hundert anderen Gebieten. Von der Angelrute bis zur Rasiercreme. Bezahlen muss das natürlich der Kunde. Und er wird. Was will er machen? Wir werden uns so in sein Gehirn hineinknien, dass er das Ganze für einen Fortschritt hält. Sowas haben wir ja schon immer gekonnt.«

»Und wo ist das Paradoxon?«

»Dass es diesmal wirklich einer ist. Ein Fortschritt.«

Das leuchtete ein. Nur ... »Ich kann mir nicht vorstellen«, sagte der General, »dass das alles so glatt über die Bühne geht.«

»Glatt? Überhaupt nicht! Das einzige, was dabei glatt geht, ist die politische Seite. Kann doch keiner ernsthaft dagegen opponieren! Alle möglichen Grünen und Linken und die Sozialisten in Europa und alle die Umweltorganisationen – alle müssen uns unterstützen! Nicht mal die Gewerkschaften können mehr als leise meckern, wenn die Preise steigen und die Löhne sinken! Ist das nicht herrlich paradox? Die Leute werden schon begreifen, dass sie die sichere Zukunft für ihre Kinder bekommen, aber nur um den Preis der größten Ausplünderung seit hundert Jahren.«

Der General fühlte den Sog des Projekts. Er wusste nun, dass zumindest Charlie Kingcate sich ernsthaft engagiert hatte.

Aber wenn er jetzt zusagte, und wenn dann die Großen eines Tages herausfinden sollten, dass sich die Sache doch nicht so entwickelte wie vorgedacht, dann war er weg vom Fenster. Bestenfalls kam er auf ein Abstellgleis wie der alte General, den der Berater wohl nur zur Verschleierung seiner Absichten mitgeschleppt hatte: ein Vizepräsidentenposten in einer zweitrangigen Unternehmensgruppe ...

»Möchten Sie ohne Risiko leben? Ich nicht!«, sagte Charlie Kingcate. »Sprechen Sie mit Ihrer Frau, wie Sie das immer tun, wenn etwas Wichtiges anliegt.«

Sekundenlang schossen dem General Gedanken durch den Kopf, die ihm gar nicht gefielen. Woher wusste der Kerl von ihren Familienbräuchen? Sicherlich, Rena würde der Gedanke zusagen, er entsprach ja dem, was sie bei ihrem Besuch hier erklärt hatte ... Hatten sie die etwa schon auf ihrer Seite? Schon vorher kontaktiert? Ach Unsinn, das hätte sie ihm gesagt! Überhaupt war dieses Projekt wohl für solche Verschwörerspielchen zu groß ...

»Würden Sie meiner Frau die Sache noch mal erläutern?«

»Klar«, versprach der Manager.

Der General rief Rena an, schaltete das Codiergerät ein, obwohl es nach Kingcates Meinung veraltet war, und ließ den Manager dann eine Zusammenfassung geben. Das dauerte fünf Minuten, und der General fand nichts zu ergänzen.

»Im Club ist in letzter Zeit viel von Ökologie die Rede«, sagte Rena nachdenklich, »auffallend viel. Vor ein, zwei Jahren galt es noch als plebejisch, darüber zu sprechen. Ja, ich denke, wir sollten das Angebot ernst nehmen. Bis wann musst du dich entscheiden?«

»Bis morgen.«

»Ich denke, dass du dich vor allem dem Elefanten widmen musst. Du musst das dort zu Ende bringen. Ich höre mich um und schlage dir morgen früh unsere Entscheidung vor. Charlie, darf ich Sie zu diesem Zweck zu uns nach Hause einladen?«

* * *

Nun war ihm der Abluftkanal schon vertraut. Earl bewegte sich darin geübt und schnell, und er war am Spalt, ehe die von draußen das Kabel heranführten. Er legte das Werkzeug bereit, betrachtete noch einmal misstrauisch den Drahthaken, ob der wohl seinen Zweck erfüllen würde, und schaltete dann die Taschenlampe aus. Im Dunkeln hört man besser.

Endlich, er wusste nicht mehr, wie lange er gewartet hatte, hörte er so etwas wie ein leises Scharren. Er schaltete das Licht an, richtete es auf den Spalt, und da sah er etwas Weißes leuchten. Da die Röhre sich hier verengte und wie ein spitzwinkliges Dach auf den Spalt zulief, konnte er nicht so weit heran, dass er mit den Händen hätte greifen können. Damit hatte er ja gerechnet, aber dass er auch nicht genau genug sehen konnte, was da jenseits des Spalts war, zwang ihn, mit dem Drahthaken herumzuangeln. Er sah dabei nur immer einen weißen Streifen sich hin und her bewegen, aber selbst, wenn er ihn zu fassen bekam, rutschte der Haken ohne Widerstand ab. Also angelte Earl Conelly nun ins Dunkle, und richtig – jetzt spürte er Widerstand. Vorsichtig zog er. Durch den Spalt kam ein zuerst ununterscheidbarer Klumpen, von dem eine weiße, eine schwarze und eine schillernde Schlange ausgingen. Als er das Ganze zu sich herangezogen hatte und noch ein bisschen weiter, bis er die Arme frei bewegen konnte, sah er, dass eine Klemme drei Dinge zusammenhielt – ein schwarzes Kabel und ein etwas dickeres, biegsames, geringeltes und metallisch glänzendes – ja, was? Seil? – und beide gingen bis zum Spalt zurück. Und das weiße Band war ein Foliestreifen mit aufgetragenem Text, der nach einem halben Meter endete.

Earl Conelly las: »Klemme lösen und schwarzes Kabel durchziehen bis in Zentrale. Dort an Telefon anschließen.« Die Buchstaben waren groß, der Text stand auf beiden Seiten geschrieben. Hatten sie damit gerechnet, dass manche Stellen unleserlich würden?

Der Operator löste die Klemme, befestigte sie wieder am Kabel, damit es ihm nicht aus den Fingern rutschte, und zog.

Er brauchte etwas Kraft, aber nicht allzu viel. Die metallische Schlange begann gleich darauf, sich zurückzuziehen. Ihr glänzender Kopf verschwand hinter dem Spalt.

Der Sergeant, allein in der Zentrale geblieben, hatte wie immer Schwierigkeiten mit der Aufgabe, untätig darauf zu warten, dass andere etwas taten. Andere, das waren in diesem Fall die da draußen. Und der Operator. Sie alle konnten etwas tun, nur er musste warten. Nichts hatte er so satt wie dieses Warten. Es war ja nicht vergleichbar beispielsweise mit dem Warten auf einen Befehl, etwa zum Angriff, das war nur eine andere Art von Tätigkeit. Dagegen hier ... Na, nun musste Earl aber bald kommen!

Sergeant Fletcher kletterte auf den Tisch und steckte den Kopf in den Abluftkanal. Es war nichts zu hören. Er schob den Kopf noch weiter hinein – immer noch nichts. Noch ein Stück, die Füße hingen schon in der Luft – es hatte keinen Sinn. Dann eben nicht. Verdrossen schob er sich zurück und angelte mit den Fußspitzen nach der Tischplatte – da war sie. Jetzt drückte ihn die Mauerkante am Bauch, er schob sich schnell ein Stück zurück, verdammt, der Tisch kippte, die Füße verloren den Halt, gerade noch konnte er das Gesicht heben, dass es nicht über die Mauerkante schrammte, es gelang ihm jedoch nicht, sich mit den Händen festzuhalten, dazu war der rutschende Körper schon zu schwer und die Kante zu rund. Mit einem mehr wütenden als erschrockenen Gebrüll stürzte er über den polternden Tisch zu Boden, Otto kreischte, und der Sergeant ließ eine Flotte Soldatenflüche vom Stapel laufen. Dass da hinter ihm an der Armaturenwand plötzlich allerlei aufleuchtete und flackerte, sah er gar nicht.

Earl Conelly hatte die schwarze Kabelschlange fest am Kopf gepackt und bewegte sich rückwärts, etwas langsamer als sonst, denn er musste nach jedem halben Meter Halt machen und das Kabel nachziehen, was doch auch Kraft kostete. Und er musste das vorsichtig machen, denn er wollte es ja nicht verletzen.

Eben setzte der Luftzug wieder ein, da verspürte er einen sonderbar stechenden Geruch. ›Ekelhaft‹, dachte er. Der Geruch verstärkte sich. Als er das Kabel nachgezogen hatte, sah er im Lichtkegel der Lampe, dass sich Schwaden von dünnem, milchigen Rauch um ihn bewegten. ›Was hat der Sergeant da wieder angestellt‹, dachte er, und dann, mit plötzlichem Entsetzen: ›Wenn es hier schon so schlimm ist, wie muss es dann erst in der Zentrale sein?‹ Aber nein, von dort konnte das doch nicht kommen, woraus sollte das entstehen? Wenn es irgendwo vor der Zentrale entstand, musste es ja in der Röhre dort vorbeigeführt werden, und der Sergeant würde es bestimmt riechen und sich Sorgen machen. Wenn er hier nur schneller vorankäme!

Während dieser Überlegungen waren Gestank und Rauch noch dichter geworden, es fiel dem Operator nun schon schwer zu atmen, er hätte eine Gasmaske gebraucht – Gas? Vielleicht ein Abwehrsystem des Elefanten, das sie nicht kannten und das durch irgendetwas jetzt ausgelöst worden war?

Einen Augenblick lang hatte Earl Conelly das Gefühl, er müsse ersticken, dann beherrschte er sich wieder. Nein, er konnte noch Luft holen, aber er musste husten, und nun kam ein Brechreiz hinzu, der sich kaum beherrschen ließ. Nur der Gedanke, dass er nach dem Erbrechen noch tiefer Luft holen müsse, befähigte ihn, den Reiz immer wieder zu unterdrücken.

Da hörte der Luftzug auf. Für den Augenblick war Earl erleichtert – wenigstens würde es jetzt nicht schlimmer werden. Etwas vor den Mund halten, ein Taschentuch oder sowas? Aber wie? Er hatte keinen Arm frei. Oder er müsste das Kabel liegen lassen und später nachholen? Nein, gleichmäßig weiter, kriechen, ziehen, kriechen, ziehen, nicht dem Reiz in der Kehle nachgeben, kriechen, ziehen … Vielleicht kam der Rauch gar nicht aus Richtung der Zentrale, sondern aus der Abzweigung? Herrlich wäre das, denn die musste er gleich erreicht haben, wäre das ein Genuss, normale Luft zu atmen, nein, nicht nachgeben, sogar die Vorstellung von normaler Luft verstärkte den Brechreiz, die Augen tränten, jetzt lief auch noch die Nase, er atmete so flach wie möglich, am liebsten hätte er die Luft angehalten. Obwohl der Gestank nicht mehr stärker wurde, schlimmer wurde er allein durch seine Dauer. Wenn nur bald die Abzweigung kam! Und wenn der Rauch gar nicht aus dem Unbekannten kam, sondern aus der Zentrale? Dann konnte er sich für eine Weile in den anderen Strang retten. Aber dann – wie ging es dem Sergeanten, und was war da überhaupt los? Nein, nicht nachdenken, fast hätte er den inzwischen vereinigten Brech- und Hustenreizen nachgegeben, konzentrieren, nur an das eine denken: ziehen, kriechen, ziehen ... Da stieß der Fuß gegen die Spitze der Gabelung. Weiter, rückwärts Richtung Zentrale! Wurde der Qualm schon weniger? Er konnte in der Phase ohne Sog zurückgeschlagen sein ... Jetzt setzte der Sog wieder ein – ja, er atmete, wollte es gar nicht glauben, atmete noch einmal, tiefer: die Luft war sauber.

Erschöpft ließ Earl Conelly das Kabel los und legte sich flach ausgestreckt nieder. Langsam und regelmäßig atmete er, bis die Reize in seiner Kehle abgeklungen waren. Dann leuchtete er nach vorn: Aus dem anderen Strang quollen weiße Schwaden. Was zum Teufel war das? Aber es hatte keinen Zweck zu grübeln. Zurück zur Zentrale! Und freu dich, dass dieser Strang frei ist und die Zentrale in Ordnung und der Sergeant gesund und munter! Vielleicht hatten die draußen eine Erklärung.

Erst, als er durch das Loch in der Wand zurückgeklettert war in die Zentrale und das Kabel hinter sich her gezogen hatte, glaubte der Operator wirklich, dass alles geklappt hatte, dass der Sergeant und er in Ordnung waren und das Kabel auch und dass sie, jetzt gleich, mit denen da draußen sprechen würden. Er zog den Stecker des Telefons aus der Wand und steckte ihn in die Kontaktlöcher des Kabels, hob den Hörer ab und rief: »Hallo? Hallo! Operator Earl Conelly. Mann, ich kenne dich nicht, aber es ist verdammt gut, deine Stimme zu hören! – Ja, ich gebe dir den Sergeanten!«

Er gab dem Gefährten den Hörer und betrachtete interessiert, was sich auf dessen Gesicht abspielte ... Er meldete sich ganz sachlich, eben militärisch, dann nahm sein Gesicht einen staunenden, fast dümmlichen Ausdruck an, und er flüsterte nur: »Bess ...« Und dann hatte wohl Bess das Sprechen übernommen, denn es dauerte eine ganze Weile, bis er fragte: »Wie geht's den Kindern?«

So schien es dem Operator, aber in Wirklichkeit sagte auch Bess nichts, sie hörten einander nur atmen, und als der Sergeant seine Frage gestellt hatte, wusste Bess, dass eigentlich sie gemeint war und nicht die Kinder, und sie sagte nicht »Gut« oder »Sie sind bei meiner Schwester« oder so etwas, sondern einfach »Ja«, und der Sergeant verstand es genauso, wie es gemeint war und sagte auch: »Ja!« Was bedeutete: ich liebe dich, ich sehne mich nach dir, du bist das wichtigste, und wenn ich hier herauskomme, dann ... und wenn du dort herauskommst, dann ... Und beide lachten leise über ihre Gedanken, im gleichen Augenblick.

* * *

Was der Rauch bedeutete, verstand außer dem General und dem Colonel niemand: Der Elefant hatte die Sprengladung scharf gemacht. Die Sprengladung war gegen den Zündmechanismus durch einen chemischen Mantel gesichert gewesen, damit bei normalen Umständen keinerlei Zufall ihre Explosion hervorrufen konnte. Die Beseitigung dieses Mantels erfolgte in Form seiner Vergasung, was ihn dank der Entlüftung vollständig entfernte, so dass nun keine Rückstände die Zündung beeinflussen konnten.

Seinen Denkgehilfen Manfred Commins und Wolodja Markow erklärte der Colonel den Rauch als ein Warnzeichen des Elefanten, was die beiden hinnahmen, auch wenn es etwas mager war. Denn was sie nun wussten, was sie von der Besatzung der Zentrale erfahren hatten, bot Stoff genug zum Nachdenken.

Der Colonel hatte sich minutiös alles auflisten lassen, was vom Sonntagabend an in der Zentrale geschehen war, und die beiden da unten hatten das mit großer Sorgfalt getan. Und da nun wurde der Zusammenhang so offensichtlich, wenigstens für die Außenstehenden, dass er ihnen augenblicklich und gleichzeitig bewusst wurde: Das Computerspiel auf dem Ziegenbock musste den Grünalarm ausgelöst haben. Ottos Geschrei und alle folgenden Arbeiten hatten ihn gefestigt. Lediglich das Ausbleiben adäquater Inputs aus der Außenwelt hatte verhindert, dass der Elefant alle Waffen gestartet hatte, solange er das noch konnte.

Aber diese Klarheit warf sofort ein Dutzend weitere Fragen auf: Hatte der Elefant auch vorher schon seine akustischen Rezeptoren benutzt, ohne dass die Menschen es gewusst hatten?

Dem Colonel fiel ein, dass bei Übungen der Elefant gelegentlich überschnell reagiert hatte: Er führte manchmal häufig auftretende Befehle schon aus, bevor sie fertig eingegeben waren. Man hatte gedacht, er habe den Befehl bereits identifiziert, noch bevor dessen gesamter Text eingegeben war, aber nun sah es eher so aus: Befehle gab der General – oder wer gerade die Übung leitete – mündlich an einen Operator, und möglicherweise hatte der Elefant sie schon akustisch empfangen, wenn der Operator noch auf die Tastatur einhieb?

Daraus ging sofort eine zweite Frage hervor: Hatte der Elefant etwa schon seit langem Informationen über die Spiele auf dem Ziegenbock gespeichert, so dass sie sich jetzt nur summiert hatten, oder gab es noch einen anderen Anlass, der ihn dieses eine Mal für diesen doch recht häufigen Vorgang so sehr sensibilisiert hatte?

Aber wenn diese Vorgänge sich summiert hatten – hätte sich dann nicht auch ihre Beschränktheit, ihre Bedeutungslosigkeit summieren müssen?

Und wenn nicht – was hatte die Sensibilisierung ausgelöst?

Und und und.

Alle diese Fragen waren im Augenblick nicht beantwortbar.

Aber alle diese Fragen – oder wenigstens die meisten – mussten beantwortet werden, wenn man zu einer Lösung kommen wollte. Denn es gab eigentlich nur eine Lösung: Der Elefant musste dazu bewegt werden, den Grünalarm abzubrechen. Das war sogar den beiden klar, die nichts von der Sprengladung wussten.

Denn was sie nicht wussten, ahnten sie – der Leutnant, weil er die Unzulänglichkeit der Erklärung für den Rauch empfand, und der Junge, weil er gar nicht davon ausging, dass er alles wisse, und infolgedessen in seine Überlegungen der Elefant als eine Größe einging, die auch weiterhin in unvorhersehbarer Weise handlungsfähig anzunehmen wäre.

Während die beiden Helfer sich den Kopf zerbrachen, hatte der Colonel Mühe, nicht zu verzweifeln. Er war es doch gewesen, der seinerzeit die Aufstellung des Ziegenbocks in der Zentrale durchgesetzt hatte! Gewiss, die Fachleute hatten darin keine Beeinträchtigung der Handlungsfähigkeit des Elefanten erblickt, aber sie hatten nur die quantitative Belastung in Rechnung gestellt, und die war lächerlich gering. Nein, er war verantwortlich für alles, was hier in den letzten achtundvierzig Stunden geschehen war, und für alle Folgen, die daraus entstanden waren und noch entstehen würden. Er war jetzt fest entschlossen, seinen Abschied zu nehmen, wenn alles vorüber wäre; und obwohl ihm klar war, dass mit dieser Flucht die Sache nicht ausgestanden war, gab ihm dieser Entschluss doch wenigstens so viel inneren Halt, dass er wenigstens jetzt seine Pflicht tun konnte. Und die bestand im Augenblick darin, das gemeinsame Denken zu beflügeln.

»Es sieht so aus, als betrachtete der Elefant die beiden da unten als seinen Feind«, sagte er, als eine Pause entstanden war, »ich meine: als *den* Feind.«

Der Junge sprang auf. »Das ist es überhaupt!«, rief er, hob den Arm halb – und erstarrte in dieser Stellung. Dann ließ er den Arm wieder sinken und setzte sich kopfschüttelnd.

»Nein«, sagte der Leutnant, »der Rauch ist doch anscheinend eine Reaktion auf den Sturz und die Verletzung des Sergeanten. Dann aber kann euer Hoity-Toity die beiden nicht als Feind betrachten!«

»Das meine ich doch nicht!«, rief der Junge, in seinem Eifer fast kindlich-trotzig, war aber dabei so im Nachdenken versunken, dass er vergaß zu erläutern, was er denn eigentlich meine. Die beiden Älteren sahen ihn fragend an, aber es dauerte eine ganze Weile, bis er das bemerkte.

»Ach so ja«, sagte er und blickte die Offiziere etwas verwirrt an, »was ich meine, das ist, seine geometrische Grundorientierung ist noch viel primitiver als das Vier-Ebenen-Modell, sie ist eigentlich nur linear. Eine Gerade. Er selbst ist Null, die eine Seite, von mir aus die negative, ist Feind, die positive Freund!«

»Ja, und?«, sagte der Colonel. Für ihn war das nahezu selbstverständlich, und er konnte nicht sehen, was daran so verblüffend sein sollte, dass es den Jungen überrascht hatte und nun intensiv beschäftigte.

»Da ist was dran«, sagte der Leutnant. »Mit einer eindimensionalen Orientierung kann er keine hochkomplizierten Aufgaben lösen, vor allem, weil er ja vier- und mehrdimensionale Möglichkeiten hätte, von der Komplexität her gesehen.«

Manfred war ein bisschen enttäuscht, dass die beiden Großen anscheinend überhaupt nichts begriffen. Der Colonel sah es und bat ihn direkt: »Wenn wir nicht begreifen, was du meinst, dann musst du es uns eben erklären.«

»Wir Menschen«, sagte der Junge, »also bei uns ist das doch so, wir haben eine Menge geometrischer Orientierungen, die wir von Geburt an mitkriegen oder schon als Baby lernen: oben und unten, vorn und hinten, innen und außen. Orientierung, das bedeutet vor allem, dass die beiden Seiten nicht gleichwertig sind, sondern ungleich! Das ist es! Zum Beispiel oben und unten. Unten ist, wo man hinfällt, wenn man mal versucht, auf den Beinen zu stehen, als kleines Kind, und das tut weh. Oben ist, woher die Flasche kommt, und das tut wohl. Deshalb ist oben der liebe Gott und unten der Teufel. So weit reicht das. Und von der Sorte haben wir eine ganze Menge. Innen und Außen: Innen, das bin ich, außen, das ist nicht-ich. Was innen ist, weiß ich nicht so genau, aber ich beurteile das Außen danach: Schokolade ja, Gift nein; oder: Lorentz-Transformation ja, falsche Formel nein. Gut und schlecht, wieder eine Orientierung. Die funktionieren im Zusammenwirken. Wenn man nur eine einzige als wichtige, entscheidende hat wie der Elefant, das muss schiefgehen.«

Der Colonel fand beachtlich, was der Junge da gesagt hatte, wenn er auch an einigen Stellen hatte lächeln müssen, und er meinte, ein gelinder Einspruch könne den Jungen nur anfeuern.

»Der Elefant unterscheidet aber auch innen und außen«, sagte er, »Beweis: der Innenring und der Grünalarm.«

»Ja«, rief der Junge eifrig, »aber nur auf der Grundlage der Freund-Feind-Unterscheidung, und die ist eindeutig übergeordnet. Wenn der Feind innen ist, dann muss man innen wie außen behandeln. Der Mensch, na, wie soll ich ...«

»Vielleicht so«, warf der Leutnant ein, »wenn der Feind dir ein Messer in den Arm sticht, bekämpfst du nicht den Arm, sondern den Feind draußen.«

Der Junge nickte. »Da ist ein Punkt, wo ich nicht weiterkomme. Wenn der Elefant also innen und außen nicht grundlegend unterscheidet, warum hat er dann nicht schon längst abgeschaltet?

Selbst wenn er den Ziegenbock falsch gewertet hat – seither ist doch nichts passiert, was er als feindlich werten könnte, wenigstens über weite Strecken nicht?«

Der Colonel hatte das sichere Gefühl, dass sie kurz vor einem entscheidenden Denkergebnis standen, es war nur nötig, den Gedankengang des Jungen weiter zu verfolgen. Das Hindernis dafür war offensichtlich das, was der Junge eben formuliert hatte. Wie war denn das mit innen und außen? Was die beiden nicht wissen konnten: der Elefant hatte auf den Schmerzensschrei des Sergeanten mit einer massiven Verschärfung reagiert. Das hieß also, dass er die Besatzung schützen wollte. Ja, die Sprengladung war natürlich das Gegenteil von Schutz, aber das entzog sich der Urteilsmöglichkeit des Computers. Etwas war an diesem Gedanken, das weiterführte, er spürte es förmlich zwischen den Fingern wie feinen Sand ... Schützen vor dem Feind, vor welchem Feind, vor dem, der sich äußerte im Ziegenbockspiel, in den Ausrufen des Sergeanten dabei oder heute im Schrei und dem Poltern beim Absturz ...

»Manfred hat Recht«, sagte der Colonel, »der Elefant hat in seiner Grundstruktur keine geometrische Orientierung Innen-Außen, wie der Mensch sie hat. Aber er ist im Konzept von Menschen geschaffen, wenn auch die konstruktiven Einzelheiten von Computern stammen. Und darum, glaube ich, hat Manfred auch Unrecht: Dies und das von den menschlichen Grundorientierungen ist absichtslos in seine Struktur eingeflossen. Zum Beispiel, ich bleibe mal bei dem, was Manfred vorgelegt hat, wissen wir genau, wo die Schokolade liegt, und wenn Mutter sie versteckt hat, können wir sie suchen und finden. Wenn wir sie gegessen haben, können wir uns gleich darauf den Bauch reiben, weil sie so gut schmeckt, doch schon fünf Minuten später können wir nicht mehr genau sagen, wo sie sich befindet. Bis der Rest von ihr wieder draußen ist. Ich will sagen: Der Elefant weiß über das Draußen sehr genau Bescheid, bekommt Milliarden von Informationen darüber, aber er kann nicht feststellen, wo sich etwa der Mormone aufhält, wenn der nicht gerade etwas in die Tastatur eingibt.«

»Ja!«, schrie der Junge fast. »Es ist, weil er nicht weiß, ob etwas passiert!«

»Weil er nicht weiß, was in seinem Innern vor sich geht«, wiederholte der Leutnant erschüttert, »und weil er es nicht von den Menschen erfahren kann – denn wenn der Feind auch innen ist ...«

»Muss er den menschlichen Einfluss ausschalten«, ergänzte der Colonel, »daher Grün-Alarm. Und er muss auf Inputs warten, die eine eindeutige Wertung zulassen. Ja, so kriegt alles Sinn und Zusammenhang.« Er hielt dem Jungen die Hand hin. »Danke!«

»Wieso«, sagte Manfred, »das wichtigste kommt doch erst noch – wie kriegen wir ihn wieder normal?«

»Ich fürchte«, sagte der Colonel, »da gibt es nur eine einzige Möglichkeit.«

* * *

Generaloberst Teljagin hatte ungeduldig auf die Rückkehr des Leutnants gewartet. Kaum hatte Wladimir Markow sich gemeldet, bat er auch Vera in sein Zelt.

»Ich muss mit Ihnen beiden reden«, sagte er, »da Sie tiefer in den Zusammenhängen stecken als die anderen Mitglieder unserer Delegation. Zuerst aber möchte ich Sie fragen: gibt es irgendetwas an den hier ablaufenden Vorgängen, dass Sie als sonderbar oder ungewöhnlich empfinden oder das Ihren Erwartungen wiederspricht? Überlegen Sie genau, es kann sein, dass sehr viel davon abhängt.«

Vera empfand stärker als bisher, dass von dem erteilten Tadel nichts mehr übriggeblieben war. Und darum wusste sie auch sofort eine Antwort, die sie vielleicht andernfalls nicht so bedenkenlos ausgesprochen hätte.

»Für hiesige Verhältnisse ist das Presse-Echo ausgesprochen matt«, erklärte sie.

»Einseitig?«, fragte der Generaloberst. »Oder nicht genügend kontrovers?«

Vera schüttelte den Kopf. »Beides trifft es nicht. Es melden sich durchaus alle Auffassungen zu Wort, und sie füllen auch die ganze übliche Skala von der Scharfmacherei bis zum Pazifismus. Aber ich habe den Eindruck, die Sache wird der dritten Garnitur überlassen. Ausnahme ist das Interview, das Irving Mason mit dem General gemacht hat. Im Grunde enthält das alle Argumente aller Seiten, die in diesem Zusammenhang benutzt werden. Es ist – es ist wie eine konzertierte Aktion, die aber nicht auf Konsens gerichtet ist, sondern darauf, dass die ganze Geschichte schnell vergessen wird.«

»Widerspricht das nicht dem, was Sie uns über die Presse erzählt haben?«, fragte der Generaloberst ohne jede Spur von Ironie.

»Scheinbar ja«, gab Vera zu, »aber nur scheinbar. Sehen Sie, niemand hat seine Einstellung aufgegeben und sich anderer Meinung untergeordnet. Aber es gibt immer mal wieder Fälle, wo plötzlich ein Konsens entsteht in der Hinsicht, eine Begebenheit nicht besonders hochzuspielen – oder auch umgekehrt; etwas über die Maßen in den Vordergrund zu stellen. Und man kann nicht einmal sagen, ob es da direkte Absprachen gegeben hat. Aber auf jeden Fall müssen sehr weitreichende Interessen dahinterstecken.«

»Danke«, sagte der Generaloberst nachdenklich, und Vera hatte das Gefühl, als sei es das gewesen, was er hatte hören wollen.

»Und Sie, Leutnant Markow?«

»Ich finde es sonderbar, wie weitgehend ich in die Vorgänge einbezogen werde. Genauer: Sonderbar ist nicht, dass der Wunsch danach besteht – das wäre bei uns nicht anders. Man ist immer froh, wenn einer dabei ist, der die Sache von außen sehen kann, auf der Grundlage gleichen Fachwissens, aber anderer Erfahrungen. Ich fürchte nur, bei uns wäre eine solche Integration eines Amerikaners verhindert worden. Ehrlich gesagt, als dieser Präsidentenberater hier auftauchte, dachte ich, es würde irgendetwas in dieser Richtung kommen. Aber nichts ... Allerdings haben sie auch noch andere hinzugezogen, einen Jungen, ein Genie, der Knabe könnte mich begeistern! Wie sie nur auf den gekommen sind!«

»Zufällig«, sagte Vera.

»Sie kennen ihn?«, staunte der Leutnant.

»Nein, nur die Geschichte, wie er hierhergekommen ist.«

Der Generaloberst räusperte sich.

»Ich habe mit dem Berater des Präsidenten gesprochen«, erklärte er, »und ich hatte auch den Eindruck, dass sie nicht gedrängt sein möchten – weder zu einer Neuausstattung dieses Zentrums noch zum Verzicht auf die Space Forces. Aber keinesfalls zu ihrer Aufstockung ... Ich gestehe, dass ich die Hintergründe nicht durchschaue, aber ich meine, wir sollten im Interesse künftiger Abrüstungsverhandlungen diesen Wunsch respektieren. Wir brauchen nicht zu drängen. Die Tatsachen drängen von selbst. Ich habe unsere Berichterstattung in diesem Sinne abgefasst. Ich möchte Sie bitten, in inoffiziellen wie auch in privaten Berichten die gleiche Linie zu verfolgen.

Verstehen Sie mich – niemand von uns ist verpflichtet, mehr gesehen und gehört zu haben, als zur Erfüllung unserer Aufgabe notwendig war.«

Vera sah, wie erleichtert der Leutnant war – sein moralisches Problem schien für's erste gelöst zu sein. Sie selbst hätte freilich gern gewusst, was der Berater dem Oberstleutnant nun wirklich gesagt hatte. Aber das würde sie wohl nicht erfahren.

Sie war kaum in ihr Zelt zurückgekehrt und überlegte gerade, ob sie noch die Spätnachrichten abspielen und analysieren sollte, als die Klingel ging.

Bess Fletcher stand vor dem Zelt und bat um Einlass. Vera war für einen Augenblick verlegen, weil sie sich ihr gegenüber zwar nicht schuldig fühlte, aber sie wusste ja nicht, wie Bess ihr Verhalten aufgenommen hatte. Dann aber sah sie, wie aufgeregt die Frau des Sergeanten war. Nicht leibliche Bedürfnisse hatten sie hergeführt, wie Vera im ersten Augenblick angenommen hatte.

»Ich hab mit ihm gesprochen!«, verkündete Bess strahlend.

Vera verstand sofort, dass sie Ihren Mann meinte und dass folglich der Kontakt mit den Eingeschlossenen hergestellt war.

»Kann ich mal meine Kinder anrufen?«, fragte Bess.

»Bitte, gern«, sagte Vera und wies auf das Videofon. Warum war Bess Fletcher dazu extra in ihr Zelt gekommen, statt direkt aus der Behelfszentrale anzurufen? Das hätte doch näher gelegen? Oder scheute sie die offiziell-nüchterne Atmosphäre, wollte sie in privater Umgebung mit ihren Kindern sprechen?

»Sie als Frau verstehen wenigstens, wenn ich heule«, sagte Bess, während sie wählte. Und gerade nach dieser Begründung war Vera fast sicher, dass Bess mit ihrem Besuch noch weiterreichende Absichten verband. Während die Frau des Sergeanten mit ihren Kindern sprach, brühte Vera einen Tee auf und stellte Tassen und Konfitüre auf den Zelttisch.

»Sie sind mir also nicht böse?«, fragte Vera, als Bess ihr Gespräch beendet und Platz genommen hatte.

»Weshalb? Weil Sie an die Öffentlichkeit gegangen sind? Damit haben Sie mir eine Arbeit abgenommen.«

»Nein, weil ich Sie in Zusammenhang gebracht habe mit einem Sozialistenführer.«

»So?«, fragte Bess, mehr um eine kurze Denkpause zu haben, denn sie wollte die Frage ehrlich beantworten, nicht aus dem augenblicklichen Glücksgefühl heraus, in dem sie die ganze Welt umarmt hätte. »Also will ich mal so sagen: vor einer Woche noch hätte ich mir das sehr verbeten. Heute – naja, ich will nicht behaupten, dass es mich beglückt, aber was inzwischen passiert ist, macht alles andere unwichtig. Wenn es ein Weg war, um zu diesem Interview zu kommen, dann war es ein guter Weg.«

»Sie haben sehr viel nachgedacht?«

»Mehr als sonst in zehn Jahren. Aber das geht uns wohl allen so. Ihnen nicht?«

»Ja, mir auch«, bestätigte Vera.

»Nur dass bei Ihnen mehr herausgekommen sein dürfte, da sie das Nachdenken von Berufs wegen betreiben«, sagte Bess.

Vera wollte das weder bestätigen noch verneinen, und sie wusste im Augenblick auch nicht, worauf die andere hinauswollte. Darum schwieg sie.

»Gut, reden wir von dem, was bei mir herausgekommen ist«, sagte Bess und tat einen Löffel Konfitüre in ihren Tee. »Also mir geht es so, und meinen Freundinnen auch: Wir haben immer gewusst, dass wir hier auf einem Pulverfass sitzen, und nie dran gedacht, oder doch selten. Man kann einfach nicht jeden Tag dran denken, es nervt zu sehr, auch wenn man die Sache für notwendig und richtig hält, und davon waren wir überzeugt. Wenigstens damals, als wir unsere Familien gegründet haben. Später gab es hin und wieder Zweifel, aber da war man hier sozusagen schon alteingesessen. Und nun – von der Gefahr wissen ist nicht dasselbe, wie sie zu erleben. Jetzt würde ich jederzeit mit einem Schild auf die Straße gehen, auf dem steht: Schafft das Dreckzeug ab! Allerdings, wenn vielleicht wieder zwei, drei Jahre vergangen sind ...« Sie hob die Schultern.

»Das ist die menschliche Natur«, sagte Vera.

Aber Bess wollte nicht getröstet sein. »Nein«, protestierte sie, »das ist das Unwissen. Was haben wir denn gewusst von den Russen? Nur das, was Presse und Television breitgetreten haben. Und das war meistens das Schlechte, vor allem dann, wenn bei uns sowas eingeführt wurde wie unsere Space Forces hier. Naja, später waren's dann die Schurkenstaaten. Und nun treffe ich auf Sie. Und siehe, es geht miteinander. Es geht vorzüglich. Der Manfred, unser junges Genie, schwärmt gleichermaßen von unserem Colonel Ernestino und von Ihrem Leutnant Markow. Unsere Leute passen bei Ihnen auf, und Ihre Leute passen bei uns auf, dass nichts passiert. Und es funktioniert! Soll man das so vorbeigehen lassen?«

»Es wird uns nichts anderes übrigbleiben«, seufzte Vera. »Ob wir wollen oder nicht, es wird vorbeigehen. Man kann nur hoffen, dass diese Zusammenarbeit ihre Spuren hinterlässt.«

Bess trank in vorsichtigen Schlucken von ihrem Tee. »Gar nicht übel«, sagte sie, »ein bisschen säuerlich mit der Konfitüre, aber gar nicht übel. Sie haben bestimmt Recht, es wird vorbeigehen. Das heißt, Sie haben Recht, wenn Sie die Sache vom Standpunkt der großen Politik betrachten. Ich bin kein Politiker, ich denke praktisch. Wir werden unser Rückkehr-Komitee nicht auflösen. Es ist das Unwissen, wie ich schon gesagt habe. Und wir werden das Unwissen bekämpfen. Ich bin jetzt eigentlich zu Ihnen gekommen, um Sie zu bitten: halten Sie uns Frauen einen Vortrag!«

»Mit großer Freude werde ich das tun«, sagte Vera. Und sehr nachdenklich setzte sie hinzu: »Aber Sie werden sich vielleicht eine Menge Ärger einhandeln.«

Bess nickte, aber sie sah dabei gar nicht sehr besorgt aus. »Ich bin eine geborene Brown«, sagte sie.

Im ersten Augenblick wusste Vera nicht, was sie mit dieser Bemerkung anfangen sollte. Dann ging ihr ein Licht auf. »Sie stammen direkt von den Pilgervätern ab?«

»Ja«, antwortete Bess, »und auch John Brown war ein entfernter Urgroßonkel oder sowas von mir. Eigentlich hab ich nie etwas darauf gegeben, ich hab es sogar immer etwas albern gefunden, dass mein Vater so stolz darauf war. Jetzt finde ich mich durch Zufall auf einen Platz gestellt, wo ich vielleicht etwas bewirken kann, und da erinnere ich mich daran. Meine Mayflower ist eben das Komitee.«

* * *

»Ich sehe keinen anderen Weg!«, sagte der Colonel.
Der General ließ weder Zustimmung noch Ablehnung erkennen.
»Begründen Sie!«, befahl er.
Der Colonel gab sich alle Mühe, das, was er seiner Meinung nach schon begründet hatte, noch einmal ausführlich zu erläutern. Am wichtigsten erschien ihm das Dilemma, in dem sie sich befanden: Einerseits brauchten sie möglichst viel Zeit, um eine Lösung zu finden, andererseits konnte jede Sekunde einen vielleicht an sich harmlosen Zufall bringen, irgend eine unbedachte Handlung eines der beiden da unten, die die Bombe auslöste. Als er das aber nun im Einzelnen belegen wollte, merkte er, dass es leere Stellen in seiner Gedankenkette gab, die vorher, in der Kurzfassung, nicht sichtbar geworden waren, und er bestaunte wieder einmal den General, der das gewusst hatte. Oder vermutet. Oder aus seiner Erfahrung heraus einfach die Methode angewandt hatte. Egal, wie – nun wurde deutlich, dass das Dilemma eine ungenannte Voraussetzung hatte, nämlich die, dass die beiden da unten von ihrer Bedrohung nichts wussten. Aber man durfte sie ja nicht unterrichten! Oder man musste eine Erlaubnis einholen, die man jetzt in der Nacht auf keinen Fall bekäme. All das sprach der Colonel nun aus.
»Es ist ihr Vorzug, dass Sie Techniker sind, Geoffrey«, sagte der General, »aber in diesem Fall sind Sie zu sehr Techniker und zu wenig Soldat. Wenn Sie sich gründlicher mit der Geschichte des Militärs befasst hätten, würden Sie wissen, dass die Soldaten – also alte, erfahrene Soldaten – in kritischen Momenten die Lage manchmal besser verstehen als ihre Stabsoffiziere, und das ohne umfassende Information. Geben Sie acht!« Der General hob den Hörer eines Sprechtelefons ab. »Verbinden Sie mich mit Sergeant Fletcher! – Sergeant, hier spricht General Detlefson. Ich habe einen Befehl für Sie beide. Von jetzt ab müssen Sie jede Aktivität einstellen. Alles vermeiden, das den Elefanten reizen könnte. Nur tun, was von uns angeordnet wird. So als ob Sie unter so schwerem feindlichem Be-

schuss liegen, dass Sie nicht die Nase über den Grabenrand heben können. Haben Sie mich verstanden?«

Der General legte den Hörer auf. »Er hat nicht mit der üblichen Formel geantwortet, sondern gesagt: Habe verstanden! Also hat er verstanden. Jetzt wissen die beiden, dass sie in Gefahr sind. Auch ohne, dass wir die Geheimhaltungsvorschriften verletzt haben. Das sind eben die Vorteile der militärischen Umgangsformen. Fahren Sie fort, Colonel!«

Auch jetzt, als der Colonel seinen Vorschlag ausführlicher begründen wollte, fielen ihm so viele Ungereimtheiten auf, dass er sich vorkam wie ein Student, der seine Prüfungsthemen nicht beherrscht. Wirklich, nur wenn man etwas erklären muss, merkt man, was man davon sicher weiß und was man nur vermutet oder stillschweigend vorausgesetzt hat. Der Colonel wurde so unsicher, dass er sich verhedderte, den Satz nicht zu Ende brachte und schließlich verstummte.

»Fangen wir mal damit an«, sagte der General, »was die Definition des Grün-Alarms besagt.«

»Grün-Alarm setzt ein, wenn das Computersystem die Handlungsunfähigkeit der menschlichen Bedienungsgruppe feststellt. Das Computersystem ist dann von menschlichen Befehlen unabhängig.«

»Und? Sind wir handlungsunfähig?«

»Nein«, sagte der Colonel verblüfft.

»Also müssen wir das dem Elefanten nur noch beibringen.«

»Ja«, sagte der Colonel, »ja – das ist der Grundgedanke meines Vorschlags.«

»Es ist aber ein sehr riskanter Vorschlag«, erwiderte der General, »und wir haben zu prüfen, ob sich nicht unterhalb dieses Alles-oder-Nichts-Spiels noch Möglichkeiten finden lassen. Ich will mal zusammenfassen, was ich von alledem begriffen habe. In der Architektur des Elefanten ist kein Unterschied zwischen Außen und Innen angelegt, er behandelt also bei entsprechenden Inputs den Innenraum genauso als möglicherweise feindliches Territorium wie Land, Wasser, Weltraum. Aber unbeabsichtigt sind bei der Konstruktion doch einige Elemente der menschlichen Auffassung sozusagen reingerutscht, zum Beispiel durch den Innenring und die Bombe. Richtig? Vielleicht sind noch andere grundlegende Orientierungen, die eigentlich nicht angelegt sind, unter der Hand in die Struktur des Elefanten eingegangen. Zum Beispiel oben und unten. Ich meine, im Sinne der Rangordnung. Durch die Stufen der Weisungsberechtigung. Haben Sie nicht die Vermutung geäußert, der Elefant hätte schon viel früher unsere Stimmen aufgenommen und analysiert? Den Operator hat er an der Stimme erkannt, und Sie glauben, er hätte meine Befehle schon erkannt, wenn ich sie ausgesprochen habe, und nicht erst, wenn sie eingegeben wurden? Sollte es nicht möglich sein, dass er dann auch meine Rolle als Vorgesetzter – nun ja. Ich will nicht sagen verstanden, aber irgendwie aufgefasst hat? Wir versuchen es mal!«

Er rief die Zentrale, diesmal ließ er sich den Operator geben. »Haben Sie eine Vorstellung«, fragte er, »wo die Mikrophone sitzen, mit denen der Elefant Sie hört? Nicht? Wir probieren mal. Setzen Sie sich auf meinen Platz und richten Sie die Hörmuschel des Telefons auf die Armaturenwand. Haben Sie? Gut.«

Nach einer kleinen Pause sagte er laut und akzentuiert: »Hier spricht General Detlefson. Kontrollieren Sie Stimmerkennung.«

Tatsächlich, der Elefant antwortete, und der General flüsterte es dem Colonel zu: »Er sagt: Stimmerkennung positiv.« Laut fuhr er fort: »Der Grün-Alarm ist aufzuheben. Ich wiederhole, der Grün-Alarm ist aufzuheben.«

Der General winkte dem Colonel, er solle näherkommen, damit er mithören könne – und dann vernahmen sie beide die Antwort des Computers: »Die feindliche Raumarmada muss bis sechs Uhr a.m. den Raum verlassen. Danach erfolgt Aufhebung des Grün-Alarms.«

Mittwochfrüh

Die beiden in der Zentrale hatten den Befehl gehabt, bis fünf Uhr zu schlafen, aber Earl Conelly war nur mehrmals eingenickt, zu einem richtigen Schlaf war er nicht gekommen. Der Sergeant hatte ihm das Gespräch mit dem General richtig gedeutet: es bestand nach wie vor Gefahr für sie, vielleicht sogar Lebensgefahr, es hing vermutlich mit dieser Qualmwolke zusammen, wenn sie auch nicht wussten wie.

Der Operator grübelte; auch beim Einnicken verließen ihn die Gedanken nicht, sie verzerrten sich nur, manchmal auf lustige, manchmal auf abschreckende Weise. Immer wieder setzte er von neuem an und ging alle die Erfahrungen durch, die er in den letzten zwei Tagen gemacht hatte, und die Gedanken, die ihm dabei gekommen waren, aber es gelang ihm nicht, irgendetwas festzuhalten und zum Ausgangspunkt zusammenhängender Überlegungen zu machen. Vielleicht lag das auch daran, dass die da draußen nicht hatten erkennen lassen, wo sie einen Ausweg aus der Lage sahen, oder auch nur, wo sie einen suchten.

Eins stand fest: Die ganze Katastrophe war durch das Ziegenbockspiel ausgelöst worden. Ihm, dem Operator, war das klar geworden, als er für die oben die Ereignisse aufgelistet hatte. Manchmal ist solche strenge, fast abstrakte Sachlichkeit die beste Quelle für Erkenntnis. Manchmal. Die Forderung des Elefanten hatte diese Feststellung bestätigt. Ebenso klar war, dass es eine Möglichkeit gab, die Forderung zu erfüllen: Das Spiel wiederholen – und gewinnen. Aber gerade da hörte alle Klarheit auf. Der Sergeant hatte das Spiel noch nie gewonnen. Er, Earl Conelly, hatte es noch nie gespielt. Die Sache musste also ins Auge gehen. Selbst wenn der Sergeant sich außerordentlich anstrengte, und Earl traute ihm zu, dass das Bewusstsein der Verantwortung den erfahrenen Soldaten nicht nervös machen, sondern seine Kräfte steigern würde – selbst dann war es ein Vabanque-Spiel, und die Chancen für einen positiven Ausgang waren gering.

Normalerweise hätte er für den Sergeant, wie schon oft angeboten, ein Hilfsprogramm basteln können. Aber wegen des Grün-Alarms nahm ja der Elefant keine Weisungen an, schon gar keine Programme. An diesem Punkt endeten jedes Mal die Überlegungen, und er fing wieder von vorn an, oder in der Mitte, egal, es führte jedenfalls zu nichts.

Der Sergeant neben ihm schlief auch nicht gerade wie ein Bär, er wälzte sich hin und her, wie spät war es? Vier Uhr fünfundfünfzig. Earl Conelly weckte den Sergeanten.

Der General und der Colonel hatten die Zeit nutzen wollen, nach einem Ausweg zu suchen; sie hatten keinen gefunden. Es gab nur das Spiel. Jede Einflussnahme war fragwürdig. Der Elefant hatte zwar insofern die Autorität des Generals respektiert, dass er sozusagen mit ihm verhandelt hatte. Doch das war nur eine menschlich-bildhafte Ausdrucksweise, die einen ungerechtfertigten Vergleich enthielt; den Elefanten als Person. Der wirkliche Sachverhalt war einfacher: wie der General vermutet hatte und der Colonel nach dem Ergebnis des Telefonkontakts dann bestätigte, hatte der Elefant offenbar schon seit längerem die menschliche Sprache akustisch aufgenommen und semantisch mit den parallel eingegebenen Befehlen identifiziert, wodurch die Stimme des Generals als die Quelle aller Befehle fixiert worden war – so etwa ließ sich die Geschichte erklären. Aber der Elefant hatte sich nicht wie im Normalzustand untergeordnet. Nicht einig geworden waren sich die beiden Offiziere darüber, ob die Forderung des Elefanten eine Art Ultimatum darstellte oder einen Versuch, die Orientierung auszuweiten – oder vielleicht beides. Dagegen waren sie sich wieder einig in der Feststellung, dass eine Nichterfüllung der Forderung mit großer Wahrscheinlichkeit die Katastrophe nach sich ziehen würde.

Der General hatte anfangs den Gedanken abgelehnt, dem Sergeant die Lösung des Problems aufzubürden – zu gering war die Chance, dass er es schaffte. Aber je länger sie debattiert hatten, je öfter sie diesem und jenem und dann noch einem und noch einem Gedanken nachgegangen waren, immer mit dem Ergebnis, dass er zu nichts führte, umso mehr hatte sich auch der General diesem Lösungsweg angenähert.

Welche Gefahr war nun wirklich größer – die, dass der Sergeant das Spiel verlor und der Elefant die Bombe zündete, oder die, dass sie die Forderung unerfüllt ließen und das gleiche Ergebnis eintrat? Berechnen ließ sich die Wahrscheinlichkeit nicht, da sie von zu vielen unbekannten Faktoren abhing. Selbst wenn sie mehr Zeit gehabt hätten – der Elefant war der komplizierteste Computer der Welt, und deshalb hätte es überhaupt nichts genützt, das Problem auf einem anderen Computer an einem Simulationsmodell abzuspielen.

War es unter diesen Umständen richtig, auf die Kraft des Menschen zu bauen, auch wenn dieser Mensch Sergeant Fletcher hieß und das Spiel noch nie gewonnen hatte? Immer noch war der Mensch weitaus komplizierter als der Elefant, er musste eine Chance haben, und man musste darüber nachdenken, wie man diese Chance verbessern konnte. Also hatte der Colonel die letzte Stunde vor dem Wecken der beiden Eingeschlossenen damit zugebracht, das Programm des Ziegenbocks, das ja ein normales Spielprogramm und daher unter einer Seriennummer greifbar war, auf einem isolierten Computer abzuspielen und herauszufinden, ob sich wenigstens einige strategische Regeln und Hinweise geben ließen. Und unter der besonderen Zielstellung dieses Spiels war das tatsächlich möglich – es kam ja vor allem darauf an, für den Elefanten den Eindruck zu erwecken, dass der imaginäre Gegner, wenn nicht besiegt, so doch zurückgedrängt war. Eine entsprechende Lage konnte in verschiedenen Phasen des Spiels auftreten, und der Sergeant müsste in einem solchen Fall das Spiel abbrechen. Damit wuchsen die Chancen wenigstens für eine teilweise Erfüllung der Elefantenforderung.

In diesem Zusammenhang trat eine Frage auf, die nicht beantwortet werden konnte, aber zu berücksichtigen war: Auf welche Weise nahm der Elefant die Vorgänge mit dem Ziegenbock zur Kenntnis?

Die einfachste Antwort war; er steuerte sie ja selbst. Aber diese Antwort war nicht schlüssig. Denn die zwingende Folge davon wäre: Also könnte er das Spiel auch selbst abbrechen. Die Einschaltung des Ziegenbocks war ein menschlicher Befehl, und der Grün-Alarm hatte gezeigt, dass er notfalls menschliche Befehle zurückweisen konnte. Er hatte es aber nicht getan – bisher nicht. Wenn er also das geplante Spiel annähme, galt die Antwort nicht, dann aber war es schon begonnen. Das war ein ungeheuer interessanter Aspekt, man konnte Experimente und Forschungen an diese Frage knüpfen, Doktorarbeiten darüber schreiben, nur eins konnte man nicht; auf diesem Wege das gegenwärtige Problem lösen.

Eine andere Antwort war, dass er den Stand des Kampfspiels den Lautäußerungen des Sergeanten entnahm. Diese Antwort war aber in doppelter Weise unzulänglich: erstens war aus den Lautäußerungen des Sergeanten vielleicht etwas über den jeweiligen Stand, aber jedenfalls nichts über das Ergebnis zu entnehmen, und zweitens hatten in der Mehrzahl andere auf dem Ziegenbock gespielt, oft auch Leute, die während des Spiels verbissen schwiegen.

Man musste also annehmen, dass der Elefant sich eine andere Informationsquelle erschlossen hatte, die ihn Stand und Ergebnis des Spiels erkennen ließ, ohne dass er den Spielcharakter und sich selbst als einen der Spieler erkannte. Bei der Architektur und der im Regelfall nur zu wenigen Prozenten genutzten Kapazität des Rechners war das durchaus denkbar – nur eine Schlussfolgerung auf genauere Angaben war unmöglich.

Der Colonel rief die Zentrale an und ließ sich den Sergeanten geben. Earl Conelly, der sich zuerst gemeldet hatte, ahnte, dass jetzt ein Befehl gegeben wurde. Und seine Vermutung wurde sofort bestätigt, als der Sergeant Haltung annahm und »Yes, Sir!« sagte, ein paar Mal in Abständen von Minuten. Zwischendurch grinste er Earl an, nicht sehr glücklich, aber eben doch irgendwie zufrieden. Es musste ein ziemlich langer Befehl sein, eher wohl schon eine Art Unterweisung. Dann legte der Sergeant auf. Es war fünf Uhr fünfzehn.

»Ich soll auf den Ziegenbock«, verkündete er, »ich muss aber unbedingt gewinnen. Dann denkt der Elefant, die feindliche Raumarmada ist weg, und schaltet den Grün-Alarm ab.«

Der Operator schüttelte sich, als ob er fröre. »Du hast aber noch nie gewonnen!«, sagte er.

»Dann wird es Zeit«, sagte der Sergeant grinsend, wurde aber gleich wieder ernst. »Ich muss nicht wirklich gewinnen, hat mir der Colonel erklärt, ich muss nur einen Zustand erreichen, wo gerade mal kein Schiff der Raumarmada in Reichweite ist, zum Beispiel weil ich in den Hyperraum abgetaucht bin. Dann soll ich sofort abschalten. Und ich soll das alles nochmal mit dir durchsprechen. Um fünf Uhr dreißig geht's los. Du sollst dann über das Telefon den Kontakt mit dem Colonel halten.«

»Und was soll ich mit dir durchsprechen? Ich habe noch nie auf dem Ziegenbock gesessen!«

»Sag mal, wenn der Elefant die Armada weghaben will, warum schaltet er nicht von selbst an geeigneter Stelle einfach ab? Weiß er nicht, dass etwas von ihm der Armadaspieler ist?«

»Wohl nicht«, sagte der Operator etwas abwesend, »sonst würde er es ja tun. Oder vielleicht macht er's heute, es hat ja noch niemand bei Grün-Alarm mit ihm gespielt. Aber wir wollen mal lieber annehmen, er weiß es nicht.« Irgendwie erschien ihm diese Annahme gedankenträchtig, aber der Sergeant brauchte jetzt nicht Gedanken, sondern Erregung und Festigkeit, Ordnung im Kopf, Selbstvertrauen. Na klar, das war vielleicht das beste ...

»Erklär mir das Spiel und seine Parameter«, forderte der Operator. Der Sergeant guckte ein bisschen dumm, sagte dann aber:

»Meinetwegen. Also ich habe viele Gegner, mindestens zwanzig, die aber nicht alle zugleich auftreten. Ich habe aktive und passive Waffen. Die aktiven: Laserkanonen, Photonentorpedos, Annischrapps ...«

»Was für'n Ding?«

»Annihilations-Schrapnelle – so'ne Art kosmische Schrotflinte. Wenn ein Feind nur von einem Splitterchen getroffen wird, verglüht er. Eine Flächenwaffe. Schluckt aber dafür unheimlich Energie. Dann die passiven: Schutzschirm, Raumsprung in einen anderen Sektor, Abtauchen in den Hyperraum, in aufsteigender Richtung nach dem Energieverbrauch geordnet. Dann gibt es Basisstationen, wo ich reparieren und Energie aufnehmen kann. Auch welche des Gegners.«

»Und was hat der böse Feind für Waffen?«, fragte der Operator.

»Die gleichen. Außerdem Desintegratoren«, berichtete der Sergeant, »und zwar wirken die auf der Symmetrieachse von je zwei seiner Schiffe, die sich im gleichen Quadranten aufhalten. Wenn sie weit weg sind, werde ich beschädigt, wenn sie nahe sind, zeitweilig oder ganz außer Gefecht gesetzt. Verstehst du, die Zahl der Symmetralen steigt schnell, bei zwei Gegnern ist es eine, bei drei Gegnern sind es drei, bei vier Gegnern schon sechs und so weiter. Je mehr Gegner ich abschieße, umso sicherer bin ich. Naja, da gibt es viele Raffinessen. Wenn es mir nun gelingt, einen Quadranten freizuschießen, oder wenn ich in einen Quadranten springe, in dem momentan noch kein Gegner ist, soll ich abschalten. Sagt der Colonel.«

»Und du meinst, das klappt?«

»Klar«, sagte der Sergeant zuversichtlich. »Wenn ich in der Gesamtabrechnung gewinnen müsste, dann hätte ich auch Zweifel, ob ich schon so weit bin. Aber auf diese Weise muss es gehen. Muss einfach!«

»Noch drei Minuten«, sagte der Operator, »ich nehme das Telefon und gucke dir über die Schulter.«

Er meldete sich, der Colonel war am Apparat und forderte ihn auf, ständig zu berichten, er verlasse sich darauf, dass der Operator alles Wichtige melden würde. Dann war Nullzeit.

Der Sergeant schaltete an, tippte die Adresse ein, die über dem Bildschirm verzeichnet war, und begann. »Ich schaffe es schon!«, sagte er zuversichtlich, während er auf der Übersichtskarte einen Raumsektor auswählte, in dem er anfangen wollte.

Er gab die Koordinaten ein, der Sektor erschien auf dem Schirm, zugleich mit einem akustischen Signal: der Sektor war feindfrei. Nur eine eigene Raumbasis war verzeichnet, jetzt brauchte er die noch nicht, merkte sie sich aber. Mit dem linken Fuß tippte er einen Sprung zur Seite ein, aber er hatte zu stark auf das Pedal getreten, das Bild rutschte gleich drei Sektoren weiter.

Unmittelbar neben ihm stand ein Schiff der feindlichen Armada, linke Hand Laserkanone einschalten, rechter Fuß Schuss – der Feind war vernichtet. Daumen: Schutzschirm an, denn links oben lag ein zweites Schiff – sein Schuss prallte am Schirm ab. Das feindliche Schiff wechselte nach dem Schuss die Stellung, der Sektor war leer. Wie sah es in den beiden Sektoren aus, die er übersprungen hatte? Eins rechts – leer. Noch eins rechts – da, eine feindliche Raumbasis, geschützt von drei Schiffen. Der Sergeant schaltete doppelten Schutzschirm ein und rückte zwei Felder näher. Eine Basis konnte er nur mit einem Photonentorpedo vernichten, und auch nur aus höchstens drei Feldern Anstand, das würden aber die drei Schiffe verhindern wollen, indem sie ihn pausenlos unter Beschuss hielten, so dass er den Schutzschirm beibehalten musste und selbst nicht schießen konnte, und doch war die Raumbasis wichtiger als der Energieverlust, den der feindliche Beschuss mit sich brachte. Sie war deshalb so wichtig, weil sie die zerstörten Feindschiffe ersetzte. Jeweils nach zwölf Aktivitäten von seiner Seite wurde ein feindliches Schiff neu in Dienst gestellt. Drei solcher Stationen waren im Raum verteilt, und er hatte Glück gehabt, dass er gleich auf eine gestoßen war. Konnte er sie vernichten, arbeiteten nur noch zwei, das bedeutete, dass es achtzehn Aktivitäten dauerte, bis ein neues Schiff des Feindes auftrat.

Das pausenlos beanspruchte Schutzfeld hatte schon ein Drittel seiner Energie verbraucht, aber der Sergeant nahm es gelassen hin, wusste er doch im Sektor rechts neben sich die eigene Basis. Zwar rechnete die Rückkehr in einen schon gesäuberten Sektor fünfzehn Aktivitäten, aber das musste er in Kauf nehmen.

Jetzt ging es darum, den Rhythmus der feindlichen Schüsse genau zu erfassen. In einer Pause zwischen zwei Schüssen musste er das Schirmfeld abschalten und das Photonentorpedo auf die Station abfeuern – und im gleichen Moment das Schutzfeld wieder einschalten, damit die Explosion der Basis nur die feindlichen Schiffe vernichtete. Jetzt – eine Viertelsekunde zu früh, ein Schuss traf das eigene Raumschiff, aber noch vorher war das Photonentorpedo abgegangen, er schaltete den Schirm wieder ein, die Basis explodierte, die drei Schiffe des Gegners waren vernichtet. Aber auch die eigene Steuerung war beschädigt. Er konnte nun den Schaden reparieren, das kostete zwanzig Aktivitäten und einen Haufen Energie, oder er konnte versuchen, mit kleinen Sprüngen in den Nachbarsektor zur rettenden Basis zu gelangen. Der Sergeant entschied sich für den zweiten Weg, der ihm ökonomischer erschien.

Die defekte Steuerung bewirkte, dass sein Schiff sich nie genau in die Richtung bewegte, die der er angab. Aber ungefähr hielt sich das Schiff doch daran, und wie der Sergeant bald merkte, wechselten die Abweichungen, es trat niemals zweimal hintereinander die gleiche auf. Es gelang ihm, schon nach acht Aktivitäten die Basis zu erreichen und anzudocken.

›Bis jetzt ganz ordentlich!‹, dachte der Operator, und gleich darauf schalt er sich für diese leichtfertige Art zu denken. Es war doch klar, dass die Schwierigkeiten erst kämen, denn das Spiel war ja mit zunehmender Schwierigkeit für den Spieler angelegt. Nur dass es eben diesmal kein Spiel war, und der Feind war nicht die feindliche Raumarmada, die es nicht gab, sondern der Elefant, der sie steuerte. Schon wieder stolperte Earl Conelly über den unverständlichen Gegensatz zwischen dem Elefanten, der die Armada zum Sieg führte, und dem Elefanten, der sie deshalb vernichten wollte. Es konnte gar nicht anders sein: das Computersystem begriff den Umstand nicht, dass die Quelle seiner negativen Lagebeurteilung von ihm selbst gesteuert wurde. Konnte der Elefant vergessen? Offenbar. Oder nein, nicht vergessen, sondern unwesentliche Teile, Teilprogramme, Teilschritte in autonome Informationskreise verlegen, die nicht mehr beurteilt wurden. Er hatte zwar mal etwas gelesen über solche Kreise, die mit Regelkreisen in der belebten Natur verglichen wurden, aber er verstand zu wenig davon. Zu spät fiel ihm ein, dass der Sergeant eigentlich jetzt schon, nach diesem Teilsieg, versuchsweise hätte abschalten können – vielleicht hätte sich der Elefant damit zufriedengegeben?

Aber nun lief das Spiel schon wieder.

Der Sergeant war nach rechts weitergeschritten, in den Nachbarsektor, der war leer, und er sprang gleich weiter in den nächsten rechts, der ein Randsektor war. Earl Conelly durchschaute den strategischen Plan des Sergeanten: Wenn es ihm gelang, eine ganze zusammenhängende Zeile durch das Kampffeld zu legen, hatte er die feindlichen Kräfte in zwei Teile gespalten, denn durch einen gesäuberten Sektor konnte kein feindliches Schiff wechseln. Auch dieser Rechtsaußensektor schien leer zu sein, aber gerade in dem Augenblick, als der Sergeant den weiten Sprung nach links programmierte, um die Sperrreihe auf der anderen Seite fortzusetzen, erschienen zwei feindliche Schiffe im Sektor, gleich darauf noch zwei – eine Kaskade! Der Sergeant schoss ein Annischrapp, bevor er fast mit der gleichen Bewegung das Schirmfeld einschaltete – denn das Annihilationsschrapnell detonierte bei dem ersten Feindschiff, das es traf, und dann spritzte sein Antimaterieschrot im ganzen Sektor umher und gefährdete auch das eigene Schiff, wenn das nicht gesichert war.

Das Schrapp vernichtete wirklich alle vier Schiffe, aber gleich darauf tauchten weitere vier auf. Die Armada verdichtete ihre Aktivität offenbar auf diesen Sektor. Sie feuerten auf das Schutzfeld des Sergeanten, das dadurch sehr viel Energie verbrauchte. Aber noch wartete der Sergeant. Eins der Feindschiffe war ein schwerer Kreuzer, der nur mit Photonentorpedo zu vernichten war, und er wollte es näher haben, um einen sicheren Schuss anbringen zu können. Wenn es ihm gelang, so zu manövrieren, dass er die anderen drei weiter von sich entfernte, erhöhte das die eigene Sicherheit, denn von einer Ecke des Sektors bis zur entgegengesetzten war die Treffgenauigkeit nicht mehr hoch – weder die des Gegners noch die eigene. Aber das gelang ihm nicht, der Feind manövrierte so, dass der Sergeant immer zwischen den vier Schiffen blieb. Ein Blick auf den Energiestand – es reichte noch. Mit der einen Hand programmierte der Sergeant den Sprung weit nach links, und dann, als die Felder zwischen ihm und dem linken Rand des Sektors frei waren, löste er den Sprung aus.

Der neue Sektor war frei, und ebenso der nächste, der schon den linken Rand bildete. Irgendwie ging das alles zu leicht. Nun noch den einen Sektor, den er eben verlassen hatte, der feindlichen Ballung wegen, die sich hoffentlich inzwischen aufgelöst hatte. Oder nicht? Würde der Feind versuchen, die Teilung des Spielfeldes durch eine für ihn unüberschreitbare Barriere zu verhindern? Er programmierte den Sprung nach ganz rechts und gleich darauf, als nächsten Schritt; der nur abzurufen wäre, einen Sprung zwei Sektoren aufwärts, für den Fall, dass die gegnerische Massierung noch bestand. Ein Wagnis war es auf alle Fälle, denn wenn da jetzt vielleicht noch mehr gegnerische Schiffe konzentriert waren, wuchs die Gefahr, zufällig mit einem Feind zusammenzustoßen. Und für Umgebungsradar war dieser Sektor zu weit entfernt, das war der Nachteil der großen Sprünge. Ein Risiko, schlimmstenfalls acht zu eins für ihn. Er drückte.

Wo war er jetzt gelandet? Das war nicht der Rechts-Außen-Sektor! Ach, ein Raumbeben hatte ihn verschlagen, eins der einprogrammierten neutralen Zufallsereignisse. Ein Paar Sterne lagen in diesem Sektor, kein Feind, und das Umgebungsradar zeigte im Nachbarsektor eine eigene Raumbasis – zum Glück, denn das Beben hatte die Bewaffnung geschädigt, und hier konnte er sich mit Reparatur, Waffen und Energie bedienen.

* * *

»Ich fühle mich nicht gut bei dem Gedanken, dass wir die beiden da unten mit dem Problem allein lassen«, sagte der Colonel, und der General nickte. »Ich genau so wenig«, gestand er. »Aber bis jetzt scheint es ja ganz passabel zu laufen.«

Der Colonel ging nicht darauf ein, er wusste, dass der General das Spiel nicht kannte, und er selbst hatte es auch nur vor Jahren einmal gespielt, informationshalber. Behalten hatte er nur, dass das Spiel sich im weiteren Fortlauf verschärfte.

»Wenn mir noch eine Wahl bleibt, nach dem hier«, erklärte er, »gehe ich in die Industrie.«

Der General lachte. »Ich auch«, sagte er, denn plötzlich war er sicher, dass er auf diesen Mann nicht verzichten wollte.

»Sie, General?«, staunte der Colonel.

»Kommen Sie mit mir«, bot der General an, »ich will Sie haben. Ich kann Ihnen noch nicht sagen wofür, aber es lohnt sich.«

»Fünf Minuten sind um«, lenkte der Colonel ab, »noch fünfundzwanzig bis sechs, ich grüble ununterbrochen darüber, wie wir ihnen helfen können.« Er griff den Telefonhörer. »Mormone, hören Sie, wenn Ihnen etwas einfällt, irgendetwas, ganz egal was ...«

»... sage ich es!«, beendete der Operator den Satz. Dann fuhr er mit der unterbrochenen Berichterstattung fort. Er musste sich dabei auf die Interpretation des Schirmbildes beschränken, denn die akustischen Signale, die der Sergeant in seinen Kopfhörern empfing, nahm er nur so undeutlich wahr, dass sie für ihn nicht mehr aussagekräftig waren. Auch das trug dazu bei, dass er sich immer unwohler in seiner Rolle fühlte. Ob es dem Sergeanten gelang, sich in der Spannung des Spiels das Gefühl für die reale Gefahr zu bewahren, der sie ausgesetzt waren? Ein oder zwei Punkte hatte es schon gegeben, wo der Sergeant nach einem Teilerfolg hätte beenden können. Aber Earl Conelly war gerecht genug zuzugeben, dass auch solch ein Abschalten riskant war; tauchte im letzten Augenblick noch ein feindliches Schiff auf, und darauf musste man immer gefasst sein, dann war das Abschalten eine Kapitulation und die Bedingung des Elefanten nicht erfüllt. Also weiterkämpfen! Der Sergeant schlug sich im Augenblick mit verschiedenen Feindschiffen herum, musste Treffer hinnehmen, auch Energieverlust, aber er machte das nicht ungeschickt, man musste ihm lassen, dass seine lange Übung sich auszahlte, Earl selbst hätte weit weniger umsichtig operiert, das war ihm klar. Aber warum zum Teufel spielte der Elefant gegen den Sergeanten, wo er doch das Gegenteil forderte? Klar, der Elefant wusste das nicht. So weit war Earl schon öfter gewesen. Er hatte diesen Gedanken immer argwöhnisch betrachtet, weil ihm schien, er vermenschliche die Maschine in unzulässiger Weise. Aber nahm man das einmal hin, dann folgte ganz primitiv daraus: Man musste es dem Elefanten sagen. Aber der nahm ja nichts entgegen. Irgendwie schien dem Operator, er müsse diese Frage noch genauer fassen, aber er wusste nicht wo.

Inzwischen näherte sich der Sergeant mit seinem Schiff wieder dem Sektor rechts außen in mittlerer Höhe, dessen Säuberung noch ausstand, wenn er die feindlichen Kräfte teilen wollte. Er hatte nun auch die Laserbrille aufgesetzt, mit deren Hilfe er Signale an den Ziegenbock geben konnte, die sein Schiff beweglicher machten. Aber gerade das bereitete dem Operator Sorgen – hatte der Sergeant doch immer in dieser Phase der Nutzung aller Steuerungsmöglichkeiten die Fehler begangen, die zu seiner Niederlage geführt hatten.

Eigentlich ging der Sergeant wiederum geschickt vor. Er sprang nicht direkt in den kritischen Raumsektor, sondern in einen darüber – auch der reichte zur Sperrung. Aber hier kollidierte er erst einmal mit einem Stern, was seine Antriebe außer Kraft setzte. Und dann sah er sich zwei Feinden gegenüber, die ihm einige Schäden beibrachten, bevor er sich in sein Schutzfeld einigeln konnte.

Die Lage wurde unangenehm. Die Reparatur kostete Energie. Das Schutzfeld, von einer zunehmenden Zahl von Feinden pausenlos beschossen, kostete Energie.

›Man muss es dem Elefanten sagen!‹, dachte Earl Conelly verzweifelt. ›Er hält nicht durch. Man muss es ihm sagen. Man – wer ist man?‹ Und in diesem Augenblick kam die Erleuchtung, so plötzlich und so einfach, dass es unglaublich schien: der General. Das war der einzige, von dem der Elefant seit vorgestern etwas entgegengenommen hatte.

»Colonel?«, fragte der Operator.

»Ja?«

»Ich muss mit dem General sprechen.«

»Ich höre«, sagte der General.

»General, sagen Sie dem Elefanten: Wenn die feindliche Raumarmada verschwinden soll, muss er die folgende Adresse löschen«, und er nannte den Zahlencode, der auf dem Ziegenbock zu lesen war. »Ich halte den Hörer hin – jetzt!«

»Wenn die feindliche Raumarmada verschwinden soll, muss das Programm gelöscht werden, das unter der Adresse steht – « der General wiederholte den Zahlencode.

Der Ziegenbock erlosch und verstummte. Der Sergeant drehte sich staunend um und stieg dann vom Sitz.

Die wenigen Lichter, die die Arbeit des Elefanten noch anzeigten, erloschen ebenfalls – vor allem die grünen Lampen.

Das Tor ging auf.

Der Sergeant und der Operator gingen wie im Traum durch den Gang nach draußen.

Als sie in das Sonnenlicht blinzelten, sagte der Sergeant: »Ich habe das Gefühl, so wie vor drei Tagen werde ich niemals mehr da reingehen.«

Weit hinter ihnen spektakelte Otto.

- Ende -